Schorsch Clooney, die Landluft und ich

Danke

… möchte ich all denen sagen, die mich bei der Arbeit an diesem Buch auf unterschiedliche Weise unterstützt haben.

Allen voran Jan, ohne den ich mir mein Leben nicht vorstellen kann.

Christa für ihren beharrlichen Glauben an mich.

Helge für die Freundschaft und den kontinuierlichen Input.

Hape Kerkeling und Anneke Kim Sarnau fürs unaufhörliche Mutmachen.

George Clooney – den ich tatsächlich mal leibhaftig getroffen habe – für sein charmantes Lächeln.

Den Lesern, die meine Bücher mögen.

Und der Bäckerei Wolter für ihren leckeren Kuchen.

Danke auch all den Medienmenschen, Stars und Sternchen, denen ich im Laufe der Jahre begegnet bin und die mich zu der einen oder anderen Anekdote inspiriert haben …

Infos zur Autorin und zu ihren Büchern finden Sie hier:
www.bibo-loebnau.de
www.facebook.com/autorinbiboloebnau
www.instagram.com/autorinbiboloebnau

bibo Loebnau

Schorsch Clooney, die Landluft und ich

Roman

Bibliografische Information der Deutschen Nationalbibliothek:
Die Deutsche Nationalbibliothek verzeichnet diese Publikation in der Deutschen Nationalbibliografie; detaillierte bibliografische Daten sind im Internet über http://dnb.dnb.de abrufbar.
2. Auflage
Originalausgabe 08/2014
© 2020 bibo Loebnau
Covergestaltung: Eva Brandt, diekomplizen Bremen
Lektorat/Satz: biboPR & Kommunikation
Herstellung und Verlag: BoD – Books on Demand, Norderstedt
ISBN: 978-3-7431-8808-2

www.bibo-loebnau.de

As long as there's sun
As long as there's rain
As long as there's fire
As long as there's me
As long as there's you
„Where Are We Now?", David Bowie, 2013

Das Krächzen der Krähen, die sich hoch oben in den Kiefern beschimpften, war das erste Geräusch, das sie wieder klar und deutlich wahrnahm. Mit einer Mischung aus Unbehagen und Genugtuung legte Ina den Kopf in den Nacken und beobachtete in den Baumwipfeln drei der großen Rabenvögel, die mit heftig schlagenden Flügeln um den Vorrang auf einem armdicken, knorrigen Ast stritten und dabei einen ohrenbetäubenden Lärm veranstalteten. Das Gezeter drang mit einem Schlag in ihren Kopf. Es dauerte einen winzigen Moment lang, bis sie realisierte, was die unangenehmen Laute, die sie scharf und unverschleiert vernahm, zu bedeuten hatten – sie konnte mit dem linken Ohr wieder hören! Das großartige Gefühl, endlich keinen dämpfenden Wattepfropfen mehr im Gehörgang zu haben, wurde durch das Geräusch selber aber sofort wieder getrübt. Ausgerechnet zeternde Vögel. Hätte es nicht auch der melodische Gesang des schwarzen Amselmännchens, das gestern sein abendliches Lied auf der alten Antenne über ihrem Holzhäuschen geschmettert hatte, sein können? Das harmonische Geträller, das sie mehr erahnt, als tatsächlich gehört hatte? Natürlich war es nun dieses unangenehme Krächzen, das ihre Freude über die wiedererlangte Hörkraft trüben musste.

Sie rief sich zur Ordnung. Es war so typisch für sie. Warum musste sie immer zuerst das Haar in der Suppe suchen und finden, noch bevor sie sich richtig freuen konnte? Na, wahrscheinlich, weil es da war, das Haar, dachte sie trotzig. Aber damit sollte jetzt ein für alle Mal Schluss sein. Das hatte sie sich fest vorgenommen, für den Fall, dass die Symptome ihres Hörsturzes irgendwann wieder verschwinden sollten. Ina riss sich zusammen und versuchte zu lächeln, nur um im selben Moment genervt die Augen zu verdrehen, weil nun die unvermeidliche Kreissäge von Bauer Herbert nebenan einsetzte. Das mit dem ruhigen Landleben hatte sie sich irgendwie anders vorgestellt, als sie vor ein paar Wochen nach Bienensee gekommen war.

Es hatte sie abends um halb elf erwischt. Sie war gerade dabei, einen Artikel über den deutschen Schauspieler zu schreiben, der eine Hauptrolle in dem neuen Hollywoodfilm spielte. Die Premiere war glanzvoll gewesen, und als Chefreporterin des auflagenstärksten People-Magazins hatte Ina Frinks natürlich ein Exklusivinterview mit den Hauptdarstellern bekommen. Sie wurde bevorzugt behandelt, denn ihre publizierte Meinung zum Film wirkte sich an den Kinokassen aus. Ina genoss die Privilegien, sie waren schon lange selbstverständlich für sie. Sie gehörte einfach dazu, war Teil der großen Showbusiness-Maschinerie. Dennoch bemühte sie sich um Objektivität in ihren Artikeln und fand deutliche Worte, wenn ihr etwas nicht passte. Dabei hatte sie allerdings immer die Meinung ihrer zumeist weiblichen Leser als eine Art Selbstzensur im Kopf. Wenn ein Star beliebt war, gab es keinen Grund, ihn runter-zuschreiben, auch wenn er seine Rolle im neuen Film nicht besonders gut gespielt hatte. Dann war eben der Regisseur schuld, und der Star strahlte weiter.

Es sei denn, ein Promi betrog seine Frau und ließ sich dabei erwischen. In dem Fall war es mit dem Verständnis oder Hofieren vorbei. Für eine saftige Enthüllungsstory hätte Ina ihren rechten Arm gegeben. Oder nein, besser ein Bein, denn den Arm brauchte sie ja noch zum Schreiben. Als ihre Finger über die Tastatur des Computers sausten, musste sie unwillkürlich grinsen. Während sich die Story über den deutschen Schauspieler unter ihren Händen zu einer wahren Hymne entwickelte, schlummerten gleichzeitig ein paar Notizen und Fotos in einer unscheinbaren Datei in ihrem Laptop, die dem Star sicher ein paar schlaflose Nächte bereitet hätten, hätte er davon gewusst. Ein Fehltritt mit Folgen. Jedenfalls behauptete das seine Exfreundin. Noch war die Story nicht lückenlos recherchiert, aber Ina konnte warten. Bis dahin pflegte sie weiter das makellose Bild des Aufsteigers aus bescheidenen Verhältnissen, der es bis nach Hollywood geschafft hatte und dabei so normal und bescheiden geblieben war, wie ihre Leserinnen es mochten.

Ina tippte und tippte, bis ein plötzliches Pfeifen im linken Ohr sie zusammenzucken ließ. Sie schüttelte den Kopf, doch der Ton ließ nicht nach. Verwirrt sah sie sich nach der Quelle des unangenehmen Geräusches um, bemerkte aber schnell, dass es nicht von außen kam, sondern in ihrem Ohr war. Ihre Hände griffen nach der Schreibtischplatte, als ein Schwindelgefühl sie auf ihrem weißen Lederschreibtischstuhl leicht schwanken ließ. Die Buchstaben auf dem beleuchteten Monitor begannen vor ihren Augen zu tanzen, und ihr wurde schlecht. Ihr Kopf fühlte sich an wie in Watte gepackt.

Ina versuchte, ruhig zu atmen, doch eine leichte Panik erfasste sie. Was war mit ihr los? Wahrscheinlich ihr hoher Blutdruck. Ja, das Rauschen in ihrem Kopf war sicher das Blut, das auf Hochtouren durch ihre Adern sauste. Das kannte sie seit Jahren, Dauerstress und seine Folgen gehörten einfach zu ihrem Leben dazu. Aber dieses Gefühl war irgendwie anders. Wann hatte sie eigentlich zuletzt etwas gegessen? Das alberne Fingerfood nach der Premiere war zwar köstlich, aber wenig nahrhaft gewesen. Sie sollte zukünftig auf eine regelmäßigere Ernährung achten – auch auf die Gefahr hin, dass sie dann irgendwann nicht mehr in die schicken, engen Kleider der namhaften Designer passte, die sie so gerne trug. Der Hunger allein konnte aber nicht der Auslöser für das schrille Piepsen in ihrem Ohr und das Schwindelgefühl sein. Vielleicht ein Herzinfarkt? Sie spürte etwaigen

Schmerzen in Arm und Brust nach. Da war nichts. Und sowieso, in ihrem Alter? Entrüstet verwarf sie den Gedanken gleich wieder. Aber warum hörte dieses lästige Pfeifen nicht auf? Mit Daumen und Zeigefinger hielt sie sich die Nase zu und versuchte, wie bei der Landung im Flugzeug, Luft in ihre Ohren zu pressen, um den Unterdruck loszuwerden. Ohne Erfolg. Ihr Körper pfiff ihr was.

Ina hatte kaum geschlafen und früh am nächsten Morgen ihren HNO-Arzt angerufen. Der hatte sie sofort in die Praxis beordert und nach kurzer Untersuchung die niederschmetternde Diagnose gestellt: Hörsturz. Zum Glück musste sie nicht ins Krankenhaus, sondern konnte gleich beim Arzt eine Infusion gelegt bekommen, zur Erweiterung der Gefäße und Verbesserung der Fließeigenschaften des Blutes. Der Doktor verschrieb ihr ein Vitamin-B-Präparat, verbot ihr Nikotin, Alkohol und Kaffee und jeglichen Stress!

Ina wusste nicht, welches der Verbote sie am meisten schockte – alle vier gehörten zu ihrem Alltag, ja, waren quasi ihr Lebenselixier. Und jetzt sollte sie auf all das verzichten? Sie konnte es nicht fassen. Aber ein taubes Ohr samt fiesem Pfeifgeräusch war auch nicht gerade das, was sie in ihrem Job und außerhalb gebrauchen konnte. Also sagte sie zu allem Ja und Amen und bekam einen neuen Infusionstermin für den nächsten Tag.

Das Handy am gesunden Ohr, rief sie in der Redaktion an. Statt des Chefredakteurs Klaus Berger meldete sich die Redaktionsassistentin Frauke Harms – ausgerechnet die! Ina konnte die Neue nicht leiden. Eigentlich war die auch ausgebildete Journalistin, hatte jedoch keinen Redakteursposten bekommen, sondern sich stattdessen mit der einzigen freien Stelle als Redaktionsassistentin begnügen müssen. Doch Ina wusste, dass die jüngere Konkurrentin nur auf ihre Chance lauerte, nach oben zu klettern.

„Morgen Frauke, stell mich mal schnell zu Klaus durch. Ist dringend", schnarrte sie kurzangebunden in ihr iPhone.

„Der Klaus ist noch nicht da. Was gibt's denn?", fragte Frauke neugierig.

Nein, der Trulla würde sie jetzt auf keinen Fall von ihrer Krankengeschichte berichten. Kam gar nicht in Frage. Also antwortete Ina nur: „Er soll mich gleich anrufen, wenn er kommt. Ich bin heute nicht im Office. Wichtiger Termin ... Also dann." Ohne eine Reaktion abzuwarten, drückte sie die „Beenden"-Taste.

Sie versuchte, vernünftig zu sein und widerstand dem Drang, sofort ihren Laptop anzuschalten, doch das iPhone legte sie neben sich auf den kleinen Glastisch, als sie sich erschöpft auf ihrer Le-Corbusier-Liege niederließ. Sie starrte auf das große, bunte Gemälde von Rainer Fetting, das an der Wand gegenüber hing. Sie meinte die laute Musik der Rockband, die da mit heftigen Pinselstrichen abgebildet war, zu hören, aber das war nur das Pfeifen in ihrem Ohr.

Ina schloss die Augen, doch an der Lautstärke änderte das nichts. Sie versuchte, gleichmäßig zu atmen und sich zu entspannen. Sie brauchte dringend Ruhe, hatte der Arzt gesagt und sie dabei sehr ernst angesehen. Ruhe, ja, das hätte sie auch gern, aber wie sollte sie sich entspannen, wenn es in ihrem Kopf pfiff und rauschte. Genervt schlug sie die Augen wieder auf. Wieso hatte sich Klaus noch nicht gemeldet? Um halb zehn musste er doch längst im Büro sein. Ina griff nach ihrem Telefon und rief seine Nummer erneut an. Wieder meldete sich Frauke:

„Ach, hallo Ina ..."

Sofort unterbrach sie die Redaktionsassistentin: „Wo ist Klaus?"

„Du, der ist gerade erst reingekommen. Ich hatte noch gar keine Gelegenheit, zu sagen, dass du angerufen ..."

„Stell mich einfach durch!", schnaubte Ina.

„Okay, Momentchen ..."

Klick. Dann hörte sie die alberne Melodie des Werbejingles und einen Frauenchor, der den Slogan des „V.I.P."-Magazins hauchte:

„Viiii-ei-piiiiiiiii – das Maaagaziiiiin. Heute lesen, wer morgen in ist!" Ina hielt das iPhone ein Stückchen von ihrem rechten Ohr weg. Klick.

„Ina! Wo steckst du? Wir haben gleich Konferenz!", meldete sich Klaus Berger hektisch.

„Sorry Klaus, aber ich kann heute nicht kommen ..."

„Wie? Und was ist mit der Geschichte über die Filmpremiere? Die ist als Doppelseite mit einer fetten Fotostrecke eingeplant. Das Layout wartet auf dich, um alles passend zur Story zu bebildern", rief er ins Telefon.

„Schrei mich bitte nicht so an! Ich bin krank. Aber die Story hab ich letzte Nacht noch fertig geschrieben. Hab ich dir doch gemailt. Warum guckst du nie in dein Eingangsfach?"

„Ach so ... Ja, dann ist ja gut", sagte er etwas ruhiger, nur um sich gleich wieder aufzuregen. „Und wie sollen wir das ohne dich bebildern? Und wer schreibt die Bildunterschriften?"

„Dann muss sich das Layout eben ausnahmsweise mal meinen Text durchlesen und gucken, welche Promi-Nasen drin vorkommen. Und die paar Bildunterschriften kann doch wohl mal deine kleine Redaktionsassistentin machen", blaffte Ina zurück.

Sie hörte Klaus Berger unwillig schnauben und einmal tief durchatmen. Dann fragte er etwas freundlicher: „Was hast du überhaupt?"

„Ich dachte schon, das interessiert dich überhaupt nicht. Ich hatte gestern Nacht einen Hörsturz. Übrigens während ich an dem Text für dich gearbeitet habe! Und heute Morgen war ich beim HNO und der hat mich erst mal bis einschließlich morgen krankgeschrieben."

„Was? *Zwei* Tage? Wie soll das denn gehen?"

„Muss es wohl irgendwie. Ich brauche jedenfalls absolute Ruhe, sagt der Doc. Sonst dauert's noch länger."

„Hm ... Na gut ..." Er schien zu überlegen. „Du bist doch sonst nie krank ... Mit unserem kleinen Streit neulich hat das Ganze nicht zufällig was zu tun?"

„Also, hör mal, Klaus", entrüstete sich Ina. „Privatleben und Job konnten wir bisher doch auch ganz gut auseinanderhalten. Zu dem Thema ist im Übrigen alles gesagt. Schluss ist Schluss. Ich bin tatsächlich krank. Also nerv mich nicht mit deinen Unterstellungen. Ich muss mich erholen und melde mich, sobald es was Neues gibt. Ciao."

Erschöpft lehnte sie sich zurück und lauschte den Geräuschen in ihrem Kopf.

An das Gespräch vor ein paar Wochen wollte sie jetzt lieber nicht denken. Es war nie angenehm, eine Affäre zu beenden. Wenn es eine mit dem eigenen Chef war, gestaltete sich das Ganze deutlich komplizierter ...

„Es tut mir leid Frau Frinks, aber die zweite Infusion hat noch keinerlei Besserung gebracht. Schlechter ist es zum Glück aber auch nicht geworden. Das Einzige, was da tatsächlich hilft, ist Ruhe, Ruhe und nochmals Ruhe", sagte der Arzt streng.

Er kannte seine Patientin seit Langem, hatte sie selbst schon mal bei einer Theaterpremiere am Ku'damm als Klatschreporterin in Aktion erlebt. Daher wusste er, dass Ina Frinks und Ruhe eigentlich zwei Dinge waren, die ganz und gar nicht zusammenpassten. Die quirlige Journalistin stand ständig unter Strom, um ja kein brisantes Ereignis zu verpassen oder sich womöglich von jemand anderem eine Exklusivstory abspenstig machen zu lassen.

Sie lief permanent auf Hochtouren. Das war der Preis, den sie für ihren privilegierten Job zu zahlen bereit war. So tickten schließlich praktisch alle in ihrer Branche – jedenfalls die Erfolgreichen.

Entweder man machte mit und hielt den ständigen Druck aus, oder man war ganz schnell weg vom Fenster. Die nächste Generation aufstrebender Klatschreporter stand schon in den Startlöchern und lauerte auf ihre Chance.

Fassungslos sah Ina den Arzt an. „Aber wie soll das gehen? Ich hab jede Menge Termine. Die Gala nächste Woche und die Musicalpremiere am Freitag, ganz zu schweigen von dem Charity-Dinner am Wochenende. Da kommt der ganze Hochadel! Wenn ich da nicht dabei bin, dann ..."

„Dann geht die Welt auch nicht unter", unterbrach sie der Arzt. „Es tut mir leid, aber Sie müssen davon ausgehen, dass Sie die nächsten Wochen an keinem derartigen Event teilnehmen werden."

„Wochen? Mehrere?", fragte Ina erschrocken.

„Ja, vielleicht sogar Monate. Das weiß man bei dieser Erkrankung nie."

„Aber ich hab da mal was gelesen, auf unserer Ratgeberseite. Da waren Leute von heute auf morgen dieses grässliche Pfeifen und Rauschen los und konnten wieder normal hören."

„Stimmt, es gibt bei Tinnitus Spontanheilungen, aber darauf sollten Sie sich nicht verlassen. Sie sind auf jeden Fall erst mal ein paar Wochen lang nicht arbeitsfähig. Wenn Sie überhaupt je ganz davon geheilt werden. Das kann Ihnen kein Arzt garantieren. Aber ich werde mein Bestes tun. Den Rest können Sie nur alleine schaffen – mit absoluter Ruhe und ein bisschen Glück. Tut mir leid, dass ich Ihnen nicht mehr Hoffnung machen kann, aber das sind nun mal die Fakten."

Niedergeschlagen schleppte sie sich nach Hause und gab die Hiobsbotschaft an ihre Redaktion durch.

Klaus Berger drehte fast durch, aber Ina blieb standhaft. Nach zwei Tagen Dauerlärm im Kopf war sie mürbe und wollte nur noch gesund werden. So schnell wie möglich. Und dazu musste sie so konsequent wie möglich sein. Der einzige Kompromiss, zu dem sie sich überreden ließ, war, dass sie per Mail die Termine und Texte ihrer Vertretung gegenchecken würde. Dafür sicherte ihr der Chefredakteur zu, dass auch während ihrer Abwesenheit ihr Name und Konterfei neben der V.I.P.-Kolumne abgebildet sein würde und möglichst wenige Leute erfahren würden, dass und vor allem warum sie derzeit nicht arbeiten konnte. Man einigte sich auf die Sprachregelung, dass sie auf einer längeren Dienstreise sei und deshalb Frauke Harms als Vertretung ihre Termine wahrnehmen werde.

Nachdem das geklärt war, überlegte Ina, wie und wo sie am besten die Ruhe finden könnte, die sie benötigte. In Berlin war das praktisch unmöglich. Hier musste sie ständig damit rechnen, irgendeinem bekannten Gesicht über den Weg zu laufen. Und wenn sich herumspräche, dass sie gar nicht unterwegs war, würde die Gerüchteküche brodeln.

Also musste sie verreisen. Nur wohin?

Zu weit weg konnte sie nicht fahren, weil sie zwischendurch vielleicht mal zum Arzt musste, und außerdem war sie krankgeschrieben. Da konnte sie schlecht nach ein paar Wochen frisch gebräunt zurück in die Redaktion kommen.

Sie müsste irgendein gemütliches Plätzchen in der Nähe von Berlin finden, am besten mit WLAN und Telefon, wo sie garantiert keinen Promi und keinen Bekannten treffen würde. Also kein schickes Wellnesshotel, sondern eher ein Appartement oder eine Ferienwohnung ...

Anja! schoss es ihr durch den Kopf. *Genau!*

Ihre ehemalige Kollegin aus der PR-Agentur und beste Freundin hatte sich doch vor ein paar Monaten dieses kleine Sommerhaus irgendwo in Brandenburg gekauft, aber fast nie Zeit, dort rauszufahren. Vielleicht stand es ja auch jetzt leer? Ina scrollte schon in ihrem Handy nach Anjas Nummer.

„Hey, Ina! Das ist ja eine Überraschung. Wir haben ja ewig nichts voneinander gehört. Wie läuft's? Also abgesehen von deiner Kolumne, die ich natürlich regelmäßig verschlinge. Nun sag schon, wie ist das Leben zu dir?", ratterte Anja los, nachdem sie im Display gesehen hatte, wer angerufen hatte.

„Hey, Anja! Stimmt, ich hab mich echt lange nicht gemeldet, sorry. Tja, mir geht's soweit ganz okay."

„Ganz okay? Oh, oh, das klingt aber gar nicht gut, wenn das aus deinem Mund kommt! Was ist los? Gefeuert, Liebeskummer oder hat ein Promi dich verklagt?" Anja lachte amüsiert auf.

„Nee, weder noch, aber blendend geht's mir tatsächlich nicht. Ich hatte einen Hörsturz …"

„Oh Scheiße! Kenn ich, so was Ähnliches hatte eine der Künstlerinnen aus unserer Agentur auch vor Kurzem. Vom vielen Stress. Scheint ja gerade sehr hip zu sein. Und langwierig, hab ich gelesen. Unsere Chefin hat sich tierisch aufgeregt, wegen … Die ist ja schließlich …"

Anja unterbrach sich selbst, als sie merkte, dass sie gerade dabei war, Agenturinterna auszuplaudern, und ergänzte schnell: „Ich darf dir leider nicht sagen, um wen es geht. Du weißt ja: Diskretion – vor allem der Klatschpresse gegenüber …"

Sie musste bei der Bemerkung selber grinsen.

„Ach, entschuldige Ina, aber das ist so drin. War auch keins von meinen Babys hier, sondern so eine Schlagertante aus der Musikabteilung. Ich kenn da auch tatsächlich keine Details, weil wir uns ja hier selbst unter Kollegen nicht mal die Uhrzeit verraten", erklärte sie lachend und versuchte damit, das Gesagte zu entschärfen.

Sie horchte ins Telefon, aber Ina reagierte nicht, also bemühte sie sich, das nötige Mitgefühl für die Situation ihrer Freundin zu zeigen: „Also, das ist ja echt Mist mit deinem Hörsturz. Da sollen doch irgendwelche Vitamine helfen, oder?"

„Ja, Vitamin B ..."

„B wie Beziehungen", alberte Anja wieder los. „Sorry Ina, das findest du wahrscheinlich gerade gar nicht so witzig. Mir ist schon klar, bei Stresskrankheiten hilft nur Ruhe, Ruhe, Ruhe! Richtig?"

„Ganz genau. Und da kommst jetzt du ins Spiel, Anja."

„Hä? Ich und Ruhe? Wo siehst du denn da einen Zusammenhang?", amüsierte sich Anja. „Aber im Ernst, nun sag schon, wie ich dir helfen kann."

Sie war froh, dass ihre Freundin endlich wieder etwas Konkretes ansprach.

„Du hast doch da dieses Haus in irgend so einem Brandenburger Kaff ..."

„Bienensee! Ja, klar!"

„Bienensee?", fragte Ina skeptisch. „Na ja, immer noch besser als Mückendorf."

„Stimmt. Mücken sind da allerdings auch nicht gerade vom Aussterben bedroht. Willst du übers Wochenende raus? Kannste gerne, ich hab allerdings leider keine Zeit. Am Samstag drehen wir in Köln diesen Show-Piloten mit Maike für RTL. Da kann ich meine Künstlerin ja nicht alleine hingehen lassen. Tut mir leid."

„Ach super! Äh, ja, schade, dass du keine Zeit hast ... Aber ich würde tatsächlich gerne dein Häuschen eine Zeit lang mieten, wenn das möglich wäre."

„Mieten? Quatsch! Das steht doch sowieso leer. Ich bin froh, wenn da mal einer nach dem Rechten sieht. Was heißt denn ‚eine Zeit lang'?"

„Das weiß ich noch nicht so genau … Vielleicht ein paar Wochen?"

„Oh … Ach, warum nicht? Mach das ruhig. Und falls ich zwischendurch doch mal Zeit habe, komme ich dich einfach besuchen. Es gibt ein zweites Schlafzimmer. Kein Problem. Wann willste denn da raus?"

„Na ja, möglichst bald. Vielleicht heute schon?"

„Hui, noch immer das alte Tempo. Flott, flott, die Ina. Von mir aus gerne. Ich maile dir gleich mal Adresse und Wegbeschreibung. Bienensee ist so rund 80 Kilometer südlich von Berlin. Einfach immer die A 13 runter und dann über die Dörfer. Findste schon."

„Super, Anja! Du bist echt spitze! Vielen Dank. Und wie komme ich an den Schlüssel?"

„Bauer Herbert hat einen Ersatzschlüssel, den kannste haben."

„Bauer Herbert?"

„Ja, dein neuer Nachbar. Nicht sonderlich gesprächig, aber hilfsbereit. Der ist eigentlich immer auf seinem Hof. Oder seine Frau Elsa. Ich versuch mal, ihn anzurufen, damit er Bescheid weiß, dass du kommst."

„Toll, danke, Anja."

„Och, da nich für, Süße. Ich freu mich, wenn ich dir auch mal einen Gefallen tun kann. Ohne dich hätte ich damals diesen Job nicht gekriegt. Apropos: Ich muss langsam mal Schluss machen. Die olle Ziege kriegt schon wieder hektische Flecken am Hals, wenn ich hier so lange privat telefoniere", lästerte Anja.

„Oh, ich erinnere mich, was das bedeutet – baldiger Wutausbruch. Da hat sich ja in dem Laden nicht viel geändert seit damals …"

„Nee, die Chefin ist immer noch eine Katastrophe, aber meine Künstler sind Zucker, deshalb halte ich durch. Ach Mensch, nun haben wir gar nicht über deinen Job und deinen Boss gesprochen. Alles soweit in Ordnung?"

„Doch, doch ... Ach, das beschnacken wir, wenn du mich in Bienensee besuchen kommst, okay?"

„Versprochen! Also, Süße, Bussi! Viel Spaß auf dem Lande", zwitscherte Anja.

„Ach, sag mal, gibt's da eigentlich WLAN?", fragte Ina noch schnell. „Oder wenigstens Festnetz?"

Ihre Freundin lachte amüsiert auf.

„Nein, Schätzchen. Das ist doch nur ein Ferienhaus. Aber du bist doch sicher mit USB-Stick und Smartphone ausgerüstet?"

„Ja, stimmt ..."

„Also dann, mach's gut!"

„Ja, du auch. Und noch mal danke!"

„Demnächst links abbiegen."

Die auf volle Lautstärke eingestellte Stimme der Navi-Lady schickte sie nach dem Verlassen der Autobahn jetzt schon seit einer dreiviertel Stunde über von großen Kastanien, Pappeln und Eichen gesäumte Alleen, durch endlose, von blühendem Klatschmohn rotgesprenkelte Weizenfelder, durch schattige Kiefern- und Buchenwälder und über kopfsteingepflasterte Holperwege. Sie brauste in ihrem offenen Mini Cabrio durch ein typisches, brandenburgisches Straßendorf nach dem anderen.

Ina hatte inzwischen völlig die Orientierung verloren und hoffte in jedem Ort mit gleichförmigen, öden, graupelverputzten Häusern, vor denen Männer in buntgemusterten Ballonseiden-Jogginghosen und Feinripp-Unterhemden stoisch an ihren Zäunen lehnten und ihr nachgafften, dass es sich nicht um Bienensee handeln möge. Sie kam sich vor wie auf einer Pauschalreise, im Charterbus vom Flughafen zum Hotel, wo man bei jedem weiteren scheußlichen Betonkasten hofft, dass man selbst noch nicht aussteigen muss, um hier die schönsten Tage des Jahres verbringen zu müssen.

Nur noch fünf Kilometer bis zum Ziel, zeigte das Navi an. Ina wurde immer nervöser und verlangsamte automatisch das Tempo. Sie wollte den Moment der Wahrheit lieber noch etwas hinauszögern. Ein paar lang gezogene Kurven noch, dann würde sie endlich da sein: Akazienallee 13 in Bienensee. Sie stellte sich unter der Adresse ein schmuckes, weißes Herrenhaus mit Säulen, Türmchen und Erker vor. Soweit die Fantasie.

Plötzlich wurde die Asphaltstraße wieder von Kopfsteinpflaster abgelöst und eine hübsche kleine Ziegelsteinkirche tauchte auf, daneben das gelbe Schild: „Bienensee".

„In hundertfünfzig Metern rechts in die Birkenstraße abbiegen, dann sofort links in den Wiesenweg", forderte Frau Navi. Neugierig betrachtete Ina die schmucken, sanierten alten Häuser, die die Hauptstraße des Ortes säumten. Einige hatten sogar Stuck, Erker und eins sogar Säulen. Ina atmete erleichtert durch. Auf der linken Seite tauchte ein Gasthof auf, der allerdings dringend mal eine Renovierung vertragen hätte. „Zum Roten Adler" – ein abgeblättertes Holzschild hing etwas schief über den Treppenstufen am Eingang. Das Tagesangebot verkündete eine schwarze Klapptafel, auf der mit weißer Kreide stand: „Heute Soljanka und Schweineschnitzel". Damit traf die örtliche Gastronomie nicht wirklich Inas Geschmack. Sie blinkte rechts. An der Ecke entdeckte sie eine Bäckerei, die auf einem großen Schild vor dem Eingang „Eierschecken", „Bienenstich mit Puddingkrem" und „Räuberbrot" anpries. Auch ein „Mini-Markt" befand sich offensichtlich in dem kleinen Laden. Na ja, zumindest verhungern müsste sie hier nicht.

Als sie in den kleinen Wiesenweg einbog, meldete sich Frau Navi wieder: „In fünfzig Metern rechts abbiegen, in die Akazienallee. Dann haben Sie Ihr Ziel erreicht. Das Ziel liegt links."

Gespannt hielt Ina nach der angekündigten „Allee" Ausschau. Alles was sie sah, war ein unbefestigter Sandweg mit zwei tief ausgefahrenen Spurrillen und wild wucherndem Unkraut dazwischen. Doch neben dem blauroten Sackgassensymbol verkündete das Straßenschild unmissverständlich und großspurig „Akazienallee". Also bog sie vorsichtig auf den Pfad ein und holperte im Schatten schlanker, zartblättriger Akazienbäume langsam über Baumwurzeln und durch tiefe Sandkuhlen leicht bergan. Ihr schwarzer Mini hatte Mühe, sich durch das hohe Gras in der Mitte der Piste zu kämpfen.

Anstelle stattlicher Herrenhäuser reihten sich auf beiden Seiten des schmalen Wegs niedrige Häuschen auf mehr oder weniger verwilderten, riesigen Grundstücken aneinander. Hinter den Akazien erhoben sich jede Menge imposante Kiefern, Birken, Haselnussbäume und Eichen aus dem brandenburgischen Sand. Die meisten Holzhütten waren verwittert, hatten eingeschlagene Fensterscheiben und standen augenscheinlich seit Langem leer. An den verrosteten Zäunen suchte Ina vergeblich nach Hausnummern. Sie hatte das Gefühl, in einen verwunschenen Wald zu fahren, der vor Jahrzehnten in einen Dornröschenschlaf gefallen war.

Am Ende des Pfads, auf der rechten Seite, entdeckte sie zwischen den Bäumen die Umrisse eines großen Bauernhofs. Das musste der von Bauer Herbert und seiner Frau Elsa sein. Wie hießen die beiden eigentlich mit Nachnamen?

Ganz in Gedanken holperte Ina im Schneckentempo weiter, als ihr plötzlich unvermittelt das Vorderteil eines großen, grünen Traktors den Weg versperrte. Sie erschrak, stieg auf die Bremse und würgte dabei den Wagen ab. Ohne das eigene Motorengeräusch hörte sie mit dem rechten, gesunden Ohr das laute Tuckern des alten Zweitakters und eine Stimme, die empört brüllte:

„Ei verbibbsch! Wo kommt'n de Babbe plötzlich her?"

Den dazugehörigen Menschen konnte Ina zwischen all dem hohen, grünen Gestrüpp am Wegesrand allerdings nicht ausmachen. Sie zog die Handbremse an, stieg aus und trat mit einer entschuldigenden Geste an den Traktor heran. Von seinem erhöhten Sitz aus starrte sie ein älterer Mann in verwaschener blauer Arbeitskleidung, mit einem breitkrempigen, speckigen braunen Lederhut an.

„Sorry!", rief sie, um den Lärm des Traktors zu übertönen.

„Hä?"

„Tut mir leid!"

„Hm", brummte er und nickte bedächtig.

„Äh, sind Sie vielleicht zufällig Bauer Herbert? Verzeihung, aber Ihren Nachnamen weiß ich leider nicht. Meine Freundin Anja sagte, sie wollte Sie anrufen, um Bescheid zu sagen, dass ich komme ..."

„Hm", war alles, was Ina als Antwort bekam.

„Also, ich bin Ina Frinks aus Berlin. Und wer sind Sie?", versuchte sie es noch einmal.

„Herbert."

„Oh, super! Da hab ich ja Glück, dass ich Sie getroffen habe, bevor Sie aufs Feld oder wo man hier sonst so mit dem Traktor hinfährt, gefahren sind", plapperte sie eifrig weiter.

„Hm."

Langsam ging Ina seine Einsilbigkeit auf die Nerven, doch sie riss sich zusammen und fragte betont langsam:

„Können Sie mir bitte den Schlüssel zum Haus von Anja Meyerdirks geben?"

„Hm, hm."

Das interpretierte Ina als eindeutiges „Ja" und echten Fortschritt in der Konversation mit ihrem künftigen Nachbarn. Tatsächlich schien jetzt Bewegung in den Mann zu kommen. Ohne ein weiteres Wort legte der Bauer den

Rückwärtsgang ein und tuckerte zurück. Ina ging ihm durch die breite Toreinfahrt auf den Hof nach. Als er schließlich von seinem Bock abstieg und wortlos im Haus verschwand, blieb sie unschlüssig auf dem Hof stehen und sah sich um.

Ein paar Hühner und Enten pickten im hohen Gras, das zwischen dem Kopfsteinpflaster wuchs. In einem eingezäunten Areal suhlten sich fünf sehr große Schweine genüsslich im Matsch. Aus der oberen Hälfte des hölzernen Stalltors reckte ein stattlicher Haflinger seinen Kopf, schüttelte die lange blonde Mähne und wieherte. Ina war auf Anhieb begeistert von der Bilderbuchidylle.

Als sie sich wieder zu dem imposanten dunkelroten Ziegelsteingebäude umdrehte, sah sie Bauer Herbert, begleitet von einem großen Bernhardiner, aus dem Haus kommen. Der riesige Hund trottete schwerfällig und schwanzwedelnd neben seinem Herrchen her – bis er die fremde Frau erblickte. Mit einem lauten Kläffen nahm er Anlauf. Ina machte einen unsicheren Schritt zurück, blieb dann aber steif stehen, um dem Unausweichlichen ins Auge zu blicken. Das riesige Tier kam mit offenem Maul, in großen Sprüngen direkt auf sie zu gerannt. Die lange, rosafarbene Zunge schwang hin und her.

„Nä! Herkules! Do Misdgärl! Platz, do Dussldier!", brüllte Bauer Herbert, doch da war es schon zu spät.

Kurz vor ihr stellte sich der ausgewachsene Bernhardiner auf seine kräftigen Hinterbeine und landete mit den Vorderpfoten auf Inas Schultern. Vergeblich versuchte sie, das Gleichgewicht zu halten, doch der schwere Hund drückte sie einfach nieder. Wie in Zeitlupe, die sabbernden Lefzen von Herkules direkt vor ihrem Gesicht, knickten Inas Beine weg, und sie ging mit einem erschrockenen Aufschrei in die Knie. Der Hund federte mehr oder weniger elegant auf allen vieren ab und stand dann wieder auf Augenhöhe vor ihr. Wuff! Verwirrt blickte

Ina in seine freundlichen, braunen Augen und bekam im selben Moment die voluminöse raue Bernhardinerzunge einmal quer durchs Gesicht gezogen.

„Bäh!"

„D'r maach disch", stellte Bauer Herbert sachlich fest und zog ohne Hektik den schwanzwedelnden Herkules am Halsband von Ina weg. Sie wischte sich den sämigen Sabber von der Wange, warf ihre langen braunen Locken zurück und rappelte sich wieder auf.

„Ja, ein netter Hund", sagte sie höflich, während sie halbherzig an den Grasflecken auf ihrer Designerjeans rieb.

„Mach' d'r nämisch nisch bei je'em."

„Aha ... Ja, sehr nett."

Als sie vorsichtig Herkules' riesigen Kopf tätschelte, versuchte der gleich wieder, sie am Arm zu lecken. Doch Ina hatte erst mal genug von Hundesabber und zog ihre Hand weg.

„Tja, also ... Haben Sie den Schlüssel gefunden?"

„Hm."

Bauer Herbert hatte seinen normalen Sprachrhythmus wiedergefunden und hielt ihr einen Keystring in grellem Pink hin, an dem ein einzelner Schlüssel baumelte. Das Bändchen passte ganz eindeutig zu Anja. Ina nahm es erleichtert entgegen.

„Vielen Dank. Und wo ist jetzt die Nummer 13?"

„Hä?"

„Das Haus von Anja Meyerdirks."

„De Datsche do driiben."

Der Bauer deutete mit einer unbestimmten Handbewegung Richtung Torausfahrt. Als er Inas fragenden Blick sah, bedeutete er ihr mit einer knappen Kopfbewegung, ihm zu folgen und führte sie zurück zu ihrem Wagen. Daneben blieb er stehen.

„Und wo finde ich jetzt das Haus?", fragte Ina unsicher.

„No, do!", erwiderte er irritiert und deutete auf das verwilderte Grundstück direkt neben ihrem Auto. Entgeistert suchte Ina zwischen all dem wuchernden Grün nach einem Eingang. Schließlich entdeckte sie das moderne Schloss in dem alten, windschiefen Holztor. Sie steckte den Schlüssel hinein und stellte erleichtert fest, dass er sich ganz leicht drehen ließ.

Dann blickte sie sich nach Bauer Herbert um, doch der erklomm schon wieder seinen Trecker. Sie rief ihm nach: „Vielen Dank noch mal!"

„Hm. De Babbe muss wech", brummte er, ohne sie anzusehen.

„Die was? Babbe? Sorry, aber ich verstehe nicht." Hilflos sah sie ihn an.

„No, de Rennbabbe do."

Er deutete auf ihren kleinen Flitzer, und endlich kapierte Ina. „Ach so! Rennpappe! Trabbi auf Sächsisch. Verstehe! Aber das ist ein Mini."

„Hm."

So oder so, sie musste den schmalen Weg frei machen. Also stemmte sie sich kräftig gegen das Tor, drückte so zügig wie möglich beide Flügel der Einfahrt auf und gleichzeitig das hohe Unkraut nieder, setzte sich wieder in ihren Wagen und steuerte ihn auf das Grundstück. Hinter ihr rumpelte der grüne Traktor die Akazienallee hinunter.

Als sie den Motor ausschaltete, herrschte völlige Stille. Jedenfalls, soweit sie das beurteilen konnte. Abgesehen von dem nervigen Pfeifen in ihrem linken Ohr. Das Tuckern des Traktors war jedenfalls nicht mehr zu hören. Ina sah sich neugierig um. Hinter dem Gestrüpp an der Einfahrt erstreckte sich das große Grundstück mit meterhohen Büschen, einige davon mit kleinen, weißen Blüten übersät. Sie stand mitten auf einer Wiese mit Gräsern und bunten Wildblumen, die ihr bis zur Wade reichten. Riesige, knorrige Kiefern spendeten mit ihren ausladenden Ästen Schatten. Ina atmete tief ein und genoss den Duft nach Wald und Natur.

Ihr war nach der Schufterei am Gartentor warm geworden und so zog sie den schwarzen Blazer aus, warf ihn auf den Fahrersitz und machte sich auf Entdeckungstour. Hinter mannshohen Rhododendronsträuchern erblickte sie ein spitzes Hausdach. Neugierig umrundete sie die Büsche und stand vor einem schnuckeligen kleinen Holzhaus. Die ochsenblutroten Fensterläden waren geschlossen. Sie betrat die große, halb überdachte Terrasse. Die Haustür schien neu zu sein, und auch in dieses Schloss passte der Schlüssel. Mit einem leisen Seufzen öffnete sich die Holztür, sie war wohl schon länger nicht mehr bewegt worden. Drinnen herrschte Dämmerlicht, also lief Ina erst mal ums Haus und öffnete alle Fensterläden.

Die warme Frühsommersonne beschien die geschmackvolle Einrichtung, eine Mischung aus modernen Ikea-Möbeln und ländlichem Gerümpel, das sich harmonisch in das helle Ambiente einpasste. Die kleine, offene Küche hatte sogar einen Geschirrspüler. Im Wohnzimmer standen ein neuer LCD-Fernseher mit DVD-Player sowie eine Musikanlage mit iPod-Anschluss und CD-Player. Ina dankte im Stillen Anjas Sinn fürs Praktische. Neben der Wegbeschreibung, die sie ihr gemailt hatte, hatte sie auch genau beschrieben, wo sich der Sicherungskasten befand, in dem sich der Strom fürs Haus und für die Wasserpumpe aktivieren ließ. Im größeren der beiden Schlafzimmer wurde Ina fündig, legte den Schalter um, und augenblicklich erklang eine wahre Kakophonie – Fernseher und Radio hatten gleichzeitig angefangen, in voller Lautstärke zu lärmen.

Sie stürmte zurück ins Wohnzimmer, griff nach den Fernbedienungen und schaltete alles wieder aus. Ruhe! Sie brauchte Ruhe!

Nachdem sie ihre beiden Koffer ausgepackt und die aus Berlin mitgebrachten Vorräte in den Kühlschrank geräumt hatte, sah sie sich auf dem Grundstück um. Beim Entladen des Wagens hatte sie noch ein zweites, kleineres Häuschen weiter hinten im Garten entdeckt. Mit dem Schlüssel in der Hand stand sie nun unschlüssig vor den zwei nebeneinanderliegenden Türen. Ob das hier ein Gästehaus war? Sie entschied sich für die linke Holztür und befand sich in einem dunklen Schuppen ohne Fenster. Nachdem sie das Licht eingeschaltet hatte, staunte sie nicht schlecht. Sie hatte das Gefühl, in einer Miniversion eines sehr gut sortierten Baumarkts mit angeschlossenem Gartencenter zu stehen. Vom Rasenmäher über zwei Fahrräder, jede Menge Werkzeug, Schaufeln, Rechen, Spaten, Schraubstock bis zur Bohr- und Schleifmaschine war alles da. Die Funktionsweise der meisten Geräte war Ina zwar ein Rätsel, doch der Anblick war beeindruckend, zumal der ansehnliche Fuhrpark nigelnagelneu glänzte. Anja schien in einem Rollkauf alles angeschafft zu haben, was man als Haus- und Gartenbesitzerin jemals gebrauchen könnte. Nur benutzt hatte sie scheinbar bisher nichts davon.

Ina machte das Licht wieder aus und schloss die Tür. Auch sie gedachte nicht, sich hier als Gärtnerin oder Handwerkerin zu versuchen. In Berlin bewohnte sie eine Etagenwohnung und hatte schon Mühe, ihre Balkonpflanzen einigermaßen regelmäßig zu gießen. In ihrer Wohnung standen eine anspruchslose und dennoch halbvertrocknete Yuccapalme und ab und zu ein frischer Strauß Schnittblumen. Und wenn es etwas zu reparieren gab, informierte sie die Hausverwaltung oder rief selbst einen passenden Handwerker an. Zum Selbermachen fehlten ihr Zeit, Lust und das nötige Knowhow.

Neugierig, was sich wohl hinter der zweiten Tür verbergen mochte, schloss sie auf und strahlte. Eine Sauna!

Ja, das war schon eher nach Inas Geschmack. Im privaten Wellness-Tempel zu schwitzen, das war ganz ihr Ding. Die Holzsauna war zwar bescheiden, gerade groß genug für zwei Personen, hatte aber einen kleinen, mit Saunasteinen gefüllten Elektroofen und machte einen gemütlichen Eindruck, auch wenn sie schon etwas älter und sicher von den Vorbesitzern, noch zu DDR-Zeiten, eingebaut worden war.

Ina fand neben der massiven Holztür einen dicken schwarzen Schalter, an dem schlicht „AN" und „AUS" stand. Eine Temperaturregelung suchte sie vergebens, aber drinnen hing ja ein Thermometer neben einer kleinen Sanduhr. Vorsichtig drehte sie den Knauf und schon sprang die Sauna an. Wie lange es wohl dauerte, bis sie die richtige Temperatur hatte? Ina beschloss, in einer halben Stunde wieder nachzugucken, wie sich die Dinge entwickelten, und in der Zwischenzeit zum Bäcker zu fahren, um sich mit den paar noch fehlenden Dingen einzudecken.

„Schönen guten Tag", grüßte sie höflich, als sie den Laden an der Ecke zur Hauptstraße betrat. Doch hinter dem Tresen stand niemand. Ina sah sich um. In einem offenen Nebenraum, links von der Bäckertheke, erstreckte sich tatsächlich die Miniausgabe eines Supermarktes. An zwei Wänden und in der Mitte war auf Regalen alles aufgereiht, was das Herz des Bienenseers zu begehren schien.

Ein buntes Sammelsurium aus Konserven, Gläsern, Tütensuppen, Marmeladen, Flaschen, Shampoos, Seifen, Wasch- und Putzmitteln, Schreibblöcken, Grillkohle, Geschirr, Gläsern, Anglerzubehör und etlichen anderen Dingen stand dicht an dicht gedrängt. An der Stirnseite waren Milch, Joghurt, Käse, Wurst, Eier und andere frische, aber durch die Bank in Plastik verpackte

Lebensmittel in einem Kühlregal untergebracht. Sie griff sich einen der drei bereitgestellten blauen Plastikeinkaufskörbe und packte ein, was sie in den kommenden Tagen brauchen würde – fünf Packungen Spaghetti, zwei Gläser Pesto und vier Gläser fertige Tomatensauce mit Ricotta-Käse und Basilikum.

Ina war keine große Köchin, sondern ging lieber essen oder bereitete sich irgendwelche einfachen, schnellen Gerichte zu. Die Mikrowelle war in der vollausgestatteten Berliner Küche ihre wichtigste Verbündete. Den Backofen mit Umluft, Grill und jeglichem erdenklichen Schnickschnack dagegen, hatte sie in all den Jahren praktisch nur zum Aufbacken von Pizzen benutzt.

Doch in dem Ferienhäuschen schien es in der winzigen Küche keine praktische Mikrowelle zu geben. Also waren Spaghetti die perfekte Lösung. Ein Stückchen frischen Parmesan zur Verfeinerung hatte sie aus Berlin mitgebracht.

Sie nahm noch ein Glas Himbeergelee, Geschirrspültabs, Butter und Eier. Von allem gab's nur eine Sorte, also fiel die Auswahl leicht. Skeptisch betrachtete sie den Eierkarton in ihrem Einkaufskorb. Statt „Bio" oder „Freiland" stand auf der Verpackung ganz klein „Käfighaltung". Das war ganz und gar nicht nach Inas Geschmack, also stellte sie die Schachtel zurück. Lieber gar keine Eier als welche aus Massentierhaltung.

Da sie laut Arzt keinen Kaffee trinken durfte, suchte sie nach Tee. Davon gab es immerhin drei verschiedene Sorten: Hagebutte, Kamille und „Ostfriesenmischung" – alle als Beuteltee. Mangels Alternative landete ein Päckchen schwarzer Tee im Korb.

„Na, finden Se denn allet?", sprach eine weibliche Stimme direkt hinter ihr sie an.

Erschrocken, da sie nicht gehört hatte, dass noch jemand im Laden war, drehte Ina sich um und stammelte:

„Oh, äh, danke, ja …"

Die kleine, blonde, rundliche Frau in einer weißen Kittelschürze musterte sie neugierig. „Sie sind wohl aus Berlin, wa?"

„Äh, ja, wieso?"

„Na, weil Se nich reajiert ham, als ick Se jegrüßt hab." Die Frau mit der peppigen Igelfrisur war Mitte dreißig und sah sie streng an.

Ina rechtfertigte sich sofort: „Sorry, aber ich hör grad nicht so gut, und als ich reinkam, war niemand da. Da dachte ich, ich könnte schon mal alles zusammensuchen, was ich so brauche. Ist doch Selbstbedienung, oder?"

„Ja, klar. Wie soll dit denn sonst jehn? Ick war noch inner Backstube. Zum Zahlen komm' Se denn rüber, wa?"

Ina nickte und drehte sich wieder zum Kühlregal um, nahm noch einen Liter Milch und ging zur Kasse.

Die Verkäuferin betrachtete jeden Artikel eingehend, während sie die Preise nacheinander eintippte.

„Na, Nudeln möjen Se wohl jerne …", murmelte sie und stutzte bei den Tabs für den Geschirrspüler. „Die koofen Se aber nich für Berlin, wa?" Fragend sah sie Ina an.

„Nein, die sind für hier", antwortete die knapp.

„Hier?", hakte die Frau neugierig nach. „Sind Se zu Besuch? Bei wem denn?"

„Ich wohne im Haus einer Freundin."

„Ach? Wer isn dit?"

Die wollte es scheinbar ganz genau wissen. Ina musste schmunzeln, als sie überlegte, dass die Frau eine gute Reporterin abgeben würde, und antwortete: „Anja Meyerdirks."

„Kenn'sch nich."

„Die lebt in Berlin und hat vor ein paar Monaten ein Grundstück hier in der Akazienallee gekauft", ergänzte Ina geduldig.

„Ach, denn is dit diese Flotte, die bei Herbert jejenüber dit alte Haus von den Voglers jekooft hat. Denn weeß ick!", freute sie sich. „Zu Anfang war die ja öfters da, hat allet schick und neu jemacht. Alle Achtung! Aber jetze war Se schon ewig nich mehr hier. So, so, und jetze sind Sie also da. Bleiben Se länger? Oder nur übers Wochenende?", schwatzte die Verkäuferin in ihrem breiten Brandenburgisch weiter.

„Ja, länger. Aber ich weiß noch nicht genau, wie lange."
„Fein, fein. Beutel?" Die Frau sah Ina fragend an.
„Äh, Beutel?"
„Ham Se'n Beutel bei oder brauchen Se ne Tüte? Kost' aber zehn Cent extra."
„Ach so, danke, geben Sie mir bitte eine Tüte."
„Und Brot?"
„Nein danke, ich hab Toast aus Berlin mitgebracht", lehnte Ina das Angebot ab.
„Toast …!", stieß die Bäckersfrau verächtlich hervor. „Dit is doch keen Brot! Hier, probieren Se mal ein Stückchen von unser'm Räuberbrot. Is jrade im Anjebot."

Sie hielt Ina einen Teller mit kleinen Probierhappen entgegen. Gehorsam steckte die sich einen Brocken in den Mund. Es schmeckte frisch und würzig, so ganz anders, als das, was sie aus dem Supermarkt-Backshop in Berlin kannte.

„Na? Lecker, wa?"
„Ja, tatsächlich. Das ist echt lecker. Na gut, dann geben Sie mir doch ein halbes Räuberbrot. Geschnitten, bitte."
„Mach ick. Aber schneiden müssen Se dit schon selba. Wir ham dafür keene Maschine. Am Stück bleibt's ooch länger frisch."

Damit reichte sie Ina das Brot, kassierte und rief ihr beim Rausgehen nach: „Bis morgen früh! Unsere Schrippen sind ooch lecker, werden Se sehn!"

„Alles klar, bis morgen. Wiedersehen."

Bevor sie alles ins Haus brachte, sah Ina nach, welche Fortschritte die Sauna machte. Das Thermometer zeigte nach einer guten halben Stunde erst vierzig Grad an. Ihre Wohlfühltemperatur lag allerdings bei achtzig bis neunzig Grad.

Also kümmerte sie sich erst mal um ihre Einkäufe und schmierte sich eine Scheibe Räuberbrot mit Butter. Es schmeckte köstlich. Wenn's hart auf hart käme, könnte sie sich davon eine Weile ernähren. Dann stöpselte sie ihren iPod in die Anlage und machte es sich mit einem Glas Wasser auf dem breiten blauen Sofa am Fenster gemütlich. Sie steckte den USB-Stick für die Internetverbindung in den Laptop und wartete.

Nach einer gefühlten Ewigkeit hatte sie endlich die gewünschte Verbindung und konnte die Anhänge ihrer Mails checken. Es hatte sich einiges angesammelt in der Zwischenzeit. Zumeist Einladungen zu Pressekonferenzen, Events, Galas und Pressemitteilungen zu neuen Fernsehsendungen, Kinofilmen und Neuveröffentlichungen der Plattenfirmen. Mit gewohnter Routine sortierte Ina alles nach „Wichtig", „zur Not" und „Schrott".

Sie würde später entscheiden, woraus sich eventuell eine Geschichte für ihre Kolumne oder eine große Story mit Interview für die nächste Ausgabe der V.I.P. machen ließe.

Dann klickte sie die Internetseite ihres Magazins an, um sich über den neuesten Klatsch und Tratsch aus der Welt der Reichen, Schönen und Berühmten zu informieren. Bei der schwachen Internetverbindung dauerte es minutenlang, bis sich die Startseite endlich aufgebaut hatte. Nachdem sie das Wichtigste überflogen hatte, klickte sie die Onlineversion ihrer V.I.P.-Kolumne an. Zuerst baute sich der Text auf und schließlich darüber das Foto der Chefreporterin ...

Ina erstarrte. Direkt neben ihrem Konterfei grinste sie auf einem zweiten Bild die Redaktionsassistentin Frauke Harms an. Über *ihrer* Kolumne!

Ina schnappte nach Luft und hatte schon das iPhone in der Hand. Sie wählte die Nummer von Klaus Berger. Nach dreimaligem Klingeln säuselte er persönlich in den Hörer: „Hey, Ina, das ist ja eine Überraschung. Wie geht's dir? Erholst du dich gut zu Hause?"

„Was hast du dir dabei gedacht?", fauchte sie ihn an.

„Was meinst du?", fragte er unschuldig zurück.

„Ich war gerade auf unserer Homepage ..."

„Äh, ja ...?", stotterte er, nichts Gutes ahnend.

„Was hast du dir dabei gedacht, das Foto von dieser kleinen Intrigantin über meine Kolumne zu setzen? Das ist *meine* Kolumne!", schrie sie fast ins Telefon.

„Aber Ina, ich weiß gar nicht, worum es geht. Was für ein Foto? Mit dem Onlineauftritt hab ich doch praktisch nichts zu tun. Das verantwortet doch der Müller. Der gestaltet den Kram eigenständig. Soll ich ihn mal fragen, was da los ist?"

„Allerdings! Und zwar sofort! Das Foto muss da verschwinden – auf der Stelle! Sonst kriegt er richtig Ärger, der Müller. Sag ihm das! Ich bin auf hundertachtzig!"

„Nun beruhige dich doch. Stress ist Gift für dich. Hast du mir selbst gesagt. Bitte entspann dich. Ich kümmere mich gleich darum und melde mich dann wieder, okay?"

„Ich warte drauf!" Damit legte sie auf und starrte wütend das Foto von Frauke Harms an.

Beim Überfliegen des ihr wohlbekannten Textes stutzte sie. Ganz am Ende waren ein paar Zeilen eingefügt worden. Über eine angebliche neue Affäre von George Clooney mit einem Model. Das musste Frauke aus irgendeiner Agenturmeldung zusammengeschrieben und ohne Absprache mit ihr einfach in die Kolumne eingefügt haben.

Ina kochte vor Wut.

Das Pfeifen in ihrem linken Ohr wurde stärker. Zumindest hatte sie den Eindruck. Sie ärgerte sich über Klaus, den Verlag und am meisten über sich selbst, dass sie überhaupt einen Hörsturz bekommen hatte. Dann versuchte sie, sich wieder etwas zu beruhigen. In ihrem eigenen Interesse.

Sie öffnete routinemäßig ihren Facebook-Account und überflog die Statusmeldungen ihrer Kontakte. Die meisten der fast achthundertsechzig Personen, die hier großspurig „Freunde" hießen, kannte sie gar nicht. Und da deren tägliches Allerlei sie auch herzlich wenig interessierte, hatte sie bei vielen von ihnen einfach „Beiträge verbergen" eingestellt. Statt diese Langweiler unhöflich zu löschen, erfüllten sie ihren Zweck – jeder in Facebook konnte anhand der schieren Menge ihrer Kontakte erkennen, dass Ina Frinks scheinbar sehr wichtig war, bei so vielen „Freunden" …

Dass die meisten ihrer Belanglosigkeiten gar nicht auf Inas Pinnwand auftauchten, konnte ja niemand außer ihr sehen. Wenn sie sich allerdings vorstellte, dass auch sie selbst bei einigen der Kontakte, die sie für wichtig hielt, „verborgen" war, fand sie das weniger witzig. Dennoch wusste Ina die Anonymität des Internets zu schätzen.

Die wenigen Menschen, deren mehr oder weniger reales Leben sie tatsächlich virtuell begleitete und von Zeit zu Zeit kommentierte, reichten ihr völlig. Das Wichtigste war, dass ihre prominenten und geschäftlichen Kontaktpersonen ab und zu mit einem „Gefällt mir" gepampert wurden. Sehen und gesehen werden im Netz – darum ging es letztlich. Auf Ehrlichkeit kam es hier nicht wirklich an, sondern auf Originalität und die angenehm flüchtige Art der Kontaktpflege. Man war sich scheinbar nah, und hatte doch seine Ruhe, sobald man sich wieder abmeldete.

Es gab nur vier oder fünf echte Freunde, mit denen sie ab und zu direkt chattete oder sich Nachrichten schrieb. Private Dinge, die nichts an der mehr oder weniger öffentlichen Pinnwand zu suchen hatten. Ihnen hätte sie jetzt gerne erzählt, was mit ihr los war und wie sehr sie sich gerade über Klaus Berger aufgeregt hatte, aber keiner von denen war im Moment online.

Also überlegte Ina, was sie Unverfängliches in ihre Statusmeldung schreiben konnte, um die gewohnte virtuelle Aktivität zu zeigen, ohne zu verraten, dass sie gerade ganz woanders und keineswegs in ihrem normalen Leben war.

Einer ihrer echten Freunde hatte einen YouTube-Clip von Johnny Cash gepostet. „Hurt" – den Song liebte Ina, und er erschien ihr mehr als passend für ihre derzeitige Situation. Schnell klickte sie auf „Gefällt mir" und teilte den Clip. Dazu schrieb sie in ihre Statusmeldung „Toller Song! Lange nicht gehört" und postete beides an ihre Pinnwand.

Mit der schwachen Internetverbindung dauerte das alles länger als sonst, aber Ina grinste, als sie sah, dass nach wenigen Sekunden schon zwei ihrer so genannten „Freunde" scheinbar reflexartig den „Gefällt mir"-Button gedrückt hatten. Na, bitte …

Befriedigt schaltete sie den Computer aus und schluckte im Bad noch eine Vitamin B-Tablette. Schließlich setzte sie sich wieder aufs Sofa, blätterte, allerdings ohne wirklich hinzuschauen, gelangweilt in ein paar alten Heften, die auf dem Tisch herumlagen, und wartete auf Klaus' Rückruf.

Endlich, nach über einer Viertelstunde meldete er sich.

Ina sagte nur: „Und?"

„Also, pass auf, Ina … Das, also das war nur ein Missverständnis. Müller hatte das in der Konferenz so verstanden, als wenn Frauke und du das jetzt zusammen machen würden. Und als sie ihm vorhin einen kurzen aktuellen Text für Online geschickt hatte, hat er den eingebaut und darüber noch ihr Foto einfügen lassen. Weil ja jetzt auch ein Text von Frauke drinsteht. Verstehst du?"

„Und ob ich verstehe! Kaum dreht man euch kurz den Rücken zu, rammt so eine kleine Schnalle einem schon ein Messer rein!"

„Aber nein, Frauke kann da echt nichts für. Sie hat schon gesagt, dass sie sich gleich morgen persönlich darum kümmern wird, dass das Bild wieder von der Homepage verschwindet."

„Morgen erst?", schnaubte Ina.

„Ja, früher geht's leider nicht, weil der IT-Mann schon Feierabend hat. Und ohne den können wir an der Seite nichts ändern."

„Na super … Es ist zum Kotzen! Aber dann muss ich wohl damit leben bis morgen. Ich geh jetzt erst mal in die Sauna, um wieder runterzukommen", platzte sie heraus.

„Ach, in die Sauna? Wo denn? Ich mach gleich Feierabend … Vielleicht könnten wir zusammen gehen?", fragte Klaus Berger interessiert nach.

Ina konnte es nicht fassen, dass er glaubte, dass sie mit ihm zusammen noch mal irgendwo nackt nebeneinandersitzen würde. Und erst recht nicht nach dieser Foto-Nummer gerade! Nein, sie würde ihrem Chef und seit kurzem Ex-Lover nicht verraten, dass sie weit weg, in einem gottverlassenen Dorf, tief in der brandenburgischen Provinz hockte. Er sollte ruhig glauben, dass sie in Berlin, also quasi gleich um die Ecke vom Verlag, war und jederzeit dort auftauchen könnte.

Und was bildete er sich überhaupt ein? Sie hatte die Beziehung vor ein paar Tagen endgültig beendet. Klaus war ein sympathischer, gemütlicher, leicht untersetzter Mann, und sie hatten in den vergangenen sechs Monaten viel Spaß miteinander gehabt, aber er hatte ein entscheidendes Manko – Klaus war verheiratet. Und daran gedachte er auch nichts zu ändern. Sie hatten sich praktisch immer nur heimlich bei ihr zu Hause getroffen, damit niemand sie zusammen sah. Ina war das Versteckspiel im Büro und außerhalb irgendwann leid gewesen.

Meist hatte er irgendetwas zusammengebrutzelt, sich dabei als Meisterkoch geriert und ihre aufgeräumte, blitzblanke Küche eingesaut. Und dann hatte es ihr noch nicht mal sonderlich geschmeckt, aber das hatte sie ihm natürlich nicht gesagt, sondern seine eigentümlichen Kreationen überschwänglich gelobt, um ihn bei Laune zu halten. Schließlich hatten sie sich ein paar Stunden im Bett miteinander vergnügt, wo er sehr viel größeres Talent an den Tag legte als am Herd. Und nachdem er dann wieder zurück zu Frau und Kind verschwunden war, durfte Ina alles wieder aufräumen.

Als Betthäschen vom Chef war sie sich irgendwann billig vorgekommen. Also hatte sie beschlossen, das Ganze zu beenden. Klaus hatte überhaupt nicht verstanden, warum. Wäre doch alles super, sie hätten doch echt viel Spaß miteinander und überhaupt … Aber Ina wollte nicht mehr. Schluss, Aus, Ende. Klaus schien sich aber immer noch Hoffnungen auf eine Fortsetzung zu machen.

„Ich gehe mit meiner Freundin Anja in ihrem Frauen-Fitnessclub in die Sauna. Da hast du leider keinen Zutritt", erfand sie flugs eine Ausrede und verabschiedete sich schnell von ihm, bevor er weiter nachbohren konnte.

Sie griff sich zwei große Badetücher aus dem hübschen, alten Biedermeierschrank im Flur, schloss sorgfältig Haustür, Gartentor und hinter sich die Tür am Saunahaus ab.

Ein bisschen unheimlich war es ihr schon, so völlig allein, splitternackt in der Hitze zu hocken. Okay, Hitze war relativ – das Thermometer zeigte erst knapp siebzig Grad an, aber da der Schalter noch auf „AN" stand, würde es sicher nicht mehr lange dauern, bis es heiß genug zum Schwitzen war.

Ina breitete das Handtuch auf der obersten Holzbank aus, zog die Tür hinter sich zu – und kriegte augenblicklich Beklemmungen. In der winzigen Sauna gab es kein Fenster, nicht mal in der Saunatür. Es war – bis auf das obligatorische Pfeifen in ihrem Kopf – totenstill. Zu still für Ina. Sie sprang auf und sah sich im Vorraum nach irgendetwas um, das Abhilfe schaffen könnte. Auf einem Regal entdeckte sie ein kleines rotes Kofferradio. Sie suchte sich den Klassiksender, drehte die Lautstärke voll auf und legte sich wieder in die Sauna. Leise drangen Vivaldi-Klänge durch die massive Holztür. Ina versuchte, gleichmäßig zu atmen und sich endlich zu entspannen. Nach und nach bildeten sich kleine Schweißtropfen auf ihrer Haut – zuerst an den Armen und dann zwischen ihren Brüsten.

Sie genoss die angenehme Hitze und schloss die Augen. Vivaldis „Sommer" hatte die erhoffte, beruhigende Wirkung. Leise summte Ina die wohlbekannte Melodie mit.

Sie musste eingeschlafen sein, denn plötzlich fuhr sie hoch und schnappte nach Luft. Ihr Körper war klitschnass und knallrot. Entsetzt starrte sie aufs Thermometer: über hundert Grad! Ina stemmte sich mit der Schulter gegen die schwergängige Tür. Bloß raus hier! Draußen nahm sie einen tiefen Atemzug, schloss schwer atmend die Außentür auf und stand endlich nackt und dampfend zwischen den hohen Büschen auf der Wiese in der orangeroten Abendsonne.

Wo war hier eigentlich ein Tauchbecken oder wenigstens eine Dusche? Ina brauchte dringend eine Abkühlung.

An der Außenseite des Häuschens entdeckte sie einen Wasserschlauch. Sie drehte den Hahn auf, doch nichts passierte. Also sah sie sich die Spritzdüse an dem dicken Plastikschlauch genauer an, schüttelte sie und versuchte schließlich daran zu drehen – mit Erfolg ...

Augenblicklich schoss ein harter, eiskalter Strahl frischen Wassers mitten in ihr brennendes Gesicht und weiter über Brust und Bauch. Pitschnass und prustend stand sie auf dem Rasen, den Schlauch laut schimpfend und fluchend weit von sich weghaltend.

Plötzlich musste sie lauthals loslachen. Was für ein Bild gab sie hier ab!

Die langen Haare klatschten ihr nass ins Gesicht, die helle Haut ihres gepflegten, durchtrainierten Körpers leuchtete krebsrot. Nur gut, dass niemand die immer perfekt gestylte Chefreporterin so sehen konnte, dachte sie und kicherte, während sie den kalten, angenehm erfrischenden Wasserstrahl an Armen, Beinen und schließlich über ihren ganzen Körper fließen ließ. Es war herrlich – inmitten der Natur zu stehen, splitternackt, pudelnass und ungeschminkt. Fühlte sich irgendwie gut an.

Nach zwei weiteren Saunagängen – zuvor stellte sie den schwarzen Schalter endlich auf „AUS" – hatte Ina das breite weiße Holzbett in dem kleineren, sehr gemütlichen Schlafzimmer frisch bezogen, die Fensterläden geschlossen und war danach augenblicklich in einen erholsamen Tiefschlaf gefallen.

Erfrischt erwachte sie am nächsten Morgen um halb elf. Fassungslos starrte sie auf den Wecker – sie hatte über zwölf Stunden geschlafen. Ina konnte sich nicht erinnern, wann ihr das zuletzt passiert war, aber nach den stressigen Wochen und Monaten hatte sie wohl viel Schlaf nachzuholen. Wohlig reckte sie sich im angenehmen Dämmerlicht, spähte durch einen schmalen Spalt der Fensterläden und freute sich über den Sonnenschein draußen.

„Guten Morgen!", rief sie fröhlich, als sie die Bäckerei betrat.

„Mahlzeit!" Die Verkäuferin grinste sie an. „Ooch schon ausjeschlafen?"

„Ja, so gut, wie lange nicht", antwortete Ina lächelnd.

„So soll dit sein. Dit macht die jute Luft hier draußen. Und, wie viele Schrippen? Oder lieber 'ne Semmel?"

„Semmel? Die kenn ich nur aus Bayern …"

„Nee, Semmel sind bei uns die Doppelbrötchen hier." Sie hielt ein Prachtexemplar hoch.

„Das schaff ich ja nie. Ich hab morgens nicht viel Hunger", sagte Ina skeptisch.

„Ach wat! Sie könn' doch noch wat auf die Rippen vertragen. Also, ick kann morjens nich ohne meene Semmel. Die sind janz frisch, noch warm. Zweete Lage für dit Mittachsjeschäft", erklärte die Bäckersfrau.

Ina überlegte, wie viele Semmeln sie wohl essen müsste, bis ihre Figur die gleiche rundliche Form angenommen hätte, wie die der Frau hinterm Tresen.

„Also heute erst mal nur eine Schrippe, bitte", antwortete sie. „Und haben Sie auch Zeitungen?"

„Die Berliner is da hinter Ihn'n."

Ina drehte sich um. „Gibt's keine Süddeutsche?"

„Nee, wozu? Is ja nich Süddeutschland hier."

„Oder die Bild?"

„Die is um die Zeit schon aus. Aber die Berliner könn' Se noch ham. Oder den Kurier. Soll ick die Bild für morjen beiseitelegen? Denn klappt dit, ooch wenn Se wieda erst so spät aus'e Puppen komm'", bot die Verkäuferin ebenso freundlich wie geschäftstüchtig an.

„Oh ja, das wäre nett. Und für heute nehme ich eine Berliner Zeitung und den Kurier."

Sie legte beide Zeitungen auf den Tresen.

„Wat? Beede?", fragte die Verkäuferin verblüfft nach. „Steht doch dit Jleiche drinne."

„Na ja ... Aber anders geschrieben", versuchte Ina zu erklären.

„Na jut. Sie müssen et ja wissen. Beutel?"

„Äh, nein, ich bräuchte wohl wieder eine Tüte."

„Dit wird aber teuer auf die Dauer. Und für de Umwelt is dit ja ooch nüscht."

Ina war verblüfft. Mit so einem Ökoargument hatte sie hier nicht gerechnet.

„Da haben Sie natürlich recht. Aber wo kriege ich einen solchen Beutel her?"

„Na, bei mir!" Sie bückte sich und zog unter dem Tresen einen zusammengeknüllten, braunen, mit rotgrünem Blümchenmuster bedruckten Synthetiksack hervor. „Dit is meen alter. Tut aber immer noch jute Dienste. Nich kaputt zu kriejen. Den schenk ick Ihn'n."

Bevor Ina widersprechen konnte, verschwanden ihre Zeitungen und das Brötchen im Beutel.

„Das ist aber nett. Vielen Dank", sagte sie höflich und überlegte, was wohl schon alles in diesem alten Beutel aus DDR-Produktion gelegen hatte.

„Jerne! Aber imma schön mitbring'n, wenn Se einkoofen komm'!", antwortete die Verkäuferin streng, schenkte Ina dann aber ein strahlendes Lächeln. „Da könnt ihr Wessis doch noch wat von uns lernen."

Ina stimmte in ihr lautes, kehliges Lachen ein und verabschiedete sich. Was für eine nette Frau, dachte sie, als sie nach Hause fuhr. Das knusprige Himbeergelee-Brötchen und der Tee schmeckten auf der sonnigen Terrasse hervorragend. Trotz des enervierenden Dauertons in ihrem linken Ohr genoss Ina ihr spätes Frühstück. Auf den gewohnten Kaffee zu verzichten, fiel ihr nicht so schwer, wie sie gedacht hatte. Eigentlich fehlte ihr nur die entspannte Zigarette danach. Doch sie hatte vorgesorgt: Kurz vor ihrer Abfahrt hatte sie sich in einem Tabakgeschäft noch eine von diesen neuen E-Zigaretten gekauft.

„Rauchen 2.0!", hatte der Verkäufer das schwarze, zigarettenspitzenähnliche Gerät angepriesen. Dazu hatte er ihr ein Fläschchen nikotinfreies Liquid mit Kaffee-Geschmack verkauft. Ina hoffte, mit dem Gerät wenigstens ihr Bedürfnis, an einem Glimmstängel zu ziehen und Rauch ein- und auszuatmen, befriedigen zu können. Der Vaporisateur, der den weißen Rauch erzeugte, ohne dabei Papier und Tabak zu verbrennen, wurde per USB-Stecker am Laptop aufgeladen. Das gefiel Ina, die ein begeisterter Computerfan war und ihr geliebtes MacBook überall mitschleppte.

Vorsichtig drückte sie auf den kleinen, leuchtenden Knopf an ihrer E-Zigarette und zog gleichzeitig am Mundstück. Tatsächlich spürte sie, wie sich Rauch in ihrem Rachen verteilte und auch wieder auspusten ließ. Und dann schmeckte das Ganze auch noch köstlich nach Kaffee. Sie war begeistert. Vielleicht konnte sie die Gelegenheit nutzen, um sich damit gleich noch das lästige Rauchen von Zigaretten abzugewöhnen. Dann hätte der Hörsturz am Ende doch noch etwas Positives gehabt. Genüsslich paffte sie vor sich hin und beobachtete zwei Eichhörnchen, die sich um einen der dicken Kiefernstämme herumjagten. Was für eine Idylle. Ina verfolgte die herumtollenden Tiere mit den Augen. Bis ihr plötzlich wieder Frauke Harms einfiel!

Während sie hier gemütlich in der Provinz saß, sägte die Redaktionsassistentin in Berlin wahrscheinlich gerade weiter an ihrem Stuhl!

Ina sprang auf, holte ihren Computer auf die Terrasse und wartete ungeduldig, bis sich endlich die Seite mit ihrer Onlinekolumne aufgebaut hatte. Zuerst erschien der Text – samt dem idiotischen, wöchentlichen George-Clooney-Beziehungsgerücht –, dann ihr Foto. Und danach – nichts mehr. Fraukes Bild war tatsächlich gelöscht. Ina konnte sich ein hämisches Grinsen nicht verkneifen. Es war doch nicht so schlecht, eine gute Beziehung zum Chef zu pflegen, dachte sie amüsiert. Nur sexuell würde das Verhältnis eben in Zukunft nicht mehr sein. Damit würde Klaus sich sicher bald abfinden.

Um neuen unangenehmen Überraschungen vorzubeugen, machte sich Ina daran, sich Gedanken über mögliche Themen für ihre Kolumne und neue Geschichten für die nächste Ausgabe des V.I.P.-Magazins zu machen. Aus den Infos und Terminen, die sie gestern unter „Wichtig" abgelegt hatte, und ein paar Infos, die sie auf den Onlineseiten verschiedener internationaler Klatsch- und People-Magazine gefunden hatte, erstellte sie eine lange Liste mit Themenvorschlägen, die sie Klaus, gerade noch rechtzeitig vor der Konferenz, mailte. Zähneknirschend setzte sie auch Frauke ins CC.

Während Ina weiter durchs Internet surfte und in Facebook ihre obligatorischen Kommentare und eine witzige, aber unverfängliche Statusmeldung hinterließ, wartete sie auf seine Reaktion.

Eine gute Stunde später kam seine E-Mail:

Hallo Ina,
danke für Dein Themenangebot, aber mach Dir keinen Stress. Die vorläufigen Kolumnenthemen haben wir gerade in der Konferenz geklärt, und auf der Doppelseite im Heft macht Frauke für nächste Woche eine große Story über diese moppelige Schauspielerin, deren Namen ich mir nie merken kann, die aber in jedem zweiten TV-Film die Hauptrolle der ‚toughen Frau' spielt. Du weißt schon, die, mit der Du nie ein Interview machen wolltest, weil Du sie für unfähig hältst. Aber ihre Einschaltquoten sind nicht zu verachten, meinte Frauke, und deshalb versuchen wir das jetzt mal. Frauke hat die Geschichte gleich heute Vormittag angeleiert. Du siehst, wir kommen ganz gut klar. Mach Dir keine Gedanken, es läuft.

Gute Besserung
Klaus

Frauke, Frauke, Frauke – Ina knurrte laut auf. Das durfte ja wohl nicht wahr sein! Ohne Absprache und ohne ihre Zustimmung übernahm diese miese Intrigantin innerhalb kürzester Zeit Inas Position bei V.I.P. Nein, so hatten sie nicht gewettet! Das Pfeifen in ihrem Ohr wurde wieder lauter. Hektisch sog sie an ihrer E-Zigarette und überlegte, was sie tun könnte, um das drohende Unheil abzuwenden.

Anja! Ja, genau! Ihre Freundin musste ihr helfen! Sie wählte die Nummer in der Management-Agentur.

„Hey, Anja, wollte mich doch mal endlich melden und sagen, dass ich gut angekommen bin und hier alles klappt", brabbelte sie hektisch in ihr iPhone.

„Hallo, Ina. Wunderbar. Aber sag mal, du klingst irgendwie so angespannt. Wirkt das verschlafene Bienensee noch nicht beruhigend auf dich, oder was ist los?"

„Doch, doch … Aber in Berlin brennt die Luft! Ich brauch dringend deine Hilfe."

„Was ist denn passiert?", fragte Anja interessiert.

Ina erklärte ihr, was vorgefallen war und ihren Plan: „Ich brauch unbedingt eine Exklusivstory. Spätestens bis morgen. Sonst macht sich diese kleine Schlange auf meinen Doppelseiten breit, und ruckzuck bin ich weg vom Fenster. Du weißt doch selber, wie schnell das in unserer Branche geht. Hast du nicht irgendeine Knaller-Geschichte für mich? Irgendwas, das noch keiner weiß. Liebe, Lüge, Alkohol, Scheidung, neue Liebe! Irgendwas!"

„Äh, so spontan fällt mir da nichts ein, was man rausgeben könnte. Höchstens … Einer meiner Jungschauspieler kriegt im Dritten wohl eine Rolle in einer neuen Serie. Das könnte ich dir vorab exklusiv geben …"

„Anja! Ich brauch einen echten Burner! Nicht solchen Kleinkram. Damit kann ich Klaus nun wirklich nicht beeindrucken. Du weißt, wie oft ich das schon für dich versucht hab und damit abgeblitzt bin. Denk doch bitte noch mal nach. Irgendeiner der vielen Künstler in der Agentur muss doch Dreck am Stecken haben! Äh, also ich meine, eine spannende Story ... Was ist zum Beispiel mit dieser Sache, die du mir gestern erzählt hast. Diese Burn-out-Geschichte. Da war doch was. Daraus könnte ich vielleicht was stricken. Bitte, Anja, du musst mir helfen!", bettelte Ina verzweifelt.

„Nee, das geht echt nicht", antwortete ihre Freundin vorsichtig.

„Wenn du da was schreibst, wissen die hier gleich, wo du das herhast. Das ist wirklich topsecret. Du weißt, wenn ich daran irgendwas drehen könnte, würde ich, Ina. Aber da wäre ich meinen Job schneller los, als ich gucken kann. Und danach würde ich auch woanders kein Bein mehr auf den Boden kriegen. Du weißt doch, wie das läuft. Tut mir wirklich leid, Süße. Aber ich schnack gleich mal mit meinen Kolleginnen, ob uns noch was einfällt. Falls ja, melde ich mich bei dir, okay?"

„Hm ..."

„Ina? Bist du jetzt sauer?"

„Nein ... Ach, Anja, das ist alles so ein Mist! Wenn ich bloß könnte, wie ich wollte ... Ich versteh dich ja. Aber irgendetwas muss mir noch einfallen ..."

„Das wird schon, Schätzchen. Wart's ab, spätestens für die übernächste V.I.P. gräbst du eine megaheiße Story aus. Ich bin sicher! Das hat doch bisher auch immer noch geklappt."

„Wie soll das funktionieren, solange ich hier in der Provinz hocke, wo sich Hase und Igel gute Nacht sagen? Mir fehlt der Großstadt-Input", jammerte Ina.

„Ach, jetzt mach dich nicht verrückt. Warst du eigentlich schon am See?", versuchte Anja, das Gespräch in eine andere Richtung zu lenken.

„Was für ein See?"

„Na, Bienensee heißt schließlich nicht umsonst so. Wenn du die Hauptstraße hinter dem ‚Roten Adler' überquerst, landest du nach ein paar hundert Metern direkt an einem wunderschönen Natursee. Da ist auch irgendwo eine Liegewiese. Und eigentlich müsste das Wasser auch schon warm genug zum Schwimmen sein. Guck dir das doch heute Nachmittag mal an. Ist herrlich – also, hab ich mir sagen lassen. Ich selber war da noch nicht schwimmen, weil, als ich das Haus gekauft hab, war es ja schon Herbst, und jetzt war ich zuletzt im Mai draußen, da war es noch zu kalt. Aber Angeln kann man wohl auch und Tretboot fahren."

„Angeln und Tretboot? Klingt nicht gerade, als würden das meine liebsten Hobbys …" Ina verdrehte die Augen.

„Nein, aber man kann auch Ruderboote mieten und so. Bei einem Fischer, auch irgendwo da am See. Da kriegste auch frischen und geräucherten Fisch. Geh doch einfach mal hin, und sieh es dir an. Du musst dich ablenken."

„Ja, mach ich …", gab Ina lustlos nach.

„Oder mach doch mal 'ne Radtour. Da stehen zwei funkelnagelneue Trekkingräder im Schuppen."

„Ja, hab ich gesehen …"

„Und Radkarten liegen in einer der Schubladen der Kommode im Wohnzimmer. Musste mal gucken. Da gibt's total schöne Wege durch den Wald und so. Also, hab ich auch noch nicht ausprobiert, aber hab ich gehört."

„Rad bin ich das letzte Mal zur Schule gefahren. Damals …"

„Ach, nun komm Ina, zu irgendwas musst du doch Lust haben."

„Ja, zum Arbeiten! Ich will eine spannende Story schreiben. Das macht mich glücklich!", quengelte sie.

„Aber das geht eben im Moment nicht. Nun sei vernünftig und halt dich an das, was der Arzt gesagt hat.

Du brauchst Ruhe. Und die findest du in Bienensee reichlich. Also, mach das Beste draus. Ich beneide dich, dass du da sein kannst. Ich muss nämlich jetzt schon wieder los. Den ganzen Abend Showaufzeichnung im Studio Adlershof. Ich würde wirklich lieber mit dir tauschen, kannste mir glauben!"

„Okay, okay. Ich beschwer mich ja nicht ... Die Sonne scheint, die Vögel singen in den Bäumen – und an meinem Bürostuhl in Berlin wird gesägt. Was für ein passendes Bild!", schnaubte sie.

„So schnell geht das nun auch wieder nicht. Also Süße, hau rein. Ich muss jetzt echt Schluss machen. Ciao."

„Ciao ... Und ruf mich an, falls dir doch noch eine Geschichte einfällt!", rief sie noch in den Hörer, aber das hatte Anja wohl schon nicht mehr gehört.

Sie stierte in die grüne Hölle vor ihrer Terrasse, allerdings ohne die hohe Wiese, das wild wuchernde Unkraut, die Pflanzen und Bäume wirklich wahrzunehmen. Sie beachtete weder den Schwarm Meisen, der laut zwitschernd von Busch zu Busch flog, noch das Zetern der Elstern hoch oben in den Kiefern.

Ihre Gedanken rasten und drehten sich ausschließlich um ihren Job, Frauke, Klaus und eine Skandalgeschichte, mit der sie eine Schlagzeile auf dem Titel des V.I.P.-Magazins kriegen könnte.

Immer wenn sie ganz nah an einer Idee war, vertrieben das Rauschen und Pfeifen in ihrem Kopf den Gedanken wieder. Ina war zum Heulen zumute, aber sie wollte sich nicht hängen lassen. Das würde alles nur noch schlimmer machen, und dann hätte Frauke Harms gewonnen.

Dieses dürre, rothaarige Miststück erinnerte Ina an eine frühere Kollegin in der PR-Agentur. Die hatte sich von vorgesetzten Kollegen bis zum Chef hochgeschlafen, wurde so gefördert und bekam die wichtigsten Künstler zugeschustert. Und irgendwann hatte sie den Boss ausgebootet, um schließlich selbst auf seinem Sessel zu landen. Jetzt quälte sie als zickige Chefin ihre ehemaligen Kolleginnen wie die arme Anja.

Ina hatte es irgendwann gereicht, und sie hatte beschlossen, die Seiten zu wechseln und in ihren alten Beruf als Journalistin zurückzukehren. Bei der V.I.P. hatte sie schließlich Karriere gemacht – aufgrund ihrer guten Nase für Geschichten und der Art, mit den unterschiedlichsten Künstlern, egal ob Schauspieler, Musiker, Modemacher oder Models, umzugehen und so, meist vor allen anderen Medien, die spannendsten Storys aufzureißen.

Sie war bereits eine bekannte und bewunderte Chefreporterin gewesen, als Klaus Berger vor knapp zwei Jahren ihr Boss wurde. Das kurze Verhältnis, das sie später miteinander hatten, war sie auf Augenhöhe, ohne karrierefördernde Hintergedanken, eingegangen.

Ob Klaus überhaupt ahnte, was für ein Exemplar von berechnender Frau er sich da mit seiner neuen Redaktionsassistentin eingekauft hatte? Man spürte, dass die für eine gute Story und die Karriere über Leichen gehen würde. Aber Männer waren ja meist zu blind für die absehbaren Folgen, wenn sie ein hübsches Paar Beine erblickten.

Ob Frauke wohl auch schon die kürzlich freigewordene Stelle im Chef-Bett eingenommen hatte? Ina wurde schlecht.

Nein, jetzt reichte es! Diese gedankliche Selbstzerfleischung grenzte ja an Masochismus. Diese Genugtuung gönnte Ina ihrer Konkurrentin nun ganz und gar nicht. Entschlossen stand sie auf, stellte Teetasse und Teller in den Geschirrspüler, schnappte sich eins der großen Handtücher und machte sich auf die Suche nach dem See.

Als sie am „Roten Adler" vorbeiging, las sie das aktuelle Tagesangebot: „Heute frisch: Wildschweingulasch". Ina rümpfte die Nase. Seit ein paar Tagen versuchte sie sich als Vegetarierin. Nicht so sehr, weil sie es nicht übers Herz brachte, Lebewesen zu essen – sie kannte Fleisch sowieso nur in abgepackter Form –, sondern weil eine Kollegin aus der Ratgeberredaktion neulich gemeint hatte, dass das bei Inas Job gesünder wäre. Der Titel ihrer reißerischen Medizingeschichte lautete: „Stress-Fleisch – das schleichende Gift".

Irgendwelche amerikanischen Wissenschaftler hatten festgestellt, dass Vegetarier scheinbar seltener einen Herzinfarkt erlitten als fleischessende Menschen in stressigen Berufen wie Fluglotsen, Broker oder Manager. Daraus schlossen sie, dass Fleisch für Stress-erkrankungen verantwortlich sei. Wahrscheinlich arbeiteten die Vegetarier einfach nur in anderen Berufen, aber für eine Aufregerstory, wie sie bei V.I.P. geschätzt wurde, war die Studie ein gefundenes Fressen.

Und nach ihrem Hörsturz hatte Ina dann tatsächlich kein Fleisch mehr angerührt. Man konnte ja nie wissen. Dass die Kundschaft des dörflichen Gasthofs kräftig-deftige Fleischgerichte zu schätzen schien, lag wahrscheinlich daran, dass man „Stress" im verschlafenen Bienensee keine so hohe Bedeutung zumaß.

Der ausgeschilderte Weg Richtung See schlängelte sich durch Wiesen und Felder und schließlich durch einen lichten Laubwald. Nach knapp zehn Minuten lag der See vor ihr. Auf der grasbewachsenen Liegewiese am sanft abfallenden Ufer hätten sicher zehn bis zwanzig Personen Platz gehabt, aber Ina war hier mitten in der Woche ganz allein.

Sie breitete ihr großes blaues Badehandtuch aus und machte es sich in Shorts und T-Shirt darauf gemütlich. Mit den Kopfhörern ihres iPods in den Ohren, wählte sie entspannende Musik aus: Amy Winehouse. Ja, die Stimme der britischen Soulsängerin war sehr nach ihrem Geschmack. Ihr viel zu früher Tod, mit erst siebenundzwanzig Jahren, erschütterte Ina noch immer. Zumindest hatte sie das Glück gehabt, vor ein paar Jahren ein fantastisches Konzert der Sängerin live in Berlin zu erleben. Sie schloss die Augen und hörte „Rehab" – schön und traurig zugleich. Genau die passende musikalische Untermalung, die Ina jetzt brauchte.

Nach einer halben Stunde auf der sonnigen Wiese war sie genügend aufgeheizt und wagte in ihrem neuen, schwarz-weiß-karierten Bikini ein Bad im See zu nehmen. Vorsichtig machte sie ein paar Schritte ins Wasser. Doch noch recht kühl, fand sie.

Der See war sehr sauber, obwohl die moorig-braune Farbe nicht ganz nach Inas Geschmack war. Auch die Algen, vermoderten Blätter und Äste, die sie unter ihren Füßen spürte, waren ihr unangenehm. Sie ging tapfer weiter, bis ihr das Wasser fast bis zu den Oberschenkeln reichte. Schließlich war sie keine Memme.

Dies war ein Natursee und kein verchlortes Freibad, und sie liebte es, zu schwimmen. Endlich spürte sie nur noch den hellen, weichen Sand am Grund unter ihren Fußsohlen. Unschlüssig blieb sie stehen und blickte über den großen See. Die Sonnenstrahlen glitzerten auf der Wasser-fläche. Am gegenüberliegenden Ufer schien ein Strandbad mit Wasserrutsche zu sein, in dem aber nicht viel los war. In der Ferne sah sie ein Segelboot vorüberziehen. Alles sehr idyllisch.

Sie rang noch mit sich, ob sie tatsächlich ihren Bauch mit dem kühlen Nass benetzen sollte, als sie hinter sich einen Jungen brüllen hörte: „Nicht! Stopp! Langsam! Was ist denn? Oh, Scheiße! Nein! Herkules!"

Ina drehte sich abrupt um und erblickte den riesigen Bernhardiner, der, seine Leine hinter sich herziehend, mit großen Sätzen auf sie zu ins Wasser sprang, mit einem gewaltigen Platsch direkt vor ihr landete und sie dabei mit seinem massigen Körper umwarf.

Prustend kam sie wieder hoch und hatte die nasse, hechelnde Hundeschnauze genau vor ihrem Gesicht.

Vom Ufer aus rief ein schmächtiger, rothaariger Junge verzweifelt: „Herkules! Hierher! Komm da raus, und lass die Frau zufrieden!"

Doch der Hund freute sich viel zu sehr, seine neue Freundin wiedergefunden zu haben, als dass ihn die Anweisungen interessiert hätten. Ina musste lachen und tätschelte Herkules' großen Kopf. Fröhlich schnaufend paddelte er um sie herum.

„Ist schon okay, der will ja nur spielen", rief sie dem Knirps lachend zu. „Das ist doch der Hund von Bauer Herbert, oder? Was machst du denn mit dem hier?"

„Ja, der gehört Opa. Ich sollte mit Herkules nur Gassi gehen ... Nicht verraten, dass wir am See waren! Das darf er nämlich eigentlich nicht. Aber es ist doch schon so warm, und da wollte ich so gerne schwimmen."

Mit hängenden Schultern, ein kleines Handtuch um den Hals geschlungen, stand der Junge am Ufer und wartete auf ihre Reaktion.

„Na, dann komm doch rein! Ist herrlich. Und ich verrat dich nicht, keine Sorge."

Ruckzuck war er raus aus seinen Sachen und sprang in Badehose mit Anlauf ins Wasser. Ina kriegte ihre zweite Dusche ab und prustete. Gemeinsam mit dem paddelnden Hund schwammen sie ein Stückchen.

„Wie heißt du denn?", fragte Ina schließlich.

„Felix. Und Sie?", antwortete der hübsche Rotschopf mit den Sommersprossen.

„Ich heiße Ina, und du kannst mich ruhig duzen. Wie alt bist du denn?"

„Dreizehn und du?"

„Äh, bisschen älter ...", grinste sie. „Wohnst du auf dem Hof?"

„Nee, wir wohnen im ‚Adler'."

„In dem Gasthof?"

„Klar. Der gehört meinen Eltern", erwiderte er so lässig wie möglich. „Und du?"

„Ich komme aus Berlin und bin für 'ne Weile in dem Haus von einer Freundin, schräg gegenüber von dem Bauernhof."

„Ach, dann weiß ich, wer du bist. Die mit den Spaghettis", platzte er heraus.

„Was?"

„Na, Tante Simonn hat von einer schicken Frau aus der Stadt gesprochen, die bei ihr ganz viele Spaghettis gekauft hat. Ich mag auch Spaghettis", stellte er grinsend fest.

„So, so, hier scheint sich ja alles ziemlich schnell rumzusprechen ..."

„Klar", kicherte Felix. „Aber wenn du keine Lust mehr auf Nudeln hast, dann musst du zu uns essen kommen. Meine Mama macht die weltbeste Soljanka von ganz Bienensee!", erklärte er stolz und krault hinter Herkules her, der wieder Richtung Ufer paddelte.

„Ja, klar, mal sehen ...", antwortete Ina zögernd, tauchte noch einmal unter und schwamm dann auch langsam zurück.

Als sie aus dem Wasser stieg, begann der große Bernhardiner sich genau neben ihrem Handtuch zu schütteln. Er schleuderte seinen braun-weißen Kopf hin und her, Ohren, Zunge und Lefzen wippten heftig, danach spritzte das Wasser im hohen Bogen von seinem rotierenden Körper und ganz zum Schluss wackelte er mit seinem Hinterteil. Dann lief er Ina schwanzwedelnd entgegen, um sich von ihr streicheln zu lassen.

Felix trocknete sich ab und zog wieder seine über den Knien abgeschnittene Jeans und ein ausgeblichenes schwarzes T-Shirt mit dem Schriftzug der bekannten Teenie-Band „The Curiosity" an.

Das erinnerte Ina an ihr Zusammentreffen mit dem Frontmann der „Curiosity", Patrick Holmes. Eine ausgesprochen unangenehme Erinnerung. Vor ein paar Jahren, als sie noch ganz frisch in ihrem Job beim V.I.P.-Magazin gewesen war, hatte er es gewagt, sie bei einer Pressekonferenz bloßzustellen. Vor den Augen der versammelten Kollegen. Unfassbar!

Dabei hatte sie nur ein paar recht persönliche Fragen zu seinem ersten Auftritt in der bekannten Fernsehserie „Die Sonne über St. Peter-Ording" gestellt. In der Soap, in der immer Sommer war, spielte er einen schwulen Rettungsschwimmer. Da lag es doch nahe, sich zu erkundigen, ob er selbst nicht auch schwul sei. Bisher hatte sich noch niemand getraut, ihn direkt danach zu fragen. Es gab bis dahin in der Presse nur vage Vermutungen und Andeutungen, weil er schon ewig keine feste Freundin mehr hatte, seine langen, schwarzen Haare fast bis zum Po reichten, er Ohrringe und Ringe trug, ständig mit seinen Bandkollegen abhing und nur mit sogenannten „guten Freundinnen" auf Partys und Events auftauchte. Genügend Anzeichen für Ina, genauer nachzuhaken, bis es Patrick Holmes schließlich zu bunt geworden war und er erbost dafür gesorgt hatte, dass die nervige Journalistin kurzerhand ignoriert wurde und keine weiteren Fragen mehr stellen durfte.

Ina war tödlich beleidigt gewesen, hatte einen niederschmetternden Artikel über Patricks nicht vorhandene schauspielerische Leistungen geschrieben und sich geschworen, ihm diese Frechheit irgendwann dreifach heimzuzahlen. Patrick Holmes galt weiterhin als heimlicher Schwuler, der zu feige für ein öffentliches Coming-out war. Dem Erfolg seiner Band tat das Gerede um seine sexuellen Präferenzen allerdings keinen Abbruch

– ganz im Gegenteil: Sowohl junge Mädchen als auch Jungs schwärmten für den attraktiven Adonis mit den langen schwarzen Haaren. Auch wenn er inzwischen eigentlich zu alt dafür war, war er nach wie vor ein großer Teenie-Star. Seine Fans fieberten der seit Langem angekündigten nächsten Platte entgegen, die aber immer länger auf sich warten ließ.

Ina konnte der harmlosen Popmusik nichts abgewinnen und hatte sich seit der schmachvollen Pressekonferenz mit Händen und Füßen gewehrt, wenn irgendein Kollege mal wieder eine Geschichte über Patrick Holmes ins Heft bringen wollte – mit Erfolg. Sie genoss das Gefühl der Macht, aber ärgerte sich heimlich darüber, dass ihr Einfluss in der Medienbranche nichts daran geändert hatte, dass „The Curiosity" weiterhin Star-Status genossen. Offensichtlich sogar hier in Bienensee beim kleinen Felix.

Die Stimme des Jungen riss sie aus ihren Gedanken: „So, ich muss dann mal wieder los. Hausaufgaben …" Er verdrehte die Augen. „Man sieht sich", ergänzte er grinsend und zog den sich sträubenden Hund an der Leine hinter sich her.

„Das lässt sich in diesem Dorf wohl kaum vermeiden, was?", rief Ina ihm nach und ließ sich auf ihrem von Herkules durchnässten Badetuch nieder. „Ich bleib noch ein bisschen hier."

„Okay, tschüss!"

„Tschüss, Felix."

Wohlig rekelte sie sich in der Sonne und musste unwillkürlich lächeln. Wie leicht und entspannt das Leben doch sein konnte, weit weg von der lärmenden Großstadt und von dem durchgeknallten Showbusiness. Jetzt, mit etwas Abstand, erschien ihr der ganze Stress und Ärger der letzten Wochen, Monate, ja, Jahre irgendwie unwirklich und völlig sinnlos.

Ina gingen einige schräge und verrückte Episoden durch den Kopf, die sie als Journalistin und zuvor als PR-Frau in der Management-Agentur zu ertragen hatte.

Unfassbar, was sie im Umgang mit all den selbstverliebten Stars und Sternchen als ganz normal akzeptiert hatte. Im Nachhinein erschien ihr Vieles völlig absurd. Aber wenn man mitten in der Situation drinsteckt, ist das eben etwas ganz anderes ...

Bei der Erinnerung an einen besonders exzentrischen Künstler, den sie damals als Managerin in der Agentur zu betreuen hatte, musste sie grinsen.

„Hilfe! Ina! Ich sterbe!"
Der gellende Schrei kam aus der Ecke des Wildparks am Rande von Nairobi, aus der sie sich gerade verkrümelt hatte. Augenblicklich ließ sie ihren Wasserbecher fallen und rannte zurück zu der Stelle, wo sie ein paar Minuten zuvor den Moderator Ferdinand Ebeling zurückgelassen hatte – am Junggiraffengehege.

Ein Skorpion? Eine Schlange? Okay, in Afrika wusste man nie, welche Gefahr hinter dem nächsten Busch lauerte – aber hier? Mitten in der abgezäunten Giraffenaufzuchtstation?

Völlig aus der Puste erreichte Ina den immer noch hysterisch schreienden TV-Star, der nicht mehr zu den Jüngsten zählte. Anklagend streckte er ihr seine linke Hand entgegen. Ein paar Tröpfchen Blut liefen an seinen Fingern hinab.

„Oh Gott, Ferdy, was ist denn passiert?", schnaufte sie atemlos.

„Das Biest hat mich *gebissen*!", brüllte Ferdinand Ebeling. „Wo warst du? Sind überhaupt noch alle Finger dran? Ich kann da nicht hingucken, ich kann doch kein Blut sehen! Nun tu doch endlich was, Ina. Lass mich hier nicht verbluten! Ich will nicht in Afrika sterben!"

„Ganz ruhig, Ferdy. Soweit ich das auf den ersten Blick beurteilen kann, ist es nicht ganz so schlimm. Alle Finger noch dran. Was ist denn passiert?"

„Nicht ganz so schlimm? Und wenn ich jetzt eine Blutvergiftung kriege? An Sepsis stirbt man innerhalb kürzester Zeit! Ich will noch nicht sterben!", heulte er weiter.

„Du wirst nicht sterben! Komm, wir suchen mal den Arzt, mit dem wir vorhin das Interview gedreht haben. Der wird sich um dich kümmern."

„Der Tierarzt? Bist du irre? Ein Ferdinand Ebeling wird von einem Tierarzt behandelt? Kommt nicht in Frage!"

„Aber ein anderer Arzt ist hier nicht. Nun komm, der Doc kriegt das schon hin. Wo sind denn eigentlich die anderen vom Team?"

„Die haben sich angeblich irgendwo eine Steckdose gesucht, um ihre Akkus aufzuladen. Aber wahrscheinlich sind sie nur ein Bier trinken gegangen. Typisch Kamera und Ton – nie sind die da, wenn man sie braucht", schimpfte Ferdinand, während Ina ihn unterhakte und zur Krankenstation führte.

„Wer oder was hat dich denn eigentlich gebissen? Da sind doch nur die Giraffenbabys", sagte sie vorsichtig.

„Das sind Kampfgiraffen! Total gefährlich! Sagt einem ja keiner vorher! Dass da kein richtiger Zaun ist, ist grober Leichtsinn. Bei den riesigen Zähnen! Ich sollte die hier alle auf Schmerzensgeld verklagen! So kann ich doch nicht arbeiten!"

Ina verdrehte die Augen und dachte: Arbeiten tust du ja hier sowieso kaum, du faules Stück. Während sich das Drehteam in der glühenden Hitze abarbeitet, um ein paar schöne Bilder für die neue Tierdoku einzufangen, sitzt diese Memme von einem Moderator in seiner albernen sandfarbenen Forscherweste samt Tropenhelm im

Schatten rum und ruht sich aus. Und wenn er dann endlich geruht, seine paar Sätze aufzusagen, dann verspricht er sich dauernd. Aber natürlich ist immer etwas oder irgendwer anders schuld daran. Es ist zum Kotzen! Und nun lässt sich der Idiot auch noch von einer Babygiraffe beißen und macht einen Aufstand, als wenn er von einer Herde Löwen angefallen worden wäre.

Sie hätte Ferdinand Ebeling zu gerne mal die Meinung gegeigt, aber das ging natürlich nicht. Als seine persönliche Betreuerin musste sie ihm ständig nach dem Mund reden und auch noch in seinem Namen das nette Team zusammenstauchen, wenn es ihm mal wieder zu lange dauerte und er sich langweilte, weil er warten musste, während alle anderen dafür schufteten, dass der Hintergrund perfekt ausgeleuchtet war, so dass sich der Moderator nur noch an die markierte Stelle begeben musste, um seinen Text halbwegs vernünftig vorzutragen. Und dafür kassierte er auch noch ein Vielfaches von dem, was alle anderen um ihn herum bekamen. Das Leben war so ungerecht.

Mit einem dicken Verband an seiner Hand kam er schließlich wieder aus der Krankenstation.

„Na, geht's wieder?", fragte Ina so mitfühlend wie möglich.

Mit Leidensmiene antwortete er: „Es ist sehr, sehr schmerzhaft. Immerhin sind keine Sehnen verletzt worden, bei dem heimtückischen Biss. Aber der Arzt hat gesagt, dass die Tetanusspritze, die ich mir vorsorglich in Deutschland noch hab geben lassen, mir wahrscheinlich das Leben gerettet hat."

Ina kannte seine maßlosen Übertreibungen. Es war sehr anstrengend, mit einem Hypochonder ausgerechnet in Afrika drehen zu müssen.

„Na, da haben wir ja noch mal Glück gehabt, was?", sagte sie aufmunternd.

„Glück? Das nennst du Glück? Eine Bisswunde mitten in Schwarzafrika? Ich bin dem Tod gerade noch mal von der Schippe gesprungen! Ich weiß wirklich nicht, ob ich noch drehen kann, Ina …"

„Aber morgen reisen wir ab, Ferdy. Wir müssen heute fertig werden … Sonst gibt's Ärger mit dem Sender", versuchte sie, ihm nahezubringen.

Sofort brauste er auf:

„Die können froh sein, dass ich das hier für sie drehe! Ohne mich hätten die doch gar keine Einschaltquote mehr! Die Zuschauer lieben ihren Ferdinand Ebeling!"

Ina hasste seine affige Angewohnheit, von sich selbst in der dritten Person zu sprechen, aber auch das konnte sie ihm natürlich nicht sagen.

Nach einigem Hin und Her ließ sich der Moderator schließlich doch noch dazu herab, sich vor die Kamera zu stellen – mit gehörigem Sicherheitsabstand zu den gefährlichen Bestien im Hintergrund.

Die Nahaufnahmen von den niedlichen, harmlosen, kleinen Giraffen würde man dann eben später in den Film reinschneiden müssen.

Ina war froh, als nach dem dritten Versuch endlich der Aufsager fast fehlerfrei im Kasten war. Sie machte sich schon wieder Gedanken, wie sie die bandagierte Hand wenigstens noch für eine Pressemeldung mit Hinweis auf den Sendetermin nutzen könnte.

„Sollen wir nicht noch schnell ein Foto von dir mit einer süßen Giraffe machen? Dann kann ich ein paar Zeilen dazu schreiben, dass sie dich gebissen hat, aber du ihr das nicht übel nimmst, weil du ja so tierlieb bist. Das macht sich sicher gut in den Yellows."

„Spinnst du, Ina? Ein Ferdinand Ebeling lässt sich doch nicht von einer Giraffe beißen! Das war ein Löwe! Ja, genau … Schreib irgendwas von ‚knapp mit dem Leben davon gekommen' oder ‚schwer verletzt, trotzdem gearbeitet' und vor allem von dem gefährlichen Löwen, den ich mit der bloßen Hand abgewehrt habe, um das Team zu beschützen. Na, du machst das schon ... Aber jetzt hol mir doch erst mal meinen Gin Tonic auf den Schreck. Du weißt ja, Chinin ist gut gegen Malaria, wussten schon die Briten damals in Indien!"

Sie konnte den albernen Spruch, der jeden seiner vielen Gin Tonics rechtfertigte, einfach nicht mehr hören, doch Ina biss sich auf die Zunge, um nicht all die Dinge rauszubrüllen, die ihr seit Beginn der Drehreise drauf lagen, drehte sich lächelnd um und ging zähneknirschend zu dem kleinen Restaurant, um ihrem Star seinen Drink zu besorgen. Was für einen beknackten Job sie doch hatte, dachte sie. Aber immerhin war das „Schmerzensgeld" dafür annehmbar ...

Der strapaziöse Ferdinand Ebeling, über den Ina auf ihrer sonnigen Liegewiese am See nur lächeln konnte, war zum Glück längst von der Mattscheibe verschwunden. Trotz toller Pressegeschichten vom gefährlichen Kampf mit dem Löwen war die Tierdoku ein Flop geworden, und danach hatte man keine Verwendung mehr für den arroganten Moderator. Er war, wie so viele im Lauf der Jahre, in der Versenkung verschwunden, und an seine Stelle traten neue TV-Stars – nicht weniger durchgeknallt, aber beliebt beim Publikum und somit erfolgreich. Und von denen lebten in der Showbranche nicht gerade wenige Leute.

Ina war froh, dass sie inzwischen nur noch über sie schreiben musste und nicht mehr als eine Art besseres Dienstmädchen für alles verantwortlich war. Als Chefreporterin hatte sie die Macht, all die kleinen und großen Skandale ans Licht zu zerren, die sie als PR-Frau immer tunlichst verheimlichen musste. Mittlerweile zitterte die Branche vor ihr.

Als sie so in die langsam über dem See sinkende Sonne blinzelte, erschien ihr allerdings einen Moment lang auch diese Variante nicht besonders prickelnd. Klar, sie rechtfertigte ihre Enthüllungsgeschichten damit, dass die Presse auch über negative Dinge berichten müsse, aber wenn sie sich vorstellte, selbst anstelle der Promis zu sein, die für das V.I.P.-Magazin nur als Schlagzeilenbringer interessant waren, dann wurde ihr ganz schlecht.

Doch diesen Gedanken verdrängte sie schnell wieder. Schließlich war das nun mal der Deal – hochschreiben, pampern und irgendwann wieder runterschreiben. Von dieser Regel gab es nur wenige Ausnahmen. Und im Moment hätte Ina gerade mal wieder alles für einen saftigen Skandal, den sie aufdecken konnte, gegeben. Sie sendete ein Stoßgebet gen Himmel:

Eine Schlagzeile, bitte!

Am nächsten Morgen um halb acht weckte sie ein lautes, kreischendes Geräusch. Verschlafen setzte sie sich im Bett auf und hörte in sich hinein. Das Fiepen in ihrem linken Ohr war leiser als der Lärm von draußen. Sie reckte die müden Glieder und schlappte ins Bad.

Auf dem Weg zum Bäcker ortete sie das unangenehme Geräusch auf dem Hof von Bauer Herbert. Was das war, war ihr im Augenblick, noch vor dem Frühstück, völlig egal.

Die pummelige Verkäuferin sah Ina mit großen Augen an, als sie um kurz vor acht den Laden betrat.

„Sind Se aus'm Bett jefallen?"

„Sozusagen. Irgendein Lärm vom Bauernhof hat mich geweckt", erwiderte sie gähnend und reichte ihren mitgebrachten Beutel über den Tresen. „Eine Semmel, bitte."

„Und Ihre Bild! Hab ick zurückjelegt. Bitte sehr", antwortete die Frau vergnügt.

„Oh ja, danke. Und die Berliner hier auch." Sie nahm sich die Zeitung aus dem Ständer.

„Brauchen Se sonst noch irjendwat? Zu essen müssten Se ja wohl noch jenug hab'n, wa?", fragte die Frau grinsend.

„Äh, ja ... Spaghetti ... Gestern hab ich übrigens Ihren Neffen Felix getroffen."

Das konnte sie sich nicht verkneifen.

„Der isst ja auch gerne Spaghetti, hat er mir erzählt ..." Gespannt wartete Ina auf die Reaktion, und prompt zeigte sich eine leichte Röte auf dem Gesicht der Verkäuferin.

Ertappt antwortete sie: „Hat der Bengel mal wieder nich sein'n Mund halten könn' ... Also ick hab dit im ‚Adler' nur erzählt, weil noch keener so viele Nudeln uf eenmal bei mir jekooft hat."

„Schon gut. Kein Problem. Sie sind also Felix' Tante Simone?"

„Ja, Simonn – dit spricht man französisch aus, also ohne ‚e' am Ende. Simonn Schmitz. Dit hier is meen Laden. Also unserer ... Meen Mann arbeetet inner Backstube."

„Mein Name ist Ina. Ina Frinks. Freut mich, Sie kennenzulernen."

„Ach, dit mit dem ‚Sie' woll'n wir ma' jleich wieda lassen, wa? Wir sind hier nich so förmlich. Und jetzte, wo du hier quasi lebst ..."

„Okay, gerne. Also, was kriegst du, Simonn?", lächelte Ina.

„Dit macht zweizehn."

„Sag mal, wo krieg ich hier eigentlich frisches Gemüse? Tomaten, Salat und so."

„Na, zum Beispiel bei Herbert und Elsa. Hier wird allet direkt vom Hof verkooft. Die hab'n ooch Eier."

„Und Fisch? Anja hat mir was von einem Fischer hier am See erzählt."

„Fisch kriegste bei Pit. Kurz vor der Kirche den Weg runter zum See. Da hat der sein'n Laden, also, da wohnt er und verkooft dit, wat er jerade jefangen hat. Kannste mit'm Auto runterfahr'n."

„Super, dann guck ich da mal. Danke und bis morgen."

Bei dem Fischer erstand Ina einen kleinen Barsch, den sie sich am Abend zubereiten wollte. Der alte Pit gab ihr noch jede Menge Tipps zur Zubereitung mit auf den Weg, doch Ina hörte nicht richtig zu, weil sie die ganze Zeit damit beschäftigt war, mit sich selbst zu kämpfen, ob sie als Neuvegetarierin nun Fisch essen durfte oder nicht. Aber da sie im Dorfladen vergeblich nach Tofu gesucht hatte, beschloss sie, dass eine Portion Eiweiß sicher nicht schaden könnte.

Nachdem sie ihren Mini durchs hohe Gras mühsam zurück aufs Grundstück manövriert hatte, marschierte sie zum Bauernhof rüber, um ein bisschen Gemüse zu besorgen. Das an- und abschwellende Kreischen erfüllte noch immer die Luft. Es schien aus der baufälligen Scheune zu kommen. Da niemand auf dem weitläufigen Hof zu sehen war, zog Ina das große Tor auf.

Drinnen stand Bauer Herbert mit dem Rücken zu ihr an einer Kreissäge und bearbeitete einen mächtigen Holzblock am rotierenden Sägeblatt. Hier drinnen war der Lärm ohrenbetäubend. Trotzdem lag Herkules mit geschlossenen Augen zu Füßen seines Herrchens und schien sich weder durch den Krach noch durch die herumfliegenden Sägespäne im Geringsten gestört zu fühlen. Ina überlegte, wie sie sich bemerkbar machen könnte, ohne den Bauern zu erschrecken. Sägen waren ihr per se unheimlich, und sie hatte Angst, dass er sich durch ihre Schuld daran verletzen könnte.

Im selben Moment drückte Herbert auf einen Knopf, und die Säge schwieg. Mit dem Rücken zu Ina nuschelte er in die Stille hinein: „Und?"

Sofort schlug Herkules die Augen auf. Ina hatte ihn nicht verstanden und sagte irritiert: „Äh, guten Morgen!"

Wahrscheinlich hatte er durch die plötzlich eindringende Helligkeit bemerkt, dass das Tor geöffnet worden war.

„Ich wollte nur fragen ... Haben Sie vielleicht Gemüse? Und Eier? Simonn meinte ..."

Der Bernhardiner rappelte sich schwerfällig auf, stürmte auf sie zu und forderte schwanzwedelnd seine Streicheleinheiten ein. Der Bauer drehte sich halb um, deutete mit dem Arm unbestimmt Richtung Tor und grummelte: „Elsa is inner Küche."

„Aha, danke. Dann guck ich da mal."

Sie klopfte Herkules' massigen Körper und wollte gerade gehen, als der Bauer fragte: „Soll'sch sensen komm'?"

„Wie?" Verwirrt sah Ina ihn an.

„No, mit d'r Sense."

„Sense? Wie, äh ... Was denn?"

„No, de Wiese. Mit'm Mäher is da nüscht mehr. Wejen de Babbe."

„Äh, bei mir? Also bei Anja? Damit ich da mit meinem Wagen besser reinfahren kann?"

„Hm."

„Ja, klar. Das wäre schon klasse. Ist echt ein bisschen hoch das Gras. Hätten Sie denn Zeit dazu?"

„Hm."

„Ja, dann also ... Gerne. Sagen Sie einfach Bescheid, wann es passt. Das Gartentor ist ja sowieso auf. Tja, dann guck ich jetzt erst mal nach Ihrer Gattin wegen des Gemüses und so. Danke."

„Hm."

Ina klingelte an der Haustür, und eine freundlich lächelnde, ältere Frau in einer weiß-lila-geblümten Kittelschürze öffnete ihr. „Ach, dit is ja nett, det Sie mal vorbeikomm'. Hoffentlich fühl'n Se sich nich durch den Lärm jestört? Herbert hat die Fuhre Holz jerade jekriegt und macht dit jetzt klein. Wir heizen ja mit Holz, wissen Se? Ach, komm' Se doch rein! Käffchen? Ick hab noch een auf'm Herd", ratterte die Frau los.

Das komplette Gegenteil ihres Mannes, dachte Ina. Weder Sächsisch noch mundfaul.

„Ja, danke, aber ich wollte eigentlich nur fragen, ob Sie mir ein paar Tomaten und Kartoffeln verkaufen könnten. Und vielleicht auch Salat und Eier? Simonn aus der Bäckerei meinte …"

„Sicher, sicher. Komm' Se. Setzen Se sich in die Wohnküche. Ick hol Ih'n dit. Wie viel brauchen Se denn?"

„Ach, erst mal einen Salatkopf, ein Pfund Kartoffeln und vielleicht fünf Tomaten, wenn das geht."

„Klar. Und wie viele Eier? Ne Palette?"

„Wie viele sind denn das?"

„Dreißig."

„Oh, nein, sechs Stück reichen mir."

„Na gut. Beutel?"

„Ach, Mist, der liegt noch im Auto mit den Brötchen und dem Fisch …"

„Keen Problem, ick leih Ih'n einen von mein'n. Bin jleich wieda da."

Knapp zehn Minuten später tauchte die Bäuerin mit einem prallgefüllten dunkelblauen Beutel auf.

„Ick hab noch'n paar Brechbohnen und Petersilie und Dill mit rinjepackt. Braucht man ja imma."

Wenn man kochen kann schon, dachte Ina.

„Was kriegen Sie dafür?"

„Och, wenn Se drei Euro hätt'n, wär' dit jut."

Ina war verblüfft über den niedrigen Preis und bedankte sich überschwänglich. Als sie anschließend die schmale Akazienallee überquerte, hörte sie ein gleichförmiges Geräusch von ihrem Grundstück. Dort stand bereits Bauer Herbert und zog die Sense in gleichmäßigen Zügen über die wild wuchernde Wiese. Rund um ihren Wagen war der Rasen schon auf Golfplatzmaß gekürzt.

„Oh, das ist ja super! So schnell! Sieht toll aus, so frisch geschnitten!"

„Hm. De Babbe muss do weg."

Sie parkte ihren Wagen um.

Nach knapp einer Stunde hatte Bauer Herbert das ganze Grundstück aus seinem Dornröschenschlaf geweckt. Eine kräftig-grüne Rasenfläche erstreckte sich vor und hinter dem Haus.

Als Ina ihm den leeren Beutel zurückgab und sich herzlich bedankte, knurrte er nur: „Karniggelfudder?"

„Wie? Ja, klar, falls Sie das Gras für Ihre Kaninchen haben wollen, gerne! Ich wüsste sowieso nicht, wohin damit. Was bin ich Ihnen denn schuldig für das Mähen?"

„Nüscht."

Dann rechte er das Gras zusammen und fuhr es in mehreren Fuhren rüber auf seinen Hof.

Ina war völlig geplättet von der Hilfsbereitschaft ihres Nachbarn. Und selbst seine Einsilbigkeit fand sie irgendwie angenehm. In ihrem Job wurde ständig so viel Überflüssiges gequatscht, dass es ganz erholsam war, wenn jemand einfach nur das Nötigste sagte.

Während sie einen der hübschen Rattansessel von der Terrasse in die Sonne auf den frisch duftenden Rasen schleppte, musste sie an den geschwätzigen Komiker denken, der sie mit seinem permanenten Dummgequatsche damals fast in den Wahnsinn getrieben hatte. Und das war nicht das einzig Unangenehme an ihm gewesen.

Die Garderobe roch nach Schweißfüßen, als Ina eintrat.

„Hier ist dein Bier, Manni." Sie bemühte sich, so flach wie möglich zu atmen, als sie die Flasche auf den Glastisch in der Ecke stellte. Der kleine Raum sah aus wie ein Schlachtfeld, überall lagen seine Klamotten rum – Jeans, zwei Jacken, die stinkenden Turnschuhe und drei grellgrüne T-Shirts mit seinem Namen drauf: „Manni Muschi". Ein selten dämlicher Künstlername, fand seine Agenturbetreuerin, aber die Fans und der Komiker selbst lachten sich scheckig darüber.

Einer seiner bekanntesten Sprüche auf der Bühne war: „Wie heißt die Alte vom Muschi?"

Dann brüllten alle zurück:

„Uschi!"

„Und was is das Beste an der Uschi?"

„Die Muschi!", grölte die Menge.

Ina konnte mit dieser Art von schlichtem Humor absolut nichts anfangen. Aber natürlich machte sie als Profi gute Miene zum dusseligen Spiel. Schließlich war Manni inzwischen megaerfolgreich und mit seinen dümmlichen Witzen unglaublich reich geworden. Sein neuestes Luxusspielzeug war ein giftgrüner Maserati – eine Sonderlackierung in der Farbe des T-Shirts, das sein Markenzeichen war.

„Ey, Ina, woll'n wir nachher mal 'ne Runde auf'm Parkplatz dreh'n? Der Spoiler is der Wahnsinn, ey! Sonderanfertigung! Haste noch nich geseh'n, so was! Die Karre is noch geiler als mein Porsche mit den goldenen Felgen, echt, ey", prahlte er.

„Ja, mal sehen …", antwortete sie ausweichend und wusste, dass sie nie im Leben zu diesem durchgeknallten Typen in irgendein Auto steigen würde.

„Wie weit bist du denn? Die Produktion würde gern mit dir im Studio deinen Auftritt proben."

„Ey, was soll ich denn da proben? Das läuft! Sach denen das."

„Aber der Moderator möchte vorher noch kurz mit dir sprechen. Damit ihr klären könnt, wie das nachher abläuft. Ob du dich noch zu den anderen Gästen aufs Sofa setzt oder gleich nach deinem Auftritt wieder gehst, und so …"

Man musste mit diesem Typen wie mit einem Kleinkind reden, denn genauso trotzig reagierte er auf alles, was auch nur entfernt nach Arbeit klang.

„Och, Schätzchen, ich hab da keinen Bock drauf. Erzähl denen irgendwas. Auf dieses Scheißsofa setz ich mich eh nich. Ich zieh mein Ding durch und weg bin ich, klar?"

„Ja, aber auf dem Sofa könntet ihr noch über die aktuelle Tour sprechen, und die Regie könnte dann während des Gesprächs deine CD und die neue DVD einblenden. Die Sendung hat im Schnitt fünf Millionen Zuschauer. Das wär' schon ganz gut …", versuchte sie ihn mit Engelszungen zu überreden.

„Oh, Scheiße, Mann! Na gut … Aber nur drei Minuten. Und der Typ soll mich keinen Scheiß fragen, sach dem das. Wie heißt der Penner noch mal?"

„Karl. Karl Priemer. Und die Show heißt ‚Der Super-Spaß'. Alles klar?"

„Ja, ja … ‚Der Super-Scheiß' mit Kacka Pipi." Er lachte hysterisch über seinen eigenen, doofen Spruch. Ina wäre am liebsten auf und davon.

„Also gut, ich klär' das dann mal für dich. Zieh dich um, in einer halben Stunde ist dein Maskentermin", erklärte sie. „Ich hol dich rechtzeitig ab und bring dich hin. Okay?"

„Hömma, Süße, du musst mir vorher noch einen Gefallen tun."

„Ja? Welchen denn?", fragte sie, nichts Gutes ahnend.

„Hier in der Nähe vom Studio is doch meine Werkstatt, und da steht mein Porsche."

„Äh, ja?"

„Und der is schon seit 'ner Woche fertig. Hab ich geil aufpimpen lassen – goldene Haube, grüner Seitenstreifen. Rattenscharfes Teil, ey."

„Ja, und?"

„Da auf'm Tisch liegt der Umschlag mit der Adresse und den viertausendfünfhundert Euronen. Setzt du dich mal eben ins Taxi und holst das Teil ab? Aber schön vorsichtig sein mit meinem zweitbesten Stück, klar?", kicherte er albern.

„Aber ich kann doch jetzt nicht hier weg, Manni! Gleich ist die Regiebesprechung. Da muss ich hin."

„Ach Quatsch! Sach denen, was ich will, und dann ab zu meinen Schraubern, Püppi. Die Jungs freuen sich, wenn sie mal wieder so was Leckeres wie dich zu sehen kriegen."

Sein meckerndes Lachen dröhnte in Inas Ohren. Am liebsten hätte sie ihn angeschrien, was er sich eigentlich einbilde. Sie war hier sein Management und nicht seine Leibeigene. Aber dann riss sie sich zusammen. Ein nicht unwesentlicher Teil der Agenturgewinne resultierte aus den Einnahmen von Manni Muschi. Darum konnte er sich sehr viel mehr herausnehmen als so mancher andere Künstler. Und das wusste er genau und nutzte es schamlos aus.

Also schnappte sich Ina den Umschlag, informierte den Produktionsleiter über die Anweisungen ihres Stars, ertrug dessen Zorn, rechtfertigte Mannis unverschämte Wünsche, bat die Maskenbildnerin, Herrn Muschi selbst aus der Garderobe abzuholen, falls sie nicht rechtzeitig zurück sei, und überredete einen Produktionsfahrer, sie zu der Werkstatt zu chauffieren.

Als der Geschäftsführer dort merkte, dass sie sehr in Eile war, suchte er schnell die Rechnung raus: viertausendfünfhundertfünfunddreißig Euro.

„Oh, Mist, ich hab nur viertausendfünfhundert von Manni gekriegt …", entschuldigte sie sich.

„Aha …", antwortete er gedehnt. „Tja, so macht er das immer …"

„Das ist mir jetzt aber echt peinlich."

„Muss es nicht sein. Sie können ja nichts dafür, und wir haben uns dran gewöhnt. Erst drückt er den Preis, dann drängelt er wie ein Verrückter, nur um den Wagen dann eine Woche länger als abgemacht hier stehen zu lassen, und schließlich zahlt er nicht den vollen Betrag. Mal ganz abgesehen vom Trinkgeld für meine Jungs, die extra für ihn irre schnell und dabei wahnsinnig gut gearbeitet haben. Wenn seine Fans wüssten, was für ein mieser Geizkragen der Typ in Wirklichkeit ist … Aber solange die über ihn lachen können und in Massen zu seinen Auftritten gehen, wird der feine Herr Muschi wohl weiter einer unserer besten Kunden bleiben. Da muss man die Zähne zusammenbeißen und die Klappe halten", sagte er und zog resigniert die Schultern hoch.

Der Mann sprach ihr aus der Seele. Ina legte noch zwei Fünfzigeuroscheine aus dem Extraportemonnaie für Künstlerspesen auf den Tresen. „Hier, für die Jungs. Das kriege ich schon irgendwie verrechnet."

„Oh, das müssen Sie aber nicht!", wehrte der Kfz-Meister ab.

„Ich weiß, aber es ist mir ein dringendes Bedürfnis! Außerdem hat es gutgetan, mit Ihnen zu plaudern", lächelte Ina und nahm Schlüssel und Papiere entgegen. Am liebsten hätte sie der protzigen Luxuskarre einen fetten Kratzer verpasst. Ina schluckte ihre Wut und Verachtung für Manni Muschi mal wieder hinunter und brachte ihm seinen peinlich aufgemotzten Wagen wohlbehalten zum Studio. Unterwegs schwor sie sich, sich eines Tages für all seine Beleidigungen, dummen Sprüche und Frechheiten zu rächen.

Während sie seinen Zweitwagen abgeholt hatte, hatte er eine halbe Flasche Wodka in sich reingeschüttet und war schließlich völlig betrunken auf die Bühne getorkelt. Zuerst lachte das Publikum noch, aber als er einen Gag nach dem anderen verhaute, schlug die Stimmung um, und er wurde sogar ausgebuht. Statt eines Gesprächs auf der Couch, weigerte sich der beliebte und eigentlich immer freundliche Karl Priemer am Ende sogar, Manni per Handschlag zu verabschieden, nachdem dieser ihn als „schwule Sau" beschimpft hatte. Die Kameras schwenkten schließlich einfach weg von dem torkelnden und lallenden Komiker und man hörte den Moderator brüllen:

„Schafft mir diesen Proll hier sofort raus!"

Obwohl das peinliche Ende und die Moderatorenbeschimpfung vor Ausstrahlung der Show rausgeschnitten und nicht gesendet wurden, reichte der desaströse Auftritt selbst, die Karriere von Manni Muschi innerhalb kürzester Zeit zu beenden. So kometenhaft sein Aufstieg in den Comedy-Olymp einst gewesen war, so rasant war sein Fall ins Bodenlose. Die Presse berichtete in allen Einzelheiten vom Geschehen während der Studioaufzeichnung, und dass Manni seine Garderobe verwüstet und die Maskenbildnerin angetatscht hatte. Nach und nach meldeten sich immer mehr Menschen, die noch eine Rechnung mit dem arroganten Großkotz offen hatten und erzählten ihre unschönen Geschichten in TV-Klatschsendungen und Zeitungen. Alle Entschuldigungen und Erklärungsversuche seines Managements nützten nichts – bald darauf verschwand Manni Muschi in der Versenkung.

Und Ina war froh, ihn endlich vom Hals zu haben. Dafür nahm sie gern die Beschimpfungen ihrer Chefin entgegen, die natürlich ihr die Schuld an der Auftrittskatastrophe gab.

Ein paar Wochen später hatte Ina den Ex-Star in einem völlig verbeulten, winzigen, uralten Mitsubishi durch Neukölln fahren sehen. Sie holte ihn ein und hielt an der nächsten Ampel direkt neben ihm, hupte kurz, winkte ihm hämisch grinsend zu und genoss sein verdutztes Gesicht, bis es grün wurde und sie lässig davonbrauste.

Es gab schon echt viele durchgeknallte Typen in der Showbranche, dachte sie schmunzelnd. Doch auch wenn sie hier nach ihrem Hörsturz in der Provinz saß, weit weg von dem Promi-Zirkus, war sie doch immer noch Teil der ganzen V.I.P.-Maschinerie – und wollte es auch bleiben. Aber dafür musste sie am Ball bleiben!

Sie hatte bisher noch nicht auf die unsägliche Mail von Klaus Berger reagiert. Doch das musste sie schleunigst tun, um ihre Ansprüche auf den Posten der Chefreporterin am Leben zu halten. Wenn sie weiterhin untätig herumsaß, würde Frauke Harms das garantiert ausnutzen. Also, los jetzt!

Ina rappelte sich auf, holte ihr MacBook und ein kleines Holztischchen raus auf die Wiese und wartete auf die UMTS-Verbindung zum Rest der Welt. Wieder dauerte es ewig, bis sie online war, und anschließend war die Verbindung auch noch extrem langsam. Als erstes öffnete sie ihren Facebook-Account und sorgte für frische „Gefällt mir"-Lebenszeichen, bestätigte fünf neue Freundschaftsanfragen von Menschen, die sie nicht persönlich kannte, postete „Wie schön, wir steuern langsam auf die magische Tausendermarke zu. Bin gespannt, wann wir sie knacken!", und kommentierte ein paar Statusmeldungen ihrer beruflich wichtigen „Freunde".

Dann öffnete sie ihren Maileingang. Die meisten neuen Nachrichten hatte sie schon via iPhone gesehen, zum Teil beantwortet oder gleich wieder gelöscht. Jetzt öffnete sie die gestrige Mail von Klaus Berger und antwortete:

Lieber Klaus,
freut mich, dass Ihr meint, auch ohne mich klarzukommen.

Wenn ich allerdings von der Geschichte lese, die Frauke über diese unglaublich schlechte Darstellerin Kristin Verrass machen will (den Namen brauchst Du Dir auch weiterhin nicht zu merken!), mache ich mir doch Sorgen um Euch und V.I.P. …
Spätestens nächste Woche habe ich sicher wieder eine bessere Story für die Doppelseite! Ich bin da an einer ganz großen Sache dran, kann aber leider noch nichts verraten.
Welche Themen plant Ihr für die Kolumne? Ich hätte von meiner Vertretung gerne baldmöglichst zehn anrecherchierte Vorschläge dazu und werde dann entscheiden, was Ihr verwenden könnt und was noch fehlt.
Habt Ihr zum Beispiel an die bevorstehende Geburt des Babys von Cynthia Cristal (falls Du die Dame nicht kennen solltest: Die spielt in dieser Arztserie auf Vox eine Hauptrolle und ist der nächste US-Shootingstar) gedacht? Mein Hollywood-Kontaktmann ist da dran und sagt mir rechtzeitig Bescheid, wenn er ein Exklusivfoto von Mutter und Kind kriegen kann.
Und vergiss nicht, dass Ihr noch das Torten-Foto zum 80. von Käthe Gottfried anleiern müsst.
Der Geburtstag ist übermorgen!!!
Ihr Enkel Mirco weiß Bescheid. Nummer steht auf einem Post-it an meinem Monitor.
Ach, und bitte keine weiteren angeblichen Clooney-Weibergeschichten in meiner Kolumne! Der Typ ist sexy, aber schwul! Vertraut mir, dafür hab ich einen unfehlbaren Riecher! Ich warte dann auf Euren Input.
Viele Grüße, Ina

Vielleicht ein bisschen zu zickig, dachte sie, aber wenn man zu nett war, wurde einem das bei der V.I.P. schnell als Schwäche ausgelegt. Mit der Ankündigung, dass sie an einer großen Geschichte dran war, setzte sie sich zwar selbst unter Druck, doch das war ihr im Moment egal. Jetzt ging es erst mal darum, ein bisschen Welle zu machen. Sie würde schon rechtzeitig eine passende Idee haben. Hoffte sie ...

Ina sah sich um. Alles sehr hübsch, aber weder der blühende Rhododendronbusch noch die Vögel und Eichhörnchen, die in den Bäumen herumhüpften, konnten sie zu einer saftigen Skandalstory inspirieren. Stattdessen pfiff ihr linkes Ohr mit einer Amsel um die Wette. Das Ohr gewann. Frustriert klappte sie ihren Laptop wieder zu.

Sie musste sich irgendwie ablenken. Als Kopfarbeiterin fiel es ihr in dieser Umgebung allerdings schwer, etwas zu finden, das sich dazu eignete. Schwimmen war der einzige Sport, den sie mochte, aber für den See war es schon zu spät. Sinnentleertes Fitnessgehampel war ihr zuwider, und Jogging kam bei ihrer Raucherei absolut nicht in Frage.

Vielleicht sollte sie es doch mal mit Radfahren versuchen? Unschlüssig öffnete sie die Schuppentür und inspizierte Anjas Räder. Gar nicht schlecht, fand sie. Kein Kaufhausramsch, sondern edle Markentrekkingbikes. Sie schleppte eins nach draußen und pumpte die Reifen auf. Mit wenigen Griffen hatte sie Lenker und Sattel auf ihre Größe eingestellt und drehte etwas wackelig eine kleine Runde auf dem Rasen. Ganz nett, dachte sie. Vielleicht morgen mal ...

Unwillkürlich musste sie schmunzeln, als ihr beim Rumgeeiere auf dem Fahrrad ein unglaubliches Erlebnis aus ihrer Zeit als PR-Frau wieder einfiel.

„Du kommst dann hier von hinten aus der Kulisse, Vivian, drehst eine Runde und übergibst das Rad dem Kandidaten, bevor du dich zu den anderen auf die Jurycouch setzt. Okay?", erklärte der Aufnahmeleiter geduldig.

Ina saß während der nachmittäglichen Generalprobe auf den leeren Publikumsrängen, begutachtete die

Auftritte von Kai Birner, des Moderators, für den sie arbeitete, und beobachtete währenddessen, wie die mäßig bekannte, aber sehr attraktive Schauspielerin Vivian Schremps recht wacklig ein paar Meter auf einem kleinen BMX-Rad über den glänzend roten Bühnenboden strampelte. Konzentriert hatte sie ihre voluminösen Lippen geschürzt. Ansonsten regte sich absolut nichts in ihrem Gesicht.

Die hat es eindeutig mit Silikon und Botox übertrieben, dachte Ina. Unter dem engen schwarzen Catsuit aus einem schimmernden Material machte Vivian Schremps aber wie immer eine ausgesprochen gute Figur, musste sie zugeben.

Die brünetten Haare waren noch mit großen, bunten Lockenwicklern am Kopf befestigt, damit die lange Mähne später in der Sendung perfekt saß. Vivians mindestens fünfzehn Zentimeter hohe High Heels waren nicht wirklich fürs Radfahren geeignet – zumal auf so einem winzigen Vehikel ohne richtigen Sattel, auf dem man nur stehend vorwärtskam. Ihre perfekt geformten Silikonbrüste schienen sie beim Halten des Gleichgewichts auch ein wenig zu behindern. Nein, die Figur, die die scharfe Sexbombe auf dem Drahtesel abgab, war nicht wirklich vorteilhaft. Das bemerkte jetzt auch Vivians Managerin, die ein paar Stühle von Ina entfernt hockte und angespannt auf das Geschehen unten auf der Showbühne starrte.

„Nein, nein, nein!", schrie sie plötzlich mit ihrer nervenzerrenden Keifstimme durchs ganze Studio und sprang auf. „Das machen wir auf keinen Fall so! Vivian, steig sofort von diesem Ding runter!"

„Aber ich kann das!", protestierte die Schauspielerin von unten. „Ich hatte als Kind Ballettunterricht und Kunstradfahren. Es ist nur ..."

Doch ihre Managerin beachtete den Einwand nicht weiter, sondern rief noch etwas lauter: „Hallo? Regie? Hört ihr mich?"

„Ja, Claudia. Wir hören dich ...", meldete sich nach einer kleinen Verzögerung die genervte Stimme von Regisseur Ralf Wind aus den Lautsprechern.

„Und? Was machen wir jetzt?", fragte Claudia de Winter streng ins leere Studio. „Habt ihr eine andere Idee für den Auftritt meines Stars?"

Ina beobachtete, wie sich zwei der Kameramänner heimlich anstupsten und die Augenbrauen hochzogen. Jeder in der Branche amüsierte sich darüber, dass die Managerin sämtliche ihrer Künstler großspurig und besitzergreifend als *„mein* Star" bezeichnete.

„Aber das sieht doch ganz süß aus, wie sie da in diesem engen Strampelanzug ...", versuchte die Lautsprecherstimme, die Situation zu retten – erfolglos.

„Süß?", keifte Claudia de Winter entrüstet. „Also Ralf! Du machst den Job doch auch schon seit ein paar Jahrzehnten. Das sieht doch jeder, dass das so nicht geht!"

Die Lautsprecher knisterten, weil das Mikro zugehalten wurde, aber wer genau hinhörte, konnte noch leise das Wort „Schnepfe" erahnen, bevor der kräftige Bass des Regisseurs so freundlich wie möglich einlenkte: „Okay, okay. Das wird zwar jetzt knapp, aber wir denken uns was anderes aus, Claudia. Danke, Vivian. Alex, dann hol jetzt zügig den Nächsten. Wir hängen!", wies er den Aufnahmeleiter an, während die kleine, drahtige Managerin schon die Treppen zur Bühne hinunterstürmte und wild gestikulierend und auf sie einredend mit „ihrer" Künstlerin backstage verschwand.

In der anschließenden Regiebesprechung wurde nach einigem Hin und Her beschlossen, dass Vivian einfach in ihrem sexy Outfit am Arm des Kandidaten, der sein BMX-Rad selber schieben musste, stöckeln und von ihm zu ihrem Juryplatz begleitet werden sollte. Zufrieden rauschte die Managerin in die Maske, wo man in der Zwischenzeit an Haaren und Make-up der Schauspielerin werkelte.

Ina holte sich einen kleinen Snack im Greenroom der Künstler, wo ein köstliches Buffet aufgebaut war.

Sie begrüßte die anderen drei Jurymitglieder, zwei Sportler und eine Sängerin, und machte sich mit einem Teller Obst auf den Weg zur Garderobe des Moderators der Show, den sie für ihre Agentur betreute.

Im Treppenhaus begegnete sie der Redakteurin vom Sender. Ina hatte mit Maike Mischke im Laufe der Jahre bei vielen verschiedenen Showproduktionen zusammengearbeitet, sich mit ihr angefreundet und freute sich immer sehr sie zu sehen. Wie üblich war die sympathische Kollegin schwer im Stress, und klapperte auf ihren hohen Schuhen sehr flott die Stufen runter.

„Ina!", rief sie begeistert aus, als sie sich auf dem Treppenabsatz trafen. Die beiden Frauen fielen einander um den Hals und begrüßten sich mit zwei schnellen Wangenküsschen.

„Sorry, ich hab's eilig. Wie immer gibt's wieder jede Menge Änderungen auf den letzten Drücker. Und wer darf's ausbügeln?"

Sie grinste Ina fröhlich an.

„Na, wir!", antwortete diese lachend, und schon folgte der übliche Dialog, ein kleines Ritual, das sie vor jeder gemeinsamen Sendung pflegten.

„Also, wenn's nach mir ginge ...", begann Maike, „dann hätten wir die Sendung längst aufgezeichnet."

„Wenn's nach mir ginge ...", ergänzte Ina, „dann hätten wir die Sendung schon geschnitten."

„Aber wenn's nach mir ginge, dann hätten wir die Sendung schon ausgestrahlt", setzte Maike noch eins drauf.

„Und wenn's nach mir ginge, dann hätten wir schon die Quoten!", toppte Ina lachend.

„Aber auf uns hört ja keiner. Ich muss los, sonst wird das nie was. Wir sehen uns sicher nachher zur After-Show-

Party", lachte Maike, winkte Ina kurz zu und klapperte weiter Richtung Regie, während Ina mit ihrem Obstteller vorbei an der ersten Etage, in der die Kandidaten untergebracht waren, in den zweiten Stock stieg, der für die VIPs reserviert war.

An dem langen Flur im obersten Stock des Fernsehstudiokomplexes lagen die Garderoben des Moderators, der Künstler und Juroren, in denen sie sich zwischen den Proben und vor der Sendung aufhalten konnten. Vor der Tür, hinter der sich die bekannte Boygroup, die heute Abend der musikalische Hauptact sein würde, eingerichtet hatte, stand ein stämmiger Bodyguard.

Ina nickte ihm freundlich zu, als sie vorbeiging, doch der schwarzgekleidete Muskelmann starrte nur stoisch vor sich hin.

Von drinnen erklang Gesang, der darauf hindeutete, dass sich die Jungs auf ihren Auftritt vorbereiteten. Als Ina die recht schiefen Töne hörte, verstand sie, warum der Bodyguard so schlecht gelaunt war. Er musste sich das Gesinge sicher öfters anhören. Ina war froh, dass die Band später in der Show zum Playback nur ihre Münder bewegen würde.

Ein paar Türen weiter war die Garderobe von Vivian Schremps, die Ina gerade noch in der Maske gesehen hatte. Dennoch waren Stimmen hinter der nur angelehnten Tür zu hören. Das irritierte sie. Neugierig blieb sie stehen und lauschte.

„Nun stell dich nicht so an, Oliver. Wir müssen uns beeilen. Ich muss doch gleich wieder runter zu dieser aufgetakelten Tussi. Komm schon, ich brauch das jetzt – zur Beruhigung."

Das war unverkennbar die markante, strenge Stimme von Claudia de Winter. Mit wem war sie da wohl im Zimmer?

„Aber ich hatte doch gesagt, dass ich das nicht mehr will …", widersprach eine männliche Stimme wenig überzeugend.

Ina blinzelte durch den schmalen Spalt an der Tür. Sie konnte die beiden nicht sehen, aber auf einem Sessel gleich rechts lag zusammengeknüllt das dunkelrote Hemd, in dem Vivians Freund vorhin im Studio gesessen hatte. Was ging da drinnen ab? Ein lustvolles Stöhnen beantwortete die Frage. Claudia seufzte laut auf.

„Ja, da will ich deine Hand spüren. Und da! Und da! Nun mach schon, nicht so zimperlich!"

Die Managerin konnte scheinbar nicht anders, als jedem ständig Anweisungen zu erteilen – selbst beim Sex.

Ina hörte schmatzende Kussgeräusche und das Rascheln von Kleidung, die scheinbar hektisch abgestreift wurde. Da schien es jetzt richtig zur Sache zu gehen.

„Ja, fass mich da an. Na, wie ist das, mal wieder so eine echte Brust in der Hand zu halten? Los, greif zu. Fester! Das ist kein Silikon!"

Ina biss sich auf die Faust, um nicht laut loszulachen. Was für eine absurde Vorstellung, dass der gut zwanzig Jahre jüngere, recht attraktive Mann da gerade an der dürren Managerin seiner chirurgisch optimal getunten Freundin herumgrabbelte.

„Ina!", rief plötzlich eine hohe Stimme aus Richtung Treppenhaus. „Willst du zu mir?"

Vivian!

„Äh, nein … Ich dachte nur … Ich wollte eigentlich zu Kai", stotterte Ina und hob zur Erklärung den Obstteller hoch, den sie immer noch in der Hand hielt. Drinnen verstummten die Stimmen, und Ina hörte es wieder rascheln.

„Hast du vielleicht Claudi gesehen?", erkundigte sich Vivian, die schnellen Schritts näher stöckelte. Ihre langen Locken wippten bei jedem Schritt. „Im Greenroom ist sie nicht, und im Studio hab ich auch schon gesucht."

„Wer?", fragte Ina ertappt. Sie überlegte fieberhaft, wie sie die Schauspielerin davon abhalten könnte, ihre Garderobe zu betreten. „Claudia? Die sitzt bestimmt in der Regie bei Ralf Wind und bespricht noch mal deinen Auftritt", sagte sie laut. „Willst du da nicht mal gucken gehen?"

„Nee! Dieser blöde Fahrstuhl ist blockiert, und ich bin gerade zwei Stockwerke hochgelatscht. Jetzt bleib ich hier, sonst kann ich nachher gar nicht mehr laufen. Diese neuen Schuhe sind die Pest", fluchte Vivian und kam unaufhaltsam näher.

Ina beschloss, sich angesichts des drohenden Unheils schnellstens aus der Gefahrenzone zu bringen. „Okay, ich bin dann mal weg", antwortete sie hastig und verschwand schnell bei Kai Birner nebenan. Keinen Moment zu früh.

„Was ist denn los?", fragte der Moderator irritiert, nachdem Ina ohne anzuklopfen in seine Garderobe gestürmt war und ihm hektisch Zeichen machte, den Mund zu halten. Sie ließ seine Tür einen Spalt breit offen, und lauschte in den Flur.

„Was macht *ihr* denn hier?", rief Vivian in diesem Moment aufgebracht, ein Zimmer weiter. Der Entrüstung in ihrer Stimme nach zu urteilen, hatten Claudia de Winter und Oliver es wohl nicht mehr geschafft, sich rechtzeitig wieder anzuziehen.

„Da drüben fliegen gleich die Fetzen", flüsterte Ina und konnte sich ein Grinsen nicht verkneifen. Kai sah sie fragend an. Doch noch bevor sie ihm erklären konnte, was hier passierte, erklang ein lauter Rums aus dem Nachbarraum und die sonst so freundliche Vivian schimpfte hysterisch los: „Raus hier! Raus! Alle beide! Ich will euch nicht mehr sehen!"

„Aber Schätzchen, das ist doch alles ein Riesenmissverständnis", stammelte kleinlaut die ertappte Managerin. Oliver schien lieber zu schweigen.

„Was gibt es da misszuverstehen? Wie lange geht das schon? Ach, ist mir auch egal! Du bist gefeuert, Frau de Winter! Und du kannst gleich mitgehen, du Mistkerl. Nun macht schon! Haut ab!"

Wenige Sekunden später knallte die Tür mit Schwung zu.

Nachdem sie ihre Managerin rausgeschmissen hatte, setzte Vivian durch, dass sie in der Show doch selber auf dem BMX-Rad ins Studio fahren durfte. Ob es an dem jahrelangen Ballett- und Kunstradtraining lag, daran, dass sie keine Pumps, sondern Turnschuhe trug oder an der Wut im Bauch – jedenfalls machte sie ihre Sache gut und bekam viel Applaus vom Publikum.

Oliver verschwand nach der Episode schnell in der Versenkung, und das Image von Claudia de Winter war nach der Geschichte stark angekratzt. Zwar erfuhr offiziell niemand, welches der wahre Auslöser für den Bruch mit Vivian Schremps war, aber eine fristlose Entlassung war nicht gerade das beste Aushängeschild für eine Managerin. Zumal das Getuschel und die Gerüchteküche in der Showbranche trotz Geheimhaltung die unterschiedlichsten Versionen des Skandals verbreiteten. Einer nach dem anderen beendete die Zusammenarbeit mit ihr, und zuletzt hatte Ina von Maike Mischke gehört, dass Claudia am Ballermann ihr Glück mit einem abgehalfterten Schlagerbarden versuchte.

Laut knurrend meldete sich ihr Magen zu Wort. Schon sieben Uhr abends. Ina hatte seit dem Frühstück nichts mehr gegessen und beschloss, sich heute mal richtig was zu gönnen.

Mit Hilfe der bisher noch nie benutzten „Easy Cooking"-App auf ihrem iPhone suchte sie sich ein Rezept für ihren frischen Barsch vom Fischer. Klang alles narrensicher, das Foto sah lecker aus, und Ina freute sich schon auf ihre modifizierte Version vom dort beschriebenen „Gebratenen Seehecht". Mit Barsch ging das sicher auch.

Fisch ist Fisch, machte sie sich selbst Mut und suchte nach einer geeigneten Pfanne.

Da sie vergessen hatte Olivenöl zu kaufen, musste es eben Butter tun. War vielleicht sogar noch besser. Sie ließ ein großes, goldgelbes Stück in die Pfanne plumpsen und stellte den Elektroherd an. Dann holte sie den in Zeitungspapier eingeschlagenen Fisch aus dem Kühlschrank. Hoffentlich war der auch wirklich frisch, überlegte sie und hielt ihn unter fließendes Wasser. Jetzt noch mit Küchenkrepp abtrocknen – ganz nach Rezeptanweisung.

Tja ... Und nun?

Mit spitzen Fingern hob sie ihn an der Schwanzflosse hoch, schnupperte daran und rümpfte die Nase. Ihre Erfahrungen mit Fisch beschränkten sich auf Sushi, tiefgefrorene Fischstäbchen, im heimischen Ofen zu überbackende Seelachsfilets oder vom Kellner fein säuberlich filetierte Seezungen im Restaurant. Doch was machte man bloß mit so einem ganzen Fisch, der heute Vormittag noch in einem Brandenburger See geschwommen war? Die Rezepte-App war da nicht besonders hilfreich. Dort stand nur:

„Das Öl in einer großen Pfanne erhitzen. Den Fisch hineingeben und auf beiden Seiten braten, bis er goldbraun ist". Sollte doch wohl hinzukriegen sein ...

Als die Butter in der Pfanne brutzelte, stellte Ina den iPhone-Timer auf zwei Minuten ein und ließ den ganzen Fisch, so wie er war, in das heiße Fett gleiten. Konzentriert beobachtete sie, wie die Zeit verrann. Dann wurde umgedreht. Sah irgendwie komisch aus der Fisch, eher schwarzbraun als goldbraun. Aber das Rezept war ja auch auf Seehecht abgestimmt. Vielleicht wurde Barsch eben dunkler ...

Der Gestank von verbrannten Schuppen in angebrannter Butter stieg ihr in die Nase, aber sie hielt tapfer durch und drehte das Tier wieder um.

Das Tier …

Plötzlich hatte sie das Gefühl, dass der Fisch sie aus seinen großen, glasigen Augen vorwurfsvoll anstarrte. Als sie ihn nach weiteren fünf Minuten auf ihren Teller gleiten ließ, musste sie zugeben, dass der Barsch allen Grund hatte, sauer auf sie zu sein. Ein Stück Holzkohle mit Schwanz und Kopf. Vielleicht war er von innen besser? Beherzt setzte sie einen Schnitt am Bauch an – und schon quollen die Eingeweide heraus … Igitt!

Verdammt, ich hätte ihn erst ausnehmen und entschuppen müssen, wurde ihr endlich klar. Angeekelt von dem versauten Mahl, schmiss sie den ruinierten Fisch in die Mülltonne. Was für ein Desaster. Laut fluchend stapfte sie auf und ab.

„Ich bin unfähig, auch nur die simpelsten Alltagsdinge zu tun. Nicht in der Lage, Fisch zu kochen! Ach, Quatsch! Zu braten, heißt das! Nicht mal das weiß ich! Mist, Mist, Mist! Was mach ich denn jetzt? Schon wieder Spaghetti? Nee, ich kann das Zeug nicht mehr sehen! Am liebsten hätte ich jetzt ein schönes großes Steak! Aber nein, ich bin ja neuerdings Vegetarierin … Ob's im ,Roten Adler' auch was ohne Fleisch gibt? Na, irgendeinen blöden Salatteller werden die schon haben. Alles ist besser, als dieser eklige, verbrannte Barsch!"

Genervt von ihrer eigenen Unfähigkeit beschloss sie, in den Gasthof zu fahren und herauszufinden, ob es dort etwas halbwegs Annehmbares zu essen gab. Aber konnte sie da so ungeschminkt, mit ungestyltem Haar, in der dreckigen Jeans mit den Grasflecken an den Knien und ihrem schlabberigen Wohlfühl-T-Shirt auftauchen? Ja, entschied sie trotzig, wir sind hier schließlich auf dem Land. Und außerdem kennt mich hier keiner, und ich lege auch keinen Wert darauf, irgendeinen dieser Hinterwäldler kennenzulernen.

Sie band ihre schulterlangen braunen Locken zu einem praktischen Zopf zusammen, schnappte sich den Autoschlüssel und fuhr los.

Direkt vor dem großen Gebäude parkte sie den Mini und machte das Verdeck zu. In der Dämmerung sah der Gasthof „Zum Roten Adler" eigentlich ganz heimelig aus. Das gelbliche Licht, das durch die Scheiben auf die Straße fiel, verlieh dem alten, heruntergekommenen Ziegelsteingebäude sogar etwas Gemütliches.

Ina stieg die fünf ausgetretenen Steinstufen hoch und drückte gegen die schwere Eingangstür. Die bewegte sich nicht. Aber drinnen brannte doch Licht. Sie stemmte sich noch einmal dagegen – und versuchte schließlich, daran zu ziehen …

Ach ja, Kneipentüren gingen ja immer nach außen auf. Besonders hier auf dem Dorf, wo es sicher öfter mal eine Kneipenschlägerei zwischen verfeindeten Familienclans gab.

Mit einem Haufen Klischeebildern im Kopf trat sie im schmalen Windfang durch eine zweite Holztür in den Gastraum.

Gleich links war eine mit verblichenem grünem Stoff bezogene Eckbank frei. Auf dem mächtigen, dunklen Holztisch lag eine Speisekarte aus braunem Lederimitat, in die ein Adler eingeprägt war. Als Ina danach griff, bemerkte sie angewidert, dass sich das gepolsterte Plastik klebrig anfühlte. Mit spitzen Fingern schlug sie die Karte auf. Handgeschriebene Zettel steckten in einzelnen Klarsichthüllen, die sich beim Umblättern leise schmatzend voneinander trennten. Ina spürte das eklige Geräusch mehr, als dass sie es hörte.

Das Angebot aus „Schweineschnitzel Wiener Art", „Forelle blau" und „Klassisches Würzfleisch" steigerte ihren Appetit nicht wirklich. Andererseits hatte sie Hunger und konnte nach ihrem gescheiterten Kochversuch auch keine allzu hohen Ansprüche stellen. Unter „Vegetarisches" waren zwei langweilige Salate und ein Pasta-Gericht aufgeführt. Aber von Nudeln hatte sie nun wirklich genug.

Dann entdeckte sie den „Gemüseeintopf der Saison". Das klang doch vielversprechend. Dazu eine große Apfelsaftschorle – fertig.

Ina klappte die Speisekarte zu und sah sich um. An der Theke hockten vier ältere Männer auf hölzernen Barhockern und sahen alle in eine Richtung – zum großen Flachbildschirm, der oben über der Eingangstür an der Wand hing. Dort lief ein Fußballspiel. War der Ton leiser als das Rauschen in ihrem linken Ohr, oder war das TV-Gerät stumm geschaltet? Nach einem kurzen neugierigen Blick auf den Neuankömmling starrten die Männer wieder gebannt und regungslos auf den Fernseher.

Zwei leere Tische weiter saß ein einzelner Mann auf einer identischen Eckbank wie die, auf der Ina Platz genommen hatte. Sie konnte ihn nur im Profil sehen. Er löffelte lustlos in einem Suppenteller und stierte vor sich hin. Mitten auf seinem Tisch, neben einem aufgeklappten Laptop, stand ein großer Porzellanaschenbecher mit dem rot-weißen Schriftzug „Schierker Feuerstein" und darüber einem Schild in schnörkeliger, altdeutscher Schrift: „Stammtisch". Wohl ein Überbleibsel aus alten DDR-Zeiten. Der Aschenbecher war jedenfalls seit dem Rauchverbot nicht mehr in Gebrauch.

Was hatte der einzelne Mann an dem Stammtisch der Kneipe zu suchen? fragte sie sich. Als sie ihn genauer betrachtete, befand sie, dass er in seinem schwarzen T-Shirt, mit den schwarz-grau-melierten Haaren und seinem Dreitagebart irgendwie nicht ins Bild der Kneipen-stammkundschaft passte.

Als er sich mit der Hand gedankenverloren durchs millimeterkurze Haar fuhr, bemerkte sie einen großen Silberring an seiner Hand, und am Ohr, direkt neben den kleinen weißen Kopfhörern, die ihn mit dem Computer verbanden, blitzte ein winziger Brillantohrring auf.

Der Typ passte eindeutig nicht hierher, kam sicher aus Berlin.

„Schon was gefunden?"

Die Stimme der Kellnerin riss Ina aus ihren Gedanken. Sie sah zu einer etwa vierzigjährigen Blondine mit rausgewachsener Dauerwelle auf, die sie freundlich anlächelte.

„Äh, ja ... Also, der Gemüseeintopf da ... Was ist denn da für Gemüse drin?"

„Na, Blumenkohl, Karotten, Brokkoli, Erbsen und so. Eben Jemüse."

„Und kein Fleisch?"

„Wenn Se wollen, kann der Koch da ooch noch 'ne schöne Scheibe Bauchspeck reinschneiden ..."

„Oh, nein", unterbrach Ina sie gleich. „Ich will nur sichergehen, dass da garantiert *kein* Fleisch drin ist."

„Nee, sonst stände da ja Jemüseeintopf mit Fleischeinlage."

„Und die Brühe ist auch nicht aus Knochen gekocht?"

„Na, Sie woll'n et aber jenau wissen ... Also, da müsste ick die Chefin frajen. Ick jloobe aber, dit da keen Fleisch dran war. Vertrajen Se dit nich, oder wat?"

„Doch, aber ich bin Vegetarierin!", erwiderte Ina stolz.

„Aha ..." Die Kellnerin schien nicht sonderlich beeindruckt zu sein. „Also woll'n Se jetze den Eintopf, oder soll ick noch ma frajen?"

Die Hände in die rundlichen Hüften gestemmt, machte sie nicht den Eindruck, als wenn sie wirklich Lust hätte, extra in die Küche zu gehen. Ina wollte nicht gleich beim ersten Besuch des einzigen Lokals weit und breit unangenehm auffallen und beschloss, dass sie im Zweifelsfall wohl auch einen Hauch von Rinderbrühe ertragen würde.

„Okay, dann einmal den Gemüseeintopf und eine große Apfelsaftschorle, bitte."

„Is dit allet?", fragte die Frau ungläubig.

„Ein bisschen Brot dazu wäre schön", antwortete Ina vorsichtig.

„Hm, ick kiek ma."

Ina beobachtete weiter den attraktiven Mann drei Tische weiter. Irgendetwas an ihm kam ihr bekannt vor, doch sie wusste nicht, was.

Da er stur weiter auf seinen Teller starrte und ab und zu auf seinen Computer, konnte sie keine Anhaltspunkte finden, ob und wenn ja, woher sie ihn vielleicht kannte. Aber wen sollte sie hier in Bienensee auch kennen? Wahrscheinlich sah er nur einem der vielen Medientypen, denen sie im Lauf der Jahre in ihren Jobs begegnet war, ähnlich. Sie verlor das Interesse und sah sich im Gastraum um. Alles wirkte recht spießig, aber auf seine Art auch irgendwie gemütlich. Auf den Fensterbänken standen Strohblumen in Vasen mit buntem Blümchenaufdruck, die kleinen Deko-Keramikkürbisse mit aufgemalten Grinsegesichtern dazwischen waren wohl vom letzten Herbst übriggeblieben.

Die Zapfanlage hinter der großen Bar, aus dunklem Holz geschreinert, glänzte golden. Ein Barkeeper war nicht zu sehen. An den hellgelben Wänden hingen kleine Gemälde mit klassischen, eher naiven Landschaftsdarstellungen. Nicht kitschig, aber dennoch nicht nach Inas Geschmack, die es lieber abstrakt und knallig mochte.

Im Lauf der Zeit hatte sie in ihrer Berliner Wohnung einige Bilder im Stil der „Jungen Wilden" angesammelt. Zum größten Teil waren es nur Kopien, die ein paar Künstlerfreunde aus Kreuzberg in Acryl auf Leinwand täuschend echt nachgemalt hatten, weil die Originale viel zu teuer waren, aber auf ihr großformatiges Bild von Rainer Fetting, das sie vor vielen Jahren, als der Künstler noch nicht berühmt war und seine Werke halbwegs erschwinglich waren, erstanden hatte, war sie mächtig stolz.

Während sie die Ölgemälde an den Wänden kritisch begutachtete, wurde die Tür schwungvoll aufgestoßen, und Simone Schmitz aus der Bäckerei trat mit einem lauten „N'Abend!" ein. Als sie Ina bemerkte, begrüßte sie sie verblüfft.

„Ach, kiek an! Dit is ja mal 'ne Überraschung! Heute keene Spaghetti?"

„Nein, heute lasse ich mich mal hier bekochen", antwortete Ina lächelnd.

„Dit is 'ne jute Idee. Dit Wildschweingulasch kann ick sehr empfehlen. Dit haben Martin und die Jungs vor'n paar Tagen frisch jeschossen."

Bei dem Gedanken an im Wald gemetzelte Tiere drehte sich Inas Vegetariermagen um. Doch sie wollte keine Grundsatzdiskussion über den Sinn der Jagd im Allgemeinen und Speziellen vom Zaun brechen und murmelte nur: „Ach, heute esse ich erst mal den Gemüseeintopf."

„Ooch sehr lecker", lobte Simone und wandte sich mit strenger Miene einem der Männer am Tresen zu. „Martin, wie lange willste denn noch hier rumlungern? Der Sauerteig muss noch anjesetzt werden."

„Ja, ja, gleich. Eben noch das Spiel zu Ende gucken …", gab der Angesprochene, der wohl ihr Mann war, kleinlaut zurück.

„Ewig dieser Fußball! Dit dir dit nich langweilich wird", stöhnte Simone theatralisch. „Is doch imma dit Jleiche!"

„Pscht!", machten die anderen drei Männer, die während des Gesprächs unverwandt auf den Fernseher gestarrt hatten.

„Wieso soll ick denn still sein?", fragte Simone entrüstet. „Da is doch jar keen Ton an!"

„Nun setz dich doch hin, Schatz und trink auch noch ein Bier. Dann gehen wir danach zusammen nach Hause", versuchte Martin, sie abzulenken und milde zu stimmen.

„Na jut", stöhnte sie und machte Ina grinsend Zeichen, dass die Männer wohl nicht ganz richtig im Kopf wären. „Aber erst mal mach ick uns ma'n bisken Musik, wa?", grinste sie in Richtung ihrer Verbündeten, ging zu der großen, bunten Jukebox, die schon einige Jahre auf dem Buckel zu haben schien, kramte in ihrer Hosentasche nach passenden Münzen und drückte, ohne nach den Titeln suchen zu müssen, ein paar Tasten.

Alle hier schienen Simones bevorzugtes Repertoire auswendig zu kennen, denn als sie zu Ina gewandt sagte: „Jetzt kommt meen Lieblingslied!", verdrehten alle vier Männer synchron die Augen. Aus der Musikbox erklangen die ersten Töne von „Dancing Queen". Verträumt wiegte Simone sich im Takt und knuffte ihren Mann zärtlich in die Seite: „Weeßte noch …? Dazu ham wa uff'm Sommerfest damals zum erst'n Mal jetanzt!"

„Ja, ja …", grummelte Martin abwesend, während er versuchte, sich auf das Spiel zu konzentrieren.

Da er nicht weiter reagierte, versuchte Simone, Inas Aufmerksamkeit zu gewinnen:

„ABBA sind doch imma noch unerreicht, wa?"

„Ja, das war ein großer Hit, als ich Teenie war", antwortete sie vorsichtig. Ina mochte ABBA zwar, wollte sich aber hier nicht öffentlich als heimlicher Fan outen. Zum Glück kam in diesem Moment die Kellnerin mit ihrer Suppe.

„Ick hab noch Toast inner Küche jefunden. Weil Se ja Brot wollten. Isset recht so?"

Nicht sonderlich begeistert starrte Ina das ungetoastete, labbrige Weißbrot an und nickte stumm.

Doch schon mischte Simone sich ein: „Also Klara, dit is ja ma' jar nüscht. Toast! Wird Zeit, dit ihr hier ma' vernünftijet Brot serviert. So wie inner Stadt. Da kriegste in jedem Restaurant frischet Brot! Und nich sone Pappe. Is doch so, Ina, oder?"

„Äh, ja ... Stimmt ... Aber das geht schon."

„Nee, nee, nee! Ick schnack ma' mit die Chefin. Ab morjen habt ihr hier Räuberbrot und Stangenweißbrot von uns, Klara. Wirste seh'n! Man muss mit der Zeit jeh'n. Jetze, wo imma mehr Wessis, also, äh, Leute aus Berlin und so hierher komm'." Mit einem kleinen, seitlichen Nicken auf den schwarz gekleideten Typen mit seinem Laptop zwinkerte sie Ina verschwörerisch zu.

Die faltete ihre Serviette auseinander und fing an zu essen. Der Gemüseeintopf schmeckte köstlich.

„Mmmhhhh! Lecker!", lobte sie ihr Mahl.

„Siehste!", brummte die Kellnerin Richtung Simone.

„Am Essen jibt's ja ooch nüscht zu meckern. Nur am Brot ... Machste mir ma' 'n Kleenet, Klara?"

Während die Bedienung das Bier zapfte, sang Simone selbstvergessen und textsicher mit:

„You are the dancing Queen, young and sweet, only seventeen ..."

Es folgten „Waterloo", „Mamma Mia" und „Super Trouper". Zu „Fernando" bestellte der Mann am Nebentisch die Rechnung und schaltete seinen Rechner aus.

Als Agnetha und Anni-Frid mit Simones Unterstützung „Money, Money, Money" sangen, war das Fußballspiel zu Ende. Martin zahlte und verabschiedete sich von seinen Freunden. Seine Frau winkte Klara beschwingt zu und tänzelte im Takt auf Ina zu.

„Ach, ab und an brauch ick dit! Herrlich! Am Sonnabend is wieder Sommerfest unten am See. Da spielen se dit bestimmt ooch wieda. Is mit Festzelt und

Liveband und allem Pipapo! Da tanzen wir zwei Hübschen, wa?"

Während Ina nach einer plausiblen Ausrede suchte, um dem spießigen Dorffest zu entgehen, stand der Mann am Nebentisch auf, nickte der Kellnerin freundlich zu und ging quer durch den Gastraum. Inas Blick verfolgte ihn, während er auf eine Tür weiter hinten zusteuerte. Sie bewunderte seine breiten Schultern, die sich unter dem engen schwarzen T-Shirt abzeichneten. Dann blieben ihre Augen an seinem wohlgeformten Knackarsch in der schwarzen Jeans hängen. Lecker, urteilte sie fasziniert, als sie einen kurzen Blick auf ein auffallendes Tattoo an seinem linken Oberarm erhaschte, und irgendetwas machte leise „klick" in ihrem Kopf. Wo hatte sie diese Tätowierung eines großen blauen Schmetterlings schon mal gesehen?

In diesem Moment drehte sich der Fremde noch einmal kurz um und rief Klara laut zu: „Also, dann bis morgen!" Damit verschwand er hinter der Tür, auf der „WC" und darunter „Hotel" stand.

In dem Augenblick, in dem Ina die markante, dunkle Stimme gehört und ihm ins Gesicht geblickt hatte, knallten endlich die richtigen Synapsen, und sie wusste plötzlich, wer da die ganze Zeit am Nebentisch gesessen hatte. Die alte Wut auf den Typen stieg wieder in ihr auf. Eben diese tiefe Stimme hatte sie damals abserviert und quasi aus der Pressekonferenz schmeißen lassen. Und nun traf sie diesen arroganten Mistkerl hier – Patrick Holmes war in Bienensee!

„Abjemacht?", drang Simones Stimme an Inas gesundes rechtes Ohr.

„Was?", fragte sie verwirrt.

„Na, du kommst doch zum Sommerfest, oder?"

„Ach, so … Ja, mal sehen … Wahrscheinlich."

Die Gedanken rasten in ihrem Kopf. Ahnte Simone, die scheinbar alles wusste, was in Bienensee vor sich ging, wer hier im „Roten Adler" abgestiegen war? Seit wann war Patrick Holmes da, und wie lange würde er bleiben? Und vor allem: Was machte ein so bekannter Sänger ganz alleine hier in der Provinz? Und dann die Haare! Wo war die lange schwarze Mähne abgeblieben, für die er so berühmt war? Hier musste es ein Geheimnis geben. Etwas, aus dem sich eine gemeine Geschichte stricken ließ ...

Da war es, das heiß ersehnte Futter für ihre nächste V.I.P.-Schlagzeile!

Ina war völlig aus dem Häuschen, bemühte sich jedoch, sich nichts anmerken zu lassen. Denn wenn die Dörfler mitbekamen, welche Berühmtheit hier unter ihnen weilte, würden sie womöglich ausrasten und darüber tratschen, und dann war es nur noch eine Frage der Zeit, bis irgendein Pressekollege davon Wind kriegen würde. Und schon wäre es vorbei mit der schönen Exklusivstory, mit der sie es diesem Schnösel ein für alle Mal heimzahlen konnte.

Und Klaus Berger würde Augen machen, wenn seine Chefreporterin trotz Krankheit eine richtig fette Geschichte liefern würde. Ina freute sich diebisch über diese einmalige und unverhoffte Gelegenheit. Aber bei aller Euphorie musste sie äußerst überlegt vorgehen, um nicht noch alles zu versauen. Doch zuallererst wollte sie in Erfahrung bringen, wie lange das Objekt ihrer journalistischen Begierde in ihrer Reichweite blieb.

Nachdem sie sich eilig von Simone verabschiedet hatte, diese samt Martin gegangen war und sie bei Klara die Rechnung bestellt hatte, schaltete Ina auf Reportermodus und fragte beim Zahlen so harmlos wie möglich: „Vermieten Sie hier eigentlich auch Zimmer?"

„Ja, is aber im Moment noch nich viel los."

„Aber der Mann da eben, der wohnt doch hier?"

„Der Herr Holl? Dit is aber ooch der Einzije. Is heute erst anjekomm', aus Berlin."

Patrick Holmes war also unter falschem Namen hier abgestiegen. Das machte die ganze Sache noch spannender. Und scheinbar war er alleine. Aber vielleicht erwartete er noch jemanden?

Eventuell einen neuen Lover? Das wäre eine gute Geschichte!

Unwillkürlich leckte sich Ina die Lippen. Aber sie durfte jetzt nicht unüberlegt handeln. Lieber ganz vorsichtig an das scheue Wild heranpirschen. Scheinheilig fuhr sie fort: „Na, da kann man ja nur hoffen, dass er länger bleibt ..."

„Tut er. Paar Wochen, hat die Chefin jesacht. Macht aber nich viel Umsatz. Ooch bloß 'ne Jemüsesuppe und 'n Bier."

„Na, vielleicht bleibt er ja nicht allein ...?"

„Vielleicht ...", murmelte Klara und hob plötzlich interessiert den Kopf. „Wieso wollen Se dit denn wissen?", fragte sie neugierig nach. „Der sieht schon janz appetitlich aus, wa?" Sie grinste breit, und Ina beschloss, dass sie jetzt besser mal den Mund halten sollte.

„Ach, ich war nur neugierig. Der ist überhaupt nicht mein Typ!"

Sie kramte in ihrem Portemonnaie, gab der Kellnerin ein großzügiges Trinkgeld und verabschiedete sich mit einem lockeren: „Na, dann vielleicht bis morgen."

„Aber jerne doch!", freute sich Klara und verschwand in der Küche.

In ihrem noch immer leicht nach angebranntem Fisch stinkenden Häuschen klickte sich Ina umgehend durchs Internet, um sich alle verfügbaren Infos über „The Curiosity" und deren Frontmann zu besorgen. Das Meiste wusste sie sowieso schon: Die Band bestand aus fünf Mitgliedern, stammte aus Deutschland, lebte in Berlin, sang auf Englisch, spielte seit fast einem Jahrzehnt zusammen, und ihr Sänger und Leadgitarrist Patrick Holmes hatte vor ein paar Jahren einige Folgen lang in der unseligen Serie „Die Sonne über St. Peter-Ording" den schwulen Rettungsschwimmer Henry gespielt. Im knappen roten Badehöschen hatte er seinen bodygebuildeten Körper gekonnt in Szene gesetzt.

Dafür hatten sich auch seine weiblichen Fans begeistert, obwohl er in der TV-Reihe nur an der Seite attraktiver Männer durch die Nordseewellen schwamm.

Seit seiner Serienrolle galt er auch im richtigen Leben als homosexuell, wobei er sich in keinem Interview je zu seinem Privatleben geäußert hatte.

Was bei entsprechenden Nachfragen passierte, hatte Ina am eigenen Leibe bei der grässlichen Pressekonferenz damals erfahren. Das Thema war von dem einen oder anderen Journalisten später in Artikeln immer mal wieder aufgegriffen worden, aber ohne jemals von Patrick Holmes kommentiert, bestritten oder bestätigt zu werden.

Eigentlich war es Ina auch völlig egal. Sie hatte viele schwule Bekannte, privat in Berlin und in der Medienszene, und absolut kein Problem damit. Für eine Skandalgeschichte eignete sich das Thema schon lange nicht mehr. Heutzutage gehörte es ja schon fast zum guten Ton, schwul zu sein – ob in der Politik, bei Fernseh-, Film- oder Musikstars.

Nicht mal in der Volksmusik-Szene sorgte ein Outing noch für große Aufregung. Die zumeist sehr jungen Fans von „The Curiosity" liebten einfach die schlichte Rock-Pop-Musik und den coolen Habitus der Band, die im Laufe der Jahre jede Menge Top-Ten-Hits sowie Goldene und Platin-Platten eingespielt hatte. Obwohl die Bandmitglieder inzwischen alle über vierzig sein mussten, pflegten sie weiterhin ihr Image als Teenie-Stars. Ziemlich albern, fand Ina. Zuverlässig war jedes Jahr ein neues Album mit dem immer gleichen Sound erschienen, doch jetzt warteten ihre Anhänger bereits seit über zwei Jahren auf ein Lebenszeichen, in Form einer neuen Platte mit anschließender Tour. Die letzte kurze Meldung, die Ina auf der Internetseite eines Musikmagazins fand, war erst wenige Tage alt:

> *„The Curiosity im Studio in L.A. – mit dem angesagten DJ und Producer Marc Reeder!*
> *Patrick Holmes verspricht: Unser neuer Sound wird alle überraschen!"*

Doch statt mit seinen Jungs in Kalifornien zu musizieren, saß der Sänger derzeit ganz alleine in einem brandenburgischen Kaff und aß Gemüseeintopf. Dahinter musste doch eine Bombengeschichte stecken, und die würde sie exklusiv an Land ziehen, da war sich Ina sicher, machte den Computer aus und ging zufrieden zu Bett.

Am nächsten Morgen hatte sie früh mit ihrem Arzt telefoniert, berichtet, dass ihr Gehör immer noch von lästigem Rauschen, Piepsen und einem imaginären Wattepfropfen eingeschränkt sei und war daraufhin auch für die ganze kommende Woche krankgeschrieben worden. Der Arzt verordnete ihr weiter Ruhe und Vitamin B. Anstatt sich darüber aufzuregen, dass sie ihrer Konkurrentin weiterhin das Feld überlassen musste, war Ina inzwischen mit ihrer Situation ganz zufrieden. Sie frühstückte in Ruhe, informierte die V.I.P.-Redaktion per Mail darüber, dass sie noch nicht wisse, wann sie wieder arbeiten könne, und überlegte sich einen Schlachtplan für den Abend. Entscheidend war, dass Patrick Holmes nicht mitkriegte, wer sich hier in Bienensee in seiner unmittelbaren Nähe befand und auf eine saftige Schlagzeile lauerte.

Außer bei dieser unseligen Pressekonferenz vor ein paar Jahren, waren Ina und er sich nie wieder begegnet. Damals hatte sie ihre Haare viel kürzer getragen und sich nach dem Vorfall auf allen Promi-Events, zu denen der Sänger auch erwartet wurde, vertreten lassen oder wie ein Luchs aufgepasst, dass sie ihm nicht über den Weg lief. Daher dürfte er von ihrer zwischenzeitlichen Typveränderung eigentlich nichts mitbekommen haben. Es sei denn, er las regelmäßig ihre Kolumne, aber das konnte sie sich nicht wirklich vorstellen.

Das People-Magazin richtete sich vornehmlich an eine weibliche Leserschaft, und „The Curiosity" fanden in dem Blatt einfach nicht statt. Und außerdem, jetzt, so völlig ungeschminkt, sah Ina nicht mal ihrem kleinen gestylten Foto, das seit Jahren in der V.I.P. abgedruckt wurde, ähnlich. Ohne schickes Kostümchen würden nicht mal ihre Kollegen sie auf den ersten Blick erkennen. Daher standen die Chancen recht gut, dass sie inkognito recherchieren konnte, was den berühmten Musiker in die Einöde getrieben hatte.

Sicherheitshalber band sie ihre auffälligen Locken aber wieder zu einem Zopf zusammen, bevor sie am Abend, ein bisschen aufgeregt wegen der bevorstehenden Begegnung, in den „Roten Adler" ging.

Als sie den Gasthof betrat, war kaum etwas los. Die Kellnerin bediente sie sehr freundlich, verkrümelte ich nach dem Servieren aber in die Küche. Um kurz nach neun nippte Ina schließlich völlig alleine in ihrer Ecke an ihrer Apfelsaftschorle und wartete vergeblich auf Patrick Holmes. Vielleicht war er doch schon abgereist? Zwei weitere Schorlen später hielt sie es nicht mehr aus und sprach die Kellnerin, die inzwischen gelangweilt Gläser hinterm Tresen polierte, an: „Wenig los heute ..."

„Die ruh'n sich alle für morjen aus."

„Wieso, was ist denn morgen los?", fragte Ina neugierig.

„Na, dit Sommerfest! Da jeh'n se alle hin. Wir ooch. Hier is denn zu, wa?"

„Ach so … Und Ihr Hotelgast?"

„Der ooch."

„Ach, der ist doch noch da? Ich dachte, er wäre vielleicht schon abgereist, weil er heute Abend gar nicht hier ist …"

„Nee! Der Herr Holl war heut schon um siebene essen – Rumpsteak. Morjen ham wa 'nen Stand mit jejrillte Thüringer am See. Da komm' Se doch ooch, wa?"

„Klar, wenn da alle hingehen …"

„Ja, alle."

Als Ina am nächsten Vormittag das abgesegnete Themenangebot von Klaus Berger gemailt bekam, war sie halbwegs zufrieden. Frauke schien sich an ihre Anweisungen zu halten und hatte für die Kolumne acht der von Ina vorgeschlagenen Geschichten und zwei eigene anrecherchiert. Vielleicht klappte das ja doch mit der Krankheitsvertretung, und sie hatte sich ganz unnötig Sorgen gemacht.

Ina genoss das schöne Wetter und die Ruhe, ging für ein paar Stunden an den See und schwamm. Anschließend setzte sie sich im Schatten einer großen Kiefer mit einem spannenden Krimi, den sie in Anjas Bücherregal entdeckt hatte, in ihren Garten. Am Spätnachmittag heizte sie die Sauna vor, schaltete diesmal rechtzeitig ab und genoss die Schwitzkur bei angenehmer Hitze. Sie war sehr stolz auf sich, dass sie es geschafft hatte, ihr iPhone tagsüber stumm zu schalten und die nach wie vor eingehenden E-Mails weitgehend zu ignorieren. Schließlich war jetzt Wochenende – ein Umstand, der sie früher nicht davon abgehalten hatte, wichtige Anfragen oder Termine wahrzunehmen. Aber inzwischen fand sie sogar ein bisschen Gefallen an ihrer Zwangspause.

Beim morgendlichen Bäckerritual hatte sie diesmal in einer langen Schlange vor dem kleinen Laden angestanden.

Am Wochenende kamen scheinbar auch die Leute vom FKK-Campingplatz auf der gegenüberliegenden Seite des Sees, um hier – angezogen – ihre Schrippen und Semmeln zu kaufen. Simone Schmitz hatte sich trotz des Ansturms nicht aus der Ruhe bringen lassen, sich wie immer ein bisschen Zeit für einen kleinen Plausch mit Ina genommen und das Murren der anderen in der Schlange schlicht ignoriert. Von Simone konnte sie noch viel lernen, fand Ina und ihr versichert, am Abend zum Dorffest am See zu erscheinen.

„Aber schick machen!", hatte Simone sie angewiesen. „Is außer dem Karnevalsball hier die einzije Schangse im Jahr, mal die dollen Fummel auszuführ'n", grinste sie. Die FKKler rümpften die Nase und fühlten sich düpiert, und genau das hatte die Bäckersfrau wohl auch beabsichtigt, denn sie legte noch eins drauf: „Jeht doch nüscht über anständije Klamotten, wa?"

Sie zwinkerte Ina zu.

„Unbedingt. Da werde ich mal gucken, ob ich was Passendes im Schrank finde", stimmte diese zu. „Viel hab ich ja nicht mitgebracht, aber ich geb mir Mühe."

„Dit schaffste schon. Und denn wird jetanzt!"

„Genau! Dancing Queen!"

„Ick freu mir. Aber komm nich so spät, dit jeht pünktlich um siebene los!"

Das einzige Outfit, das sich für Inas Geschmack in die Kategorie „doller Fummel" einordnen ließ, war das Businesskostüm, in dem sie angereist war. Das hing seit Tagen ungenutzt im Schrank, und da sollte es auch bleiben. Es war viel zu warm, um sich in einen Blazer zu zwängen, und Ina entschied sich für ein helles, luftiges Sommerkleid mit Blümchenmuster. Doch die Pumps mussten schon sein, schließlich sollte getanzt werden, und dafür eigneten sich ihre dunkelgrünen Crocs, in denen sie hier ständig herumlief, nicht wirklich.

Die Plastikclogs waren zwar saubequem, aber machten auch unansehnlich klobige Füße. Also quetschte sie sich in die hohen Stilettos, band sich ihren obligatorischen Zopf und fuhr um kurz nach acht runter an den See – sie wollte auf keinen Fall die Erste sein und alleine in einem leeren Festzelt rumhocken. Doch die Sorge war unbegründet …

Auf einer großen Wiese, die an den dörflichen Bolzplatz grenzte, gleich neben dem Haus von Fischer Pit, war schon mächtig Betrieb, als Ina an dem Zufahrtsweg parkte. Wahre Menschenmassen standen an den Würstchengrills und Süßwarenständen an. Sogar eine Schießbude war aufgebaut und ein Trampolin, an dem an langen Gummigurten quietschende Kids und Teenies auf und nieder hüpften.

„Huhu, Ina!", brüllte einer von ihnen, und sie erkannte Felix, der mit einem lauten Juchzer einen Salto rückwärts schlug. Sie winkte ihm lächelnd zu und zeigte mit dem Daumen nach oben.

Auf einem bunten Karussell drehten sich einige jüngere, aufgeregt durcheinander schreiende Kinder, die sich auf einer grinsenden Schildkröte, einem pinkfarbenen Elefanten, einem winzigen Helikopter, einer Art Alien-Raumschiff und anderen Gefährten im Kreis herum und auf und ab bewegten. An improvisierten Ständen wurden Kaffee und diverse selbst gebackene Kuchen angeboten. Ina bekam Appetit, zumal ein handgeschriebenes Schild verkündete: „Tasse Kaffee fünfzig Cent, Stück Kuchen fünfzig Cent. Zusammen nur ein Euro!". Sie grinste über dieses „Sonderangebot" des Tages.

Ein paar Meter weiter standen Männer in grünen Schützenuniformen mit glänzenden Orden am Revers an einem Luftgewehrschießstand an.

Ein knallroter Feuerwehr-Oldtimer von der „Freiwilligen Feuerwehr Bienensee" wurde von Familien mit Kindern belagert.

Wo kamen bloß all diese Menschen her? So einen Auftrieb hatte sie nicht erwartet. Wahrscheinlich zog die dörfliche Kirmes auch die Leute aus den Nachbarorten an. Wie sollte sie hier ihre einzige Bekannte, Simone, finden? Und vor allem: Würde sich jemand wie Patrick Holmes tatsächlich hier sehen lassen? Aber wenn er heute etwas zu essen kriegen wollte, blieb ihm wohl nichts anderes übrig, hoffte sie.

Mit Trippelschrittchen, damit sie mit ihren dünnen Absätzen nicht im sandigen Gras versank, ging Ina auf das große weiße Zelt zu, aus dem laute Musik dröhnte. Trotz Hörsturz erkannte sie schon von Weitem den Gassenhauer, der ihr entgegenschallte: „Maria Magdalena". Sehr frei interpretiert von einer Liveband, aber unverkennbar der alte Hit von Sandra aus den Achtzigern.

Gruselig, fand Ina und schüttelte sich innerlich, ging aber tapfer weiter.

Als sie die Plane am Festzelteingang zur Seite zog, schlug ihr feuchtheiße Tropenluft entgegen. Kein Wunder, bei der proppenvollen Tanzfläche. Die rhythmisch zu zweit im Discofox-Schritt oder verzückt einzeln tanzenden Menschen schwitzten fröhlich vor sich hin. Die vollbusige Sängerin mit langen hellblonden Locken, schmetterte in ihrem glitzernden schwarzen Minikleidchen inbrünstig „I'll never be Maria Magdalena" ins Mikro, während ein junger Mann mit klassischer „Vokuhila"-Frisur am Keyboard „You're a creature of the night" zurückraunte.

Die fünfköpfige Band thronte auf einer kleinen Bühne an der gegenüberliegenden Seite. Die Musiker trugen weite grüne Hemden zu engen weißen Hosen. Schwer Siebziger hier, schüttelte Ina den Kopf. Am liebsten hätte sie auf ihren hohen Absätzen gleich wieder kehrtgemacht, aber da schoss schon Simone aus der tanzwütigen Menge direkt auf sie zu. Wie ein quietschgelber Kanarienvogel, dachte

Ina, als die rundliche Frau in einem leuchtend gelben Minikleid mit flatternden Armen auf sie zugeeilt kam.

„Da biste ja endlich! Du hast schon ‚Rock Me Amadeus' und ‚It's Raining Men' verpasst. Aber ‚Dancing Queen' war zum Glück noch nicht", keuchte Simone atemlos, strahlte sie an und zog sie an der Hand Richtung Tanzfläche.

„Aber ich bin doch gerade erst gekommen und wollte mich eigentlich erst mal ein bisschen hier umsehen", versuchte Ina zu widersprechen, doch sie hatte keine Chance, dem entschlossenen Griff zu entkommen.

„Ja, ja, später. Jetze wird erst mal jetanzt! Oh, super, dit is doch ‚Skandal im Sperrbezirk' von diesen Bayern", juchzte Simone und sang lauthals mit: „Und draußen vor der großen Stadt stehn die Nutten sich die Füße platt! Skandal …"

Ina fügte sich in ihr Schicksal und wippte wenig begeistert mit. Nach vier, fünf weiteren Achtzigerjahre-Hits hatte Simone endlich ein Einsehen und ließ sie ziehen.

„Aber nich verjessen: ‚Dancing Queen' is unser Lied!", rief sie ihr nach.

Ina nickte, flüchtete aus dem Zelt und kaufte sich erst mal ein Bier und eine Thüringer Rostbratwurst am Stand vom „Roten Adler". Sie nutzte die Zeit, während ihr Bier gezapft wurde, um sich nach Patrick Holmes zu erkundigen. Als die Kellnerin Klara ihr die Grillwurst auf einem Pappteller herüberreichte, fragte Ina beiläufig: „Na, ist Ihr Hotelgast auch schon da?"

„Der Herr Holl? Nö, hab ick noch nich jesehen. Aber der scheint Se ja doch mächtig zu intressier'n, wa?", zwinkerte sie grinsend.

„Wie? Nein! Wie kommen Sie darauf? Ich frag nur, weil Sie meinten, dass hier heute alle hinkämen. Und augenscheinlich ist ja tatsächlich ganz Bienensee auf den Beinen, um das Sommerfest zu feiern."

„Hab ick Ihn'n doch jesacht. Dit jeht schon seit heut Nachmittach so. Und aus Mückendorf, Glossen und Bucheneck sind se ooch alle da. Apropos Mücken – da ham Se aber 'n fettes Ding abjekricht ... Nich aufkratzen!"

Plötzlich wurde Ina bewusst, dass sie die ganze Zeit an einer stark juckenden Quaddel an ihrer Stirn herumrieb. Ein fetter Mückenstich wölbte sich über ihrem rechten Auge.

„Oh verdammt", fluchte sie leise und betastete die Beule. „Ich reagier allergisch auf Mückenstiche."

„Da hätten Se sich wohl besser einjecremt ..."

„Hab ich ja, aber im Gesicht war mir das Zeug zu eklig. Mist!" Sie kramte in ihrer Handtasche nach einem kühlenden Gel gegen Insektenstiche und Sonnenbrand, das sie sicherheitshalber immer dabeihatte.

Es linderte den Juckreiz ein wenig, aber an dem unförmigen Mal auf ihrer Stirn änderte die Creme leider nichts. Na, so wird Patrick Holmes mich immerhin auf gar keinen Fall erkennen, dachte Ina resigniert und zahlte. Aufgeregt deutete Klara Richtung See: „Oh, jleich komm' die Boote! Dit dürfen Se nich verpassen!"

Als Ina sie fragend ansah, ergänzte sie: „Na, dit schönste Boot wird doch prämiert. Suchen Se sich ma' jleich 'nen juten Platz. Dit wird voll! Und denn is ja ooch noch Feuerwerk!"

Wenig begeistert von der Aussicht auf eine Ansammlung von Ruder-, Segel- und Motorbooten trippelte Ina dennoch brav Richtung Wasser. Bei den Temperaturen war es hier draußen in jedem Falle angenehmer, als in dem stickigen Partyzelt. Am Ufer standen die Zuschauer tatsächlich schon dicht an dicht und starrten, aufgeregt durcheinanderredend, auf den See. Was fanden die bloß alle an diesen langweiligen Schiffen?

Als sie endlich einen Blick aufs Wasser werfen konnte, staunte Ina nicht schlecht. Sie erblickte rund zwanzig buntgeschmückte Boote, die in einer langen Reihe langsam vorüberzogen. Mit viel Kreativität, jeder Menge Pappmaschee und aufwendiger Deko hatten deren Besitzer ihre Kähne und sich selbst in fantasievolle, schwimmende Objekte verwandelt: Es gab Nachbildungen von Piratenschiffen, Dampfern und einem Kreuzfahrtschiff, eine Disco samt Musik und glitzernder Discokugel am Segelmast, einen Fußballplatz mit Bällen und Toren, einen schwimmenden Wald mit Bäumen und Rehen und sogar ein ganzes Haus, das sich bei näherem Hinsehen als Miniaturausgabe des „Roten Adlers" entpuppte und von einem stolz grinsenden Felix gerudert wurde.

Ina war ehrlich begeistert und sah sich nach einem Platz um, an dem sie mit ihren Absätzen nicht weiter im Sand versinken würde, aber trotzdem eine gute Sicht hätte. Weiter hinten schien ein langer, schmaler Steg weit in den See zu reichen. Auch dort standen die Menschen dicht gedrängt zusammen.

In der Menge entdeckte sie die nicht zu übersehende, leuchtendgelbe Simone Schmitz, und fast direkt neben ihr stand – Patrick Holmes!

Ina wusste, was es bedeuten würde, wenn die größte Klatschbase des Ortes kapierte, wer der heimliche Gast aus Berlin war, der hier inkognito in Bienensee weilte. Um das Schlimmste vielleicht noch zu verhindern, schob sie sich eilig durch die anderen Zuschauer, kletterte auf den Holzsteg und arbeitete sich langsam vor. Auch wenn er mit seinen kurzen Haaren inzwischen völlig verändert aussah, hatte Simone ihn vielleicht damals in „Die Sonne über St. Peter-Ording" gesehen und erkannte ihn wieder, überlegte Ina. Und ihr Neffe Felix hatte ein T-Shirt von der Band des Sängers. Bisher schienen sie einander zum Glück noch nicht kennengelernt zu haben, und wenn es nach Ina ging, würde das auch heute nicht passieren. Sie wollte auf keinen Fall riskieren, dass Patrick Holmes nach einer Entdeckung fluchtartig von hier verschwinden würde –, noch bevor Ina ihre Geschichte hätte.

Doch bisher schien niemand außer ihr erkannt zu haben, um wen es sich bei dem Hotelgast „Holl" handelte, und so sollte es auch unbedingt bleiben. Ina musste Simone irgendwie ablenken und von Patrick Holmes weglotsen.

Sich nach links und rechts entschuldigend, schob sie sich auf dem wackligen Steg ohne Geländer zielstrebig immer weiter nach vorne. Als sie fast auf Armlänge an Simone herangekommen war, stieß Ina atemlos hervor: „Hey Simonn, ich glaub, sie spielen grad unseren Song!"

Verwirrt drehte die Bäckereiverkäuferin sich nach ihr um. „Was? Ach, da bist du ja! Was sagst du?"

Ina bemühte sich vergeblich, sich zwischen den zwei älteren Männern, die sie noch von Simone trennten, durchzuquetschen und stieß mit der nötigen Dramatik hervor: „Dancing Queen! Ich glaub, sie spielen grad Dancing Queen! Dazu wollten wir doch tanzen …"

„Echt? Oh, Mist! Ja, aber …", stammelte Simone Schmitz verdattert. „Nun lasst die Frau doch ma' hier durch, verdammich!", pfiff sie die beiden Fußballkumpel ihres Mannes, die es wagten, ihrer Bekannten noch immer den Weg zu versperren, mit der ganzen Autorität einer Ladenbesitzerin an und streckte Ina die Hand entgegen. „Nun komm erst mal her hier. Vorsicht, is wacklig …"

Ina drängte sich durch die sich zögerlich bildende Lücke weiter vor, machte einen Schritt auf Simone zu und verhakte sich dabei mit dem Absatz ihres hinteren Pumps in einem Spalt zwischen zwei Holzbohlen. Sie hatte Mühe, das Gleichgewicht zu halten, als das morsche Gebälk unter ihrem Schuh nachgab und sie im Holz hängen blieb. Ihr Oberkörper wurde von Simone nach vorne gezogen, während sie hinten bombenfest feststeckte. Ina schrie erschrocken auf, als ihr nackter Fuß aus dem Pumps rutschte und sie augenblicklich nach vorne kippte. Gleichzeitig verlor die sie ziehende Simone das Gleichgewicht und schwankte rückwärts – Richtung Wasser. Die Bäckersfrau schrie aus Leibeskräften und klammerte sich an Inas Arm fest:

„Oh Jott! Oh nee! Ick falle!"

Ina bemühte sich, sie zu halten, suchte mit ihrem anderen Arm verzweifelt nach Halt, ruderte durch die Luft und bekam endlich ein Stück Stoff zu fassen. Der kräftige Arm, der darin steckte, packte sie an der Taille und hielt sie fest. In diesem Moment spürte sie, dass Simones Griff nachließ, ihre Hand abrutschte und die Schwerkraft ihren Tribut forderte. Mit einem lauten Aufschrei und flatternden Ärmchen stürzte Simone mit einem mächtigen Platsch hintenüber in den See.

Taumelnd fand Ina ihr Gleichgewicht wieder und starrte geschockt ins Wasser. Prustend, schreiend und wild mit den Armen rudernd tauchte Simone wieder auf.

„Hilfe! Ick ertrinke! Hilfe!", brüllte sie wie am Spieß. Der Steg war nur einen knappen Meter hoch, aber keiner der vielen Menschen, die darauf standen, reagierte. Alle gafften nur ungläubig die hysterisch um sich schlagende, paddelnde Frau an. Schnell streifte Ina auch ihren zweiten Schuh ab und fauchte den Mann, der sie noch immer an der Taille festhielt, an.

„Lassen Sie mich sofort los! Ich muss meine Freundin retten! Sie sehen doch, dass sie ertrinkt!"

Während sie sich seinem festen Griff entwand, stierte sie den Mann, der sie scheinbar davon abhalten wollte, wütend an – und erstarrte …

Ausgerechnet Patrick Holmes hatte sie sich aus all den Leuten hier, als Rettungsanker herausgreifen müssen. Verdammt! Doch zum Nachdenken hatte sie jetzt keine Zeit – schließlich stand ein Leben auf dem Spiel. Und anscheinend wollte keiner der anwesenden Dörfler sich nass machen, um eine der ihrigen aus höchster Not zu retten.

„Hilfe!", schrie Simone wieder und patschte mit ihren Armen hektisch aufs Wasser.

Ohne zu zögern, sprang Ina in den See, griff nach Simones rechter Hand, paddelte mit den Beinen neben ihr und sprach beruhigend auf sie ein: „Alles gut, alles gut, ich bin ja da! Halt dich an mir fest."

Mit der freien Hand wischte sie sich das Wasser aus den Augen und sah, wie Patrick Holmes in diesem Moment sein T-Shirt über den Kopf streifte und mit einem eleganten Kopfsprung zu den beiden Frauen ins bräunlich-trübe Wasser sprang.

Genau wie der sexy Rettungsschwimmer Henry aus „Die Sonne über St. Peter-Ording", schoss es Ina, beim Anblick seines recht ansehnlichen nackten Oberkörpers, durch den Kopf, als er dicht neben ihr und der immer noch strampelnden Simone ins Wasser eintauchte.

Sekunden später stand Patrick Holmes schwankend, aber aufrecht neben ihr und hielt sich mit schmerzverzerrtem Gesicht seinen Kopf.

Wieso *stand* er neben ihr ...? Völlig perplex suchte Ina mit ihren Füßen nach Grund – und stand ebenfalls. Das Wasser war so flach, dass es ihr nur knapp bis zu den Schultern reichte.

Während die immer noch unkoordiniert paddelnde Simone sich weiter jammernd an ihr festklammerte, hörte Ina das langsam anschwellende Gelächter vom Steg. Da standen der alte Fischer Pit und die fußballbegeisterten Männer aus dem „Roten Adler" und hielten sich die Bäuche. Auch vom Ufer drang das Gelächter der Schaulustigen zu ihnen herüber.

Aufgebracht brüllte Ina jetzt Simone an: „Nun stell dich doch einfach hin! Meine Güte! Hier kann man nicht ertrinken!"

Verdutzt blickte die Verkäuferin sie an, schien vorsichtig mit ihren Füßen nach dem Grund zu tasten und stand endlich senkrecht. Ein Lächeln breitete sich auf ihrem Gesicht aus, das langsam zu einem breiten Grinsen und schließlich zu schallendem Gelächter wurde. „Ick hab ja hier Jrund!", japste sie lachend und fiel Ina glücklich um den Hals. „Ick kann doch nich schwimm', weeßte?"

„Verstehe", antwortete Ina lächelnd. Als Patrick Holmes laut neben ihr aufstöhnte, drehte sie sich zu ihm um und fragte kühl: „Alles in Ordnung?"

„Geht schon, mir ist nur ein bisschen schwindelig …"

„Oh, haben Sie sich bei Ihrem Sprung den Kopf gestoßen?", fragte sie so höflich wie möglich.

Dabei ärgerte sie sich eigentlich, dass dieser Kerl sie schon wieder in eine unmögliche, peinliche Lage gebracht hatte.

„Na ja, ich dachte, es wäre tiefer …"

„Ich auch …"

Ina musste unwillkürlich grinsen. Er machte ein so belämmertes Gesicht, dass sie sogar ein bisschen Mitleid mit ihm bekam. Sie fand die ganze Sache, wie sie da alle drei in voller Montur, klitschnass im See standen, inzwischen auch eher komisch und lachte laut auf.

„Sorry, aber die Situation ist so herrlich absurd."

„Und irgendwie auch sehr lustig", meinte die gniggernde Simone und schleppte sich Richtung Ufer.

Nun musste auch Patrick Holmes lachen.

„Ja, und mehr als 'ne Beule wird's schon nicht geben. Aber ich glaub, ich brauch jetzt dringend einen Schnaps auf den Schreck. Sie auch? Los, gehen wir auch raus."

Er reichte Ina seine Hand. Zögernd griff sie zu und ließ sich von ihm ein Stückchen aus dem Wasser ziehen. Triefend erreichten sie den Strand, wo Martin Schmitz sie schon mit einem Handtuch erwartete. Seine Frau hatte er bereits in ein sehr großes, pinkfarbenes Badelaken gehüllt.

„Sorry, hab nur noch das kleine. Mein zartes Frauchen braucht das große …", sagte er entschuldigend grinsend.

„Was? Wie bitte?", fragte Ina verwirrt nach. „Ich hab Wasser in den Ohren und links hör ich sowieso schlecht." Sie hüpfte auf einem Bein, um wenigstens ihren rechten Gehörgang wieder freizubekommen.

„Das Handtuch ist für euch!", wiederholte Martin mit lauter Stimme und wedelte mit dem bunten Frotteetuch vor ihrer Nase herum. „Simone hat das große."

„Ach so, ja, danke. Schon in Ordnung, ist ja zum Glück warm, da trocknet alles schnell."

Sie dankte, tupfte ihr Gesicht ab und wrang das Wasser aus ihrem Zopf. Dann reichte sie das Handtuch an Patrick Holmes weiter, der damit seinen muskulösen Oberkörper abtrocknete.

Ina ertappte sich, wie sie ihn dabei mit offenem Mund anstarrte.

Schließlich kam Fischer Pit mit Patricks T-Shirt, Inas Pumps und einem weiteren Handtuch.

Simone Schmitz bedankte sich herzlich bei ihren selbstlosen Rettern. „Dit war echt nett von euch. Vielen Dank noch mal und sorry für den Uffstand. Ick muss jetzt mal kurz heeme, umziehen – dit Kleid scheint einjelaufen zu sein …"

Sie deutete schmunzelnd auf das kurze gelbe Etwas, das ihre Rundungen unvorteilhaft zusammenquetschte.

„Martin holt euch noch'n Schnaps und'n Bier uf den Schreck. Wir seh'n uns denn später zum Feuerwerk, wa?" Damit stapfte sie lachend durch die immer noch amüsierte Zuschauermenge, die das Bootsspektakel inzwischen völlig vergessen zu haben schien, und zurück Richtung Festwiese und Partyzelt strömte.

Ina und Patrick Holmes sahen sich unschlüssig an.

Schließlich fragte er: „Möchten Sie sich auch umziehen gehen?"

Doch Ina wollte diese einmalige Chance, endlich mit diesem Mistkerl abrechnen zu können, nicht ungenutzt verstreichen lassen. Da nahm sie eine mögliche Erkältung gerne in Kauf.

Sie würde das Schlachtfeld jetzt auf keinen Fall verlassen. Schnell antwortete sie: „Nö, nicht nötig. Der dünne Stoff trocknet sicher schnell. Mir war eh viel zu warm." Sie zupfte fahrig an ihrem durchnässten Kleid herum und plapperte weiter: „Ich bin ja kein Weichei! Und Sie?"

Als er sie irritiert anguckte, präzisierte sie eilig: „Also, ich meinte nicht, dass Sie ... Also, äh, Missverständnis!" Sie kicherte nervös. „Ich wollte nur wissen, ob Sie sich womöglich zu Hause umziehen wollen ..."

„Äh, nein. Ich hab sowieso eine Badehose drunter. Wenn's Sie nicht stört, zieh ich nur rasch meine nasse Hose aus, dann trocknet sie schneller."

Schon knöpfte er seine enge Jeans auf. Ina zwang sich, ihren Blick von seinen Fingern, und dem, was sie taten, loszureißen.

„Aber nein, kein Problem! Wir sind ja an einem Badesee und ...", stammelte sie unkonzentriert vor sich hin. „Oh, da ist ja Martin mit unseren Drinks!", stieß sie erleichtert aus, als Simones Mann mit zwei Bechern Bier und zwei kleinen Schnapsgläsern auf sie zusteuerte.

Mit den Getränken in den Händen, ließen sie sich an der niedrigen Uferböschung im Gras nieder – er nackt, bis auf seine schwarzen Badeshorts, und sie in dem dünnen Fähnchen, das an ihrem Körper klebte und alle Rundungen und ihre Brustwarzen deutlich abzeichnete. Zum Glück dämmerte es bereits.

Sie hielt die Arme verschränkt vor der Brust und überlegte, ob das Zirpen in ihrem Ohr von den Grillen stammte oder ob es nur das ewige Fiepen, das sie seit fast einer Woche begleitete, war.

Um keins seiner hoffentlich aufschlussreichen Worte zu verpassen, hatte sie sich bewusst so gesetzt, dass ihr gesundes, rechtes Ohr auf der Seite ihres künftigen Schlagzeilenlieferanten war. Sie grübelte noch, wie sie das investigative Gespräch am besten beginnen sollte, als er unvermittelt sagte: „Ich heiß übrigens Hannes."

Hannes? Sie hatte eigentlich „Patrick" erwartet. Entweder war das nur sein Künstlername, oder sie war auf der völlig falschen Fährte, oder er belog sie gerade. Verblüfft blickte sie ihn an und erwiderte überrumpelt: „Ina."

Als sie merkte, dass das vielleicht etwas kurz war, hielt sie ihm auffordernd den Plastikbecher entgegen. Er lächelte und prostete zurück. „Erst mal den Schnaps und danach sind wir per Du."

Damit kippte er den Inhalt des kleinen Glases in den Mund und verzog das Gesicht. Ina überlegte kurz, dass der Arzt ihr eigentlich Alkohol verboten hatte, aber auf solche Marginalien konnte sie im Sinne ihrer „Mission Schlagzeile" jetzt keine Rücksicht nehmen. Tapfer antwortete sie „Okay!", schluckte den Klaren hinunter und schüttelte sich, als der scharfe Alkohol in ihrem Hals brannte.

„Hui, der ist aber stark!"

„Besonders, wenn man, wie ich, schon länger keinen Alkohol mehr getrunken hat ...", murmelte er.

Ach, das ist ja interessant, dachte sie. Wieso trank er denn keinen Alkohol? Ungewöhnlich für einen Popstar, befand Ina und witterte einen perfekten Anknüpfungspunkt für ein vertrauliches Gespräch.

„Verstehe. Ich trinke im Moment eigentlich auch nichts."

„Na, dann lassen wir zwei Abstinenzler es mal lieber vorsichtig angehen, was?" Er grinste und nahm noch einen kleinen Schluck Bier zum Nachspülen.

„Muss ja auch nicht immer Alkohol sein …"

Als er auf das Thema nicht näher einging, nickte sie ihm aufmunternd zu, wusste aber nicht so recht weiter. Stumm schauten beide auf den See hinaus.

„Du heißt also Hannes …?", nahm Ina nach einer Weile den Faden wieder auf.

„Stimmt." Er starrte weiter aufs Wasser und ergänzte mehr zu sich selbst: „Manche nennen mich Pat, aber der war ich quasi in einem anderen Leben …"

Pat, aha …, dachte sie erleichtert. Hannes Holl war also tatsächlich Patrick Holmes.

Egal, ob er ihr einen falschen Namen genannt oder einen Künstlernamen hatte – sie war auf jeden Fall auf der richtigen Fährte. Und immerhin hatte er unter dem neuen Namen im „Roten Adler" eingecheckt, also musste der ja wohl in seinem Pass stehen.

Wie auch immer, Ina wusste, wer er war und was sie von ihm wollte. Um das zu erreichen, stellte sie sich einfach dumm.

„Wieso Pat?", fragte sie unschuldig.

„Ach, nicht so wichtig. Ich bin Hannes und fertig."

„Und woher kommst du? Doch wohl nicht aus Bienensee oder?"

„Nee, ich lebe eigentlich in Berlin. Aber ursprünglich stamme ich auch aus so einem kleinen Dorf, wie diesem hier. Echt gemütlich, hat mir auf Anhieb gefallen."

„Mir auch. Und der See ist schön."

„Stimmt", bestätigte er. „Woher kommst du denn?"

„Aus Charlottenburg."

„Ach? Ich wohn in Friedrichshain. Ist ja witzig – zwei Berliner in der brandenburgischen Provinz. Ich hab mich übrigens im ‚Roten Adler' eingemietet. Und du?"

„Ich wohne in dem Haus einer Freundin."

„Bei der Nichtschwimmerin?", fragte er interessiert und nickte Richtung Steg.

„Simonn? Nee! Die kenne ich erst seit ein paar Tagen. Meine beste Freundin aus Berlin hat in Bienensee ein kleines Ferienhaus, Datsche heißt das ja hier. Und da hab ich mich einquartiert."

„Das ist ja super. Machst du Urlaub?"

„Nicht so richtig. Ich bin seit ein paar Tagen da, und weiß noch nicht, wie lange ich bleibe. Hängt davon ab …"

„Wovon?"

Moment mal! Wer fragt hier eigentlich wen aus, stutzte Ina. Aber ein kleiner Vertrauensvorschuss war wohl die beste Strategie, um dann später mehr von ihm zu erfahren. Also antwortete sie: „Ich bin derzeit krankgeschrieben. Nichts Ernstes. Ich brauch nur ein bisschen Ruhe."

„Aha …", erwiderte er nur, rieb sich gedankenverloren seine Beule auf der Stirn und blickte zu den hohen Bäumen auf der gegenüberliegenden Seeseite, die sich inzwischen als schwarze Silhouette gegen den dunkelblauen Abendhimmel abzeichneten.

„Und was treibt dich nach Bienensee?", setzte Ina gespannt das Gespräch fort.

„Ach, ich brauchte auch mal Ruhe und etwas Abstand. Mal über alles nachdenken und so …"

Na, toll, dachte Ina, damit kann ich ja echt was anfangen. Sie überlegte, wie sie ihm doch ein bisschen was Konkreteres entlocken könnte und bohrte vorsichtig weiter. „Nachdenken? Worüber denn? Dein Privatleben?"

Gleich würde er ihr bestimmt von einer dramatischen Trennung von seinem Exfreund und dann von einem neuen, heißen Lover erzählen, hoffte Ina.

„Ja, auch …", antwortete Hannes gedehnt.

Dem musste man aber auch alles auch der Nase ziehen. Aber das war ja schließlich ihr Job, also fragte sie weiter.

„Und über deine Arbeit?"

„Vor allem. Aber das hängt ja irgendwie miteinander zusammen", meinte er vage.

„Was machst du denn beruflich?" Ina war gespannt, ob er endlich mit der Wahrheit herausrücken würde.

„Was mit Musik …"

Na, bitte! Dranbleiben, Ina!

„Oh, interessant! Was denn?", fragte sie harmlos.

Er ließ sich Zeit mit seiner Antwort und murmelte schließlich: „Ich komponiere … Jingles."

„Jingles?", fragte Ina verblüfft. „Für Werbung und so?"

„Ja, genau", bestätigte er. „Werbejingles."

Hannes lachte auf und sang leise: „Trallala-tata-bummbumm, ‚Kaufen Sie diesen Wagen!', dumdidum-schrummschrumm-schubidu …"

„Und damit kann man Leute dazu bringen, ein neues Auto zu kaufen?"

„Klar!"

„Nur weil die Werbemelodie so eingängig ist?"

„Ich denke schon …", antwortete er unsicher. „Man kann mit Musik Emotionen wecken."

„Aha. Und davon kann man tatsächlich leben? Vom Trallala- und Schubidu-Komponieren?"

„Du würdest dich wundern, wie gut …", sagte er mit resigniertem Unterton.

„Tja, du musst es ja wissen … so als … Werbejingle-Komponist …", erwiderte Ina gedehnt.

„Hm, hm … Aber irgendwann hat man die Nase voll, von all dem seichten Zeug und möchte lieber etwas mit ein wenig mehr Anspruch machen. Dann kann es allerdings schwierig werden …", murmelte er mehr zu sich selbst.

„Inwiefern?"

Ina hatte das Gefühl, dass er kurz davor war, ihr endlich die Wahrheit über sich anzuvertrauen. Doch er wich wieder aus.

„Ach, nicht so wichtig …"

„Das würde mich aber interessieren", hakte sie augenblicklich nach.

Hannes sah sie amüsiert von der Seite an.

„Bis du immer so neugierig? Was machst du eigentlich beruflich? Das würde *mich* jetzt mal interessieren."

Ina schluckte und spürte, wie sie augenblicklich rot wurde. Zum Glück war es inzwischen dunkel genug, sodass er das nicht sehen konnte. Sie fühlte sich ertappt und stotterte. „Ich arbeite als ... Sekretärin ... für so eine Agentur ..."

„Agentur?", horchte er auf.

„Ja, Management und PR und so ...", plapperte sie planlos weiter.

„Ach, kenne ich die vielleicht? Wie heißt die denn?"

Inas Hirn ratterte. Verdammt, wie konnte sie nur so blöd sein. Natürlich kannte er als Künstler diverse Agenturen. „Mist!", platzte sie heraus.

„Mist? Hab ich ja noch nie gehört. Komischer Name."

„Äh, ja ... Ist 'ne ganz kleine Agentur. Ganz neu. Also die schreibt sich M.I.S.T. mit Pünktchen dazwischen ..."

„Und wofür stehen die Buchstaben?"

„Na ... Management ... äh ... Special ... Treat-ment!", stammelte Ina. Hannes blickte sie skeptisch an.

„Aha ...? Und wofür steht das I?"

„Ina!", platzte sie heraus.

„Management Ina Special Treatment? Was soll das denn bedeuten?"

„Nun ja, mein Chef meinte, dass M.I.S.T. ein origineller Name wäre. Und weil er große Stücke auf mich hält, hat er eben gemeint ‚I wie Ina' ... Wir sind da ja nur zu dritt in der Agentur, und die anderen Namen fangen eben nicht mit ‚I' an ..."

Was rede ich hier bloß für einen gequirlten Blödsinn, schalt sie sich. Hoffentlich kauft er mir diesen Quatsch ab.

„Na ja, auf jeden Fall kann man sich den Namen eurer Agentur leicht merken. Mist! Wirklich sehr originell und einprägsam ...", lachte er. „Wird man in Zukunft hoffentlich noch öfter hören. Wer ist denn bei euch so unter Vertrag?"

„Och, bisher nur ein paar Nachwuchsschauspieler und junge Comedians. Die kennt man noch nicht so …"

„Könnte daran liegen, dass die immer ‚Mist' antworten, wenn man sie fragt, wer denn ihr Management ist."

Hannes versuchte erfolglos, sich das Lachen zu verkneifen, und Ina spürte, dass sie langsam wieder sauer wurde. Gerade hatte sie das Gefühl gehabt, dass dieser Typ vielleicht doch nicht so ein komplettes Arschloch sei, wie sie bisher gedacht hatte. Aber jetzt nahm er sie auf die Schippe und lachte sie aus. Auch wenn sie sich die Suppe gerade selber eingebrockt hatte, dachte sie genervt:

Idiot! Wart's nur ab, dich mach ich noch fertig! Aber vorher will ich wissen, weshalb du tatsächlich hier bist!

Dennoch lächelte sie ihn an, als wenn sie seinen Witz auch komisch fände, konnte ihre Wut aber nicht ganz unterdrücken. Bissig antwortete sie: „Unsere Künstler fühlen sich sehr gut betreut!"

„Ja klar! Ich wollte dir nicht zu nahe treten. Und außerdem kannst du ja nichts für den bescheuerten Namen der Agentur."

Nun, ja … Wenn du wüsstest …, dachte Ina und ärgerte sich über sich selbst.

Sie hatte sich dieses Gespräch ganz anders vorgestellt. *Sie* wollte diejenige sein, die *ihn* aushorchte und ihn später mit dem erlangten Wissen fertigmachte. Und jetzt hatte er, ohne zu ahnen, wer hier neben ihm saß, praktisch den Spieß umgedreht. Mist!

Ina zuckte zusammen, als es plötzlich laut knallte. „Was war denn das?", fuhr sie erschrocken aus ihren Gedanken auf.

Im selben Moment stieg eine einzelne Rakete von einem Ponton mitten im See auf und verwandelte sich in einen Regen strahlender Blitze.

Unter den lauten „Oh"- und „Ah"-Rufen der herbeiströmenden Zuschauer begann ein gewaltiges Feuerwerk.

Die bunt leuchtenden Feuerwerkskörper spiegelten sich auf der glatten Wasseroberfläche. Ein Böller nach dem anderen stieg in den sternenklaren Nachthimmel auf und zerplatzte in seine roten, blauen und grünen Bestandteile, goldene Wasserfälle prasselten hoch über den Köpfen des verzückten Publikums nieder, und in schneller Abfolge startende Raketen bildeten eine harmonische Komposition.

Ina und Hannes sahen dem Schauspiel fasziniert zu. Während sie das Feuerwerk mit offenem Mund verfolgte, vergaß sie für einen Moment ihren Groll auf ihn und flüsterte ergriffen: „Ist das nicht wunderschön?"

„Allerdings! Fast wie bei einem großen Rockkonzert. Wenn jetzt noch Prince ‚Purple Rain' oder vielleicht Led Zeppelin dazu ‚Stairway To Heaven' spielen würden. Großartig!", schwärmte er.

„Ich würde lieber Klassik hören. Stell dir vor, die ‚Carmina Burana' oder Händels ‚Feuerwerksmusik'. Das wäre ein Kracher ..."

Beide zuckten zusammen, als auf einmal dröhnend laut Musik erklang. Ina konnte es nicht fassen, was da, nur unwesentlich durch ihren imaginären Wattepfropfen im linken Ohr gemildert, direkt in ihren Kopf drang:

Der alte Wende-Hit „Freiheit" von Marius Müller Westernhagen schepperte höllisch laut aus riesigen Boxen am Strand.

„Oh, nein ...!", seufzten Ina und Hannes gleichzeitig auf und sahen sich entgeistert an.

„Wie schrecklich", jammerte er.

„Ich hasse dieses Lied", stöhnte sie.

Doch wie auf Kommando flammten augenblicklich dutzende Feuerzeuge von ergriffenen Zuschauern auf, die selig im Takt schunkelten und lauthals die komplette erste Strophe und den Refrain mitsangen:

„Freiheit"!

Wie auf ein verabredetes Zeichen hin, standen Hannes und Ina gleichzeitig auf.

„Soll ich dich beim ‚Roten Adler' absetzen? Ich muss jetzt nämlich ganz schnell hier weg, bevor ich Amok lauf", meinte Ina grinsend.

„Mir reicht's auch, nicht mein Sound! Bist du mit dem Wagen da?"

„Ja, ich hab weiter da hinten geparkt."

„Okay, dann nehme ich dein Angebot gerne an. Bloß weg hier."

Als sie vor dem Gasthof hielt, öffnete Hannes die Wagentür, blieb aber sitzen. Im Licht der Innenraumbeleuchtung wurden Inas Augen unweigerlich von dem halb nackten Mann neben ihr angezogen. Sie zwang sich, ihm, statt auf den wohlgeformten Oberkörper, ins Gesicht zu blicken – und entdeckte eine beachtliche Beule.

„Oh, da hast du dir ja bei dem Sprung doch ganz schön wehgetan."

Sie zeigte auf seine Stirn.

„Wie?" Verwirrt fasste er sich an den Kopf. „Tatsächlich. Tut aber kaum weh. Sieht nur blöd aus. Aber das kennst du ja wohl …"

Er deutete auf ihre Stirn.

„Ach, das hatte ich ja fast vergessen."

Sie fingerte an der Stelle herum, die bis eben komischerweise kaum gejuckt hatte. Doch nun, wo Hannes direkt darauf starrte, musste sie ganz automatisch daran herumkratzen. „Mückenstich", erklärte sie. „Vorhin am See. Ich bin allergisch, deshalb sieht das schlimmer aus, als es ist. Einfach Creme drauf, dann geht's wieder. Und du? Hast du irgendeine Salbe, um deine Beule zu behandeln?"

„Ach, ich nehme ein bisschen Eis aus der Minibar."
„Ja, mach das …"
„Also dann, war nett der Abend …", sagte er unschlüssig.
„Ja, trotz der Blessuren", antwortete sie lächelnd.
Dann schwiegen beide wieder etwas verlegen.
„Und was machst du morgen?", fragte Ina schließlich mutig.
„Das wollte ich dich auch gerade fragen … Also, vielleicht könnten wir ja was zusammen machen?"
„Warum nicht …?"
„Und was?"
„Schwimmen gehen? Kennst du die Wiese da hinten?"
Sie deutete auf den kleinen Weg, der hinter dem „Roten Adler" hinunter zum See führte.
„Noch nicht, aber das werde ich schon finden. Wann passt es dir denn?"
„Wie wär's so gegen drei? Vorher hab ich noch zu tun, aber dann …"
„Ja, super, dann sehen wir uns morgen um drei am See." Er strahlte sie an. „Und was soll ich damit machen?"
Er deutete auf seinen Schoß. Ina schluckte, als sie automatisch auf seine schwarzen Badeshorts blickte. Da sie nicht gleich antwortete, präzisierte er: „Also, ich meine das Handtuch von dem Typen vorhin, auf dem ich sitze."
„Ach so … Ja, klar … Das, äh, das geb ich morgen früh Simonn zurück, wenn ich meine Semmeln kaufe."
„Bestens. Ja, ähm … Dann schlaf gut …"
„Du auch. Wir sehen uns morgen."
„Ja. Gute Nacht."
„Nacht."
Nachdem er die Beifahrertür geschlossen hatte, winkten sie einander noch kurz zu, und Ina fuhr sehr zufrieden mit sich und der Welt zurück in die Akazienallee.

Rrrrummms!

Was war das? Ina schreckte aus dem Tiefschlaf hoch. Um sie herum war stockfinstere Nacht, doch vor den geschlossenen Fensterläden rauschte und donnerte es laut. Ein gleißender Blitz, der durch einen schmalen Spalt zwischen den Fensterläden drang, erhellte das Zimmer für den Bruchteil einer Sekunde. Gleich darauf ließ ein ohrenbetäubender Donnerschlag sie zusammenzucken. Eigentlich hatte sie keine Angst vor Gewittern, aber so hautnah wie hier auf dem Lande, hatte sie die Naturgewalten auch noch nie gespürt. Das heftige Unwetter tobte direkt über Bienensee.

Schlaftrunken kroch sie unter der Decke hervor und schlüpfte in ihre Crocs. Sie schalt sich selbst für ihre alberne Furcht vor ein bisschen elektrischer Ladung und Regen, dann schloss sie die Haustür auf.

Draußen war es schwül-warm. Geschützt von der überdachten Terrasse, beobachtete sie die beeindruckenden, grellen Blitze, die zwischen den Bäumen über den Himmel zuckten.

Der kräftige Landregen bildete einen dichten Vorhang aus fetten, glitzernden Tropfen. An einer Stelle der Regenrinne schien es einen Stau zu geben. Hier klatschte der Regen als breiter Wasserfall vom Dach direkt auf das Blumenbeet neben der Treppe.

Ina war fasziniert. Das war noch aufregender als das Feuerwerk am Abend. So nah und ungefiltert konnte man die entfesselten Naturgewalten hinter den sicheren Betonmauern der Stadt nie erleben. Sie fürchtete sich nicht mehr, sondern genoss das Schauspiel eine Weile, bevor sie die Tür wieder schloss und zurück ins behagliche Bett kroch. Gemütlich, fand sie, fast wie früher beim Campingurlaub im kuscheligen Zelt.

Hier lieg ich warm und trocken, während draußen die Welt untergeht.

Der Regen prasselte kontinuierlich auf das Dach des niedrigen Holzhäuschens, so laut, dass selbst Ina es deutlich hören konnte. An Schlafen war erst mal nicht zu denken, immer wieder grollte der Donner. Also machte sie die Nachttischlampe an und schlug ihr Buch auf. Schnell war sie tief in der spannenden Geschichte versunken und vergaß die Welt um sich herum.

Das Unwetter hatte sich inzwischen verzogen, aber Ina war so in ihren Roman vertieft, dass sie davon nichts mitbekam. Irgendwann herrschte draußen wieder völlige Stille.

Umso lauter tönte ein gleichmäßiges Geräusch, das sie schließlich deutlich wahrnahm – ein permanentes „tok, tok, tok" … Sie sah von ihrem Buch auf und versuchte zu ergründen, woher der regelmäßige Ton kam. Es klang wie ein leichtes Klopfen … Nicht draußen, sondern drinnen. Alarmiert sprang sie auf und tapste durch das Haus.

In der Küche fand sie die Quelle und entdeckte, dass das Wasser von oben, aus der Holzdecke, in steten Tropfen genau in das metallene Waschbecken darunter fiel. Ina kramte unter der Spüle nach einem Lappen, um das nervige Geräusch zu dämpfen. Froh darüber, dass es immerhin an einer strategisch sinnvollen Stelle durchregnete, steuerte sie wieder das Schlafzimmer an – und trat mit ihren nackten Füßen in eine Pfütze. Direkt neben der Türzarge tröpfelte es auch von oben. Auf dem gewachsten Holzboden hatte sich schon eine kleine Lache gebildet.

Mist, fluchte Ina und überlegte, wo sie jetzt bloß einen Eimer herbekam. Sie suchte in der Küche, im anderen Schlafzimmer und schließlich im Bad. Doch statt eines passenden Gefäßes entdeckte sie dort nur eine weitere Pfütze. Mit dem großen Handtuch, das sie vom Haken riss, wischte sie das Wasser auf, während es von oben stetig tröpfelte. Sie schaltete überall das Licht an und inspizierte ihr Häuschen auf weitere Wassereinbrüche. Als sie nichts fand, ging sie in die Küche, griff sich zwei Kochtöpfe und stellte sie unter die beiden Wasserquellen in Bad und Flur. Damit das Wasser nicht zu sehr spritzte, legte sie je eins der kleinen Gästehandtücher in die Töpfe.

Müde sah sie auf die Uhr: Viertel vor fünf – absolut nicht ihre Zeit. Trotzdem war an Schlaf jetzt nicht mehr zu denken. Um sich von dem Desaster abzulenken, schaltete Ina den Fernseher ein und zappte sich durch die Kanäle.

Was da nachts für ein Mist lief … Unglaublich.

Mit einer Mischung aus Faszination und Abscheu blieb sie bei einer aufgekratzten Moderatorin in einem der zahlreichen Verkaufssender hängen, die allen Ernstes um diese Zeit live ein Bastelset für Hinterglasmalerei im Anbot hatte. Ina grübelte, ob tatsächlich irgendwelche Bastelfreaks um diese unchristliche Uhrzeit schon heiß auf Farben und Pinsel wären.

Doch irgendwie mussten die Teleshop-Verkäufer ja Erfahrungswerte haben, sonst würden sie das wohl nicht morgens um fünf senden. Während sie kurz darüber nachdachte, ob sie sich nicht vielleicht auch irgendein so genanntes Hobby zulegen sollte, schlief sie schließlich auf der Couch ein.

Ein lautes Klopfen neben ihrem Kopf ließ sie hochfahren. Sie erschrak, als sie einen Mann mit tief ins Gesicht gezogenem Hut direkt vor ihrem Wohnzimmerfenster sah, und es dauerte einen Moment, bis sie Bauer Herbert erkannte. Er schien etwas zu ihr zu sagen, doch durch die Scheibe verstand Ina ihn nicht. Sie machte ihm Zeichen, dass er zur Haustür kommen solle, und rappelte sich auf. Sie trug ihr kurzes Schlaf-T-Shirt, aber zum Anziehen hatte sie keine Zeit, denn Herbert klopfte schon. Ina öffnete die Tür einen Spalt breit und begrüßte ihn mit einem fragenden: „Ja, guten Morgen?"

„Morschn! No, wie gehdsn so?"

„Och ... War ja ein heftiges Gewitter letzte Nacht."
„Jo ..."
Mehr sagte er nicht, blieb aber wie angewurzelt stehen und wartete. Vermutlich wollte er einfach nur nach dem Rechten sehen. Warum sonst sollte er am frühen Morgen plötzlich vor ihrer Tür stehen? Oder seine Frau Elsa hatte ihn geschickt. Doch wie immer wollte oder konnte er sich nicht äußern, was er nun eigentlich von Ina wollte. Da er keinerlei Anstalten machte, irgendwie zu signalisieren, worum es ihm ging, berichtete sie ihm, was das heftige Gewitter bei ihr angerichtet hatte. „Tja, bei mir hat's sogar reingeregnet."

Ina meinte, ein kleines, nachdenkliches Nicken zu erkennen. Er schien einen Moment abzuwägen, was er mit der Information anfangen solle und antwortete schließlich: „No, keen Wunner nach d'r Dämmsche."

„Wie? Was ist denn Dämmsche?"

„No, Dämmsche ... Hitze ... Wenn's so droggen is, zieht sich das Holz zusamm'n. Und dann dropft's beim Dreeschen durch."

„Ach so ..."

„Kann aber ooch een schräcker Balgen sein, an dem das Wasser nunnerlaaft."

„Aha ..." Sie kapierte nicht wirklich, was er ihr da zu erklären versuchte. „Tja, ich weiß auch nicht, warum es reingeregnet hat, aber reparieren lassen sollte ich es wohl, vor dem nächsten Guss. Gibt's hier im Dorf einen Dachdecker?"

Bauer Herbert schüttelte entrüstet den Kopf.

„Bleedsinn! Das mach ich. Haste denn Dachbabbe in'n Schubben?"

„Dachpappe? Keine Ahnung. Da müsste ich mal nachsehen."

Als Herbert sie daraufhin erwartungsvoll ansah, fragte sie ungläubig: „Jetzt gleich?"

„No, klor. Is doch schon sechse dorch."

„*Sechs* Uhr ist das erst?", fragte sie entgeistert.

„Jo. Wo dropft's denn?"

Zögernd öffnete Ina die Tür.

„Na gut, wenn Sie meinen … Dann kommen Sie doch kurz rein."

Er streifte seine alten grünen Gummistiefel draußen vor der Tür ab und betrat auf grauen Wollsocken das Haus.

Ina zeigte ihm die drei Stellen, an denen es durchgeregnet hatte. Bauer Herbert deutete abschätzig auf die Töpfe. „Nee, dat is nüscht mit d' Debb'l do. Ich geh ma' niebor und hol die Leider. Dat kriesschen wir schon hin."

Eine Viertelstunde später hörte Ina ihren Nachbarn über das Dach kriechen und nach den Stellen suchen, an denen der Regen eingedrungen war. Mit ein paar größeren Stücken Dachpappe, die er von seinem Hof mitgebracht hatte, flickte er sämtliche Löcher. Nach einer knappen Stunde kletterte er wieder runter, und Ina bot ihm einen Kaffee an. Doch den lehnte er dankend ab. „Een anner Mol."

Er tippte zum Abschied mit zwei Fingern an seinen Hut, schnappte sich die Leiter und verschwand.

Sie duschte, zog sich an und fuhr zum Bäcker. Simone Schmitz machte große Augen, als Ina den Laden betrat. „Haste durchjemacht? Oder hattest Schiss vor dem Jewitter? Oder wat biste so früh uff de Beene?"

„Guten Morgen! Mehr oder weniger … Ich bin seit fünf wach. Bei mir hat's reingeregnet."

„Ach, du Scheiße!"

„Ja, war aber nicht so schlimm. Und ist auch schon wieder repariert."

„Ach, wie das denn?", fragte Simone interessiert.

„Mein reizender Nachbar stand schon um kurz nach sechs bei mir auf dem Dach …"

„Echt? Herbert?" Simone schien beeindruckt zu sein. „Wat haste denn mit dem ollen Grummelkopp anjestellt? Der is doch sonst nich so zutraulich."

„Keine Ahnung", erwiderte Ina. „Er redet ja nicht viel, war bisher aber immer nett zu mir und hilfsbereit. Als ich ankam, hat er sogar meine Wiese gemäht."

„Dit is ja 'n Ding! Guck mal einer an, der Herbert. Bei so 'ner netten jungen Frau wird der uff die alten Tage noch handzahm", amüsierte sich Simone. „Warum biste denn jestern Abend so früh vaschwunden? Hab dich noch jesucht, als die Band ‚Dancing Queen' jespielt hat. Biste mit dem Schnuckelchen vom See wech?", fragte sie neugierig.

„Ja ... Nee ... Also ich hab ihn nur am Hotel abgesetzt und bin dann nach Hause. Hier, mit Dank zurück."

Sie reichte das Handtuch über den Tresen.

„Ach ja, danke. Also wir hatten noch jede Menge Spaß. Martin und icke sind erst um eins weg. Bin noch bisken erledicht – ick steh ja schon seit halb siebene wieda im Laden. Hat sich aber jelohnt. Dollet Fest. Und unser kleener Felix hat mit seinem Boot sojar jewonnen!"

„Echt? Das ist ja super. Sah aber auch klasse aus, sein schwimmender ‚Roter Adler'."

„Nech? Da hat er mit seinem Opa wochenlang dran rumjetüftelt und jebastelt. Die könn' ooch jut mit'nander, die zwee. Aber nu erzähl mal ... Looft da wat mit dem Schorsch?"

Sie grinste Ina verschwörerisch an.

„Welchem Schorsch?"

„Na, der sieht doch aus wie'n Bruder von diesem Schorsch Clooney. Der Typ kam mir jleich irjendwie bekannt vor, als ick den im Adler zuerst jesehen hab. Und wat für Muckis der hat – lecker!" Sie schnalzte mit der Zunge. „Ick hatte dit Jefühl, det du bei dem ooch Stieloojen jekricht hast."

„Ach der! Der heißt Hannes ...", stieß Ina ertappt hervor.

Simone schien aber auch nichts zu entgehen.

Typisch Dorf, hier weiß jeder alles von jedem, dachte sie. Da hieß es, irgendwelche Gerüchte besser gleich im Keim zu ersticken, bevor die hier noch auf andere Gedanken kamen und womöglich seine wahre Identität aufdeckten.

Unschuldig zuckte sie mit den Schultern. „Nee, wie kommst du denn darauf? Wieso sollte denn da was laufen?"

Die Bäckerfrau zwinkerte ihr zu.

„Ihr zwee beede jebt 'n schicket Paar ab."

„Nein, also wirklich nicht. Der ist überhaupt nicht mein Typ", wiegelte Ina ab.

„Wat? Sach bloß, du stehst nich uff Schorsch Clooney? Dann biste aber die Einzije!"

„Doch, doch, George Clooney finde ich schon ganz attraktiv, aber der ist doch sowieso schwul."

„Wat?" Simone riss die Augen weit auf. „Der steht uff Männer?", fragte sie perplex. „Aber der hat doch alle naselang ne Neue. Allet Models. Und so eener soll schwul sein? Nee, dit jloob ick nich!"

„Glaub's mir, ich hab ein Näschen für so was. Und der Hannes ist ganz sicher auch schwul."

„Hm ... Na, wenn de meenst ... Ick hatte dit Jefühl, der steht uff dir. Wart's mal ab ..." Nachdenklich stopfte sie Semmel und Zeitungen in Inas Beutel. „So, dit jeht heut uffs Haus – für die jestrige Heldentat."

„Aber Simonn, das ist doch nicht nötig!"

„Doch, doch. Lass ma jut sein. War echt nett von euch. Und halt mich auf'm Laufenden, wat mit dem Schorsch so läuft ..."

„Hannes ..."

„Oder so."

Um kurz vor drei zog Ina sich Shorts und T-Shirt über ihren Bikini, schnappte sich Badelaken und Wasserflasche und marschierte runter zum See.

Den Vormittag über hatte sie mit der Redaktion konferiert, die aktuellen Themen abgesprochen, sich die passenden Fotos zu den Artikeln zwecks Abnahme mailen lassen und in Facebook ihre Duftmarke hinterlassen. Zufrieden klappte sie ihr Laptop zu und schickte Anja eine SMS:

> *Letzte Nacht hat's reingeregnet in Dein Haus. Aber nicht schlimm! Bauer Herbert hat das Dach schon geflickt. Alles gut. Sonne scheint wieder, gleich schwimmen im See.*
> LG, Ina

Warum sie ihrer besten Freundin nichts von der Begegnung mit Patrick/Hannes erzählte, wusste sie selber nicht so genau. Es war nur so ein Gefühl, dass die Zeit dafür noch nicht reif war.

Schon von Weitem erkannte sie seinen muskulösen Rücken und ein leichtes Kribbeln machte sich in ihrem Magen bemerkbar.

Doch sogleich riss Ina sich zusammen und ging möglichst locker auf ihn zu. Sie hatte sich vorgenommen, ihm heute endlich den wahren Grund für seinen Aufenthalt in Bienensee zu entlocken und damit ihrer Schlagzeile einen entscheidenden Schritt näher zu kommen.

„Hallo! Du bist ja schon da?", rief sie ihm fröhlich zu.

Hannes sah sich nach ihr um und lächelte ihr entgegen. „Klar, ich bin schon seit fast einer Stunde hier. Ist echt herrlich, und das Wasser ist wirklich angenehm – wenn man nicht gerade unfreiwillig reinspringt."

Ina breitete ihr Handtuch neben seinem aus. Es war ihr etwas unangenehm, Shorts und T-Shirt auszuziehen und sich halb nackt im knappen Bikini zu einem attraktiven Mann in Badeshorts zu legen. Doch Hannes starrte schon wieder auf den See hinaus, und Ina machte sich klar, dass ihn das als Schwuler sicher sowieso nicht interessieren würde. Also zog sie sich aus, setzte sich und suchte nach einem unverfänglichen Gesprächseinstieg. Wetter! Genau, dachte sie, Wetter war immer ein gutes Thema.

„War ja ein ganz schön heftiges Gewitter letzte Nacht."

„Hab ich gar nichts von mitgekriegt. Erst beim Frühstück, als Klara, die Kellnerin, darüber sprach. Muss ja heftig gerumst haben. Vor dem Adler ist von einem Baum ein riesiger Ast abgebrochen und auf den Bürgersteig geknallt. Ganz schön übel. Wie war's denn in deinem Häuschen? Hast du dich unterm Sofa verkrochen?" Er grinste sie frech an.

„Nein!", antwortete sie entrüstet. „Ich hab doch keine Angst vor Gewittern! Ich hab mir das Schauspiel sogar draußen auf der Terrasse angesehen. Aber dann hat's leider reingeregnet."

Sie schilderte ihm ausführlich die dramatischen Ereignisse und die Hilfsbereitschaft ihres Nachbarn. Hannes schien beeindruckt zu sein, doch das war nicht ganz das, was Ina von ihm wollte. Wieder hatte er sie ausgefragt, statt umgekehrt. Wie machte der Kerl das bloß? Ina beschloss, es jetzt doch mit einem Frontalangriff zu probieren.

„Sag mal, was hat dich denn nun eigentlich nach Bienensee verschlagen?"

„Das nette Dorf, der See …", erklärte er unbestimmt.

„Na, davon gibt's doch hunderte rund um Berlin. Aber weshalb hier?"

„Ach, mir hat ein Bekannter davon vorgeschwärmt. Der lebte im Osten und hat zu DDR-Zeiten mit seiner Familie immer da drüben Urlaub gemacht."

Hannes zeigte über den See.

„Auf dem Nudisten-Campingplatz?"

„Genau. FKK war ja wohl sehr populär damals, und einer der ältesten Freikörperkultur-Vereine Deutschlands wurde in Brandenburg gegründet, hat er mir erzählt ..."

„Ja, ja", unterbrach Ina. Das Thema wollte sie jetzt nicht mit ihm erörtern, sondern wissen, warum er hier war. „Aber wegen FKK bist du ja wohl nicht hier, oder?"

„Nee, und Camping ist auch nicht so meins. Aber Bienensee ist ein Name, den man sich leicht merken kann ... Und als ich jetzt mal dringend eine Luftveränderung brauchte, da fiel mir das wieder ein. Ich hab's gegoogelt und hier den ‚Roten Adler' gefunden. Angerufen, Zimmer gebucht und per Zug und Bus hergefahren."

„Hast du kein Auto?"

„Nö, nicht mal einen Führerschein."

Ungläubig sah sie ihn an.

„Echt? Musstest du ihn abgeben?"

„Nein, ich hab nie einen gemacht. Auch, wenn sich das immer keiner vorstellen kann – es geht auch ohne. Zumal in Berlin, mit U-Bahn und Taxi. Ich brauch mir nie einen Parkplatz zu suchen. Und sonst wird man eben von einem Chauffeur gefahren."

Ha! Jetzt kommen wir der Sache näher, freute sich Ina und bohrte weiter.

„Oh, der Herr hat einen Chauffeur ... Wie nobel ..."

Erwartungsvoll lächelte sie ihn an.

„Äh ... Na ja ... Also nicht dauernd! Und damit ist es jetzt sowieso vorbei ..."

„Wieso?"

„Ach, ist doch nicht so wichtig. Man kann auch ohne solchen Luxus leben ..."

„Klar! Tue ich auch. Und Personal kann ja auch sehr lästig sein ...", neckte sie ihn.

„Hm, hm ... Kommst du mit ins Wasser?", fragte er unvermittelt und beendete damit das Thema.

„Ja, natürlich. Gerne", erwiderte sie überrumpelt und ärgerte sich, wieder nicht weitergekommen zu sein.

Am Abend begleitete sie Hannes zum „Roten Adler". Sie hatten beschlossen, dort gemeinsam zu essen.

Neugierig beäugt von Klara, bestellten sie zwei Bier und studierten die Speisekarte.

Ina schüttelte angewidert den Kopf, während sie das Angebot unter die Lupe nahm.

„Fleisch, Fleisch, Fleisch – alle Gerichte sind hier mit einem Stück Fleisch. Die sind überhaupt nicht auf Vegetarier eingestellt", grummelte sie vor sich hin.

Er sah sie überrascht an. „Ach, du bist Vegetarierin?"

„Ja."

„Und warum?"

„Na, wenn man sich da mal ein bisschen informiert, wie die Tiere bei uns so gehalten und quer durch Europa zu irgendwelchen Schlachthöfen transportiert werden, dann kann man sich doch nur davor ekeln."

„Ja, okay, da hast du sicher recht. In Berlin kaufe ich auch nicht das billigste Fleisch im Supermarkt, schon gar nicht nach dem Pferdefleischskandal, sondern lieber welches vom Metzger, am besten Neuland-Ware. Aber in einem Restaurant kann man doch nicht immer drauf achten, woher die Tiere kommen."

„Ein Grund mehr, auf Fleisch zu verzichten", insistierte sie. „Ich esse nichts mit einem Gesicht, das Eltern hat. So einfach ist das."

„Aha ... Und wie lange bist du schon Vegetarierin?"

„Äh, also ... Noch nicht so lange ... Aber ich bin es aus Überzeugung!", stieß sie ertappt hervor.

„Na gut, und was willst du hier nun essen? Einen Salat vielleicht?"

„Nee, ich hab Hunger, nachdem wir heute so viel geschwommen sind. Vielleicht Zander?", überlegte sie laut und fuhr mit dem Finger über die Seite mit dem Fisch.

„Ach, und der Zander hat kein Gesicht? Und keine Eltern?", zog er sie auf.

„Was? Äh, doch, natürlich ... Aber der hat sicher frei gelebt und wurde nicht in einer Massentierzucht gequält. Fisch, Milch und Eier sind okay. Ich trag ja auch Lederschuhe. Vegan zu leben ist mir denn doch zu anstrengend", rechtfertigte sich Ina.

„Fein, dann bestelle ich mir Schweinegulasch."

„Schwein? Wie kann man nur?", echauffierte sie sich.

„Aber das ist doch Wildschwein! Keine Massenhaltung, keine tagelangen Transporte – eben noch frei im brandenburgischen Wald gesuhlt und jetzt frisch auf den Teller. Genau wie dein Zander", grinste Hannes sie herausfordernd an.

„Na gut ... Wenn du meinst ...", gab sie sich geschlagen.

Als die Kellnerin knapp zwanzig Minuten später servierte, lächelte Klara Hannes an.

„Dit wird Ihnen schmecken! Die Sau ham der Chef und seine Freunde jerade erst erleecht. Janz zartet Fleisch."

Ina rümpfte angewidert die Nase. „Ich mag keine Jäger."

Klara sah sie irritiert an. „Aber Angler schon?", bemerkte sie bissig, riss sich aber schnell zusammen und ergänzte: „Lassen Se sich Ihr Zanderfilet schmecken ..."

„Danke! Hat Fischer Pit den gefangen?", fragte Ina versöhnlich.

„Nee, der kommt von der Ostsee, ausm Bodden", antwortete Klara trocken und stellte den dampfenden Teller auf den Tisch.

„Langer Transport über die Autobahn", nuschelte Hannes leise und unterdrückte ein Grinsen, doch Ina hatte ihn trotz ihrer eingeschränkten Hörfähigkeit genau verstanden.

„Aber da war er schon tot!", zischte sie zurück.

„Okay, okay … Komm Ina, ich wollte dich doch nicht ärgern."

Er tätschelte beruhigend ihre Hand, die sich zur Faust verkrampft hatte.

„Sieht wirklich köstlich aus und duftet verführerisch", lächelte er Klara an.

Ina bemerkte den Anflug einer leichten Röte auf dem Gesicht der Kellnerin, und stellte irritiert fest, dass sie eine Art Eifersucht verspürte, als Hannes und Klara sich verschwörerisch anlächelten.

Also versuchte sie selbst ein zaghaftes Lächeln und murmelte: „Stimmt. Guten Appetit."

Befriedigt registrierte sie das charmante Lächeln, das Hannes jetzt ihr schenkte.

Als die Kellnerin das zweite Bier brachte, war ihre Unterhaltung längst wieder so locker wie vorher am See.

Und als Hannes ihr schließlich neckend anbot, ein winziges Stückchen von seinem köstlich duftenden Gulasch zu probieren, warf Ina alle Bedenken über Bord, nahm seine Gabel entgegen und schob sich den Happen in den Mund.

„Mmmhhh, lecker", seufzte sie genießerisch. „Schmeckt echt toll."

Doch so schnell wollte sie sich nicht umstimmen und von ihrer neuen Lebensweise abbringen lassen. Deshalb ergänzte sie schleunigst: „Aber ich hab mich nun mal dafür entschieden, Vegetarierin zu sein. Da muss ich auf solche Genüsse leider verzichten …"

„Aber ich verrate es doch keinem. Komm, einen Bissen darfst du ruhig noch nehmen."

Hannes hielt ihr schmunzelnd seine Gabel mit einem Stückchen Gulasch entgegen. Das Aroma stieg ihr in die Nase. Ina zögerte nur kurz, lächelte ihn an und schnappte nach dem Fleisch. Sie genoss den lange vermissten Geschmack und schloss beim Kauen die Augen.

„Ich hatte ganz vergessen, wie köstlich das schmeckt", schwärmte sie und schluckte runter.

„Na siehste, war doch gar nicht so schlimm", strahlte er verschmitzt.

„Aber nicht verraten!"

„Nein, natürlich nicht, das ist jetzt unser Geheimnis. Ich kann Geheimnisse sehr gut für mich behalten. Du auch?" Ina verschluckte sich am Bier und prustete in ihr Glas. „Äh, ja klar", stieß sie zwischen zwei Hustenattacken hervor. Er klopfte ihr leicht auf den Rücken. Ina räusperte sich und krächzte: „Ich kann schweigen wie ein Grab!"

„Dann ist ja gut ...", sagte er und sah sie durchdringend an. „Das ist mir nämlich sehr wichtig."

„Wieso? Gibt's denn etwas, das niemand wissen darf?", platzte sie heraus und hätte sich im selben Moment auf die Zunge beißen können.

Wie konnte sie nur so plump fragen? Das musste am Fleisch liegen, schalt sie sich. Das Wildschwein schien den Räuber in ihr geweckt zu haben. Die Raubkatze, die immer auf der Suche nach Beute war – Schlagzeilenbeute.

Ina bemerkte, wie er sie irritiert ansah und augenscheinlich nach einer passenden Antwort suchte. Schnell kam sie ihm zuvor und plapperte hastig:

„Keine Sorge, war nur ein Scherz! Welche Geheimnisse solltest du schon haben? Und wenn, dann geht's mich natürlich überhaupt nichts an. Wir kennen uns ja kaum ..."

Er schien sich zu entspannen und antwortete mit einem leichten Schulterzucken: „Eben, welche Geheimnisse sollte ich schon haben ...? Ich bin Hannes, komponiere Werbejingles und mache Urlaub in Bienensee. Völlig unspannend und unspektakulär. Prost!"

Und ich kriege doch noch raus, was tatsächlich dahintersteckt, dachte sie, während sie ihn unschuldig anlächelte und mit ihm anstieß.

Bevor sie am nächsten Vormittag zum Bäcker radelte, hielt Ina noch kurz bei Bauer Herbert, um sich ein paar frische Eier zu besorgen. Auf dem Hof war niemand zu sehen, und so rief sie laut: „Hallo? Jemand zu Hause?"

Doch anstelle einer Antwort vernahm sie nur das aufgeregte, laute Gegacker der Hühner, die pickend durchs Gras stolzierten, und das geräuschvolle Grunzen der fünf großen, bunt gefleckten, zotteligen Schweine in dem Ferch gleich neben dem Stall.

Ina hatte das Gefühl, dass die sie heute irgendwie vorwurfsvoll anstarrten. Als wüssten die Tiere ganz genau, dass sie gestern schwach geworden war und Teile ihrer Artgenossen verspeist hatte. Sie verspürte ein sehr schlechtes Gewissen und beschloss, schnell wieder zu verschwinden. War scheinbar sowieso gerade niemand da. Sie schwang sich auf Anjas schickes, nagelneues Trekkingrad und holperte die Akazienallee hinunter.

In der Bäckerei herrschte Hochbetrieb. Urlauber vom Campingplatz und drei Handwerker, die sich ihr zweites Frühstück schmecken ließen, füllten das kleine Geschäft. Seelenruhig bediente Simone einen nach dem anderen. Sie hatte wie immer die Ruhe weg und nahm sich auch Zeit für ein kleines Schwätzchen mit Ina. Während sie die knusprigen Schrippen und die Zeitungen im Beutel verstaute, fragte sie grinsend: „Na, wie läuft's mit deinem Schorsch?"

„Da läuft nichts. Hab ich dir doch gesagt", antwortete Ina belustigt.

„Aber jestern habt ihr zwee doch schon wieda drüben im Adler zusamm' jejessen, wa? Hat Klara heute Morgen erzählt."

„Stimmt. Und vorher waren wir am See. Schwimmen. Aber das ist auch schon alles. Glaub mir, da läuft nichts."

„Hm ... Na ja, noch nicht ..." Simone zwinkerte ihr zu und schien einen Heidenspaß daran zu haben, Ina zu necken. „Was macht der denn eijentlich? Also so beruflich und so?"

„Irgendwas mit Musik, hab ich doch erzählt."

„Ach ja, so Werbejedöns. Und sonst so? Hatter 'ne Freundin oder Frau?"

„Darüber haben wir nicht gesprochen. Aber ich glaub ja immer noch, dass der sowieso eher auf Männer steht", sagte sie leichthin. Plötzlich verstummte das Gespräch der Handwerker an dem Stehtisch, und sie sahen Ina neugierig an. Der kleine Rundliche verschluckte sich sogar an seinem Kaffee, während der große Glatzkopf angewidert das Gesicht verzog.

„Ja, ich denke, der ist schwul. Und das ist auch gut so!", legte sie lächelnd nach.

Dass man mit der Feststellung, dass jemand homosexuell war, hier auf dem Dorf scheinbar immer noch jemanden schockieren konnte, amüsierte sie. In Berlin, mit einem schwulen ehemaligen Regierenden Bürgermeister, konnte man mit so einer Aussage nun wirklich niemanden mehr irritieren. Da gehörten ein guter schwuler Freund oder eine lesbische Freundin einfach dazu. Zumal in der Medien- und Showbranche, in der Ina sich seit fast zwei Jahrzehnten bewegte.

Doch vor ein paar Jahren war das, zumindest in der Volksmusik-Branche, auch noch anders. Sie musste an das Dirndl-Duo „Steffi & Uschi" denken, die mit Hits wie „I brech di Herz'n aller Buam" oder „Wenn uns're Glock'n läuten" nicht nur in Volksmusik-Sendungen gern gesehene Gäste waren. Zwei vollbusige, bezopfte Blondinen, bei denen keiner ihrer zahlreichen Fans auf die Idee gekommen wäre, dass sie eigentlich nicht auf „fesche Buam" standen, sondern seit Jahren ein Liebespaar waren. In der Branche wusste man Bescheid, aber alle hielten ihren Mund über das Verhältnis von „Steffi & Uschi", die eigentlich Tania und Rike hießen.

Vor vielen Jahren hatte Ina den beiden dann unfreiwillig zu ihrem öffentlichen Coming-out verholfen.

„Scharfes Outfit!" Ina nickte bewundernd, als Tania und Rike im hautengen schwarzen Lederdress, mit frechen, kurzen schwarzen Haaren und grellem Make-up aus dem Zimmer kamen. Grinsend schwenkte Tania eine lange Lederpeitsche und schlug Mike damit spielerisch auf den Hintern. Prompt quietschte der mit gespielter Entrüstung auf und alle gackerten los. Mike, ein guter Freund von Ina, bei dem sich die beiden Frauen übers Wochenende in Berlin einquartiert hatten, hatte sich ebenfalls auffällig ausstaffiert:

Er trug ein rosafarbenes Dirndl und eine blonde Perücke mit langen, dicken Zöpfen. Genau wie Ina, die aufgekratzt den langen Rock mit der weißen Schürze schwingen ließ, als sie sich vor dem Spiegel im Flur um die eigene Achse drehte. Mike stopfte sich sein Dekolleté noch mit falschen Silikonbrüsten aus und stellte sich neben Ina vor den Spiegel. Zusammen waren sie eine täuschend echte Kopie von „Steffi & Uschi".

Gutgelaunt mischten sich die Vier wenig später unters bunte Völkchen der jährlichen „Christopher Street Day"-Parade am Ku'damm. Es war das erste Mal, dass die beiden Frauen aus dem Schwarzwald zu der lustigen, lauten Demo gegen Homophobie nach Berlin gekommen waren. Hier konnten sie sich ausleben und waren sicher, dass sie ohne ihr übliches volkstümliches Outfit und die blonden Naturhaarperücken nicht erkannt werden würden. Beides hatten sie heute Ina und Mike geliehen.

Ina hatte die beiden Sängerinnen vor ein paar Monaten bei einer Show kennengelernt. Während sie selbst einen lateinamerikanischen Schmusebarden bei seinem Auftritt im deutschen Fernsehen betreute, war sie mit den beiden ins Gespräch gekommen. Da der sexy Sänger noch am

Anfang seiner Karriere in Europa stand und von seiner Plattenfirma als Frauenschwarm aufgebaut wurde, verbarg auch er sein Faible für andere attraktive Männer vor der Öffentlichkeit. Doch hinter den Kulissen, im Greenroom hinter der Bühne, wartete sein aktueller Lover.

Man plauderte über Image, Fassade und Heimlichtuereien, und schließlich klagten die Mädels, wie anstrengend es sei, die glatte Heile-Welt-Fassade nach außen aufrecht zu halten. Und dass sie eigentlich viel lieber offen zu ihrer Liebe stehen würden, ihr Management aber meinte, dass sie dann die meisten ihrer konservativen Fans verlieren würden.

Wahrscheinlich stimmte das. Ein schwuler Patrick Lindner wurde zwar akzeptiert, doch zwei Lesben im Dirndl – das war dann doch noch eine andere Sache. Schließlich tauschten sie Handynummern aus, und Ina lud die beiden im Sommer nach Berlin zum „Christopher Street Day" ein.

Bestens gelaunt, tanzten sie nun dort zur wummernden Technomusik, die aus den riesigen Boxen auf den Partytrucks dröhnte, über den Ku'damm und weiter zum Tauentzien.

Kurz vor dem KaDeWe stand ein älteres Pärchen und begaffte den bunten Zug. Der Mann trug einen beigefarbenen Blouson und Schnauzer und blickte aufs kleine Display seiner Digitalkamera. Seine Frau stand daneben und wippte in ihrem beigefarbenen Trenchcoat gelangweilt auf ihren Ballen, während sie pikiert die fröhlich wogenden Menschenmassen auf der Straße beobachtete.

Spießer wie aus dem Bilderbuch, dachte Ina und machte sich einen Spaß daraus, sie zu provozieren. Sie hakte ihren Dirndl tragenden Freund Mike unter und stimmte mit ihm den Refrain von „I brech di Herz'n aller Buam" an. Dabei winkte sie direkt in Richtung der Kamera des Mannes. Sie sah, wie er aufgeregt ein Foto nach dem anderen schoss und dabei auf seine Frau einredete, die jetzt auch zu ihnen herüberstarrte.

Kurz darauf hatte Ina die Episode schon wieder vergessen – bis sie nach einer durchtanzten Nacht und einem fröhlichen Wochenende zu viert am nächsten Montag die Bildzeitung aufschlug ...

Auf der Seite mit den Klatschgeschichten sprang sie die Schlagzeile „Volksmusik-Duo Steffi & Uschi: Frauenliebe auf der Homoparade" an.

Darunter ein recht verwackeltes Foto von einer breit grinsenden Ina mit Dirndl und blonden Zöpfen, den identisch kostümierten Mike am Arm. Nur verschwommen im Hintergrund erkannte man Tania und Rike im Lederdress.

Auf der CSD-Parade am Sonnabend outete sich das blonde Schunkel-Duo ‚Steffi & Uschi' als lesbisches Paar. Wie aus dem engsten Umfeld der beiden Volksmusik-Sängerinnen verlautet, sind sie bereits seit Jahren liiert.

Die Sätze aus dem kurzen Artikel versetzten Ina in Schockstarre. Verdammt, wer hatte da gequatscht? Sie griff sofort zu ihrem Handy.

Verschlafen meldete sich Tania.

„Hi Ina, schon wach? Wir sind noch völlig fertig nach dem Wochenende und der Fahrt zurück in den Schwarzwald. Was gibt's denn?"

„Äh, habt ihr schon die Bild gelesen?"

„Nee, wieso?"

„Die haben euch geoutet ..."

„Was?", brüllte Tania entgeistert. „Rike, wach auf. Ina sagt, in der Bild steht was über uns", weckte sie ihre Freundin. „Aber wie denn? Was denn? Ich verstehe das nicht", stammelte sie ins Telefon.

„Es ist völlig absurd. Die haben ein Foto von mir und Mike mit euch im Hintergrund abgedruckt. Das muss der Typ vor dem KaDeWe geknipst haben. Und dann scheint irgendwer aus der Branche gequatscht zu haben. Also, dass ihr ein Paar seid. So steht's jedenfalls in der Zeitung. Tut mir echt leid ...", verstummte Ina zerknirscht.

„Oh Scheiße ... Was machen wir denn jetzt? Die Fans werden uns lynchen. Und die Plattenfirma ... Und das Management."

„Vielleicht wird's ja nicht ganz so schlimm?", hoffte Ina zaghaft.

„Ja, vielleicht ... Wir holen uns jetzt erst mal die Zeitung, und dann überlegen wir, was wir tun. Mach's gut, Ina."

„Ja, ihr auch ..."

Zwei Tage später prangte ein Foto von Tania und Rike in sexy schwarzer Lederkluft, mit ihren kurzen schwarzen Haaren auf der Titelseite der Bildzeitung. In den Händen hielten sie ihre Dirndl und die blonden Perücken.

In fetten Lettern stand darüber: *„Wir lieben uns, und das ist auch gut so!"*

In dem anschließenden Artikel erzählten die beiden, dass sie schon lange vorhatten, sich zu outen, um danach ganz andere Musik zu machen und ein Leben, ohne Versteckspiel zu leben. Ina war stolz auf die Mädels.

Mit der Volksmusik war danach tatsächlich Schluss, auch wenn es nur sehr wenige negative, dafür aber umso mehr positive Reaktionen von ihren Fans gab. Aber die beiden nutzten die Gelegenheit, ihre lang gehegten Träume in die Tat umzusetzen. Als „Tania & Rike" bekamen sie einen neuen Plattenvertrag und veröffentlichten bald darauf ein Rap-Album mit frechen deutschen Texten. Ihr erster Hit „Zieh das Dirndl endlich aus, Baby" schaffte es auf Anhieb in die Top Ten.

Ina musste grinsen, als sie an die alte Geschichte dachte. Sie sah in das entspannt lächelnde Gesicht von Simone hinterm Tresen. Die schien auch kein Problem damit zu haben, dass Hannes schwul war. Stattdessen fragte sie Ina:

„Na, heute noch wat Süßet, meene Süße?" Dabei bedachte sie die Handwerker mit einem süffisanten Grinsen. Ertappt wandten die sich wieder ihrem Frühstück zu.

„Warum nicht? Wie wär's mit einem Windbeutel?", fragte Ina lachend zurück.

„Den kriechste, aber leider nich sofort. Ick sach Martin Bescheid, denn besorcht er dir eenen aus unserer Filiale in Mückendorf. Kannste denn nachher nach'er Mittagspause abholen, so jejen drei, wa?"

„Super! Dann komm ich später noch mal. Ich nehm dann auch zwei, damit es sich lohnt."

„Na, für wen der zweete wohl is ...?"

„Wer weiß, wer weiß ..."

Lachend verabschiedeten sie sich.

Als Ina am Nachmittag wieder zur Bäckerei radelte, war sie zu früh dran. Es war erst zwanzig vor drei. Aber vielleicht war ja schon geöffnet. Vorsichtig drückte sie gegen die Tür, die tatsächlich nicht verschlossen war. Als sie eintrat, hörte sie Simones Stimme von hinten, doch die Auswirkungen ihres Hörsturzes sorgten dafür, dass Ina nicht genau verstehen konnte, was da gesprochen wurde. Wahrscheinlich unterhielt Simone sich noch mit ihrem Mann, da wollte Ina nicht stören. Außerdem hatte sie ja Zeit. Sie genoss das Gefühl, ganz entspannt hier herumstehen zu können, ganz ohne den sonst üblichen Termindruck, die oft selbstauferlegte Hektik im Nacken. Sie machte echte Fortschritte.

Selbst mit dem Hören schien es besser zu gehen, wenn sie ganz ruhig ein- und ausatmete, stellte sie fest. Oder sprach Simone inzwischen nur etwas lauter?

„Ja, so machen wir dit! Jeht jleich los. Ick mach et mir nur noch eben een bisken bequemer ...", verstand Ina und grübelte, worum es da wohl ging.

Auf jeden Fall würde es scheinbar noch etwas dauern, bis die Bäckersfrau vorne im Laden auftauchen würde. Ina sah auf die Uhr – zehn vor drei. Sie atmete weiter bewusst ein- und aus und sah sich ein bisschen im Geschäft um. Schließlich blieb ihr Blick an dem großen, überquellenden Zeitschriftenregal neben der Tür hängen. Die Unmengen knalliger Bildchen, die sich an der Wand der winzigen Dorfbäckerei dicht an dicht aneinanderreihten, boten einen Ausblick in die große, weite Welt.

In Berlin lief Ina sonst an den Kiosken, die es an jeder Straßenecke gab, achtlos vorbei. Die bunten Hefte, die sie regelmäßig auf der Suche nach Klatschgeschichten durchforstete, waren für sie keine Unterhaltung, sondern schlicht Arbeitsmaterial, das sich auf ihrem Schreibtisch stapelte. Privat kaufte sie sich nie Zeitschriften, sondern lieber Bücher. Doch jetzt betrachtete sie die schier unerschöpfliche Vielfalt der Druck-Erzeugnisse genauer.

Was es hier alles gab! Hefte zum schöneren Essen, Wohnen, Gärtnern und Kindererziehen, Politik- und Wirtschaftsmagazine, jede Menge Yellows mit faltenfreien Gesichtern von Prinzessinnen und Schauspielerinnen auf den reißerischen Titeln, Comics, Angler- und Jägerzeitschriften, Rätselhefte, Softpornos mit barbusigen Blondinen ...

„Oh, ja, jetzte isset jleich soweit, Schätzken!", riss Simones Stimme sie aus ihren Gedanken.

Verwirrt drehte Ina den Kopf Richtung Hinterzimmer. Hatte sie sich verhört? Sie blickte wieder auf das nackte, vollbusige Silikonwunder im Regal, als es von hinten erneut laut wurde.

„Ohhhhhh! Ja, ja, mir is ooch schon janz heiß! Jibs mir, du Tier!"

Das war unverkennbar das breite Brandenburgisch der Bäckereiverkäuferin. Etwas befremdet, aber auch sehr neugierig lauschte Ina weiter.

„Klar, Kleener … Äh, okay, Jroßer! Natürlich! Du bist ja'n janz Jroßer! Jib's mir! Jenau …! Jetzte! Ohhhhh … Ahhhh …"

Das war doch nicht möglich. Hatten Simone und Martin dahinten in der Mittagspause ein wildes Schäferstündchen eingelegt? In der Backstube? Oder im Hinterzimmer, direkt hinterm Laden?

Ina konnte es nicht fassen. Sie unterdrückte ein Kichern, öffnete leise die Tür und schlich sich hinaus, um bis zur offiziellen Öffnungszeit, um drei zu warten. Man wollte ja nicht stören.

Kopfschüttelnd schob sie ihr Rad um die Ecke, wo eine morsche Holzbank sinnlos an der Straße herumstand. Dort wollte sie ausharren, bis die Eheleute ihren erotischen Pausenquickie beendet hätten. Als sie das Trekkingbike an einen Baum lehnte, fuhr gerade der weiße Lieferwagen der Bäckerei ziemlich flott um die Ecke und hupte zum Gruß. Entgeistert starrte Ina in das lächelnde Gesicht von Martin Schmitz …

Wo kam der denn plötzlich her? Das war doch die Straße, die aus Mückendorf kam. Mechanisch winkte sie ihm zu und beobachtete irritiert, wie er mit Schwung auf die Hofeinfahrt zur Backstube einbog. In genau dieser Bäckerei hatte Ina eben noch Simone stöhnen gehört …

Ach herrje …

Hatte die da gerade einen Liebhaber am Wickel? Vielleicht konnte Ina sie noch rechtzeitig warnen und damit einen Ehekrach verhindern? Sie sprintete nach vorne zum Laden, riss die Eingangstür auf und rief laut: „Hallo? Jemand hier? Simonn?"

„Was? Wie?", erklang ein erschreckter Ausruf von hinten.

„Ähm, deinen Mann hab ich ja gerade hinten auf den Hof fahren sehen ...", rief Ina so beiläufig, wie möglich. „Die Tür war offen ..."

„Äh, Sekündchen ...", antwortete Simone hektisch.

Dann hörte Ina leises Getuschel, und schon scheppterte die schwere Hintertür zum Hof. Ina hielt den Atem an.

„So, Mone", brummte Martins Bass laut, „da sind die Windbeutel für Ina. Mach hinne, die is schon vorne im Laden. Wat treibste denn hier im Dunkeln? Haste gepennt?"

„Wie? Was? Nee! Ja, jut!"

Und einen Augenblick später erschien eine sichtlich derangierte Simone hinter dem Tresen. Mit der einen Hand zuppelte sie an ihrem Kittel herum und fuhr sich mit der anderen nervös durchs Haar.

„Oh, hallo Ina. Äh, stehst du da schon lange?", fragte sie unsicher und sah ihr forschend in die Augen.

„Lange genug ...", flüsterte Ina, zog die Augenbrauen hoch und zwinkerte ihr zu.

„Oh ... Äh, also ... Dit is allet janz anders ...", stotterte sie leise.

„Geht mich ja auch gar nichts an", unterbrach Ina sie lächelnd.

„Tja, also ... Ick hol dir mal eben den Kuchen. Momentchen", stammelte sie und verschwand erneut nach hinten, um gleich darauf mit zwei großen Windbeuteln wieder aufzutauchen. „Die hat Martin jerade aus unserer Filiale in Mückendorf mitjebracht. Isser extra hinjefahr'n, der Jute ..."

„Ja, das ist wirklich nett von ihm."

„Wir ham ja bald Silberhochzeit", plapperte Simone zusammenhanglos. Scheinbar wollte sie das Thema wechseln.

„Ach ja? Wie schön", antwortete Ina. „Und, wird gefeiert?"

Froh, von der peinlichen Situation abgelenkt zu haben, fuhr Simone aufgekratzt fort: „Klar! Im ‚Adler'. Und dann machen wir unsere zweeten Flitterwochen – uff die Süschell'n!"

„Wo?"

„Na, diese Inseln im Indischen Ozean. Kennste nich? Sü-schel-len! Todschick!", erklärte sie stolz.

„Ach, doch. Ja, auf die Seychellen würde ich auch gerne mal. Aber das ist doch wahnsinnig teuer …"

„Ja …" Simone horchte nach hinten, aber Martin schien in der Backstube verschwunden zu sein. Sie beugte sich leicht über die Theke rüber und flüsterte: „Desterwejen muss ick ja ooch noch een bisken wat nebenher vadienen. Vastehste?"

Ina schüttelte verständnislos den Kopf.

„Na, mit'm Telefon … Mit so Erotikanrufen", wisperte Simone verschwörerisch.

„Du machst Telefonsex?", fragte Ina verblüfft und etwas zu laut zurück.

„Schsch!", zischte die Bäckereiverkäuferin. „Ja, dit läuft wie jeschnitten Brot. Immer inner Mittachspause. Dit mach ick jetze seit fast eenem Monat und hab soja schon een paar Stammkunden, die ihre Mittachspause statt inner Kantine lieber am Telefon mit ihrer ‚Schantalle, 24, tabulos' verbringen", kicherte sie los.

„Aha … Chantal? Vierundzwanzig?"

„Meen Künstlername!", verkündete sie stolz. „Eenmal inner Woche 'ne Kleinanzeige im ‚Märkischen Boten' und inner ‚BZ', zweetet Handy anjeschafft und nu läuft dit! Macht sojar bisken Spaß."

„Echt?" Ina brauchte eine Weile, bis sie glauben konnte, was sie da hörte.

„Klar. Martin fährt doch mittachs immer rüber nach Mückendorf, und icke hab hier von eins bis drei sonst nur doof rumjesessen. Aber nu nich mehr. Jetzt hab ick meen kleenet, privatet Jeschäft am loofen. Muss Martin aber nich wissen. Dem erzähl ick, det meene Mutter uns die Flüje uff die Süschell'n bezahlt. Wenn der hört, det ick die Kohle dafür mit dit Rumjestöhne vadien, flippt der mir aus. Also schön die Klappe halten, Ina. Klar?"

„Ja, klar. Ich kann Geheimnisse für mich behalten! Kannst dich auf mich verlassen!", versicherte Ina nickend.

„Jut. Denn kriechste die Windbeutel ooch umsonst", lächelte Simone und packte die Kuchenstückchen sorgfältig in Papier ein.

„Wär doch nicht nötig …"

„Ach, ick verdien doch jetzt wat extra."

Gniggernd reichte sie Ina das Päckchen.

Bevor sie zurück radelte, machte Ina noch einen Abstecher in den „Roten Adler", um dort nach Hannes zu schauen. Vielleicht würde er sich ja bei einem Stückchen Kuchen endlich entlocken lassen, was ihn nach Bienensee geführt hatte. So langsam musste sie mit ihrer Klatschgeschichte mal weiterkommen.

In der Gaststube war Klara gerade dabei, die Tische mit kleinen Vasen, in denen bunte Blümchen steckten, zu dekorieren.

„Nee, der Herr Holl is jleich nach'em Frühstück wech. Hat sich dit Rad vom Chef jeliehen, wollte die Tour nach Wünschendorf machen", verkündete sie gleichgültig.

„Ach so", antwortete Ina etwas enttäuscht. „Also, ich hab Kuchen geholt", erklärte sie dann. „Falls er Lust hat, kann er ja später zu mir rauskommen und den gemeinsam mit mir essen. Sagen Sie ihm das?" Ihre Handynummer wollte sie lieber nicht hinterlassen.

„Klar", murmelte die Kellnerin und verteilte weiter mechanisch ihre Blumen.

„Sie wissen ja, wo ich wohne. Im Haus von Anja. Könnten Sie ihm dann beschreiben, wie er da hinkommt?"

„Klar."

Sie war sich nicht wirklich sicher, ob ihre Botschaft tatsächlich weitergegeben würde.

„Okay, danke. Ich fahr dann mal nach Hause."

„Tschüss."

Etwas unzufrieden schaltete Ina auf der heimischen Terrasse ihren Computer an. Die Netzverbindung hier draußen war wie immer äußerst schwach, und so dauerte es Ewigkeiten, bis sie endlich online war. Es machte sie stutzig, dass kaum neue dienstliche Mails angekommen waren.

Da stimmte doch was nicht. Entschlossen griff sie zum Handy und rief in der Redaktion an.

„V.I.P.-Magazin, Sybille Sievering", meldete sich eine ihr unbekannte Stimme.

„Wo ist Frauke?", fragte Ina verwirrt.

„Mit wem spreche ich, und worum geht's, bitte?", leierte die Frau am anderen Ende emotionslos herunter.

„Hier spricht Ina Frinks!"

„Aha ... Und Sie wünschen?"

„Sind Sie neu?", stieß sie entrüstet hervor. „Ich würde gerne mit meiner Assistentin Frauke sprechen, wenn's nicht zu viel Mühe macht!"

„Ach, Frau Frinks ...", erklang die unbeeindruckte Antwort. „Sie haben doch früher auch hier gearbeitet, oder?"

Ina schnappte nach Luft. *Früher?* Sie war doch gerade mal seit gut einer Woche nicht mehr im Büro gewesen. Das durfte ja wohl nicht wahr sein! Aber bevor sie die Sekretärin zurechtweisen konnte, plapperte die schon weiter.

„Also unsere Frau Harms ist gerade unterwegs – zu der großen Filmpremiere. Hollywood ist in der Stadt!", flötete sie triumphierend. „Haben Sie ja sicher gehört. Da muss Frau Harms natürlich vor Ort sein. Und danach macht Frau Harms das Exklusivinterview mit Brad Pitt!", erklärte sie stolz. „Ich weiß nicht, ob und wann sie wieder in die

Redaktion kommt. Das weiß man bei solch hochkarätigen Terminen ja nie. Verstehen Sie? Vielleicht geht Frau Harms anschließend noch mit dem Produzenten ins ‚Borchardt' zum Dinner. Und …" Sie unterbrach sich selbst, holte kurz Luft, um dann kühl zu fragen: „Kann ich was ausrichten?"

Ina war wie vom Donner gerührt, als der Redeschwall endlich verebbte. Sie riss sich zusammen und antwortete so cool wie möglich: „Nein, danke! Was ich Frauke zu sagen habe, sage ich ihr schon selbst. Dann geben Sie mir Klaus!"

„Herrn Berger? Der ist mit Frau Harms auf der Premiere, und anschließend wollen sie noch …"

„Die sollen mich beide sofort zurückrufen, sobald sie wieder in der Redaktion auftauchen!", unterbracht Ina sie aufgebracht.

„Sehr gerne. Darf ich mir Ihre Nummer kurz notieren?", ratterte die Telefonstimme wie ein menschgewordener Computer runter.

„Nein! Verdammt noch mal! Die haben meine Nummer!"

„Sehr gerne, Frau Hinks, äh, Frinks. Schönen Tag noch", flötete die Unbekannte in den Hörer.

Ina schnaufte laut durch die Nase und hämmerte wütend auf ihr iPhone.

„Aaaaaarrrrggghhhh!", schrie sie laut auf.

„Krrrrääääähhhh", krächzte eine Krähe hoch oben in den Kiefern ungerührt zurück.

Dann war es einen Moment lang still – bis Ina das unangenehme Pfeifen in ihrem Ohr erneut wahrnahm. Stärker, als zuvor.

Warum musste sie sich bloß immer so aufregen, schalt sie sich selbst. Seit gestern hatte sie das Gefühl gehabt, dass die Auswirkungen ihres Hörsturzes etwas nachgelassen hatten. Und nun war das penetrante Pfeifgeräusch wieder da – in voller Lautstärke. Sie stürmte ins Bad und spülte eine Tablette mit einem Schluck aus der Leitung herunter. Dann setzte sie Teewasser auf, schnappte sich das Päckchen mit den Windbeuteln und machte sich über den ersten her, gleich im Stehen in der Küche, noch während sie darauf wartete, dass der grüne Tee gezogen hatte. Schließlich setzte sie sich mit dem dampfenden weißen Keramikbecher auf die Terrasse und versuchte, sich wieder zu beruhigen.

Sie stierte auf das satte Grün des Rasens und atmete ein paar Mal intensiv durch. Sie bemühte sich, einfach nur die schlichte Schönheit der Natur wahrzunehmen und alles andere, was sie nervte und aufregte, auszublenden.

Der Schwarm Kohlmeisen, der fröhlich von einem Busch zum nächsten jagte, das Schattenspiel der Blätter, das die hohen Birken auf den Rasen warfen, ein keckerndes Eichhörnchen, das hoch oben in einer der zahlreichen Kiefern auf ihrem Grundstück saß – diese unglaubliche Idylle.

Mit einer Art Selbsthypnose versuchte Ina, sich von dem beruflichen Ärger abzulenken. Was war schon groß geschehen? Eine neue Sekretärin wusste nicht auf Anhieb, wer sie war, und ihre Krankenvertretung machte schlicht ihren Job. Mehr nicht. Also weshalb sollte sie sich darüber aufregen?

Ina musste über ihre alberne Reaktion lächeln. Sie trank einen Schluck heißen Tee und hörte in sich hinein, schloss die Augen und spürte, dass sich ihr Körper langsam entspannte. Ein angenehmes, sonores Brummen schien aus ihrem Inneren zu erklingen. Der tiefe Ton drang leise, leider parallel zu dem permanenten Pfeifgeräusch, an ihre Ohren.

Ob das dieses beruhigende ‚Ommm' war, das man beim Meditieren hört? Aber das musste man doch eigentlich selber brummen, oder?

Irritiert sah sie sich um, konnte die Quelle des Geräusches aber nicht ausmachen. Ina klopfte leicht an ihr lädiertes Ohr, ohne wirklich an eine Verbesserung der Hörqualität zu glauben. Unverändert hatte sie das Gefühl, einen Wattepfropfen im Gehörgang stecken zu haben. Doch das tiefe Brummen wurde langsam lauter. Es schien nicht bloß Einbildung zu sein. Also stand sie auf und ging mit dem Becher in den Händen auf den Rasen hinaus. Jetzt konnte sie das Geräusch deutlicher hören – es kam von oben.

Sie sah auf und erblickte einen bunten, eckigen Fallschirm, an dem jemand in einem Sitzgurt hing. Ein Paraglider, mit einem motorbetriebenen Propeller am Rücken, kreiste hoch über ihr.

Sie legte die Hand an die Stirn und blinzelte gegen die Sonne. Als ihn seine nächste Runde wieder direkt über ihr Grundstück führte, winkte Ina ihm zu. Das war ein Reflex – so wie man einem startenden Flugzeug wehmütig hinterherwinkt, obwohl einen vermutlich niemand, der darinnen sitzt, erkennen kann. Man selbst klebt am Boden, während jemand anders sich einfach in die Lüfte erhebt und schwerelos davon schwebt. Ein tolles Gefühl – also das Davonfliegen. Für denjenigen, der unten bleibt, ist es aber immer etwas wehmütig, festzustellen, dass die Schwerkraft ihn daran hindert, ebenfalls abzuheben.

Der bunte, aufgeplusterte Schirm vor dem strahlend blauen Himmel weckte Sehnsüchte in Ina. Wenn sie doch auch so leicht ihren Sorgen um den Hörsturz und die auf ihren Job spekulierende Frauke Harms davonfliegen könnte. Doch so einfach war es im wirklichen Leben eben nicht.

Der Paraglider ließ sich bei der nächsten Runde etwas tiefer sinken, und Ina winkte ihm erneut zu. Sie freute sich, als der Mann zurückwinkte. Sie nahm jedenfalls an, dass es ein Mann war. Mehr als die dunkle Silhouette, mit einem schwarzen Helm auf dem Kopf, konnte sie gegen den hellen Himmel nicht erkennen.

Er schien ihr irgendwelche Zeichen zu machen, aber sie begriff nicht, was er damit signalisieren wollte. Schließlich drehte er mit einem letzten Winken ab und flog über die Bäume Richtung See davon. Ina sah ihm noch lange nach. Unwillkürlich musste sie an einen Film denken, an dem sie vor vielen Jahren mitgewirkt hatte – mit einem dicken Schauspieler in einem Heißluftballon.

Die Dreharbeiten standen unter keinem guten Stern. Laut Drehbuch herrschte hochsommerliche Hitze in dem kleinen nordspanischen Dorf, in dem die Geschichte spielte. Doch aus Kostengründen musste in der Vorsaison gedreht werden, und das Frühjahr war das kälteste und nasseste seit Jahren.

Schon seit drei Wochen kämpften Produktion und Schauspieler mit den widrigen Witterungsverhältnissen. Jeder Sonnenstrahl musste genutzt werden und oftmals wartete das Team stundenlang vergeblich darauf. Die Stimmung war entsprechend.

Ina sollte sich als PR-Agentin vor Ort auch um die passenden Standfotos kümmern. Eins der wichtigsten Motive war eine Ballonfahrt des Hauptdarstellers. Eine amüsante Szene – eigentlich ... Denn der Schauspieler gab zwar in seinen Rollen den knuddeligen, sympathischen Dicken, doch wenn die Kamera nicht lief, war er das genaue Gegenteil. Und bei diesem Dreh stand die Kamera mangels passender Schönwettermotive leider öfter still, als dass sie lief.

Endlich! Die Wettervorhersage verhieß die nötige Sonne für den nächsten Vormittag. Also wurde die spanische Firma, die den Ballon lieferte, für frühmorgens an den Set bestellt – eine zauberhafte, einsame Bucht am Meer. Dort sollte der Hauptdarsteller in einem Heißluftballon entlangschweben und seine große Liebe überraschen, die sich nichtsahnend am Meer sonnte.

Soweit der Plan ...

Kurz nach Sonnenaufgang wurde extra ein großer Kamerakran oben auf der Klippe über der Bucht aufgebaut. Auf der Wiese daneben blies das Ballonteam die rosarotgestreifte Stoffhülle in Form eines riesigen Herzens mit Hilfe eines Gasbrenners langsam auf und sicherte den Ballon samt Korb mit starken Tauen an mehreren, in den Boden geschlagenen Pflöcken. Eine frische Meeresbrise zerrte an den Seilen.

Alles war perfekt vorbereitet, als der Regisseur mit Ina und dem Standfotografen, der das Motiv für die geplanten Werbeplakate samt Anzeigen zum Film heute fotografieren sollte, zur Probe auf der Klippe erschienen. Der Hauptdarsteller Jeffrey Thorwaldt, ein kleiner, dicklicher Schauspieler in den späten Fünfzigern, war bereits dort und beobachtete kritisch die Arbeit der Balloncrew. Neben ihm stand seine Maskenbildnerin, die abwechselnd mit Kleenex-Tüchern und einem Puderpinsel schweigend gegen die Schweißperlen ankämpfte, die sich immer wieder auf seiner ausgedehnten Stirnglatze, die von einem schwarzgefärbten Haarkranz eingerahmt wurde, bildeten. Er schien den Pinsel, der sein Gesicht unaufhörlich bearbeitete, gar nicht wahrzunehmen. Stocksteif starrte er den Ballon an, der sich langsam aber stetig aufrichtete.

„So, Jeffrey. Jetzt wird's ernst. Äh, also lustig!"

Der nervöse Jungregisseur Anton Duske klopfte seinem doppelt so alten Hauptdarsteller aufmunternd auf den Rücken. „Du steigst in den Korb, dann lassen dich die Jungs ein paar Meter aufsteigen und Richtung Strand schweben. Keine Sorge, die halten dich die ganze Zeit an diesem dicken Tau da fest – damit du keinen Ausflug auf eigene Faust machst."

Sein unsicheres Kichern sollte den Scherz unterstreichen, doch Jeffrey Thorwaldt reagierte nicht, sondern schwieg.

„Ja, also … Wie gesagt … Wenn du über Silke, also deine angebetete Brigitte fliegst, dann sagst du deinen Satz. Äh … ‚Hallo Brigitte, ich bin's, huhu, da staunste, wa?' oder so ähnlich. Wie lautet der Satz noch mal, Angela?"

Hektisch blätterte die unscheinbare Regieassistentin auf ihrem Klemmbrett in den Drehbuchseiten, mit denen der langsam stärker werdende Wind spielte, und las den korrekten Text laut vor. „Brigitte-Schatz, sieh mal nach oben! Ich bin's, dein Robert! Ich bin gekommen, um dir eine wichtige Frage zu …"

„Ja, ja, ich weiß schon", unterbrach Jeffrey Thorwaldt sie genervt.

Mit kalkweißem Gesicht drehte er sich zu seinem Regisseur um. „Der Text ist nicht das Problem. Ich hatte noch nie ein Problem damit, Text zu lernen!", schnaubte er. „Ich fresse den Text! Aber die Sache mit dem Ballon … Ich weiß nicht recht …"

„Was ist damit?", fragte Anton Duske vorsichtig und nichts Gutes ahnend.

„Also, ich hab mir das gestern noch mal überlegt. Und Silke musste mir da zustimmen."

Er nickte zur Bekräftigung seiner Worte, während die Maskenbildnerin mit der Puderquaste an seinem Gesicht herumtupfte. Mit einer achtlosen Handbewegung schob Jeffrey sie beiseite und stieß hervor: „Hör mal Anton, ich hab ja schon viele Filme gedreht. Im Gegensatz zu dir …" Abschätzig sah er den Regisseur an. „Es ist doch gar nicht nötig, dass ich in der Szene mit einem Ballon da rumfliege. Ich könnte doch auch per Auto oder zu Fuß … Also, diese Luftnummer macht für mich gar keinen Sinn! Und, wie gesagt, Silke ist da ganz meiner Meinung." Er deutete Richtung Maskenmobil, dem gerade die weibliche

Hauptdarstellerin Silke Kriemer in einem weißen Bademantel entstieg. Sie hielt fröstelnd die Arme um ihren Körper geschlungen, winkte aber fröhlich zu ihnen rüber.

„Siehste!", legte Jeffrey Thorwaldt noch mal nach, als er den ungläubigen Blick seines Regisseurs sah.

„Aber Jeffrey! Das ist eine der Schlüsselszenen des Films! Das große Finale!", begehrte Anton auf. „Der Held springt über seinen eigenen Schatten und macht seiner Angebeteten endlich doch noch einen Heiratsantrag ... Lässt Rosenblätter auf sie herabregnen. Geigen erklingen. Das volle Programm! Wir machen hier doch Romantik für die Primetime! Pilcher ist unsere Messlatte. Da kannst du doch nicht plötzlich einfach zu Fuß auftauchen und so mir nichts, dir nichts an diesen einsamen Strand latschen ... Das ist doch total unrealistisch." Fassungslos sah er seinen Hauptdarsteller an. „Oder hast du Höhenangst? Das könnte ich verstehen ..."

„Was? Ich? Höhenangst? Das ist ja lächerlich!", brauste der Schauspieler auf. „Ein Jeffrey Thorwaldt und Höhenangst ... Also wirklich! Hahaha!"

Er lachte gekünstelt auf.

Inzwischen war Silke Kriemer bei den beiden angekommen. „Was ist denn los? Hab ich was verpasst? Ihr scheint ja Spaß zu haben. Hübscher Ballon, vor allem die Farbe – tolles Pink!", strahlte sie die beiden Männer an.

„Sag mal Silke, stimmt das, dass du auch an der Ballonszene zweifelst?", fragte Anton Duske sie unsicher.

„Nö, wieso? Ich mag das rosarote Herz."

„Weil Jeffrey hier gerade meinte, dass du ..."

„Ja sicher, du meintest doch gestern Abend auch, dass du ...", mischte sich Jeffrey ein.

„Ich hab nur gesagt, dass *ich* für kein Geld der Welt in diesen Ballon steigen würde und jeden verstehen kann, der da auch Angst hätte", erklärte sie freundlich lächelnd und fuhr übergangslos fort. „Aber jetzt mal im Ernst! Wie findet ihr mein Beachoutfit? Ist der Bikini nicht etwas zu pink? Oder wie fändet ihr Steifen? Passend zum Ballon?"

Die knackige Blondine öffnete ihren Bademantel und sah kritisch an sich herunter, wickelte sich dann aber doch schnell wieder in das wärmende Frottee. Der kühle Wind frischte merklich auf.

„Ja, ja, sehr hübsch", antwortete der Regisseur zerstreut, ohne sie wirklich anzuschauen.

Seine volle Aufmerksamkeit galt dem moppeligen Hauptdarsteller, der gerade den ganzen Film über den Haufen zu schmeißen drohte.

„Also hast du doch Höhenangst, Jeffrey!"

„Nein!" Der Schauspieler schüttelte nachdrücklich seinen Kopf. „Ich dachte nur ... Mit meiner Erfahrung ... Aber wenn du meinst, dass es unbedingt nötig ist, dass ich in diesem lächerlichen rosa Ballon einschwebe ... Bitte sehr! Natürlich! Dann mach ich das eben! Überhaupt kein Problem für mich! Pfffff!" Mit theatralischer Geste drehte er sich zu dem inzwischen zu voller Größe aufgepumpten Stoffherz um.

„Tschuldigung ... Herr Thorwaldt?", meldete sich Ina zaghaft zu Wort.

„Was ist denn jetzt noch?"

Genervt drehte er sich zu ihr um.

„Ich wollte Sie nur daran erinnern, dass wir ja gleich noch das Plakatmotiv shooten müssen. Unser Sönke hier steht mit seinem Fotoapparat gleich neben der Kamera. Und sobald die Szene im Kasten ist, wäre es furchtbar nett, wenn sie die Arme ausbreiten und freundlich in die Fotokamera lächeln könnten ...", erklärte Ina höflich ihren Auftrag.

Nicht zum ersten Mal. Gleich zu Beginn der Dreharbeiten hatte sie Schauspieler und Regisseur über die vom Sender gewünschten Fotomotive informiert, abgesprochen, was möglich war und alles mit dem

Standfotografen organisiert. Und noch gestern Abend in der Hotellobby hatte sie Jeffrey Thorwaldt an das wichtige Foto erinnert. Jetzt tat er allerdings so, als wenn er noch nie etwas davon gehört hätte.

„Wie bitte? Auch noch ein Foto? Davon weiß ich ja gar nichts! Wieso werde ich bei dieser Dilettantenproduktion eigentlich nie über irgendetwas informiert? Steht das überhaupt in meinem Vertrag, dass ich das machen muss? Und ist das mit meinem Management abgesprochen?", schnaubte er wütend.

„Äh, nein … Ich weiß nicht … Aber ich habe das doch direkt mit Ihnen alles abgesprochen. Ich dachte, wenn Sie das abnicken, geht das klar …", stotterte Ina.

„Ich dachte! Ich dachte!"

Jeffrey Thorwaldts Stimme dröhnte über die Bucht. Das gesamte Team drehte sich interessiert nach ihnen um.

„Mädchen, du musst noch viel lernen!" Er bedachte Ina mit einem arroganten, mitleidigen Blick. „Ohne Absprache mit meinem Management mache ich gar nichts! Das weiß doch nun wirklich jeder in der Branche. Jeder!"

„Sorry … Aber … Vielleicht könnten Sie diesmal eine Ausnahme machen? Der Sender reißt mir den Kopf ab, wenn ich das Plakatmotiv nicht liefere", sagte sie kleinlaut.

Innerlich kochte sie und verfluchte diesen aufgeblasenen Typen. Ein kleiner, dicker Wichtigtuer, der ständig das gesamte Team mit seinen Sonderwünschen drangsalierte. Nie passte ihm was: Das Catering war ungenießbar, die Hotelbetten zu weich, die Kostüme zu eng, die Drehbuchtexte zu schlecht. Davon bekam das Publikum natürlich nichts mit. Seine Fans sahen nur seine sympathische Seite auf dem Bildschirm. Daher war Jeffrey Thorwaldt äußerst beliebt, ein Quotengarant. Also wurde er immer wieder besetzt, die Verantwortlichen bei Sender und Produktion gingen auf seine Marotten ein, und die Regisseure zitterten vor seinen Wutausbrüchen.

Natürlich riss sich auch Ina am Riemen, machte ein zerknirschtes Gesicht und bettelte um das Selbstverständlichste der Welt – ein Standfoto von einer Schlüsselszene des Films.

Der Schauspieler ließ sie noch eine Weile zappeln, bevor er mit einem Stoßseufzer antwortete.

„Also gut … Wenn's denn für den Sender *so* wichtig ist, dass ich auf den Plakaten für dieses Machwerk werben soll. In Gottes Namen … Dann macht halt dieses Foto. Aber die Originale schickst du umgehend meiner Managerin zur Abnahme. Soll sie entscheiden, ob was Passables dabei ist."

„Ja, das mache ich natürlich. Heute noch! Versprochen! Vielen Dank, Herr Thorwaldt. Ich verspreche Ihnen, dass der Sönke fantastische Fotos von Ihnen machen wird."

Ina lächelte ihn mit einem scheinbar dankbaren Klein-Mädchen-Augenaufschlag an und drehte sich zum Standfotografen um. Dabei verdrehte sie abschätzig die Augen und zog die Brauen nach oben. Was tat man nicht alles für diesen Job …?

Der Regisseur zögerte jetzt keinen Moment länger. Er schickte seine Regieassistentin mit Silke Kriemer und einer Maskenbildnerin los, damit die Blondine in ihrem pinkfarbenen Bikini rechtzeitig unten am Strand in der Sonne lag, wenn ihr Geliebter über ihr einschwebte.

Der Chefkameramann checkte noch einmal den Kran, der Tontechniker stülpte sich die Kopfhörer über, jeder nahm seinen Platz ein. Dann setzte Anton Duske das Megaphon an den Mund.

„So Freunde! Dann mal alles auf Anfang – wir machen eine heiße Probe. Zur Sicherheit drehen wir die gleich mit." Er wandte sich an den Leiter der spanischen Ballooncrew: „Alles okay bei euch?", fragte er knapp.

„Si, claro, pero el viento …"

„Was?"

„Die Wind ... Die wird stärker ... Ist muy peligroso, gefährlich, wenn viel Wind", erklärte der Ballonfahrer und deutete auf den Horizont, an dem inzwischen dunkle Regenwolken aufzogen.

„Ach, das wird schon gehen", winkte Anton angespannt ab. „Es *muss* einfach klappen! Außerdem scheint doch die Sonne!", setzte er, mehr zu sich selbst, nach. Er deutete in Richtung der Berge im Landesinneren, über denen ein knallblauer Himmel strahlte. „Also los jetzt!"

Schulterzuckend wandte sich der Spanier seiner Crew zu und machte den Männern Zeichen, dass es jetzt losginge.

„So, Jeffrey, dann auf ins Vergnügen!" Mit gespielter Fröhlichkeit schlug Anton dem Schauspieler leicht auf die Schulter. „Du krabbelst jetzt da rein."

Hilflos stand der moppelige Schauspieler vor dem Korb aus Weidengeflecht, der ihm fast bis zur Brust reichte und quengelte wieder.

„Wie soll das gehen? Ich komm da nicht hoch!"

Schon stellte ihm einer der Ballonfahrer eine zweistufige Trittleiter hin und griff helfend nach Jeffreys Hand.

Ungelenk quälte er sein rechtes Bein über die Brüstung, balancierte einen Moment lang schwankend und breitbeinig auf dem schmalen Rand – und verlor plötzlich das Gleichgewicht. Er klammerte sich an die Hand seines Helfers, doch der war viel zu schmächtig, um das Gewicht des Mimen zu halten.

Mit einem Plumps verschwand Jeffrey Thorwaldt in dem Korb.

„Autsch!"

Sofort hüpfte der Spanier leichtfüßig hinterher und half dem fluchenden Darsteller, sich wiederaufzurichten. Unwirsch wehrte der die Hände, die an ihm zogen, ab.

„Verdammt noch mal! Was ist das hier für ein Mist? Ich hab doch gleich gesagt, dass das nichts für mich ist", fluchte er vor sich hin.

Erschrocken machte der Regisseur einen Schritt auf ihn zu. „Jeffrey, mein Gott! Ist alles in Ordnung? Hast du dich verletzt?"

„Ja, ich glaube, mein Knie ist geprellt", jammerte er. „Wie soll ich damit denn hier wieder rauskommen?"

„Da helfen wir dir dann alle. Mach dir keine Sorgen. Aber jetzt, wo du schon mal drin bist, können wir die Szene doch auch schnell drehen, oder?" Ohne auf eine Antwort zu warten, trieb er sein Team an. „Sind die Rosenblätter im Ballon?", fragte er die Requisiteurin. „Gut, wir machen das gleich ohne Probe. Alle bereit? Nur ein einziges Mal. Okay?", versuchte Anton die Situation in den Griff zu kriegen.

„Ja, ja, wird schon irgendwie gehen. Schließlich bin ich Profi!", knurrte Jeffrey leise, der keine Lust hatte, gleich wieder über die Korbbrüstung zu klettern und sich stattdessen lieber in sein Schicksal fügte. Er klammerte sich am Korb fest, als eine Windböe den Ballon erfasste und ihn ein Stückchen vom Erdboden anhob. Erschrocken schrie der Schauspieler auf.

„Großartig, Jeffrey! Ganz wunderbar! Mach dir keine Sorgen, wir haben das alles im Griff", bemühte sich Anton, ihn zu beruhigen. „Der Profiballonfahrer da bleibt die ganze Zeit bei dir im Korb hocken. Nur zur Sicherheit."

Er bedeutete dem schmächtigen Spanier mit einem Handzeichen, sich hinzuhocken, damit man ihn nicht sah.

Der junge Mann sagte noch etwas, das Anton aber nicht verstand, und verschwand im Korb. Jetzt musste alles ganz schnell gehen.

„Kamera?", brüllte der Regisseur laut.

„Kamera läuft!", kam die knappe Antwort.

„Ton?"

„Ton läuft", bestätigte der Mann am Mischpult lahm.

„,Amore à la playa', 52/1, die erste!", rief der Kameraassistent und schlug die Klappe.

„Uuuuund ... Action!", schrie Anton in den Wind, der jetzt merklich aufgefrischt hatte.

Um eine lässige Haltung bemüht, stand Jeffrey Thorwaldt in seinem Korb, lächelte professionell aufs Meer hinaus und dann hinunter in die Bucht, wo sich Silke Kriemer drehbuchgerecht in der Sonne rekelte. Die Ballongcrew löste die Sicherungsseile von den Pflöcken, und gemächlich erhob sich der Ballon ein paar Meter in die Luft, bevor ihn ein langes, kräftiges Seil sanft abbremste. Am unteren Ende hielten drei Männer das dicke Tau umklammert und starrten angespannt nach oben.

„So, jetzt ein bisschen Richtung Meer!", wies sie der Regisseur, der die Bilder, die die Kamera am Kran einfing, an einem kleinen Monitor überwachte, mit einer schiebenden Handbewegung an.

Per Walkie-Talkie informierte er die Regieassistentin am Strand, dass Silke Kriemer jetzt überrascht nach oben schauen sollte, wo der Ballon langsam in Sichtweite kam.

Oder besser – kommen sollte ...

„Was ist denn jetzt?", raunzte Anton die Balloncrew an. „Richtung Meer mit dem Ding! Los, los!"

„Es imposible! El viento esta muy fuerte!", brüllte der Chef zurück, während er und seine Männer sich an das Seil klammerten.

„Was?", schrie der Regisseur gegen den heftigen Wind zurück.

„Die Wind! Die Wind kommt von Playa. Nix möglich Ballone nach Meer fahren!"

Jetzt meldete sich auch der inzwischen gequält lächelnde Hauptdarsteller aus knapp fünf Metern Höhe zu Wort:

„Da kommt was auf uns zu ..."

Ängstlich wies er mit dem ausgestreckten Arm aufs Meer hinaus, von wo sich die schwarzen Gewitterwolken schnell näherten.

„Ach was, das schaffen wir noch. Kamera läuft weiter! Den Ballon noch ein Stückchen höher, damit ich ihn vor dem blauen Himmel habe!", rief er den Männern zu und unterstrich seine Worte mit hektischen Handzeichen. „Hoch, hoch!"

Vorsichtig gaben sie noch ein paar Meter Seil nach. Sofort schoss der Ballon nach oben, in einem schnellen Schwenk verfolgt vom Kamerakran. Jeffrey Thorwaldt schrie wieder auf und klammerte sich ängstlich an den Korbrand. Eine heftige Windböe drückte gegen das riesige rosarote Stoffherz und dellte es leicht ein. Der Ballon ruckte und zuckte, er bockte im Wind, wie ein Mustang beim Rodeo.

Mit äußerster Anspannung starrte der Regisseur auf seinen kleinen Bildschirm, während der Rest des Teams mit offenen Mündern nach oben blickte – dann ertönte ein erschrockener Aufschrei …

„Attention! Pablo! Mierda!", fluchten die drei Männer, denen das lange Seil plötzlich durch die Hände rutschte.

„Hiiiiilfe! Neeeeiiin!", heulte Jeffrey Thorwaldt, der verzweifelt mit den Armen rudernd, rasend schnell in den Himmel aufstieg.

„Was soll das denn jetzt? Das ist doch kein Bild! Ich seh nur blau. Wo ist dieser verdammte Ballon? Den Kran hoch! Hoch!", brüllte Anton Duske, und schlug wütend auf seinen Monitor ein.

„Ups …", machte Ina, die dem Schauspiel fasziniert zusah.

Dann herrschte Stille – bis auf die langsam leiser werdenden Schreie des Hauptdarstellers, der mit unbestimmtem Ziel ins Landesinnere davon schwebte. Ein paar Rosenblätter fielen malerisch vom Himmel.

Ina zuckte zusammen, als ihr der Standfotograf hektisch auf die Schulter tippte und aufgeregt auf das Display seiner Kamera zeigte.

„Boah! Ich hab sensationelle Bilder, Ina. Hier guck mal! Sieht geil aus!"

Er scrollte die verschiedenen Motive im Schnelldurchlauf zurück. Sie musste zugeben, dass das rosarote Herz vor blauem Himmel richtig gut aussah.

Dazu die Rosenblätter ... Und Jeffrey Thorwaldt breitete auch, wie gewünscht, die Arme weit aus und blickte genau in die Kamera ...

Nur schade, dass er seinen Mund dabei so weit aufriss und so gequält guckte. Sein berühmtes Lächeln wäre wirklich netter gewesen, amüsierte sich Ina heimlich.

„Ja, tolle Fotos, Sönke. Aber ich fürchte, die wird mir seine Managerin wohl nicht freigeben ...", kicherte sie leise.

Fünf Stunden später meldeten sich die Ballonfahrer aus einem kleinen Dörfchen, knapp hundert Kilometer vom Drehort entfernt ... Zumindest die Landung hatte der mitreisende spanische Ballonfahrer schließlich halbwegs sanft auf einer Wiese hinbekommen.

Bis auf den Schock über seinen unfreiwilligen Flug und einen dicken blauen Fleck am Knie war der Hauptdarsteller unversehrt. Jeffrey Thorwaldt ließ sich dennoch nicht davon überzeugen, die Ballonszene am nächsten Tag noch einmal zu drehen, und auch die neue Idee, ihn in einem Boot mit rosarotem Segel in die Bucht schippern zu lassen, lehnte er kategorisch ab.

Im fertigen Film sah man ihn schließlich wie aus dem Nichts an einen Strand marschieren, wo er seiner Angebeteten einen Strauß Rosen in die Hand drückte und dazu wenig überzeugend nuschelte: „Na, wollen wir zwei es denn nicht vielleicht doch miteinander versuchen, Brigitte?"

Immerhin sorgte der computergenerierte kitschige Sonnenuntergang, der die dunklen Regenwolken am echten Horizont überdeckte, für etwas Romantik.

Mangels passender Fotos wurde die Plakatkampagne ersatzlos gestrichen. Als Anzeigenmotiv diente eine Fotomontage der beiden Hauptdarsteller mit einer bunten Flamencotruppe im Hintergrund.

Die Einschaltquote war so mies wie der ganze Film, aber ein mit Ina befreundeter Redakteur bei einem Klatschmagazin freute sich über einen Haufen Fotos von einem hysterisch schreienden Jeffrey Thorwaldt, die in seiner Schublade nur darauf lauerten, im passenden Moment veröffentlicht zu werden.

Nicht lange danach wurde in der Branche laut gemunkelt, dass es in der Ehe des Schauspielers mächtig kriseln solle und eine Scheidung nur eine Frage der Zeit war. Die kompromittierenden Fotos erschienen schließlich, samt der passenden Schlagzeile:

„TV-Star von Ehefrau an die Luft gesetzt".

Ina hatte nie wieder die Pressearbeit für einen Film mit Jeffrey Thorwaldt gemacht – zumindest darin waren sich beide einig gewesen …

Schade, dass ich damals nicht in diesem Ballon mitfahren durfte. Ich hätte Lust dazu gehabt, überlegte Ina, während sie in Bienensee dem Paraglider nachsah, der langsam hinter den Bäumen verschwand.

Das iPhone in ihrer Hosentasche vibrierte.

„Hey, Anja!", meldete sie sich fröhlich. „Was gibt's?"

„Na, bist du schon zum Landei mutiert?", fragte ihre Freundin lachend.

„Ich bin auf dem besten Wege. Ist echt herrlich hier!"

„Das glaube ich, und deshalb hab ich überlegt, dass ich einfach ganz spontan auch für zwei Tage rauskomme. Nur wenn's dir recht ist natürlich."

„Ja, super! Kannst du denn frei machen?"

„Klar, heute ist doch Freitag, und am Wochenende hab ich ausnahmsweise mal keine Termine. Das muss man ausnutzen."

„Freitag? Echt? Irgendwie verliert man hier das Zeitgefühl …"

„Das klingt gut und so gar nicht nach meiner streng durchorganisierten Ina, die ihr Leben nach dem Terminkalender plant", freute sich Anja.

„Tja, Bienensee scheint mir tatsächlich gutzutun. Wann kannst du denn kommen?"

„Also, wenn dir das nicht zu spontan ist, fahre ich direkt vom Büro zu dem Delikatessenladen in Moabit, kaufe ein paar Leckereien und Wein für uns ein und bin dann gegen frühen Abend bei dir?"

„Wow, super! Dann machen wir mal wieder ein richtig gemütliches Mädelswochenende. Haben wir viel zu lange nicht. Ich freu mich!", jubelte Ina.

„Ich auch! Und dann kannst du mir ganz in Ruhe von all deinen Abenteuern auf dem Lande erzählen!"

„Oh ja … Da gibt's so einiges …", antwortete Ina geheimnisvoll.

„Ach ja?"

„Erzähl ich dir dann schon. Jetzt beziehe ich erst mal das Bett für dich. Bis später!"

„Ja, bis nachher."

Ina war gerade dabei, noch schnell das Bad durchzuputzen, bevor ihre Freundin anrauschte, als es an der Tür klopfte. Wahrscheinlich Herbert, dachte sie und machte mit den pinkfarbenen Gummihandschuhen auf.

„Oh …" Hektisch streifte sie die Handschuhe ab, als unerwartet Hannes vor ihr stand.

„Störe ich? Klara aus dem ‚Adler' meinte … Aber wenn es jetzt nicht passt, kann ich auch später … Putzt du grad das Haus?", fragte er unsicher.

„Nein, nein! Komm rein! Oder nee … Besser du setzt dich gleich auf die Terrasse. Ich hab nur grad das Bad gewienert. Bin aber schon fertig. Möchtest du Tee oder Kaffee?", plapperte sie hektisch los.

Obwohl sie ihn eingeladen hatte, fühlte sie sich überrumpelt durch sein plötzliches Auftauchen. Eigentlich war sie in Gedanken schon bei dem bevorstehenden Besuch von Anja. Aber die würde ja erst gegen Abend kommen. Genügend Zeit, um die Bekanntschaft mit Patrick Holmes so weit zu vertiefen, dass sie endlich seinem Geheimnis auf die Spur kam. Also lächelte sie ihn freundlich an, als er antwortete: „Kaffee wäre toll, wenn es nicht zu viel Mühe macht."

„Überhaupt nicht. Mach's dir bequem. Kaffee läuft! Und deinen Windbeutel hab ich zum Glück auch noch nicht aufgegessen", rief sie lachend aus der Küche.

Als sie mit dem Kaffee, einer Tasse und dem Kuchen auf einem Tablett auf der Terrasse erschien, fragte sie: „Nimmst du Zucker?"

„Nein, nur etwas Milch, bitte."

„Kommt sofort!" Lächelnd verschwand sie wieder im Haus und tauchte eine Minute später mit einem Milchkännchen auf. „Bitte sehr!" Sie strahlte Hannes an, als sie sich zu ihm setzte. „Greif zu."

„Und was ist mit dir?"

Zweifelnd deutete er auf den einsamen Windbeutel, der auf dem Teller lag. „Ich wusste ja nicht, ob du noch kommst, da hab ich meinen schon vorhin mit einer Tasse Tee gehabt. Dieser ist deiner."

„Okay, wenn du meinst … Ich liebe Kuchen!", lächelte er und biss herzhaft in das süße Stückchen.

Ina musste grinsen, als sie seine mit Puderzucker bestäubte Nasenspitze sah.

„Was ist?", fragte er irritiert und wischte sich mit dem Handrücken über die Nase.

„Du sahst gerade wie ein Naschkätzchen aus."

„Windbeutel sind einfach schwer zu essen – aber lecker!", seufzte er genießerisch und biss erneut zu.

„Stimmt! Und du scheinst auch Hunger zu haben."

„Ja, ich hatte heute kein Mittagessen, weil ich doch paragliden war!"

„Was?"

„Ja, du hast mich vorhin doch gesehen!"

„Das warst *du* da am Himmel? Wow!"

Ina war begeistert.

„Ja, ich hab dir doch zugewunken."

„Mit dem Helm hab ich dich auf die Entfernung nicht erkannt. Hast du das irgendwo gelernt oder fliegt man da einfach so los?", fragte sie interessiert nach.

Gegen ihren Willen bewunderte sie seinen Mut. Sie hatte Patrick Holmes immer für einen verhätschelten Superstar gehalten – verwöhnt, arrogant, mit Brillie im Ohr und modischen Tattoos, um ihm wenigstens ein bisschen was Verwegenes zu geben. Das negative Bild in ihrem Kopf bekam einen weiteren Kratzer.

„Ach, ich hab vor Jahren mal so einen Kurs gemacht, in der Nähe meiner Heimatstadt", erklärte er bescheiden. „Und als ich dann beim Frühstück in einem Prospekt gesehen hab, dass man hier in der Nähe Paraglider mieten kann, hab ich spontan beschlossen, das einfach mal wieder auszuprobieren. Waren zum Glück ideale Wetterbedingungen heute. Echt herrlich! Von oben sieht der See noch schöner aus."

„Super", sagte sie ehrlich beeindruckt. „Ich glaube, das würde ich irgendwann auch gern mal ausprobieren."

„Nur zu. Wenn du keine Höhenangst hast, sollte es dir Spaß machen", ermunterte er sie, hielt einen Moment inne und ergänzte dann mehr zu sich selbst: „Es ist ein herrliches Gefühl, seinen Sorgen da oben einfach davonzufliegen ..."

Hannes starrte gedankenverloren in den Garten. Ein Schatten zog über sein Gesicht.

Ina hätte viel dafür gegeben, zu wissen, woran er wohl gerade dachte. Er schien sich ernsthafte Sorgen zu machen. Aber worüber? Was beschäftigte ihn? Vor welchen Problemen sollte ein so bekannter und sicher auch wohlhabender Mann davonfliegen wollen? Was hatte ihn dazu veranlasst, sich inkognito in diesem verschlafenen Brandenburger Nest zu verkriechen? Welches Geheimnis verbarg er vor ihr?

Um das herauszufinden, brauchte sie sein Vertrauen.

„Möchtest du noch einen Kaffee?", riss sie ihn aus seinen schwermütigen Gedanken.

Er nickte und hielt ihr seine Tasse entgegen. Sie schenkte ein und schob ihm das Milchkännchen rüber.

„Machst du noch mehr solcher gefährlichen Sportarten?", knüpfte sie an das Gespräch an.

„Gefährlich? Ach, wenn man weiß, was man tut, kann man eigentlich alles gefahrlos machen. Ich tauche gern, und früher bin ich auch oft in den Bergen herumgekraxelt. Ich liebe es, in der Natur zu sein – weit weg von der Zivilisation und dem Alltag. Leider komme ich inzwischen kaum noch dazu. Aber das wird sich hoffentlich bald ändern …" Er stockte.

Bevor seine Gedanken wieder zu weit abschweifen konnten, gestand Ina lachend: „Kraxeln ist nicht so mein Ding. Aber in der Natur zu wandern, das mag ich auch – wenn's nicht zu anstrengend wird."

Er besah sich ihre gepflegten, langen Nägel und neckte sie: „Nee, mit den Krallen kann man nicht Kraxeln."

„Ich hab vor ein paar Jahren aber immerhin schon mal eine Bergtour in Spanien gemacht", trumpfte sie auf.

„Ach ja?"

„Ja, mit ein paar Bekannten. War eine recht bunte Truppe. Und eine Tour mit einigen Überraschungen …"

„Klingt interessant! Ich möchte die Details hören", forderte er sie lächelnd auf.

Ina registrierte verwirrt, dass schon wieder *er* es war, der *sie* ausfragte, statt umgekehrt.

Sie runzelte die Stirn und überlegte, ob sie ihm tatsächlich ein weiteres Stückchen der privaten Ina preisgeben sollte. Andererseits hoffte sie, damit sein Vertrauen zu erlangen. Und außerdem war es eine lustige Geschichte, an die sie sich selbst gern erinnerte.

„Also gut. Ein alter Freund von mir lebt in der Nähe von Tarragona – Antonio, ein Spanier. Er wandert viel und kennt jeden winzigen Weg in der Gegend. Er hatte grad eine neue Flamme, eine Amerikanerin, als ich in dem hübschen Dorf, in dem er lebt, in der Nähe der Küste, aber weit genug weg vom Trubel, Urlaub machte. Also fragte Antonio mich, ob ich ihn, seine Nancy und ein paar andere Bekannte vielleicht bei einer kleinen Wanderung zu einem Fluss in der Nähe begleiten wolle. Sei nur gut eine halbe Stunde Fußweg, und da gebe es einen tollen Wasserfall mit ausgewaschenen Becken in den Felsen, in denen man baden könne. Außerdem lockte er mich mit einem schönen Picknick …"

Als Ina morgens um zehn, ausgerüstet mit Wandersandalen, Handtuch und einer Flasche Wasser das Haus betrat, wurde sie von Antonios Jagdhund-Mischlingen schwanzwedelnd und mit aufgeregtem Gebell begrüßt. Die beiden spürten wohl, dass sie heute in der wilden Natur würden herumstreunen dürfen. Ihr Herrchen, ein hochgewachsener, muskulöser Endvierziger, der im Dorf ein kleines, feines Restaurant betrieb, stand noch am Herd und bereitete ein paar Leckereien für das Picknick vor.

„Guck mal, ist das nicht köstlich?", holte er sich, wie gewohnt, sein Lob ab.

„Duftet verführerisch – wollen wir nicht auf die Wanderung verzichten und das einfach gleich hier essen?", scherzte Ina, während sie die anderen Freunde von Antonio begrüßte, die sie heute zum ersten Mal persönlich kennenlernte.

Da war Max, ein junger Schauspieler in den Zwanzigern, der in Deutschland schon ein recht bekannter Serienstar war. Sein Name war ihr geläufig, doch persönlich war sie ihm noch nie begegnet. Max war ein attraktiver, lässiger Typ mit rötlich-blonden, kurzen Haaren und einem gepflegten Dreitagebart. Er trug ein verwaschenes grünes T-Shirt zu seinen kurz über den Knien abgeschnittenen Jeans und robuste Turnschuhe.

Dann waren da noch die spanische Künstlerin Magdalena und ihr Sohn Pedro – ein ungleiches Paar. Sie war Mitte fünfzig, ein schmales Persönchen von knapp ein Meter sechzig, und in ihrem lächelnden Gesicht bewiesen die zahlreichen Fältchen und Falten, dass sie in ihrem Leben wenig ausgelassen hatte.

Sie hatte ihr unkonventionelles Hippieleben bis heute kultiviert.

Mit dem Buddhismus war sie inzwischen zwar durch, aber ihre täglichen Joints rauchte sie immer noch mit Genuss. Sie trug ein dünnes, graues Kleidchen und aus Prinzip keinen BH – sehr zum Missfallen ihres musterhaften Sohnes.

Pedro war siebzehn, wirkte aber schon jetzt erwachsener als seine Mutter, die er um einen halben Kopf überragte.

Auch wenn Ina nur wenig Spanisch verstand, bemerkte sie doch, dass er sich seiner unkonventionellen Erzeugerin gegenüber eher wie der Erziehungsberechtigte aufführte. Ständig wies er sie mit entrüstet hochgezogenen Augenbrauen und einem gedehnten „*Mama!*" zurecht wenn sie eine Bemerkung machte, die ihm offensichtlich peinlich war. Und diesem Ausbund an Korrektheit schien fast alles peinlich zu sein, was seine Mutter tat und sagte.

Sein weiches, pickliges Gesicht mit den dicken, rosigen Lippen und den großen Zähnen konnte man beim besten Willen nicht hübsch nennen.

Aber es passte perfekt zu seinem – ganz sicher von ihm selbst – faltenfrei gebügelten Kurzarmhemd in Hellblau, das in seiner adretten weißen Bundfaltenhose steckte, die er sich bis zu den Waden ordentlich hochgekrempelt hatte.

Dazu trug er derbe braune Ledersandalen, die Ina an das Schuhwerk von Mönchen erinnerten. Antonio hatte ihr irgendwann mal erzählt, dass Pedro stramm katholisch war.

Diese Wandergruppe war ein recht bunter Haufen, stellte Ina amüsiert fest. Doch es sollte noch besser kommen …

„Wo ist denn deine Nancy? Ist sie dir schon davongelaufen?", neckte sie Antonio.

„Nein, sie macht sich nur noch schnell fertig", erklärte er und rief mit Zwitscherstimme Richtung Treppe:

„*Nancy!*"

„*Coming!*", schallte es gedehnt von oben zurück, und zwei Minuten später erschien die Amerikanerin.

„Hi everybody!", grüßte sie aufgekratzt in die Runde.

Ina starrte das Wesen, das da plötzlich in der kleinen, rustikalen Küche erschienen war und diese mit seiner blendenden Laune bis in den letzten Winkel ausfüllte, irritiert an.

„I'm Nancy from Missouri!"

Wer hätte das vermutet …?

Ina brachte, wie die anderen, nur ein verblüfftes „Hi" über die Lippen. Der Anblick von Antonios Freundin hatte ihr die Sprache verschlagen.

Da stand eine fitte Mittfünfzigerin mit einem flotten, blondgesträhnten Kurzhaarschnitt und langen, braungebrannten Beinen – in einem grell-pinkfarbenen Bikini mit kleinen weißen Pünktchen. Das Höschen war verziert mit einem angedeuteten Minirock, der daran festgenäht war. Darüber trug Nancy nichts weiter, als ein hüftlanges, enges, lilafarbenes Top mit Spaghettiträgern, das ihre üppige Oberweite und zwei Speckröllchen um ihre Taille betonte.

Völlig baff fragte Ina naiv: „Willst du dich nicht schnell anziehen? Geht ja gleich los."

Nancy sah verwundert an sich herunter und erklärte selbstbewusst: „Aber ich *bin* doch fertig!"

Am Strand hatte Ina solche Röckchen-Bikinis schon gesehen – bei dreijährigen Mädchen. Aber an einer erwachsenen Frau wirkte dieses Babyoutfit doch ein wenig befremdlich. Die weißen Sneakers an Nancys Füßen hatten zum Ensemble passende pinkfarbene Streifen. Man konnte es nicht anders sagen – Antonios neue Eroberung war eine Erscheinung …

„You look great, honey!", rief er begeistert aus.

„Thanks, sweety!", zwitscherte sie mit hoher Kleinmädchenstimme zurück und drehte sich neckisch einmal um die eigene Achse, bevor sie ihm einen spitzen Kuss auf die Nase verpasste.

Max schien sich zwingen zu müssen, seinen Blick von Nancys engverpackter Oberweite loszureißen, während Pedro sie mit weit offenem Mund anstarrte – was bei seinen großen Schneidezähnen ein wenig dümmlich wirkte.

Ina amüsierte sich heimlich über die gelungene Darbietung. „Okay, dann kann's ja losgehen. Wer fährt mit wem?" Sie blickte in die Runde.

„Ich komme bei dir mit", meldete sich Max zu Wort. Pedro schwieg und hatte mit dieser Taktik Glück.

„Gut, wir anderen vier passen in meinem Wagen, der ist ja größer. Und zu zweit kommt ihr mit deinem kleinen

Leihwagen auch leichter die Berge rauf", entschied Antonio, packte Bocadillos, Tapas, Salat und eine Flasche Sekt in seinen Picknickrucksack, drückte Max die dicke Honigmelone in die Hand und verkündete: „Das müsste reichen. Also, die Fahrt dauert circa eine halbe Stunde. Einfach mir nach."

Nachdem sich Max von der Begegnung mit Nancy irgendwann wieder einigermaßen erholt hatte, plauderte er ausgelassen mit Ina und berichtete ihr von seinen Karriereplänen, und sie versprach, in der V.I.P bei Gelegenheit ein Interview mit ihm unterzubringen. Diesen sympathischen jungen Schauspieler musste man einfach unterstützen, fand sie.

Während sie Hannes in Bienensee von dem Ausflug berichtete, ließ Ina diesen Teil der Story wohlweislich aus. Für ihn blieb sie lieber eine simple Angestellte in der kleinen PR-Agentur „M.I.S.T.", statt sich als Reporterin zu outen …

Im hochsommerlichen Spanien hatte Ina mit ihrem PS-schwachen Kleinwagen eine Serpentine nach der anderen genommen, als Antonio mit seinem SUV plötzlich scharf nach rechts auf eine enge Geröllpiste abbog.

Ina und Max schlingerten in seiner Staubwolke hinterher, bis sie nach gut einem Kilometer endlich ihr Fahrtziel erreichten – ein Aussichtspunkt in fast tausend Metern Höhe. Sie stellten die Autos im Schatten einer großen Pinie ab. Von hier aus ging es zu Fuß weiter – stetig bergab, über einen kurvigen, holprigen Geröllweg mitten im Wald.

Die beiden Hunde tollten ausgelassen miteinander herum, rannten vor und zurück und verschwanden immer wieder im Unterholz. Die heiße Sommersonne brannte vom Himmel, doch hier in der Höhe wehte ein angenehm frischer Wind zwischen den Bäumen. Die Hoffnung, dass das so bleiben würde, wurde ihnen von ihrem spanischen Reiseleiter jedoch gleich wieder genommen.

„Wir müssen runter, ins Tal. Wird nachher sicher ganz schön warm, aber dafür gibt's ja da den kalten Fluss", erklärte Antonio, deutete unbestimmt zwischen den dunklen Kiefern hindurch nach unten und schulterte locker den schweren Rucksack mit dem Picknick.

„Ist das weit?", fragte Nancy skeptisch und sah auf ihre leichten Sneakers. Doch statt einer Antwort lachte er sie nur fröhlich an und marschierte leichtfüßig voraus. Ina konnte es nicht fassen, als sie entdeckte, dass ihr Freund Flipflops trug.

Ina nahm Nancy die zwei unpraktischen Plastiktüten ab, in denen sie ihre Wasserflaschen schleppte. Befreit von dem lästigen Gepäck, tänzelte die Amerikanerin jetzt sehr viel anmutiger über die vielen losen Steine, die die Straße bedeckten, hinter Antonio her.

Kopfschüttelnd stopfte Ina die Flaschen in ihren Rucksack, und Max stöhnte theatralisch über das Gewicht der schweren Melone, die er in der Hand tragen musste, weil sie zu dick für sein Messenger-Bag war. Pedro, der gar nicht glücklich darüber zu sein schien, dass er seine Mutter am Arm hängen hatte, heftete seinen Blick auf Nancys hin- und herschwingendes Bikiniröckchen.

Nach gut zwanzig Minuten blieben sie das erste Mal stehen, um ein wenig zu verschnaufen. Bis auf das Zirpen der Zikaden und das Zwitschern der Vögel war es völlig still hier mitten in der unberührten Natur. Ina genoss das Gefühl, weit weg von dem lauten Treiben am Strand zu sein. Mit weit ausgestreckten Armen atmete sie die reine Luft tief ein, als Max plötzlich begeistert verkündete: „Hört ihr das? Ich glaube, man kann das Rauschen des Flusses schon hören."

Alle lauschten gespannt. Tatsächlich – eine Art Grollen war in der Ferne zu erahnen.

„Das kann nicht sein, wir sind noch viel zu weit weg", raubte ihnen Antonio die Illusion und trieb sie wieder an. „Los, weiter geht's!"

„Wie weit noch?", fragten Max und Ina wie aus einem Mund.

„Ach ... So fünf Minuten ...", antwortete er vage.

Als sie sich wieder in Marsch setzten, hatte Pedro sich aus der Umklammerung seiner Mutter befreit und zielstrebig an die Seite von Nancy vorgearbeitet. Er versuchte, ein Gespräch mit ihr anzuknüpfen. Auf Englisch fragte er interessiert: „Where is the river?", doch statt „river" sagte er „reiwer".

Abgesehen davon, dass die amerikanische Touristin sicher nicht wusste, wo in dieser Wildnis wohl der Fluss war, hatte sie auch Schwierigkeiten, seinen starken spanischen Akzent zu verstehen. Also fragte sie höflich zurück: „What do you mean by ‚reiwer'? What is it?"

„Na, the reiwer, the water!", erklärte er und unterstrich das Gesagte mit einer Geste, die wohl einen sich dahinschlängelnden Fluss darstellen sollte.

„Ah, the river!", kapierte Nancy und ergänzte in perfektem Spanisch: „Ich hab keine Ahnung."

Das hielt Pedro jedoch nicht davon ab, weiter auf Englisch auf sie einzureden. Mit großen Gesten bemühte er sich, ihr zu erzählen, dass er demnächst Theologie studieren werde. Seine Befähigung zur Kirchenlehre belegte er mit einem Foto, das er ihr auf seinem Smartphone zeigte. Darauf war Pedro im Messdienergewand zu sehen – an der Seite vom früheren Papst. Nancy nickte irritiert und murmelte: „Interesting ..."

„Sí, great, isn't it? Ich war ganz nah dran am Papa, siehst du? So close!", erklärte er stolz und hielt ihr weiter sein Telefon vor die Nase.

Von hinten meldete sich jetzt schnaufend seine Mutter Magdalena zu Wort. „Zeigt er schon wieder die Fotos von diesem Sektenführer aus dem Vatikan?", bemerkte sie sarkastisch.

„*Mama*!", erwiderte Pedro entrüstet.

„Ich hätte ihn als Kind nicht alleine zum Gottesdienst gehen lassen sollen …", murmelte sie genervt, „Du sollst doch Jura studieren!"

„*Mama*, ich werde Priester! Oder Kardinal!"

„Nein, Anwalt oder Richter. So wie dein Papa."

Diese Diskussion schienen Mutter und Sohn nicht zum ersten Mal zu führen.

„Dein Exmann ist nicht mehr mein Vater!", blaffte er.

„*Pedro*, es ist jetzt zwölf Jahre her, dass wir uns getrennt haben", seufzte Magdalena.

„*Er* hat sich *scheiden* lassen! Wegen dieser Schlampe, die er dann *geheiratet* hat", brauste ihr Sohn auf. „Dabei seid *ihr* vor Gott immer noch ein Paar! Das ist Bigamie!"

Magdalena seufzte noch einmal auf und flüsterte Ina zu: „Der Junge macht mich noch irre. Ich brauche dringend einen Joint."

Sie nestelte eine fertiggedrehte, dünne Zigarette aus dem lilafarbenen Häkelbeutel, den sie über der Schulter trug und grinste Ina verschwörerisch an. „Möchtest du auch?"

Bevor diese dankend ablehnen konnte, fragte Nancy flachsend: „Und was ist mit dem Zölibat, Pedro? Stört dich das nicht?"

Verwirrt schüttelte er den Kopf, überlegte einen Moment lang und erklärte schließlich entschlossen: „Dann werde ich eben Diplomat im Vatikan. Da darf man alles!" Nach dem ungläubigen Blick der Amerikanerin ergänzte er kleinlaut: „Na ja, fast alles …" Dann strahlte er sie wieder mit seinen großen Zähnen an und fragte übergangslos:

„And where is the ‚reiwer'?"

Plötzlich fingen die Hunde an, wie verrückt zu kläffen. Antonio, der schon etliche Meter voraus war, sah sich nach ihnen um. Auch Nancy schien etwas bemerkt zu haben, denn sie blieb abrupt stehen, lauschte und fragte in die Runde: „Was ist das eigentlich für ein Lärm da hinter uns? Hört ihr das?"

Das leise Grollen, das sie vorhin für das Rauschen des Flusses gehalten hatten, war inzwischen mächtig angeschwollen – zu einem Dröhnen.

„Vorsicht!", rief Antonio ihnen plötzlich hektisch zu. „Auto!" Mehr konnte er nicht sagen, denn im selben Moment bog ein vollbesetzter weißer Pick-up mit Karacho um die Kurve – auf der Ladefläche eine Horde grölender Touristen.

„*Oh nein*!", rief Ina entsetzt.

Winkend und johlend fuhr die aufgekratzte Truppe direkt auf sie zu.

Mit einem beherzten Sprung brachten sie sich im Unterholz in Sicherheit, als das Fahrzeug auf der engen, von winterlichen Regengüssen ausgewaschenen Holperpiste vorbeischlingerte.

Ein rotgesichtiger Mann, mit grünem Basecap und großer Kamera um den Hals, grinste sie von der Ladefläche breit an und rief auf Holländisch: „Waar is de rivier?"

Ina war zu geschockt, um zu begreifen, was er wollte, doch der scheinbar polyglotte Pedro antwortete stolz: „The reiwer is down there!" Er deutete den Weg hinunter, den auch sie noch zu gehen hatten.

Fassungslos standen Max, Magdalena, Nancy und Ina im Gestrüpp, eingehüllt in eine sandige Staubwolke, als auch schon der nächste Jeep um die Ecke bretterte – und dann noch einer und noch einer ...

Insgesamt sieben voll-besetzte Pick-ups bildeten eine lärmende Jeepsafari, die vermutlich aus einem der Touristen-Ghettos an der Küste kam. Die Hunde kläfften die Eindringlinge empört an.

Während die Autos um die nächste Kurve verschwanden, traten die Wanderer vorsichtig zurück auf den Weg.

Magdalena schimpfte vor sich hin, Nancys Dauergrinsen war ein wenig schief, Max lachte über die absurde Situation, und Pedro sah mit seinen leicht geöffneten, dicken Lippen aus, als wüsste er nicht so recht, was er von dem gerade Geschehenen halten sollte.

Kopfschüttelnd klopfte sich Ina den Staub von Shorts und T-Shirt.

„Antonio, bitte sag mir, dass die nicht genau zu der Stelle fahren, zu der wir hier mühsam zu Fuß runterkraxeln", flehte sie ihren Freund an.

„Nein, bestimmt nicht! Da wo wir hinwollen, kommt man nur zu Fuß hin", beruhigte er sie.

„Ich muss also meine Melone nachher nicht mit einer Horde wildgewordener Holländer teilen?", scherzte Max.

„Nein, nein, keine Sorge. Die Stelle, zu der ich euch bringe, kennt keiner. Weiter geht's! Nur noch fünf Minuten …"

Nicht mehr ganz so motiviert wie zuvor, setzten sie sich wieder in Bewegung. Die Illusion, hier oben, weitab der Zivilisation, ein geheimes Fleckchen zu entdecken, das nur Einheimische kannten, hatte sich mit einem Schlag erledigt. Alle befürchteten, dass sie am Ende doch mit fünfzig Touristen am idyllischen Wasserfall sitzen würden.

Als sie endlich die breite Lichtung erreichten, wo die Jeeps hintereinander geparkt hatten, hörten sie die fröhlichen Rufe der Holländer nur von Weitem. Hier, außerhalb des Waldes brannte die Sonne erbarmungslos. Sie ließen die Wasserflaschen kreisen, und den Wanderern lief langsam der Schweiß am Rücken herunter. Nur Nancy in ihrem knappen Bikinioutfit schien sich in der Hitze wohlzufühlen, und auch Antonio machte nicht den Eindruck, als wenn er erschöpft wäre.

„Seht ihr, die sind alle zu dem Canyon dahinten gegangen, beliebtes Fotomotiv. Aber wir wollen hier lang", erklärte er fröhlich. Er deutete auf eine Kette, die vor einem schmalen Trampelpfad hing, der durch hohes Gebüsch in die entgegengesetzte Richtung führte.

„Ist da überhaupt ein Weg?", fragte Magdalena, die sich inzwischen erschöpft auf Max stützte, ungläubig.

„Ja, klar!"

„Aber der ist abgesperrt. Das ist sicher verboten", stellte Pedro argwöhnisch fest.

„Quatsch! Da kann man durch. Nun los, wir haben noch ein Stückchen vor uns ..."

„Wie weit ist es denn noch?", fragte Max spaßeshalber, obwohl er die Antwort schon kannte.

„Ach, nur noch fünf Minuten ..."

Damit hüpfte Antonio in seinen Flipflops leichtfüßig über die rostige Absperrung. Die beiden Hunde drängten sich an ihm vorbei und sprangen voraus. Nach wenigen Schritten waren die drei hinter den mannshohen Büschen verschwunden.

Seufzend ergaben sich auch die anderen in ihr Schicksal. Grazil setzte Nancy einen Fuß über die Eisenkette, blieb dann aber mit dem anderen daran hängen, verlor das Gleichgewicht und rutschte auf den glatten Sohlen ihrer Sneakers aus. Mit einem erschreckten Aufschrei landete ihr pink-weiß-betupftes Hinterteil unsanft auf dem felsigen Boden. Ganz Gentleman, sprang Pedro ihr sofort bei, half ihr wieder auf die Füße und klopfte eifrig den Staub von ihrem Bikinihöschen – bis die Amerikanerin seine Hand resolut beiseiteschob.

„Ist es schlimm?", fragte Ina besorgt.

„Nein, nein, geht schon wieder. Ich bin ja zum Glück gut gepolstert", erwiderte sie tapfer lächelnd.

„Hak dich lieber bei mir unter." Pedro bot ihr eifrig seinen ausgestreckten Arm an.

„Danke, aber dazu ist der Weg echt zu schmal. Ich schaff das schon."

Der enge Pfad schlängelte sich weiter – immer steil bergab.

Mehr als einmal mussten sie sich an dünnen Ästen festklammern, um die natürlichen Felsenstufen, halb auf dem Hinterteil rutschend, zu überwinden.

Der würzige Duft von wildwachsendem Thymian und Rosmarin erfüllte die heiße Sommerluft. Konzentriert setzte Ina einen Fuß vor den anderen, wischte sich den Schweiß von der Stirn und fragte sich, wann sie endlich diesen verdammten Fluss erreichen würden. Wie aufs Stichwort seufzte Pedro: „Where is the reiwer?"

„Keine Ahnung, aber da vorne ist wenigstens unser Bergführer", schnaufte sie.

Ina war ziemlich aus der Puste, und je tiefer sie ins Tal kamen, desto wärmer wurde es.

„Na, wo bleibt ihr denn? Ist toll hier, oder?", rief Antonio ihnen fröhlich entgegen. „Komm Nancy, gib mir deine Hand."

Er stand an einer Stelle, an der der Pfad nur noch knapp dreißig Zentimeter schmal war und eng an einem Hang entlangführte. An der rechten Seite ragte eine steile Felswand auf und links unter ihnen gähnte der Abgrund.

Es waren nur zwei Meter, die sie überwinden mussten, aber die hatten es in sich. Auf der Hälfte stand Antonio in seinen rutschigen Flipflops, klammerte sich mit der einen Hand an einem Rosmarinstrauch fest und streckte die andere Nancy entgegen. Mit schreckgeweiteten Augen starrte sie ihn ungläubig an.

„Das ist jetzt nicht dein Ernst?"

„Doch, doch … Nun komm schon. Gleich haben wir's geschafft." Er lächelte ihr ermutigend zu. „Man kann den Fluss schon hören. Sind nur noch …"

„*Fünf Minuten*!", riefen Ina und Max im Chor.

Antonio grinste sie frech an.

„Und jetzt stimmt's wirklich! Hört ihr?"

Tatsächlich, man konnte das Rauschen des Wassers deutlich vernehmen.

Also tasteten sie sich nach und nach an der Felswand entlang, über die enge Stelle, und schlingerten anschließend weiter bergab.

Nach knapp fünf Minuten stieß Pedro einen erleichterten Schrei aus, zeigte zwischen die Bäume und rief begeistert: „There is the reiwer!"

Jubelnd überwanden sie die letzten Meter bis zum Ufer, ließen einfach ihre Rucksäcke fallen und sprangen, so wie sie waren, einer nach dem anderen, die beiden Hunde vorneweg, in den sprudelnden Fluss. Das Quellwasser war eiskalt, aber nach der Hitze und der anstrengenden Wanderung genossen sie die Abkühlung.

„Kommt, dahinten ist ein Wasserfall. Total idyllisch", rief Antonio ihnen zu und schwamm bereits ein Stück flussaufwärts.

„Oh, please, darling!", jammerte Nancy. „It's freezing."

„Antonio kann's nicht lassen." Max grinste Ina an. „Wenn er uns nicht antreiben kann, ist er nicht glücklich."

„Aber man kann sich immerhin darauf verlassen, dass er sich auskennt und uns die schönsten Plätze zeigt, wo kein Tourist jemals hinkommt." Mit einem Hechtsprung tauchte Ina unter und kraulte hinter Antonio her.

Während Nancy und Magdalena mit Pedro am Ufer das Picknick vorbereiteten, erreichten die drei anderen den Wasserfall, der sich in ein großes, natürliches Becken ergoss. Die Wassermassen hatten im Laufe der Jahrtausende den hellen Kalkstein, über den er gut vier Meter in die Tiefe stürzte, glattgewaschen.

Die majestätische Naturkulisse mit dem klaren hellgrünen Wasser erinnerte Ina an den Trevi-Brunnen in Rom, in den sie vor Jahren eine Münze geworfen hatte.

Hier allerdings fehlten nicht nur die riesigen Statuen und Pferdeköpfe aus Marmor, sondern zum Glück auch die Touristenmassen, die ihr damals die Sicht versperrt hatten.

Vergnügt planschte sie mit ihren Freunden in diesem traumhaften Privatpool, den außer ihnen zum Glück bisher niemand entdeckt zu haben schien. Ina fühlte sich wie Anita Ekberg beim ausgelassenen Bad in Fellinis Film – mit gleich zwei Marcello Mastroiannis. Lachend schwamm sie zum Wasserfall, stellte sich mit ausgebreiteten Armen auf einen schmalen Felsvorsprung, direkt unter den prasselnden Wasservorhang, und rief Max und Antonio laut zu: „Es ist herrlich! Das hier ist wirklich ‚La Dolce Vita'!"

Sie zuckte zusammen, als in diesem Moment genau über ihrem Kopf ein dunkler Schatten vorbeiflog und dabei schrie: „Ik vlieg!" Dann folgte ein Riesenplatsch, als ein dicklicher Mann genau vor Ina ins Wasser plumpste. Noch bevor sie verstand, was hier gerade vor sich ging, rutschte der nächste Eindringling mit ohrenbetäubendem Kreischen und einer mächtigen Wasserfontäne über den Wasserfall mitten in ihren Privatpool.

„Kijk uit, Henk!", warnte die Frauenstimme, nachdem sie wiederaufgetaucht war, ihren Mann, und schon machte es wieder Platsch.

Antonio und Max hatten inzwischen die Flucht ergriffen, sich über den flachen Beckenrand in Sicherheit gebracht und waren zurück in den Fluss geglitten. Von dort machten sie Ina hektisch Zeichen, besser genau dortzubleiben, wo sie war, denn kurz nacheinander sausten jetzt noch zwei Jungen mit lautem Gejohle genau über ihr auf der natürlichen Wasserrutsche herab und stürzten ins tiefe Becken darunter. Fröhlich plappernd planschten schließlich fünf Holländer in dem bis eben malerischen Becken und winkten Ina begeistert zu, als sie sie unter dem Wasserfall entdeckten.

„Wat doe je er?", rief die Frau rüber.

Ina wusste nicht, ob es an dem Lärm lag, den der, jetzt schon viel zu lange auf ihren Körper prasselnde, eiskalte Wasserfall produzierte oder an dem Gesagten. Bibbernd vor Kälte rief sie rüber: „Kommen da noch mehr, oder kann ich jetzt endlich gefahrlos hier weg?"

„Oh, bent je Duits? Bist du Deutsche?", fragte der Mann japsend.

„Äh, ja."

„Keine Sorge, de anderen hebben niet durven, die andere haben sich niet getraut", sagte der Mann lachend. „Die schwitzen noch in die Canyon. Aber die Familie van Spreuwen ..." Er machte eine Armbewegung über die Köpfe der Frau und der drei Jungs. „Wij zijn niet bang, haben kein Angst!"

Lauthals fiel seine Familie in das vergnügte Lachen des Mannes ein.

Schlotternd ließ Ina sich wieder ins Wasser gleiten, winkte den Holländern noch kurz zu und schwamm schleunigst hinter Max und Antonio her, die schon zurück am Picknickplatz waren.

Gerade, als sie den anderen erzählte, dass da ein paar Holländer von der Jeepsafari scheinbar vom Canyon aus über den Wasserweg in ihr kleines, bisher ruhiges Idyll eingedrungen waren, tauchte die ganze Familie van Spreuwen schwimmend im Fluss auf und nahm direkten Kurs auf den Picknickplatz.

„Oh, de is ja super hier! Ideaal voor een picknick", jubelte die Frau und winkte mit einer Tupperdose, die sie vor sich her durchs Wasser schob. Pedro starrte den Neuankömmlingen mit offenem Mund entgegen, Nancy lächelte kokett, und Magdalena versteckte ihren Joint.

Restaurantbesitzer Antonio verfiel augenscheinlich automatisch in seinen Gastronomiemodus und zählte im Geiste durch, ob Bocadillos, Tapas und Salat auch noch für die neuen Gäste reichen würden. Doch die waren scheinbar auf alles vorbereitet und Selbstversorger.

„Dit is onze Lunchpakket", strahlte die Holländerin sie vom Ufer aus an. Wie auf Kommando wedelten alle van Spreuwens mit ihren wasserdichten Plastikdosen und stiegen langsam aus dem Fluss. „Laten we samen eten. Wir können teilen, Lunchpakket mit lauter smakelijke Sachen – Sandwich, Appels. Wollen wir alle zusammen essen? Picknick. Okay?"

Da sich sonst scheinbar niemand äußern wollte, meldete sich schließlich Max zu Wort und erklärte trocken:

„Na, dann muss ich wohl doch meine dicke Melone mit den Holländern teilen. Wenigstens brauche ich sie später nicht wieder den ganzen Weg zurückschleppen."

Ina prustete los, und die anderen fielen in ihr Lachen mit ein. Antonio half Familie van Spreuwen samt ihren Lunchpaketen an Land und zog dabei auch gleich die Sektflasche, die er zum Kühlen in den Fluss gelegt hatte, aus dem Wasser. Gemeinsam ließen sich schließlich alle auf den Handtüchern nieder und teilten gut gelaunt das spanisch-niederländische Picknick miteinander.

„Das klingt nach einem höchst amüsanten Ausflug", kommentierte Hannes grinsend, als Ina geendet hatte.

„Ja, wenn man den Aufstieg später verdrängt, dann schon … Ich hatte drei Tage lang Muskelkater."

„Und, warst du später noch mal da?"

Sie schüttelte entschieden den Kopf. „Als Antonio mich beim nächsten Mal fragte, ob ich ihn und seine neue Freundin – ausgerechnet eine Holländerin – zu einer lustigen Tour begleiten wolle, hab ich dankend abgelehnt."

„Und was ist aus später Pedro geworden? Priester oder Diplomat?"

Ina grinste.

„Das Letzte was ich von ihm hörte, war, dass er über den freiwilligen Rücktritt von *seinem* Papst Benedikt so sauer war, dass er der katholischen Kirche den Rücken gekehrt hat und wenig später samt *Mama* und neuer englischer Freundin nach Indien in einen Aschram gezogen ist ... Da dürfte er sich zumindest sprachlich verbessert haben ..."

„Dann war der Papst-Abgang ja am Ende doch für etwas gut." Hannes lachte und schien dann kurz nachzudenken. Schließlich sagte er leise: „Ich hab auch daran gedacht, mich in einen Aschram zu verziehen, hab mich dann aber doch für Bienensee entschieden, in der Hoffnung hier die nötige Ruhe und den Abstand von allem zu finden."

Ina horchte auf. War er gerade dabei, ihr endlich zu verraten, was ihn in die brandenburgische Provinz verschlagen hatte?

Behutsam tastete sie sich vor.

„Gab's Stress in deinem Job, mit den Werbejingles?"

„Was?", fragte er irritiert. „Ach so ... Ja, klar ... Nun, weniger wegen der Jingles ... War halt alles ein bisschen viel in letzter Zeit. Da brauchte ich mal 'ne Auszeit."

„Was war zu viel? Eher beruflich oder privat ...?", hakte Ina neugierig nach.

Sie bemerkte, wie er mit sich rang, was er ihr erzählen konnte und was nicht. Dann atmete er tief ein und schien sich einen Ruck zu geben. „Also, es ist Folgendes ... Ich bin ja eigentlich ..." Wieder hielt er inne und sie die Luft an. In diesem Moment durchschnitt ein Handyklingelton die gespannte Stille. Ina und Hannes zuckten gleichzeitig zusammen, tasteten synchron nach ihren iPhones und blickten aufs Display.

„Oh, Anja ...", stöhnte Ina auf. „Meine Freundin, der das Haus gehört", erklärte sie, als sie Hannes' fragenden Blick sah. „Da muss ich rangehen. Entschuldige ..."

Sie tippte auf die grüne Taste. „Hallo, Anja! Wie sieht's aus, wann kommst Du?"

„Ich bin schon unterwegs! Wollte nur fragen, ob wir Eis im Kühlfach haben. Ich bringe Gin und Campari mit. Eine halbe Flasche Wermut müsste noch in der Küche rumstehen. Dann können wir uns einen Negroni mixen – idealer Drink bei Hitze!", rief Anja in ihre Freisprechanlage.

Ina konnte sie kaum verstehen, was aber auch an dem gefühlten Wattebäuschchen in ihrem Ohr liegen mochte. Sicherheitshalber fragte sie nach.

„Wann wirst du hier sein? Ja, Eis hab ich."

„Ich bin schon aus Berlin raus. In einer guten halben Stunde sollte ich da sein. Bis gleich!", rief Anja fröhlich.

„Okay, bis dann."

Während Ina das Gespräch beendete, stand Hannes bereits auf. „Du kriegst Besuch? Dann will ich nicht länger stören."

„Aber du störst doch nicht ..."

Sie war hin- und hergerissen. Einerseits brannte sie darauf, endlich zu erfahren, was mit ihm los war, andererseits freute sie sich auf das Wiedersehen mit ihrer besten Freundin.

In jedem Falle war die Kombination von beidem denkbar ungünstig. Besser, sie verschob das Gespräch mit Hannes noch ein paar Tage. Aber ob er dann überhaupt noch da war? Verdammt!

„Anja bleibt nur übers Wochenende. Dann könnten wir uns ja vielleicht am Montagabend zum Essen im ‚Roten Adler' treffen?", fragte sie hoffnungsvoll.

„Oh, Montag erst ..."

Er wirkte enttäuscht, riss sich aber gleich wieder zusammen. „Klar, warum nicht? Ich hab garantiert nichts Besseres vor", sagte er und lächelte sie an. „Vielleicht gehe ich am Wochenende dann noch mal Paragliden oder

Schwimmen oder so. Mir wird schon was einfallen …"
Solange du nur schön hier in der Nähe bleibst, hoffte Ina.

„Dann freu ich mich auf Montag. Bis dahin ist hier Mädelswochenende angesagt", meinte sie kichernd und fand sich im selben Moment ziemlich albern.

„Na, da will ich mal besser nicht stören. Ihr habt euch sicher viel zu erzählen."

Wenn du wüsstest …, amüsierte sie sich im Stillen und antwortete: „Ja, klar, dann also bis Montagabend."

Lächelnd verabschiedete er sich. Ina sah ihm nach, als er das Gartentor hinter sich schloss und ihr zum Abschied noch kurz zuwinkte.

Eigentlich ein ganz netter Typ, dachte sie. So ganz anders, als ich ihn nach dieser unseligen Pressekonferenz damals eingeschätzt hatte. Vielleicht hatte er da nur einen schlechten Tag? Egal, nett oder nicht – Patrick Holmes wird mir zu meiner nächsten Schlagzeile verhelfen und Schluss. Job ist Job!

„Jetzt noch eine Scheibe Orange – fertig!" Stolz präsentierte Anja ihrer Freundin den leuchtend roten Drink aus Campari, Wermut und Gin, den sie ihr jetzt auf der Terrasse servierte.

„Oh, der sieht aber lecker aus!" Ina hielt ihren Tumbler gegen die Sonne. Die Eiswürfel klirrten leise im Glas. „Wie heißt der noch mal?"

„Negroni. Den hat immer dieser niedliche Jungschauspieler getrunken. Hat letztes Jahr in dieser Arztserie mitgespielt, die ich betreut hab. Und nach Feierabend waren wir ein paar Mal mit dem ganzen Team in einer kleinen Bar in Köln. Verdammt, wie heißt der Kerl noch gleich? Fritz … Oder Franz … Nee, Marc …? Irgendwas Kurzes. Kennst du auch. Ich komm grad nicht drauf, aber immerhin hab ich mir seinen Drink gemerkt."

Sie stießen an und tranken einen Schluck.

„Mmmhhh, lecker! Zumal bei der Hitze", lobte Ina und überlegte. „Arztserie? Jemand, den ich kenne?"

„Ja, ihr wart sogar mal zusammen in Italien oder Spanien oder so. Und in deinem Blatt hast du ihn danach auch noch untergekriegt. Nun sag schon, wen ich meine!", drängelte sie ungeduldig.

„Also, dazu fällt mir nur der süße Max ein. War der das mit dem Negroni?"

„Ja, genau! Max Eberts. Der war's!", bestätigte Anja. „Hat echt Karriere gemacht, nachdem du ihn in der V.I.P. so hochgejubelt hast. Hab gehört, dass er jetzt sogar als ‚Tatort'-Kommissar im Gespräch ist. Habt ihr noch Kontakt?"

„Nur via Facebook. Wir haben uns damals in Spanien ja nur flüchtig kennengelernt, und dann später noch dieses Interview gemacht. Mehr war da nicht. Aber lustig, grad vorhin hab ich wieder an die Wanderung mit ihm gedacht. Echt ein netter Kerl."

„Bisschen jung vielleicht."

„Wie meinst du *das* denn?", fragte Ina mit gespielter Empörung. „Der war einfach nicht mein Typ – zu blond. Zu sehr wie Brad Pitt. Ich mag ja eher die George-Clooney-Ausführung ..."

„So, so ... Da erwischt man aber schnell mal einen, der gar nicht auf Frauen steht ..."

„Wie wahr ... Ich sollte vielleicht mein Beuteschema noch mal überdenken", stimmte Ina lachend zu. „Aber so als guter Freund ist das gar keine schlechte Variante." Sie überlegte einen Moment. „Apropos – kennst du eigentlich Patrick Holmes?", platzte sie dann unvermittelt heraus.

„Ja, klar, das ist doch dieser Sänger von ‚The Curiosity'", antwortete Anja, irritiert über den plötzlichen Themenwechsel. „Hat der Kerl dich nicht damals aus einer PK geschmissen? Aber was hat der denn mit George Clooney zu tun, außer, dass er auch schwul ist?"

„Tja ..."

„Nun sag, wie kommst du denn jetzt auf den? Der sieht doch kein bisschen wie Clooney aus, sondern hat diese tollen, langen schwarzen Haare."

„Nicht mehr ...", verkündete Ina geheimnisvoll und ließ die Eiswürfel im Glas kreisen.

„Nicht mehr was? Haare oder schwul?", fragte Anja interessiert.

„Haare! Er trägt sie jetzt kurz und ungefärbt, also mit grauen Schläfen – wie George Clooney."

„Aha? Gab's da frische Fotos in der Presse? Muss mir wohl entgangen sein." Anja zuckte mit den Schultern.

„Das weiß außer mir ja auch noch niemand ..."

Genüsslich nahm Ina noch einen Schluck und spielte scheinbar gedankenverloren mit der Orangenscheibe, die an ihrem Glas steckte. Anjas Interesse war nach den kryptischen Andeutungen ihrer Freundin sofort geweckt. Klatschgeschichten in Yellows und People-Gazetten saugte sie förmlich auf und war immer bestens informiert, nicht nur über die Künstler, ihrer PR-Agentur.

„Jetzt mach's nicht so spannend! Wieso hat er einen neuen Putz, und woher weißt du das?", hakte sie ungeduldig nach.

„Weil ich ihn gesehen hab ..."

„Wo?"

„Na, hier!" Ina schmunzelte. Es machte ihr Spaß, die Spannung noch ein bisschen zu halten.

„Wo, hier?", fragte Anja verblüfft.

„Hier im Dorf."

„In *Bienensee*? Du spinnst! Der ist doch gerade in L.A. mit seiner Band, hab ich neulich noch irgendwo gelesen", protestierte sie vehement.

„Was du so alles liest ... Tja, da waren die Pressekollegen leider falsch informiert", triumphierte Ina.

Doch Anja blieb skeptisch.

„So, so, und du weißt es besser? Patrick Holmes macht also Urlaub in Bienensee? So ein Quark! Was sollte der denn *hier* wollen?"

„Wenn ich das bloß schon wüsste …", seufzte Ina.

Ihre Freundin prustete über den vermeintlichen Scherz. „Frag ihn doch einfach, wenn du ihn das nächste Mal beim Bäcker triffst", machte sie sich lustig, weil sie davon ausging, dass Ina sie, wie so oft, bloß auf den Arm nehmen wollte.

Aber die blieb völlig ernst und erwiderte: „So einfach ist das leider nicht. Ich hab's ja schon versucht – am See, im ‚Adler', hier …" Sie umschrieb mit ausgebreiteten Armen das Grundstück.

Anja verschluckte sich beinahe an ihrem Drink. Heftig hustend presste sie heraus: „Hier? Du meinst das ernst, oder? Echt, *hier*?" Sie zeigte auf den Holzboden. „In *meinem* Haus?" Ungläubig starrte sie Ina an. „Das *kann* nicht dein Ernst sein!"

„Doch! Aber nur auf der Terrasse …"

„Nein! Was? Echt? Wann?"

Anja konnte nicht fassen, was sie da gerade erfuhr. Aber Ina nickte bestätigend.

„Bis vor einer Stunde hat er noch da auf dem Stuhl gesessen, auf dem du jetzt sitzt. Er hat Kaffee getrunken und einen Windbeutel gegessen."

„Nein!" Anja sprang wie von der Tarantel gestochen auf und betastete ehrfürchtig das blau-weiß-gestreifte Sitzkissen auf ihrem Stuhl.

„Nun beruhig dich mal wieder. So aufregend ist das nun auch wieder nicht", amüsierte sich Ina über die kindische Reaktion ihrer Freundin. „Du hast doch jeden Tag mit irgendwelchen Promis zu tun. Da wird dich doch einer mehr nicht so aus der Fassung bringen."

Ihre Freundin ließ sich langsam wieder auf ihren Stuhl sinken und schloss die Augen. „Patrick Holmes … Ich fass es nicht! Ich hatte in meinem Jugendzimmer jahrelang sein Poster überm Bett hängen …"

„Was?" Jetzt war es Ina, die ungläubig guckte. „*Du* warst ‚Curiosity'-Fan? Wie peinlich ist das denn? Gegen die waren ja selbst ‚Take That' noch irgendwie cool. Ich fass es nicht!" Sie lachte sich kaputt.

„Hör auf, mich zu ärgern!", brauste Anja auf. Doch Ina hielt sich vor Lachen den Bauch. „Er hat eine tolle Stimme! Und sexy ist er auch, mit seinen Tattoos und dem Brillie im Ohr!", rechtfertigte sie sich sofort.

„Aber die Texte sind albern! Immer nur ‚Love, Love, Love'. Und mit weit über vierzig noch ein Teenie-Star …", mokierte sich Ina.

„Okay, okay, aber vielleicht wird ja das neue Album, das sie gerade in L.A. aufnehmen … Moment mal", stutzte Anja.

Sie zog eine Augenbraue hoch. „Wieso ist die Band in Amerika, und ihr Sänger treibt sich in einem Brandenburger Dorf rum? Da stimmt doch was nicht!"

„*Eben*! Jetzt merkst Du es endlich auch." Ina nickte zufrieden. „Dahinter muss eine schlagzeilenträchtige Story stecken, und die will ich aufdecken. Und zwar exklusiv!"

„Und darauf lässt Patrick Holmes sich ein?", fragte ihre Freundin skeptisch. „Wieso sollte er mit einer V.I.P.-Reporterin sprechen, wenn er sich hier versteckt – zumal mit einer, die er wegen ihrer impertinenten Fragen schon mal an die Luft gesetzt hat?", neckte sie Ina.

„Ach, das ist doch schon ewig her, und bei den vielen Reportern, die er in seinem Leben schon gesehen hat, kann er sich ja nicht an jeden erinnern."

„Das heißt, er ahnt gar nicht, wer du bist?", fragte Anja ungläubig.

„So ist es! Er denkt, ich bin eine kleine Angestellte in irgendeiner winzigen Agentur. Und er weiß auch nicht, dass ich weiß, wer er ist. Hier im Dorf hat er sich statt unter seinem Künstlernamen, unter seinem bürgerlichen einquartiert, als …"

„Hannes Holl!", ergänzte Anja wie aus der Pistole geschossen. Als echter Fan kannte sie natürlich den richtigen Namen ihres früheren Idols.

„Stimmt", grinste Ina. „Und mit seinem neuen Haarschnitt ist er auf den ersten Blick tatsächlich nicht wiederzuerkennen. Wenn selbst ich mit meinem professionellen Auge 'ne Weile gebraucht hab, bis ich es geschnallt hab, dann kann er sich vermutlich recht sicher fühlen. Hier im Dorf gibt es nur einen ‚Curiosity'-Fan, und das ist der kleine Felix vom ‚Adler'. Wenn der wüsste, dass sein Idol im Gasthof seiner Eltern wohnt, würde der sicher ausflippen. Aber zum Glück hat der Junge scheinbar andere Dinge im Kopf, als sich mit langweiligen Hotelgästen zu beschäftigen – hoffe ich jedenfalls."

„Wow, das ist ja eine unglaubliche Geschichte. So was kann auch nur dir passieren, Ina. Da schickt man dich *einmal* weit weg von deinen üblichen Jagdrevieren, damit du dich von deinem Hörsturz erholst, und was machst du? Recherchierst mal eben eine fette Story. Nicht zu fassen."

Anja schüttelte den Kopf. „Wie geht's eigentlich deinen Ohren?"

„Ach, schon etwas besser. Die Symptome werden seltener und schwächer. Ich denke, bald bin ich wieder fit. Und wenn ich demnächst zurück an meinen Schreibtisch komme, hab ich eine tolle Exklusivgeschichte dabei! Die Vorfreude auf das dumme Gesicht dieser blöden Frauke Harms trägt garantiert auch zu meiner Genesung bei!", erwiderte Ina grinsend.

„Da bin ich mir sicher", bestätigte ihre Freundin lachend. „Aber jetzt lass uns erst mal kochen. Ich hab Hunger."

In der Küche übernahm Ina, wie immer, die Zuarbeiten, während Anja aus den köstlichen Zutaten, die sie aus Berlin mitgebracht hatte, ein opulentes Mahl zubereitete.

„Boah, jetzt bin ich aber pappsatt", stöhnte sie gut eine Stunde später auf.

„Frag mich mal ... Ich hatte vorher ja auch noch einen großen Windbeutel. Mit der Scampi-Vorspeise, der Sahnesauce zu den Filetspitzen und den Kartoffeln hab ich meinen Kalorienbedarf für das gesamte Wochenende schon jetzt gedeckt." Ina lachte auf. „Aber noch viel schlimmer ist, dass ich jetzt wieder Fleisch gegessen hab. Wo ich doch inzwischen eigentlich Vegetarierin bin!"

„Nee, is klar ... Keine Sorge, ich sag's keinem. Immerhin war das Biofleisch von glücklichen Kühen", amüsierte sich Anja.

„Nur gut, dass Bauer Herbert nicht auch noch Rinder hat. Die Schweine haben neulich schon so komisch geguckt ...", erwiderte Ina schuldbewusst.

Nachdem sie noch den Inhalt einer Familienpackung Tiramisu-Eis gerecht auf zwei Schalen verteilt hatten, machten es sich die beiden Freundinnen damit auf dem Sofa gemütlich.

„Gib mal bitte die Decke rüber. Meine Füße sind schon wieder Eisklumpen", jammerte Anja und zog ihre Beine auf die Couch.

„Kenn ich. Warum haben Frauen bloß immer kalte Füße?"

„Keine Ahnung, aber abends wird es hier draußen echt ganz schön frisch. Selbst im Sommer."

„Schon klar", stimmte ihr Ina zu. Sie hielt inne. „Sag mal, wie viele Männer kennst du, die ständig über kalte Füße klagen?"

„Lass mich überlegen ... Ist ja schon 'ne Weile her mit den Erfahrungswerten ... Also Thorsten hab ich letztes Jahr schon vor dem kühlen Herbst wieder an die frische Luft gesetzt – den Sommer über hatte er warme Füße.

Daniel hat mir immer die Füße massiert – dann waren sie warm. Seine hab ich nie massiert. Hm, vielleicht hat er mich deshalb verlassen?" Sie grübelte einen Moment lang. „Nee, stimmt, mit kalten Füßen war keiner dabei. Oder doch! Marek, der Freund von Gideon. Der hat auch dauernd kalte Füße!", triumphierte Anja.

„Der zählt nicht."

„Warum?"

„Weil er schwul ist."

„Aber an den weiblichen Genen kann's dann trotzdem nicht liegen", insistierte Anja.

„Egal! Wozu gibt's Dinkel- und Kirschkernpuschen? Ab in die Mikrowelle und zack sind die Füßchen wieder warm! So mach ich das im Winter bei mir zu Hause."

„Du meinst, ich sollte mir hier auch noch eine Mikrowelle anschaffen?", überlegte Anja sofort.

„Nein, die Decke tut's auch. Komm, wir kuscheln unsere Füße zusammen, dann geht's schneller. Und vielleicht noch ein Glas Rotwein?"

Anja nickte, hielt Ina ihr Glas hin, und ließ sich nachschenken.

Sie prosteten sich zu und genossen dazu ihr Eis. Anja leckte ihren Löffel genießerisch ab und sah Ina erwartungsvoll an.

„So, dann erzähl mal genauer, was du schon alles über Patrick …"

„Hannes!", korrigierte Ina.

„Meinetwegen – *Hannes* – herausgefunden hast."

Ina kuschelte sich in das große Kissen in ihrem Rücken und sah zur Decke, während sie überlegte, was sie eigentlich tatsächlich über ihn wusste.

„Hier im Dorf ist er ein ganz normaler Typ. Keine Starallüren oder so", begann sie ihn zu beschreiben. „Scheinbar echt ein total netter Kerl. Aber er lässt nichts Privates raus. Behauptet, dass er mit Werbejingles seinen

Lebensunterhalt verdient. Aber ich weiß es besser." Sie grinste ihre Freundin an. „Im Netz hab ich natürlich auch recherchiert, doch da gibt's nur zwei aktuelle Artikel darüber, dass er mit Band in L.A. an einem neuen Album arbeitet. Dass das nicht stimmt, sehe ich jeden Tag. Aber was er tatsächlich hier treibt, muss ich noch rauskriegen."

„Und mit welcher Strategie?"

Anja sah sie fragend an.

„Tja ... Gute Frage ... Ich dachte, ich erringe sein Vertrauen, indem ich mich mit ihm anfreunde. Hat bisher ja auch ganz gut geklappt. Allerdings weiß er inzwischen mehr über mich, als ich über ihn ... Vielleicht hilft am Ende doch bloß wieder Alkohol ..."

„Bitte?"

„Na, ich lade ihn ein und fülle ihn ab. Dann wird er schon reden", hoffte Ina.

„Aber pass bloß auf, dass am Ende nicht du diejenige bist, die ihm im Suff ihr Herz ausschüttet", warnte Anja ihre Freundin lachend.

„Unsinn! Ich kann 'ne ganze Menge vertragen. Und ich werde eh nur am Glas nippen."

„Ah, ja ... So wie jetzt, was?" Anja lachte. „Los, schenk noch mal nach."

Ein paar Gläser später hatten die beiden Frauen sämtliche Neuigkeiten aus Anjas Agentur durchgehechelt, und Ina hatte sich ausgiebig über ihren Chef und die ungeliebte Kollegin Frauke ausgelassen. Dabei wurden sie langsam aber sicher immer betrunkener. Und irgendwann landeten sie unweigerlich wieder bei Inas derzeitigem Lieblingsthema ...

„Irgendwie isser ja schon recht attraktiv ...", sinnierte sie und drehte ihr Glas zwischen den Fingern.

„Wer?", fragte Anja irritiert.

„Na, Hannes!", antwortete Ina, entrüstet über die Begriffsstutzigkeit ihrer Freundin. „Neulich hab ich sogar sein Sixpack gesehen … Und den knackigen Hintern … Lecker!" Sie schnalzte mit der Zunge und nahm noch einen kräftigen Schluck.

„Ach? Ich dachte, ihr hättet noch gar nicht …", wandte Anja verwirrt ein.

„Nein! Nich so", unterbrach Ina sie empört. „Daswaram See … Da lag er direkt neben mir … Inner Sonne … Soooo heiß wardasda … Echt lecker sein Body. Da hätt ich doch zu gerne mal …"

Sie griff mit der Hand in die Luft, als wenn sie seinen knackigen Hintern umfassen würde und kicherte albern.

„Guck an", bemerkte Anja trocken. „Hassu nich früher immer gesacht, du finnest diese muskelbepackten Bodybuilder-Typen doof?"

„Aber er *hat* ja auch kein'n typischen Bollybuiller-Körper – nur Mukkis an den richtigen Stellen", rechtfertigte sie sich. „Und bei ihm seh'n sogar diese Tattoos und sein süßer kleiner Ohrring irgendwie cool aus." Sie seufzte und lächelte verzückt bei der Erinnerung an das gemeinsame Sonnenbad am See.

„Seit wann stehsssu auf Äußerlichkeiten? Und Tattoos fanssu doch immer prollig und voll blöd", widersprach Anja.

„Quatsch! Wer sagt denn, dassich nich darauf steh? Oder nee, dassich darauf steh? Ich finne nur, dass Hannes ein durchaus attraktives Schnuckelchen is." Sie kicherte. „Under is auch sonst ein totaaal netter Typ." Sie machte dabei eine ausladende Geste mit dem rechten Arm und warf fast Anjas Weinglas vom Couchtisch. „Ups … Versseihung." Ina richtete sich wieder halbwegs gerade auf dem Sofa auf und fuhr mit ihrer Lobeshymne auf Hannes fort. „Man kann toll mitihm reden, er denkt nach, hört zu, is intelligent, hat Humor …"

„Klingt nach Mr. Perfect!", rief Anja begeistert. „Vielleicht solltet ihr heiraten!"

„Genau!" Ina strahlte. „Ich werd Frau Ina Holmes. Nee, Holl! Ina Holl ... Wie klingt das?"

„Super, aber da gib's noch ein klitzekleines Hindernis. Du meinsdoch, dass der schwul is!"

„Ach ja ...", seufzte Ina. „Warum sin' eigentlich alle netten Kerle immer schwul? Dasisdoch unfair!"

„Allerdings!", stimmte Anja ihr zu. „Aber vielleich' irrst du dich ja auch. Was wär', wenn er doch auf Frau'n steht?"

„Mann! Der Typ is schwul! Du merks' aber auch überhaupt nix!", brauste Ina plötzlich auf.

„Nun reg dich doch nich' so auf. Da kann ich doch nix für."

Ina beruhigte sich wieder und überlegte einen Moment. Dann stieß sie strahlend hervor: „Aber ich könnt' ihn doch einfach ma' frag'n. Vielleicht hätter ja mal Lust auf was anneres ... Büschen Abwechslung ..."

„Du gibs' wohl nie auf, was?!", kicherte Anja.

„Verdammt, ich will Sex!", platzte Ina unvermittelt heraus. „Und ein'n Kerl, der mich liebt!" Dann heulte sie plötzlich los.

Anja war völlig irritiert über die heftige Reaktion ihrer Freundin aus heiterem Himmel.

„Ina, jetz' dreh hier nicht durch! Komm, wir geh'n jetz' ers'mal schön ins Bett, un' morgen sieht die Welt ganz anners aus. Okay? Na, komm."

Ina schluchzte noch einmal auf und wischte sich energisch die Tränen von den Wangen. Sie bemühte sich, die beiden Anjas, die vor ihren glasigen Augen verschwammen, zu fixieren, und fiel einer von ihnen dann theatralisch um den Hals. „Du has' ja so recht. Meine beste Freundin! Wenn ich dich nich' hätte ..."

Schließlich ließ sie sich von Anja ins Bad bringen, und ein Schwung kaltes Wasser im Gesicht sorgte dafür, dass sie sich endlich wieder einkriegte und bald darauf friedlich eingeschlafen war.

Nach einem späten Frühstück mit viel starkem Kaffee am nächsten Vormittag, bei dem sie sich über die verworrenen Ereignisse des vorangegangenen Abends austauschten, beschlossen sie, einen alkoholfreien Sonntag einzulegen.

„Das lag alles nur an deinem Negroni!", schimpfte Ina scherzhaft. „Teufelszeug!"

„Ja, genau ... Mit den knapp drei Flaschen Rotwein, die wir danach noch vertilgt haben, hatte das garantiert nichts zu tun ...", erwiderte Anja ernst und prustete dann los.

„Aber scheinbar war's ein guter Jahrgang. Ich hab jedenfalls keinen Kater. Du?"

„Nö, nur ein bisschen matschig fühl ich mich. Wollen wir nicht einfach die Liegestühle auf den Rasen stellen und es uns heute im Garten mit 'nem Buch bequem machen? Und später vielleicht in die Sauna?", schlug Anja vor.

„Klingt nach einem perfekten Sonntag. Abgemacht!"

Nachdem ihre Freundin ihr versprochen hatte, sie über die aktuellen Entwicklungen genauestens auf dem Laufenden zu halten, fuhr Anja am Montag zurück nach Berlin.

Es regnete leicht, und Ina beschloss, es sich mit ihrem Computer auf der überdachten Terrasse gemütlich zu machen.

Erst mal in Facebook ein paar originelle, virtuelle Spuren hinterlassen, einen Geburtstagsglückwunsch an eine Kollegin in München verfassen und dann die Mails checken. Etwas lustloser als in den ersten Tagen ihrer erzwungenen Ruhepause scrollte sie durch ihre Nachrichten. Nichts wirklich Wichtiges dabei.

Was sie vor Kurzem noch auf die Palme gebracht hätte, ließ sie jetzt eigentümlich kalt. Ob das die ersten Zeichen von Entspannung waren? Ina lauschte in sich hinein. War da immer noch dieses Pfeifen? Am Wochenende mit Anja hatte sie sich wunderbar unterhalten und war zu abgelenkt gewesen, um ständig an die Auswirkungen ihrer Stresskrankheit zu denken.

Und jetzt? Doch, ein leiser, monotoner Ton war immer noch zu hören. Aber schon deutlich weniger nervig.

Es war ihr also doch möglich, sich zu entspannen, stellte sie befriedigt fest und hoffte, dass schon in Kürze sämtliche Symptome ihres Hörsturzes verschwunden sein würden.

Nach und nach sah sie die restlichen E-Mails durch – bis sie auf eine Nachricht von Klaus Berger vom Freitag stieß. Ihr Chef erkundigte sich betont harmlos nach ihrem Befinden und fragte, ob inzwischen absehbar wäre, wann sie wieder fit genug für die Arbeit wäre. Ina empfand das als Druck und war sauer, dass er nicht abwarten konnte, bis sie von sich aus Bescheid sagen würde, dass sie zurück ins Büro käme. Anspannung machte sich in ihr breit, und missmutig las sie weiter.

Plötzlich zuckte sie wie elektrisiert zusammen. Klaus berichtete, dass er von einer einschlägig bekannten Fotoagentur ein Angebot für eine Geschichte über den Sänger der Band „The Curiosity" bekommen hätte.

> *Ist das nicht der Typ, mit dem Du noch eine Rechnung offen hast?"*, schrieb Klaus. *„Da soll es gerade irgendwelchen Zoff zwischen diesem Patrick Holmes und seiner Plattenfirma geben, wegen der neuen CD oder so. Genaues weiß man noch nicht, aber die Agentur meint, dass sie einen Tipp bekommen habe und demnächst Fotos etc. liefern könne. Das wär doch was für Dich, Ina. Oder soll ich Frauke darauf ansetzen? Was meinst Du? Lohnt das? Ist der Typ interessant genug für unsere Leserinnen?*

Ihr Chefredakteur wusste ganz genau, dass sie einer guten Story nicht widerstehen konnte. Und eben damit versuchte er jetzt, ihren Ehrgeiz anzustacheln. Hätte er geahnt, wie heiß sie auf exakt diese Geschichte war, wäre er sicher begeistert gewesen.

Ina kochte innerlich. Ganz langsam löste sie den Blick vom Monitor und stierte durch den Regen auf das Grün des Rasens. Dann atmete sie tief durch und brüllte laut:

„Mist!"

Aufgeschreckt durch den wütenden Aufschrei begann ein Hund in der Nachbarschaft laut zu bellen. Doch das nahm Ina kaum wahr – in ihrem Ohr fiepte der Tinnitus. Sie ärgerte sich über Klaus, über Frauke und die Klatschagentur, doch am meisten über sich selbst, dass sie sich wieder mal so über ihren Job aufregte.

Warum hatte sie die verdammten Mails gelesen? Schließlich war sie krankgeschrieben. Und krank war sie nur wegen dieses vermaledeiten Jobs. Weil sie nie wirklich abschalten konnte. Das musste sie endlich in den Griff kriegen. Nicht mehr hinter jeder Geschichte herrennen. Auch mal „Nein" sagen können. Sollten doch andere mal ran. Genau!

Klingt doch eigentlich ganz einfach, sagte sie sich. Gleichzeitig kannte sie sich allerdings gut genug, um zu wissen, dass sie am Ende vermutlich doch wieder rückfällig werden würde.

Das war wie mit dem Rauchen – inzwischen hatte sie sich richtige Zigaretten besorgt und zog nur noch selten an der nikotinfreien E-Zigarette.

Ina sah in den stärker werdenden Regen und ärgerte sich noch immer über die Mail. Schließlich ging es hier um *ihre* Geschichte. *Sie* hatte Patrick Holmes aufgespürt und wollte sich die schöne Exklusivstory jetzt nicht so kurz vor dem Ziel von irgendwelchen Paparazzi klauen lassen. Sie atmete noch einmal durch und fing an, eine Antwort in ihren Computer zu hämmern.

Lieber Klaus,
ja, ich bin weiter auf dem Wege der Besserung. Aber ein paar Tage wird es wohl noch dauern, bis ich wieder ins Büro kommen kann. Trotzdem werde ich gerne mal von hier aus ein bisschen recherchieren, was es mit dieser Musikergeschichte auf sich hat. Klar ist Patrick Holmes ein A-Promi für unser Blatt. Aber ich glaube nicht, dass etwas an den Gerüchten dran ist. Deshalb bitte ich Dich, nicht weiter mit dieser fragwürdigen Agentur zu verhandeln.
Du weißt, dass wir schon oft genug Ärger mit einigen unserer Promis hatten, weil sie von diesen unprofessionellen Paparazzi abgeschossen worden waren und wir die Fotos gedruckt haben. Das fällt am Ende nur auf die V.I.P. zurück, und das wollen wir doch beide nicht, oder? Wenn es da doch etwas gibt, dann bringe ich Dir die Story auch ohne deren Hilfe. Frauke soll sich da bitte raushalten. Viele Köche verderben den Brei ...
Ich melde mich wieder, sobald ich etwas entdeckt habe.
Bis dahin bitte: Füße stillhalten!!!"

Die drei Ausrufezeichen erschienen ihr dann doch übertrieben, und sie löschte zwei wieder. Bloß nicht zu viel Wirbel machen. Sonst wurde das Interesse ihres Chefs nur noch weiter geweckt. Zufrieden schickte sie die Mail ab und stöhnte erleichtert auf:

„Puh!"

„Wuff!", antwortete es direkt vor ihr.

Erschrocken sah Ina von ihrem MacBook auf und blickte in die freundlichen braunen Augen von Herkules, dem Bernhardiner von Bauer Herbert. Der Hund stand unbeweglich mitten im Regen genau vor ihrer Terrasse, beäugte sie neugierig und schien auf eine Reaktion zu warten.

„Hallo, Herkules!", sprach Ina ihn freundlich an.

Als er seinen Namen hörte, wedelte der Hund mit dem Schwanz und trabte gemächlich die beiden Stufen zur Terrasse hoch. Von seinen Lefzen tropfte der Sabber, als er auf sie zukam, um sie mit einem aufmunternden Nasenstupser am Arm zu begrüßen.

Ina strich ihm über seinen großen Kopf, rümpfte aber gleich die Nase, als sie den muffigen Geruch nach nassem Hund intensiv wahrnahm.

„Was machst du denn hier?"

Wahrscheinlich hatte Anja das Tor offen gelassen, als sie abgefahren war. Ina drehte den Kopf, um zu sehen, ob Bauer Herbert ihm folgte, doch Herkules schien auf eigene Faust von zu Hause ausgebüxt zu sein. Vermutlich war es ihm im Regen auf dem Hof zu ungemütlich geworden, und er hatte sich nach einem trockeneren Plätzchen und netter Gesellschaft umgesehen. Die behagliche Holzterrasse schien ganz nach seinem Geschmack zu sein. Herkules beschnüffelte Tisch und Stühle, um dann Anstalten zu machen, das Haus von innen zu inspizieren.

Inas strenges „Nein!" und der Fliegengittervorhang am Eingang hielten ihn gerade noch zurück. Er sah Ina fragend an, drehte sich einmal um seine eigene Achse und ließ sich mit einem lauten „Rummms" auf den Holzfußboden fallen.

Da lag der Riesenhund nun zu ihren Füßen, schnaufte ein paar Mal vernehmlich und bettete seinen Kopf gemütlich auf die weichen Vorderpfoten. Ina überlegte, ob sie dafür sorgen müsste, dass der Hund schnellstens zurück zu seinen Besitzern kam. Vielleicht suchten die den Ausreißer schon. Andererseits goss es inzwischen wie aus Eimern. Ein fetter Landregen ließ die ausgetrocknete Natur durchatmen. Sie beschloss, noch ein wenig zu warten, bis der Schauer vorüber war.

Sie merkte, wie Herkules' Atem immer ruhiger wurde und er schließlich einschlief – die zuckenden Hinterpfoten ließen auf einen aufregenden Traum schließen. Es war irgendwie entspannend, diesen großen, friedlichen Hund zu beobachten. Dem war es völlig egal, was irgendwelche Stars und Sternchen trieben. Wenn er satt war und ein ruhiges Plätzchen zum Rumliegen hatte, war er glücklich. Und wenn er dabei nicht allein war ...

Beneidenswert, seufzte Ina.

Sie blickte wieder auf den Computer und gab noch mal den Namen „Patrick Holmes" in das kleine, blauumrandete Wunderkästchen auf der schneeweißen Seite ein. Vielleicht spuckte die allwissende Suchmaschine ja etwas Neues aus, das ihr helfen konnte, endlich herauszufinden, was es mit dem Aufenthalt des Sängers in Bienensee auf sich haben könnte. Doch auch der sonst so gut informierte Herr Google kannte den Grund nicht und gab ihr keine Hinweise. Also musste sie wohl mit ihrer Recherche vor Ort weitermachen. Und zwar so schnell wie möglich, bevor die Konkurrenz ihr zuvorkam.

Entschlossen klappte sie ihr Notebook zu – wohl ein wenig zu laut, denn erschreckt bellte Herkules auf. „Oh, sorry, mein Lieber. Ich wollte dich nicht wecken", entschuldigte sie sich.

Sofort begann dessen langer Schwanz rhythmisch auf das Holz zu klopfen. Schließlich rappelte er sich auf alle viere und stupste Ina an, um sich eine Streicheleinheit abzuholen. Sie klopfte ihm liebevoll die Flanke und kraulte seinen Nacken. Der Gestank, der von seinem nassen Fell aufstieg, war allerdings nicht dazu angetan, die Zärtlichkeiten zu vertiefen. Stattdessen stand Ina auf, um sich im Haus die Hände zu waschen.

Als sie wieder raus kam, war Herkules verschwunden. Suchend sah sie sich um und entdeckte ihn dabei, wie er gerade intensiv einen Kiefernbaumstamm beschnupperte und prompt das Bein hob, um ausgiebig dagegen zu pinkeln. Das schien dringend nötig gewesen zu sein, aber doch nicht mitten in Anjas Garten, schüttelte Ina den Kopf. Danach drehte der Bernhardiner ungerührt noch eine ausgiebige Runde über das Grundstück und verschwand schließlich hinter dem Haus. Der Regen hatte nach-gelassen, daher folgte sie ihm ein Stückchen und beob-achtete, wie er durch das offene Gartentor marschierte und zielstrebig den Weg zum Bauernhof einschlug. „Mach's gut, Herkules!", rief sie ihm nach und schloss die Pforte.

Der unverhoffte Besuch hatte sie aufgemuntert. Sie war inzwischen sicher, dass sich schon alles regeln würde und beschloss, Hannes noch am selben Abend zu sich einzuladen, um ihn bei dem einen oder anderen Glas Wein auszuhorchen. Der Plan hatte narrensicher geklungen, als sie ihn mit Anja erörtert hatte.

Die Sonne hatte Blätter und Rasen schon fast wieder vollständig getrocknet, als sie gegen Nachmittag zum „Roten Adler" radelte, um nach Hannes zu gucken.

Als sie den Gastraum betrat, saß er mit einem Kaffee in der üblichen Ecke vor seinem Laptop und stierte grimmig auf den Monitor.

„Hey, hallo!", rief sie ihm fröhlich zu.

Sofort hellten sich seine Gesichtszüge auf, und er lächelte ihr entgegen. „Hallo, Ina! Wie schön, dich zu sehen. Ist deine Freundin schon wieder weg?"

„Ja, ich hab wieder sturmfreie Bude", lachte sie. „Wollen wir heute Abend bei mir kochen?"

Überrascht über ihren eigenen Mut wartete sie auf seine Reaktion. War das jetzt etwas überhastet? Was mochte er denken, wenn sie etwas von „sturmfreier Bude" faselte und ihn im gleichen Atemzug zu sich nach Hause einlud? Doch ihre Sorgen waren unbegründet.

„Klar, warum nicht? Ich brauche dringend Abwechslung!" Er deutete mit einer einladenden Geste auf den Platz neben sich.

„Ach ja? Wovon denn?", fragte Ina sofort neugierig nach.

„Nichts Besonderes. Nur jede Menge nervige Mails von nervigen Leuten."

„Oh, das kenn ich …", antwortete sie und verdrehte die Augen.

„Aber das ist mir jetzt grad völlig egal!", sagte er entschlossen. „Verrat mir lieber, was wir heute Abend kochen wollen?"

Ina stutzte. Darüber hatte sie sich noch gar keine Gedanken gemacht. Den ganzen Nachmittag über hatte sie sich nur mit den ärgerlichen Nachrichten aus ihrem Büro herumgeschlagen und sich um den Hund gekümmert. Als sie spontan beschlossen hatte, am Abend Hannes endlich abzufüllen und sein Geheimnis aus ihm herauszukitzeln, war ihr der Umweg über ein gemeinsames Abendessen am einfachsten erschienen. Leider hatte sie vergessen, dass vor dem Essen das Kochen kam, und dass sie davon leider herzlich wenig Ahnung hatte. Für sich alleine hatte Ina sich nach dem Fisch-Desaster vornehmlich von Spaghetti mit Fertigsaucen, Brot, Käse und Marmelade ernährt. Nicht sehr gesund und nichts, womit man einen Musikstar zu sich nach Hause locken konnte. Fieberhaft suchte sie nach einer passenden Antwort auf seine Frage nach dem geplanten Abendmenü.

Hannes war ein leidenschaftlicher Hobbykoch, für den es nichts Entspannenderes gab, als etwas Kreatives mit seinen eigenen Händen zu schaffen.

„Was hältst du denn von etwas Simplem, wie Caprese vorweg und dann ein Risotto mit Steinpilzen?", fragte er und freute sich, als Ina ihn entsetzt anstarrte.

„Äh, ja das klingt lecker … Aber ich hab gar nicht die passenden Zutaten im Haus", stammelte sie hektisch.

„Na, das ist doch kein Problem. Mit deinem Wagen könnten wir zu dem Supermarkt in Mückendorf fahren.

Die haben bestimmt Risotto-Reis, Mozzarella, Basilikum und auch getrocknete Steinpilze. Die Tomaten holen wir uns hier im Dorf. Ich hab da diese Verkaufsstände an der Straße gesehen. Und beim Kochen helfe ich Dir natürlich – Risotto ist meine Spezialität", erklärte er stolz.

„Und ich kann ganz toll Tomaten und Mozzarella schnippeln", lachte Ina befreit. „Von dem köstlichen Olivenöl, das Anja mitgebracht hat, ist auch noch genug da. Auf dem Rückweg können wir noch frisches Brot bei Simonn kaufen. Zusammen mit etwas Fleur du sel schmeckt das großartig." Zumindest damit kannte Ina sich aus.

„Na, bitte! Wann fahren wir?"

„Ich hole nur noch eben meinen Wagen von zu Hause."

„Wunderbar. Dann bringe ich den Laptop hoch aufs Zimmer und warte draußen auf dich."

Bepackt mit den Einkäufen, samt vier edlen Flaschen Brunello, die ganz verstaubt im Supermarktregal gestanden hatten, weil in der Gegend wohl niemand diesen feinen italienischen Rotwein zu schätzen wusste, waren sie gegen sieben zurück.

Während Hannes sich in der winzigen Küche umsah, kümmerte sich Ina darum, dass alle strategischen Voraussetzungen geschaffen wurden, um dem Abend den gewünschten Verlauf zu geben – sie öffnete schon mal die erste Flasche. Genießerisch schnupperte sie an dem Korken.

„Ein feines Tröpfchen. Unglaublich, dass wir hier noch einen 2004er gefunden haben, und zu *dem* Preis! Das war ein Spitzenjahrgang. Der wurde vom Consorzio mit fünf von fünf Sternen bewertet, also absolut herausragend! Den dekantiere ich mal. Anja hat hier sicher irgendwo eine Karaffe. Dann muss er nur noch einen Moment lang atmen, und schon lassen wir ihn uns schmecken!"

„Mit Wein scheinst du dich eindeutig besser auszukennen als mit dem Kochen, was?", neckte Hannes sie. Sie unterdrückte den ersten Impuls, aufzubrausen und ihm vehement zu widersprechen, als er auch schon fortfuhr: „Davon hab nun wiederum ich überhaupt keine Ahnung. Ich kann nur sagen, ob er mir schmeckt oder nicht. Das ist doch die optimale Arbeitsteilung: Ich kümmere mich ums Essen, du dich um die Getränke, und dann genießen wir beides zusammen."

„Klingt ganz nach meinem Geschmack", schmunzelte Ina und war froh, den Mund nicht vorschnell aufgerissen zu haben. „Tomaten mit Mozzarella bereite ich vor. Und das Brot schneide ich auch – das schaff ich wohl gerade noch."

Mit einem Glas Wein in der Hand beobachtete sie, wie Hannes mit sicheren Handgriffen in der Küche werkelte. Sein Risotto duftete verführerisch.

Ja, ein Mann muss kochen können, aber mein Caprese sieht auch nicht schlecht aus, stellte sie zufrieden fest. Die mit Basilikumblättern belegten, rot-weißen Scheiben waren appetitlich auf einer Servierplatte angerichtet.

Zumindest für Optik und Präsentation hatte sie ein Händchen.

„Magst du Balsamico drauf?", fragte sie.

„Ja, und viel Pfeffer bitte."

Scharfer Typ, grinste Ina in sich hinein und drehte die große Pfeffermühle noch ein paar Umdrehungen mehr.

„Möchtest du noch ein Stückchen Brot?", fragte er.

„Nein, danke, ich bin satt", seufzte Ina.

Hannes lehnte sich entspannt zurück und erkundigte sich: „Hat's dir geschmeckt?"

„Das Risotto war der Kracher. Echt lecker. Woher kannst du so gut kochen?"

„Als kleiner Junge hab ich meiner Mutter immer genau zugeschaut, wenn sie in der Küche hantierte. Dabei hab ich alle Kniffe gelernt. Als ich dann anfing, jeden Samstag einen Kuchen zu backen, beschloss mein Vater, mich am Wochenende mit zum Fußball zu nehmen."

„Ach, welcher Verein war denn dein Favorit?"

„Ich hatte keinen, weil ich Fußball total langweilig fand. Aber er schleppte mich zu allen Spielen des SV Rees. Immerhin gab's da viele Tore zu sehen, denn meist endete es 0:6 gegen uns – und das in der Kreisklasse B. Und nach einer erneuten Niederlage baute sich mein Vater mit Sätzen wie ‚Aber unsere Jungs haben wieder wacker gekämpft' auf. Na ja. Er selbst spielte bei den Senioren, gegen Vereine mit so klangvollen Namen wie ‚FC Bienen'. Vielleicht war das eine Mannschaft aus Bienensee?" Hannes lachte. „Ach nee, das war ja lange vor der Wende. Jedenfalls musste mein Vater irgendwann einsehen, dass ich nicht die nötige Begeisterung für Fußball aufbrachte. Um mich trotzdem aus der Küche zu locken, bekam ich schließlich Gitarrenunterricht. Und das war's dann! Ich entdeckte meine Liebe zur Musik."

Ina horchte auf. Endlich sprach er ein Thema an, mit dem sie ihm vielleicht ein paar mehr Details aus seinem Leben entlocken konnte.

So beiläufig wie möglich sagte sie: „Oh, Musik ist super. Ich hatte Klavierunterricht – allerdings nicht sehr erfolgreich. Ich hab immer die Mädchen beneidet, die Gitarre spielen konnten, oder wenigstens singen. Die konnten dann in einer Band mitmachen. Hast du irgendwann in einer Band gespielt?"

„Ja, später, als ich ein paar Riffs konnte, hab ich mit dreizehn Jahren mit drei Klassenkameraden eine Rockband gegründet – ‚On the Rocks' nannten wir uns, weil wir eingefleischte Stones-Fans waren." Er grinste verschmitzt. „Tom am Schlagzeug, ich mit der Gitarre und mein bester Freund Sven spielte ausgerechnet Trompete – nicht wirklich ideal für ‚I Can't Get No Satisfaction'. Aber wir fanden uns unglaublich cool. Irgendwann haben wir auch versucht, unsere eigenen Songs zu komponieren. Auf Deutsch, weil wir noch nicht genügend Englisch konnten."

„Ach ja?", animierte Ina ihn zum Weitererzählen und schenkte noch mal nach.

„Ja, Liebeslieder für die Mädels, die wir Jungs anschwärmten, aber uns nicht trauten, sie anzusprechen. Ich weiß noch, dass Sven total verknallt in Anne-Marie Scholten aus der Parallelklasse war. Aber mehr als ‚Anne-Marie, du willst mich nie' haben wir nicht zustande gebracht."

Er prustete laut los, und Ina fragte scheinbar harmlos nach: „Und für wen hast *du* ein Lied geschrieben?"

„Ach, ich hatte es nicht so mit den Frauen, sondern war mehr in die Idee einer romantischen Liebe per se verknallt."

Na, bitte – schwul! dachte Ina.

„Und was für Songs hast du dann komponiert?"

Hannes druckste ein wenig herum, bevor er zögernd antwortete: „Ich hab ein Stück für Blacky geschrieben …"

„Für Blacky Fuchsberger?", platzte sie ungläubig heraus.

„Nein, nein!" Er lachte. „Für meinen Hund Blacky! Ein Cockerspaniel. Den hab ich geliebt! Und als er von einem Auto angefahren wurde und starb, hab ich ihm ein Lied gewidmet. Das fanden die anderen allerdings etwas albern. Sie wollten keine Hundehymne auf dem Schulfest spielen. Zugegebenermaßen hatten wir mit den Songs über die angebeteten Mädels auch tatsächlich mehr Erfolg."

„Das klingt irgendwie logisch", bestätigte Ina lächelnd. „Und wie ging's dann weiter? Habt ihr einen Plattenvertrag gekriegt?"

Irritiert sah er sie an. „Wie kommst du denn darauf? Äh, also wir … Oder vielmehr ich … Nein … Na, ja, ich hab da mal so ein paar kleinere Sachen versucht. Aber das ist schon lange her. Ich mach ja Werbejingles, da hab ich mit der Plattenindustrie nicht direkt was zu tun. Und das Musikbusiness sieht von innen auch so ganz anders aus, als man denkt. Also … Das hat auch alles seine Schattenseiten", stotterte er.

Ina spürte, wie er sich wand und nicht wusste ob und wie er seine Lüge aufrechterhalten konnte.

„Ja, das hab ich bei uns in der Agentur auch schon mitgekriegt", sagte sie locker dahin.

„Ach ja? Was machst du da eigentlich so?", fragte er, scheinbar froh, das Thema wechseln zu können.

„Och, nichts Besonderes … Kleinkram … Reisen und Hotels buchen, Verträge für Auftritte verschicken, ab und zu mal mit einem Künstler zu einer TV-Sendung fahren und ihn vor Ort betreuen. So was halt."

„Und wer ist da bei euch in der Agentur?", erkundigte er sich neugierig.

Ina kam wieder ins Schwimmen und wiegelte ab.

„Ach, wie gesagt, das sind alles Jungschauspieler, unbekannte Comedians und ein paar Schlagerheinis. Kennst du sicher nicht."

„Nee, wahrscheinlich nicht. Mit Schlagern hab ich's nicht so. Tief in meinem Herzen bin ich ja immer noch ein Rocker!" Er grinste sie an.

„Dann solltest du vielleicht wieder Musik machen – Rockmusik. Nicht nur Jingles."

„Ja, vielleicht … Ich denke tatsächlich darüber nach. Ist aber alles noch nicht spruchreif. Da haben ja auch meine Auftraggeber noch ein Wörtchen mitzureden und so."

„Ja, klar. Von irgendwas muss man ja auch leben. Allerdings sollte man von Zeit zu Zeit innehalten und sich überlegen, was man da macht."

„Ganz genau. Und unter anderem deshalb bin ich auch in Bienensee."

Ina stockte der Atem. Sie war ganz kurz davor, zu erfahren, was ihn hierher verschlagen hatte. Vorsichtig pirschte sie sich heran und sagte: „Ja, zum Nachdenken ist es hier ideal. Keine Ablenkung von außen. Nur Ruhe. Deshalb bin ich auch hier. Aber warum genau bist du …"

Entweder hatte er nicht zugehört oder er wechselte ganz bewusst sofort das Thema. Jedenfalls fiel er Ina ins Wort, bevor sie ihre Frage fertig formulieren konnte.

„Ich muss immer noch an das Gesicht von Simonn denken, als wir vorhin zusammen in der Bäckerei aufgetaucht sind. Und wie sie dir zugezwinkert hat, als sie dachte, ich merke es nicht", sagte er grinsend. „Die denkt bestimmt, wir haben etwas miteinander. Oder?"

Ina verschluckte sich fast am Rotwein.

„Gut möglich", brachte sie möglichst neutral hervor. „Hier auf dem Lande kann man sich vielleicht nicht vorstellen, dass ein Mann und eine Frau einfach nur so miteinander befreundet sind. Das ist in Berlin ja ganz anders …" Sie lächelte ihm wissend zu. „Da kann jeder nach seiner Fasson glücklich werden."

Er ging nicht weiter darauf ein, sondern sagte nur: „Schon, aber die Großstadt ist doch auch sehr stressig. Im Moment brauche ich dringend die Ruhe hier in Bienensee. Und dazu gehört auch, dass ich früh ins Bett muss." Er rückte seinen Stuhl zurück und machte Anstalten aufzustehen. „Wir sehen uns doch morgen wieder?"

„Oh, du willst schon los? Aber es ist doch erst kurz nach elf …", erwiderte sie enttäuscht und unternahm einen letzten Versuch. „Lass uns doch die Flasche noch austrinken. Wir quatschen doch gerade so nett."

Aber er erhob sich und lächelte sie an.

„Morgen ist auch noch ein Tag, und ich hab mir fest vorgenommen, es in jeder Hinsicht ruhiger angehen zu lassen. Außerdem hab ich schon einen leichten Schwips. Bin wohl nicht mehr im Training. Seit ich hier bin, hab ich praktisch keinen Alkohol getrunken. Tut auch mal ganz gut."

„Ja, klar ... Ich trinke ja sonst auch kaum was", stimmte sie automatisch zu – und dachte dabei an die Rotweinflaschen, die sie mit Anja nach dem Negroni-Cocktail noch geleert hatte, die aber zum Glück hinter einem Vorhang in der Küche verborgen waren.

„Na, dann haben wir ja heute beide etwas über die Stränge geschlagen", lachte Hannes.

Das sah Ina naturgemäß etwas anders ... Sie ging nie vor Mitternacht zu Bett, und ein bisschen Wein am Abend fand sie auch nicht gerade außergewöhnlich.

Doch das musste sie Hannes ja nicht gleich am ersten gemeinsamen Abend auf die Nase binden. Also lächelte sie ihn an und nickte zustimmend.

„Ja, es hat Spaß gemacht. Wir können ja morgen telefonieren und etwas zusammen unternehmen?"

„Okay. Gibst du mir deine Telefonnummer? Sonst wird's schwierig mit dem Anrufen", erwiderte er. „Schick mir doch einfach deine Kontaktdaten direkt auf mein Smartphone."

„Ach ja, klar ..."

Ina schoss augenblicklich durch den Kopf, dass in ihren iPhone-Kontakten nicht nur ihre Handynummer, sondern auch ihre dienstliche Mailadresse mit der verräterischen Endung „@vip-magazin.de" gespeichert war. „Ich tippe dir meine Nummer einfach gleich direkt ein – das geht schneller", behauptete sie daher.

Zum Glück fragte er nicht weiter nach, sondern reichte ihr das Telefon, während sie weiterredete.

„Und sobald du mich anrufst, hab ich auch deine Nummer. Also dann, komm gut nach Haus ..."

Sie stutzte. Hergefahren waren sie gemeinsam in Inas Wagen. „Oh, verdammt, wie kommst du denn jetzt zurück in den ‚Adler'?"

„Na, zu Fuß. Kein Problem, sind ja nur so zehn, fünfzehn Minuten. Ein bisschen frische Luft wird mir ganz guttun."

„Bist du sicher? Der Weg hier ist jetzt stock-dunkel. Es gibt keine Laternen in der Akazienallee."

„Hast du vielleicht eine Taschenlampe für mich?"

„Äh, ja, ich glaub, ich hab in der Schublade in meinem Nachtschränkchen eine liegen. Moment, ich hol sie dir."

„Na, bitte!" Triumphierend reichte sie ihm einen Augenblick später die eingeschaltete Lampe. „Funktioniert sogar."

„Dann kann ja nichts mehr schiefgehen. Vielen Dank für den gemütlichen Abend und schlaf gut."

Einen Moment lang blieb er unschlüssig stehen, und Ina überlegte, ob sie ihm die Hand zum Abschied geben sollte oder ob er womöglich auf ein Abschiedsbussi wartete. Unsicher machte sie einen Schritt auf ihn zu, doch Hannes hob im selben Augenblick nur lässig die Hand, winkte kurz und war draußen.

„Komm gut nach Hause, und bis morgen!", rief sie ihm noch nach, als er die Tür hinter sich schloss. Durch die Fenster beobachtete Ina, wie er sich im Schein der Taschenlampe seinen Weg durch den stockfinsteren Garten suchte.

Zufrieden schenkte sie sich noch ein letztes Glas Rotwein ein, steckte eine Zigarette an und machte es sich auf dem Sofa gemütlich. War doch eigentlich recht gut gelaufen.

Zwar war sie seinem Geheimnis noch nicht auf die Spur gekommen, aber dafür hatte sie hervorragend gegessen und sich bestens unterhalten. Wirklich nett, dieser Hannes. Eigentlich schade, ihn mit einer schlagzeilenträchtigen Story bloßzustellen, aber das war nun mal ihr Job ...

„Ina! Dit gloobste nich! Wer jestern Abend noch hier war! Hammer!", begrüßte Simone sie atemlos am nächsten Morgen gegen zehn. Die beiden anderen Frauen, die mit ihren bereits gefüllten Beuteln noch wie festgetackert vor dem Tresen standen, nickten andächtig, während die Bäckersfrau aufgeregt mit den Händen fuchtelte, um die Bedeutsamkeit des Gesagten zu unterstreichen.

„Na, wer denn?", fragte Ina neugierig zurück.

Simone holte tief Luft und stieß dann dramatisch hervor:

„Der Schorsch!"

Die beiden Frauen blickten Ina erwartungsvoll an, nickten stumm und warteten gespannt auf ihre Reaktion.

„Aha", antwortete die wenig beeindruckt. „Welcher Schorsch?"

„Mann! Der Schorsch Clooney!"

Simones laute Stimme drohte ins Hysterische zu kippen. Mit weit aufgerissenen Augen starrte sie Ina an.

„Welcher George Clooney? Meinst du Hannes?"

„Quatsch, den echten! Den Schauspieler mit dem Kaffee!"

„Hollywood in Bienensee? Simonn, du spinnst. Was sollte denn George Clooney hier wollen?"

„Jedeckten Appel."

„Bitte?"

„Na, er hat drei Stückchen jedeckten Appelkuch'n jekooft."

„Ach …"

„Ja! Ick wollte jerade Schluss machen, da hält so 'ne schwarze Limo anner Straße. Ick kieke, ob der Bürjermeister noch wat will, weil der hat ja ooch so 'nen schwarzen Benz. So 'nen jroßen, weeßte?"

„Ja, ja, nee. Weiß ich nicht, aber ist ja auch egal. Was passierte denn nun?"

Inzwischen hatte sich auch Ina von der Aufregung anstecken lassen.

„Also ..." Simone machte eine kleine Pause, um die Spannung zu steigern. „Die Wagentür hinten jeht uff ... Die Scheiben war'n total schwarz, so verdunkelt, weeßte? Na, und so een schlanker Typ steicht aus – schwarze Jeans, schwarzet Hemd, nachtblauet Sakko."

Simone genoss es, zu sehen, wie die drei Frauen vor ihrem Tresen gebannt an ihren Lippen hingen und kostete es aus, die Geschichte noch mal zu erzählen. „Tja, also ick war, wie jesagt, jerade dabei uffzuräumen und brachte dit Tablett mit die Nougatringe noch eben nach hinten in die Kühlkammer, als vorne die Türglocke läutete."

Sie machte eine erneute Kunstpause, sah Ina tief in die Augen und senkte die Stimme.

„Und denn rief da eener ‚Hello'."

Ina nickte gebannt.

„Vastehste?! Nich ‚Hallo', sondern ‚Hello'. Uff Englisch! Ick also wieder nach vorne in den Laden, und da stand er – Schorsch Clooney!" Simone schloss die Augen und seufzte bei der Erinnerung erschüttert auf.

Synchron seufzten auch die beiden Frauen, die die Geschichte schon mindestens einmal gehört haben mussten. Und Ina platzte heraus: „Echt?"

Die Bäckerin nickte triumphierend.

„Ja, echt! Ick hab ja ooch een Momentchen jebraucht, bis ick det realisiert hab, aber als der mich so anlächelte ... Da jab et keenen Zweifel mehr – die Lachfältchen, die strahlendweißen Zähne, die Grübchen, die silbergrauen Haare ... Ick hab doch immer diese Arztserie ‚ER' jekiekt. Da war er ja noch jünger. Aber ick saje euch: Der is immer noch een Bild von eenem Mann!"

Wieder stöhnte Simone bewegt auf. Die Begegnung hatte diese scheinbar unerschütterliche Frau augenscheinlich schwer beeindruckt.

„Aber was bitte macht George Clooney denn hier in Brandenburg?", fragte Ina skeptisch nach.

„Wat weeß icke? Von mir wollte er jedenfalls jedeckten Appel!", antwortete Simone stur.

„Ach, und er hat ‚gedeckten Apfel' auf Englisch bestellt?"

„Na, er hat jekiekt, wat noch da war. Die Nougatringe war'n ja schon hinten … Dann hatter druff jezeigt und jefragt: ‚What's ßät?' Und icke so: ‚Appel'. Er wieder: ‚Apple?' Und icke: ‚Yes, leik ße Computers. Understand?' Da haben wir beede jelacht, und er hat mit seinen Fingern ‚drei' jezeigt. Hat übrigens sehr jepflechte Hände, der Mann. Is bestimmt rejelmäßig im Najelstudio. Kann sich so eener ja ooch leisten, so 'ne Mannikühre. Na, und denn hatter sich verabschiedet – janz scharmant mit ‚bei, bei' und ‚Bänk you'. Und dann hatter mich noch mal so anjestrahlt, wie dit eben nur een Schorsch Clooney kann. Denn isser raus, und is mit *meenem* Kuchen wieda einjestiegen in seine Limo. Und schon war'n se wieder wech …"

Simone starrte mit verklärtem Blick durchs Schaufenster, hinaus auf die Straße, als ob sie die Limousine noch sehen könnte.

„Na, das ist aber echt ein Hammer!", musste Ina zugeben. „Ich muss gleich mal googlen, was der Clooney hier in der Gegend wohl treibt. Dafür muss es ja einen plausiblen Grund geben. Vielleicht hat er eine Filmpremiere oder eine Gala in Berlin? Aber was macht er dann in Brandenburg …? Na, das krieg ich schon raus. Aber Simonn …"

Plötzlich wurde ihr klar, dass dahinter eine fette Schlagzeile stecken könnte. Und falls ja, dass kein Pressekollege etwas von der Apfelkuchengeschichte erfahren durfte. Man wusste ja nie, wer da vielleicht schon hinter der Clooney-Story her recherchierte …

„Ja?", fragte Simone gespannt zurück.

„Also falls hier einer nachfragt ... Also jemand anders. Ein Fremder. Journalist oder so ..."

„Presse? Meenste, da könnte eener kommen? Und nach dem Schorsch frajen? Komm ick dann im Fernseh'n?"

Simone riss fasziniert die Augen auf.

„Na, ja ... Wir wollen doch deinen neuen Freund Clooney nicht an die Pressemeute verraten, oder? Das sollte erst mal unser Geheimnis bleiben, dass er bei dir Kuchen gekauft hat. Verstehst du?"

„Ja, klar! Von mir erfährt keener wat. Nich een Wort. Ehrensache! Vasprochen! Dit is topsecret", nickte Simone eifrig und tippte sich mit dem Zeigefinger energisch auf die Lippen.

Ina amüsierte es, wie aus der Bäckersfrau gerade die Topagentin „Schmitz, Simonn Schmitz, gerührt und nicht geschüttelt, mit der Lizenz zum Töten" wurde.

„Super, und falls doch jemand auftaucht und nach deinem George fragt, dann informierst du mich am besten sofort, okay? Ich weiß, wie man mit den Pressetypen umgeht. Meine Nummer hast du ja?"

„Na, klar! Looft. Dit is jebongt, Ina."

Simone strahlte und genoss augenscheinlich ihre Komplizenschaft.

„Klasse! Also, dann mach's gut, Simonn."

Das journalistische Jagdfieber hatte Ina endgültig gepackt, und sie wollte so schnell wie möglich recherchieren, ob es nicht eine Chance für sie gab, aus der Geschichte etwas für die V.I.P. zu machen. Sie war schon an der Tür, als Simone ihr nachrief: „Haste nich wat vajessen?"

Verwirrt drehte sie sich wieder um und sah in die grinsenden Gesichter der drei Frauen.

„Ach ja! Wie blöd. Ich sollte wohl meine Semmel und die Zeitungen mitnehmen."

Simone reichte ihr lachend beides über den Tresen.

„Schon fertig. Willste vielleicht ooch noch'n Stückchen ‚Clooney-Cake'?"

„Was?"

„Na, der jedeckte Appel wird jetzt natürlich umbenannt!" Die Verkäuferin grinste breit. „Also nur heimlich. Bleibt unter uns." Wieder machte sie das Zeichen mit dem Finger an den Lippen.

„Ach so", sagte Ina lachend. „Ja, gerne. Schade, dass Anja nicht die passende Espressomaschine zu Hause hat, sonst könnte ich mir einen perfekten Nachmittag mit Georgie-Porgie machen."

„Aber du hast doch jetzt deinen eigenen Schorsch hier." Simone lachte sie verschmitzt an. „Lade doch einfach den Hannes ein. Dann isses doch fast perfekt …"

Sie legte noch ein zweites Stückchen Kuchen auf das Papptablett, nachdem Ina zustimmend genickt hatte.

„Wie war's denn eijentlich jestern Abend?"

„Och, sehr nett. Wir haben zusammen gekocht und ein Gläschen Wein getrunken."

„Een Gläschen?"

„Na gut, wahrscheinlich waren es zwei oder drei, aber alles im Rahmen. Und um halb elf ist er ja auch schon wieder gegangen."

„Doch wohl eher jejen halb zwölf …"

„Wie kommst Du denn darauf?", fragte Ina irritiert.

„Na, Herbert hat heute Morjen beim Schrippenkoofen erzählt, dit er letzte Nacht um halb zwölf jemanden mit 'ner Taschenlampe durch die dunkle Akazienallee hat schleichen seh'n. Seine Sau kriecht doch bald Nachwuchs, und da isser nachts noch mal raus, um nach dem Rechten zu kieken. Und da dachte er, dit wär'n Einbrecher. Aber bisser seine Schrotflinte aus'm Haus jeholt hatte, war der schon wech."

„Was?", rief Ina geschockt aus.

„Ach, da brauchste keene Angst haben. Die Elsa hat ihm die Munition ja schon lange abjenommen. Seit der nich mehr so jut kieken kann und fast den Herkules abjeknallt hätte, weil er den für 'ne Wildsau jehalten hat. Weeß der Herbert aba nich." Simone lachte auf. „Na, und ick konnte ihn denn ja ooch beruhijen, det dit sicher nur der Hannes war. Weil ick wusste ja, dit der jestern Abend zu dir wollte. Und Klara hat heute in der Früh, als se Schrippen jeholt hat, erzählt, dit der erst kurz vor Mitternacht zurück in'n ,Adler' jekommen is. Sie is uffgewacht, als die Tür in't Schloss fiel."

„Hier kann man wohl nichts verbergen, was?", staunte Ina beeindruckt und überlegte, ob der eine oder andere Bienenseer sein Observationstraining wohl bei der Stasi absolviert hatte. Doch sofort schalt sie sich dafür. Die Menschen, mit denen sie bislang in diesem Dorf zu tun gehabt hatte, waren alle viel zu nett, direkt und offen, um ihnen eine düstere Vergangenheit zu unterstellen. Vielmehr war sie es ja schließlich selbst, die versuchte, jemanden heimlich auszuhorchen – nämlich Hannes.

„Hier passiert ja sonst nich so viel Spannendet. Okay, manchmal kiekt Schorsch Clooney vorbei. Aber sonst ...", bemerkte Simone trocken.

Alle vier Frauen brachen in schallendes Gelächter aus.

„Okay, dann schon mal fürs örtliche Protokoll: Ich werde heute Nachmittag mit Hannes Clooney-Cake essen – bei mir." Immer noch lachend verabschiedete sie sich mit einem fröhlichen Winken und verließ die Bäckerei.

Als sie sich noch einmal kurz umdrehte, sah sie durch das Schaufenster, wie die drei Frauen tuschelnd die Köpfe zusammensteckten. Vermutlich hechelten sie jetzt erst mal die neuesten Gerüchte über Ina und Hannes durch.

Auf dem Weg nach Hause hatte sie sich wieder etwas abgeregt. Selbst wenn George Clooney leibhaftig hier in Bienensee aufgetaucht sein sollte, war das noch lange kein

Grund, gleich wieder in die alten Hektikmuster zurückzufallen. Auf ein paar Stunden mehr oder weniger kam es nun wirklich nicht an. Also kochte sie sich erst mal einen grünen Tee und genoss ihre Semmel.

Nach dem Frühstück machte sie sich an ihre tägliche Routine: Neuigkeiten in Facebook checken, die Schlagzeilen der Zeitungen im Internet durchforsten und heute auch eine spezielle Recherche nach George Clooney. Doch nirgendwo stand etwas davon, dass der Hollywoodstar sich derzeit in Berlin, geschweige denn der Brandenburger Provinz herumtrieb.

Vermutlich hatte Simone sich doch geirrt und sich nur eingebildet, dass der amerikanische Superstar in ihrer kleinen Bäckerei Apfelkuchen gekauft hatte. Ina schüttelte den Kopf über ihre eigene Leichtgläubigkeit.

Als ihr Telefon, das neben dem Computer lag, klingelte, hoffte Ina, dass es Hannes war, doch auf dem Display erschien die Büronummer von Klaus Berger. Reflexartig griff sie nach dem Smartphone, aber dann hielt sie plötzlich inne.

Was will der denn schon wieder, dachte sie verärgert. Weshalb sollte sie sich jetzt mit ihrem Chef unterhalten? Sie war immer noch krankgeschrieben.

Das schien ihn herzlich wenig zu interessieren, aber Ina hatte sich vorgenommen, kürzerzutreten und die Sache mit dem Hörsturz nicht mehr auf die leichte Schulter zu nehmen.

Also ignorierte sie den Anruf und war froh, dass sie ihre Mobilbox ausgeschaltet hatte, so dass niemand irgendwelche lästigen Nachrichten hinterlassen konnte. Mit deaktiviertem Telefon, einer Tasse Tee und ihrem Buch machte sie es sich auf dem Sofa bequem.

Sie musste eingeschlafen sein, denn ein schrilles Klingeln ließ sie hochschrecken. Automatisch griff sie nach ihrem Handy, doch das war noch ausgeschaltet.

Verwirrt sah sie aus dem Fenster. Am offenen Gartentor erkannte sie den kleinen Felix auf einem Mountainbike, der mit Höchstgeschwindigkeit auf ihr Grundstück radelte. Dabei drückte er ununterbrochen seine laute Fahrradklingel. Ina winkte ihm kurz zu und stand verschlafen auf. Der Junge sprang vom Rad und lief ums Haus. Keuchend stand er schon auf der Terrasse, als sie die Tür öffnete. „Mensch, Felix, was ist denn los? Ist was passiert?", erkundigte sie sich besorgt.

„Da ist ... einer im Dorf ...", hechelte er, völlig aus der Puste. „Du musst kommen ... Sofort! Tante Simonn ... Los!"

Er schnappte nach Luft und trippelte aufgeregt von einem Bein aufs andere.

„Ich versteh kein Wort. Nun beruhig dich doch erst mal. Und dann sag mir, wer im Dorf ist."

„So'n Typ. Mit Fotoapparat", schnaubte er und rang nach Atem.

„Ein Tourist?"

„Nein, ein Papparazzer, sagt Tante Simonn. Der war bei ihr in der Bäckerei."

„Ein Papparazzo? In Bienensee?"

„Genau. Und der hat so komische Fragen gestellt. Ob hier ein Promi sei und ob sie jemanden gesehen hätte."

Felix unterstrich seine Worte mit aufgeregten Armbewegungen.

„Und weil du gesagt hast, dass ... Also Simonn hat gesagt, dass sie dich, also dass sie Bescheid sagen soll. Verstehst du?"

„Du meinst, der Typ ist echt von der Presse?"

Plötzlich schrillten sämtliche Alarmglocken bei Ina. Was hatte ein Pressefotograf hier zu suchen? War der auch hinter der George-Clooney-Geschichte her? Oder womöglich hinter Patrick Holmes? Beide Möglichkeiten waren beunruhigend.

„Ja, genau, von der Presse. Und weil du nicht ans Telefon gegangen bist, hat sie mich hergeschickt, um dich zu holen. Nun, komm!", drängte Felix und griff nach ihrer Hand.

„Ja, ja, okay … Ich hab mein Handy ausgeschaltet", erklärte sie, noch immer verwirrt. „Ich hol nur schnell meinen Autoschlüssel. Fahr du schon mal vor."

„Okay, aber beeil dich", bat Felix und schwang sich wieder aufs Rad, während Ina in ihrer Handtasche nach dem Schlüssel wühlte und ihm nachrief:

„Wo ist denn der Typ jetzt?"

Aber da war der Junge schon wieder losgesaust.

An der ansonsten leeren Hauptstraße parkte ein klappriger dunkelgrüner Geländewagen mit Berliner Kennzeichen.

Das Auto kannte sie genau. Er gehörte Nils Homberg, genannt „Hombre", wegen seiner bulligen Figur – ein Klatschfotograf der alten Schule. Mit ihm hatte sie früher schon zusammengearbeitet, als junge Volontärin bei einer Boulevardzeitung.

Wenn der Typ hier rumspionierte, war höchste Alarmstufe angesagt. „Hombre" war bekannt dafür, Prominente in möglichst verfänglichen Situationen mit seiner Kamera abzuschießen und die Bilder für viel Geld an die einschlägige Klatschpresse zu verkaufen. Auch die V.I.P. war immer scharf auf seine Exklusivfotos.

Ina parkte ihren Mini direkt hinter dem grünen Wagen und lief zur Bäckerei rüber. Sie spähte durchs Schaufenster in den Laden.

Niemand war zu sehen. Sie ging hinein.

„Simonn?!", rief sie laut und augenblicklich erschien die Bäckersfrau, die hinter dem Durchgang zur Backstube gelauert haben musste. Sie fuhr sich nervös durch ihre blonde Igelfrisur und beugte sich mit weit aufgerissenen Augen zu Ina über den Tresen.

„Er war da ...", flüsterte sie verschwörerisch und sah sich um, als wenn der Fremde noch immer hinter irgendeinem Regal stände und sie belauschen könnte.

„Was?"

Inas Pfeifen im Ohr war durch die Aufregung stärker geworden, und sie hatte Simone nicht verstanden.

„Een Papparazzer!", erklärte die etwas lauter. „Jenau wie du jesacht hast. So'n jroßer Typ mit Glatze. Kam hier rin und hat so komische Frajen jestellt. Ob hier in letzter Zeit mal Fremde wat jekooft haben. Ob im Dorf eener is, den ick aus der Zeitung oder dem Fernseh'n kenn. Aber icke – nüscht! Nüscht hab ick dem jesacht. Immer schön blöd jestellt", grinste sie und klopfte wieder mit dem Zeigefinger auf ihre Lippen. „Und denn hab ick ihm noch'n Stück Bienenstich uffjeschwatzt! Damit isser dann los. Richtung ‚Adler'."

„Echt?"

„Jau. Und denn hab ick jleich vasucht, bei dir anzurufen, aber dein Telefon war aus. Na, und denn hab ick im ‚Adler' anjerufen und Klara vorjewarnd. Und det se Felix herschicken sollte. Wo is der eijentlich?"

„Der war bei mir. Müsste eigentlich schon wieder hier sein. Egal, danke, dass du mich informiert hast. Ich geh mal rüber zum ‚Adler' und guck, ob ich Hombre da finde."

„Hombre? Wer is'n dit nu wieder?"

„So heißt der Papparazzo. Das ist sein Auto da draußen. Den kenn ich ganz gut. Werd mal mit ihm reden, damit der unseren George Clooney in Ruhe lässt. Und dich auch."

„Ach, du kennst den? Woher denn dit?"

Simone sah sie skeptisch an und war sofort ganz Ohr.

„Ja, von früher ...", antwortete Ina ausweichend. „Also dann, ich halte dich auf dem Laufenden."

Die Bäckersfrau holte Luft für weitere Nachfragen, aber da war Ina schon unterwegs.

Als sie die schwere Holztür zur Dorfkneipe aufzog, hörte sie von drinnen das unverkennbare, tiefe Lachen von Hombre.

Er saß mit einer großen Apfelsaftschorle am Stammtisch und unterhielt sich mit Klara. Als die Tür ins Schloss fiel, sahen sich beide nach ihr um. Klara schien ihr zuzuzwinkern und verzog sich nach einer kurzen Begrüßung eilig Richtung Küche.

Hombre starrte sie mit offenem Mund an. Mit ihr hatte er hier nicht gerechnet.

„*Ina*? Wat machst du denn hier?"

„Mensch, Hombre! Das ist ja 'ne nette Überraschung. Was treibt dich denn in die Provinz? Kein roter Teppich weit und breit. Ich hab deinen Wagen auf der Straße gesehen, und dachte mir, da musst du doch mal gucken, was deinen alten Kollegen hierher verschlagen hat."

Der Hunderfünfzig-Kilo-Koloss machte einen halbherzigen Versuch, sich von der engen Eckbank hochzustemmen, um Ina zu begrüßen.

„Mensch, Mädel! Dit gloob ick ja nich! Meene Kleene!", stieß er in seinem breiten Berlinerisch überrascht hervor.

Er schien sich ehrlich zu freuen, ihr so unerwartet zu begegnen, doch im selben Moment starrte er sie misstrauisch an.

„Wat machst du denn hier?"

Nach dem ersten Erstaunen bemühte er sich, seinen Dialekt in den Griff zu kriegen, ein halbwegs gepflegtes Hochdeutsch zu sprechen und unverfänglich zu fragen: „Bist du etwa dienstlich hier? Irgendwelche großen Geschichten im Schwange, von denen ich wissen sollte?"

„Ach was! Was sollte hier denn Spannendes für die V.I.P. passieren? Ich mach nur ein paar Tage Urlaub in dem Sommerhaus einer Freundin. Ist nett hier. So ruhig", erwiderte Ina unschuldig.

„Ja, total ruhig …"

Er schwieg einen Moment lang und schien zu überlegen, wie er weiterkommen könnte.

„Du sach mal, so unter alten Kollejen … Ick hab da wat läuten jehört, det die Provinz neuerdings auch für Promis interessant ist … Und nun treff ick dich hier – die Chefreporterin des größten People-Magazins Deutschlands. Ist doch ein kurioser Zufall … Oder hast du vielleicht auch davon gehört, det es gerade einen recht prominenten Zeitgenossen nach Brandenburg verschlagen hat?", fragte er lauernd.

Ina war sich immer noch nicht sicher, ob der Fotograf von George oder Patrick sprach, daher wagte sie den Frontalangriff.

„Ach, das ist ja interessant. Um wen geht's denn?"

„Ach, nur so allgemein", bremste er sich gleich wieder. „Ist nur 'ne ganz vage Info, die man mir da zugesteckt hat. Kann ich noch nichts drüber sagen. Aber wenn ich den Typen hier, vielleicht noch mit 'ner scharfen Braut, abschieße, dann würdest du die Fotos garantiert auch haben wollen." Hombre lachte siegesgewiss, und sein mächtiger Bauch ließ den Holztisch vor ihm erbeben.

„Das klingt ja wirklich spannend, auch wenn ich mir echt nicht vorstellen kann, wer sich ausgerechnet hier freiwillig rumtreiben sollte – kein Wellnesshotel weit und breit. Hier gibt's nur den ‚Roten Adler'. Und das ist nun echt kein Promi-Domizil, oder?", versuchte sie, seine Vermutungen zu zerstreuen.

Dabei war ihr die ganze Zeit über bewusst, dass Patrick Holmes sich wahrscheinlich nur ein paar Meter über ihnen in seinem Hotelzimmer aufhielt. Oder er war irgendwo draußen unterwegs und konnte jeden Moment hier auftauchen und einem der bekanntesten Paparazzi Berlins begegnen. Sie musste Hombre loswerden, und zwar so schnell wie möglich.

„Also, Hombre, jetzt überleg doch mal. Wenn sich hier ein Promi aufhalten würde, müsste ich das doch längst gemerkt haben, schließlich bin ich ja schon seit ein paar Tagen da. Und das ist wirklich ein winziges Kaff. Da kennt jeder jeden. Das wäre doch irgendwem aufgefallen."

„Na ja, stimmt schon ..." Enttäuscht wiegte er seinen Kopf hin und her. „Hier die Kleene, die mich bedient hat, hat mich auch nur jroß anjekieckt, als ick sie jefragt hab. Und nich mal die Dicke aus der Bäckerei wusste irgendwas. Aber der Bienenstich war lecker. Klar, Bienenstich in Bienensee!" Er lachte wieder dröhnend über seinen eigenen Scherz, und Ina lachte mit. Allerdings freute sie sich eher darüber, dass die Kommunikation zwischen Simone und Klara so perfekt funktioniert hatte und beide Frauen dichtgehalten hatten.

„Siehst du Hombre, du verschwendest deine Zeit in Brandenburg, während in Berlin vielleicht gerade die Riesengeschichte auf dich wartet. Vielleicht hat auch nur jemand versucht, dich auf eine falsche Fährte zu locken, um dich möglichst weit weg von der Hauptstadt zu haben. Hast du dir das schon mal überlegt?"

„Meinst du?", grummelte er. „Ja, mir kam det ja ooch alles een bissken sehr komisch vor. Hab mir gleich gedacht, det da wat nich stimmt. Aber det klang so plausibel ..."

„Nicht ärgern, Alter." Sie tätschelte ihm freundschaftlich die breite Schulter. „Zumindest hattest du einen netten Ausflug. Und dafür, dass wir zwei uns hier mal wiedergesehen haben, hat es sich doch gelohnt, was?"

Sie strahlte ihn an, und er versuchte ein Lächeln. Dann trank er seinen letzten Schluck Apfelsaftschorle und rief laut: „Na, denn ... Zahlen!"

„Ach was. Lass mal, Hombre. Das geht auf mich. War mir ein Vergnügen, dich mal wieder gesehen zu haben", sagte Ina schnell und stand auf.

„Danke, Kleene", freute sich der Fotograf und bugsierte seinen mächtigen Körper langsam aus der Ecke heraus. „Aber wenn du irjendwat von Clooney in Brandenburg hörst, denn bin ick der Erste, den de informierst, klar?!", flüsterte er ihr verschwörerisch zu. „Der alten Zeiten wegen."

Ina nickte und zwinkerte ihm zu.

„Clooney? Ja, klar ..."

Froh, dass der alte Spürhund Hombre nur auf der Hollywood-Fährte unterwegs war, atmete sie auf und versicherte, dass sie sich in dem Falle natürlich sofort melden würde. Dann begleitete sie ihn noch bis zu seinem Wagen und winkte ihm nach. Sie wollte ganz sichergehen, dass er wieder aus Bienensee verschwand.

Kaum war er um die nächste Ecke am Ortsausgang verschwunden, ging sie noch einmal zur Bäckerei rüber, um Simone wie versprochen zu informieren, doch die Tür war abgeschlossen. Inzwischen war wohl Mittagspause.

Also lief Ina um das Gebäude herum. Die Tür zur Backstube stand offen.

Sie klopfte kurz und trat ein.

„Oh, ja, jetzt isset jleich soweit, Schätzken!", hörte sie Simones laute Stimme weiter hinten aus dem kleinen Büro. „Ohhhhhh! Ja, ja, mir is ooch schon janz heiß! Jibs mir, du Tier!"

Ina musste sich die Hand vor den Mund halten, um nicht laut loszulachen. Die Bäckersfrau nutzte ihre Mittagspause mal wieder für einen kleinen Nebenverdienst am Telefon.

„Klar, du bist'n janz Jroßer, Klausi! Jib's mir! So wie du kann dit keener! Mach deine scharfe Schantalle jlücklich! Ja! Jenau! Jetzte! Du macht mir janz varrückt! Ohhhhh ... Ahhhh ... Jaaaa ..."

Grinsend verdrückte Ina sich wieder nach draußen. Der freudig erregte Klausi am anderen Ende der Leitung sollte doch nicht ihretwegen aus dem Takt kommen. Sie konnte auch später noch mit Simone sprechen. Aber wahrscheinlicher war, dass diese die neueste Entwicklung in Sachen Papparazzi sowieso brühwarm von Klara erfuhr, die garantiert hinter der Küchentür gelauscht hatte, was Hombre und Ina im Gastraum besprochen hatten. Zufrieden und gut gelaunt fuhr sie zurück nach Hause.

Am Nachmittag meldete sich Hannes, der von den dramatischen Ereignissen der letzten Stunden in Bienensee nichts mitbekommen zu haben schien, und schlug vor, gemeinsam einen Waldspaziergang zu unternehmen. Ina gefiel die Idee, und so holte er sie eine halbe Stunde später ab.

„Meinst du, das geht mit den Turnschuhen?", fragte er unsicher und deutete auf die trendigen, dunkelblauen Chucks an seinen Füßen.

„Klar, wir wollen ja keine Trekkingtour durchs Unterholz machen, sondern nur einen Spaziergang auf einem der ausgeschilderten Wanderwege, oder? Ich hab nämlich auch nur meine Sneakers mit."

„Dann ist ja gut. Ich dachte schon … Für eine richtige Wanderung fühle ich mich im Moment auch noch nicht fit genug …"

„Ach, ich hatte vermutet, du bist so eine Sportskanone und hatte schon Angst, dass du mich drei Stunden durch die Walachei treiben willst – so wie damals auf der Bergtour von der ich dir erzählt hab, mit Nancy und Antonio in Spanien", antwortete Ina erleichtert.

„Keine Sorge, die Zeiten sind vorbei. Ich muss im Moment etwas kürzertreten."

„Ach ja? Warum denn?", hakte Ina sofort neugierig nach, doch er wiegelte ab.

„Nur so … Der Job war etwas hektisch in letzter Zeit. Wollen wir dann?"

Gemütlich schlenderten sie den schmalen Forstpfad entlang. Ina genoss die angenehme Kühle der schattigen Bäume. Der Duft nach Kiefern erinnerte sie an Urlaube in ihrer Jugend in Südfrankreich und Spanien, an die Pinienwälder, durch die man zum Strand laufen musste. Sie atmete den vertrauten Geruch tief ein und fühlte sich sehr wohl. Nach einigen hundert Metern öffnete sich der Waldweg und rechts und links vor ihnen lagen riesige Wiesen, gesprenkelt mit bunten Sommerblumen.

„Wow ist das schön", stieß Ina begeistert aus. „Fast ein bisschen kitschig."

„Natur kann nicht kitschig sein", widersprach Hannes.

„Stimmt, aber man denkt doch sofort an so einen schnulzigen Pilcher-Film." Ina verzog angewidert die Mundwinkel. „Wenn sich zu süßlicher Geigenmusik ein Paar auf der Wiese freudestrahlend entgegenläuft – selbstverständlich in Zeitlupe. Sie im flatternden weißen Leinensommerkleid, er mit muskelbestücktem, freiem Oberkörper. Und dann fallen sie sich in die Arme, küssen sich leidenschaftlich und sind glücklich bis an ihr Lebensende. Und darüber läuft der Abspann. Bah!"

„Aber was ist denn so schlimm daran? Diese Wiese mit den vielen Blumen ist doch traumhaft. Hast du Angst vor zu viel Romantik?", fragte er ernst.

Ina sah ihn verblüfft an. Ein Mann, der sich nicht reflexartig schüttelte, wenn von einem Pilcher-Film die Rede war und der für Blumen schwärmte, überraschte sie. Doch dann fiel ihr ein, dass dieser hier ja schwul war. Natürlich! Ihre schwulen Bekannten liebten ja auch kitschige Liebesfilme und schwärmten für Romantik. Alles klar. Falls sie sich bis jetzt noch unsicher gewesen war, nun war der Beweis endgültig erbracht.

Versöhnlich sagte sie: „Doch klar mag ich diese Blumenwiese, und ich mag auch ‚Harry und Sally' oder andere tolle Hollywood-Schnulzen. Nur diese TV-

Schmonzetten sind einfach nicht nach meinem Geschmack. Aber das ist ja jedem selbst überlassen. Und jetzt hab ich Lust, einen wunderschönen, bunten Strauß auf dieser Wiese zu pflücken!" Sie lächelte ihn an und lief los. Dabei hüpfte sie wie eine der Schauspielerinnen, die in Zeitlupe über eine Wiese liefen, und rief melodramatisch: „Wo bleibst du, Chérie?" Und schon hüpfte Hannes laut lachend, und ebenso albern gestikulierend, hinter ihr her.

Zurück in Inas Haus arrangierten sie später gemeinsam einen großen, bunten Strauß aus Schafgarbe, Goldrute, Disteln und zarten Gräsern in einer alten Milchkanne, die er hinter dem Schuppen entdeckt hatte. Zufrieden mit ihrem Werk, setzten sie sich raus auf die Terrasse, tranken einen Tee und genossen die Ruhe – bis das durchdringende Kreischen von Bauer Herberts Kreissäge sie zusammenfahren ließ.

„Was ist das denn für ein Lärm?", fragte Hannes entgeistert.

„Das sind die unvermeidlichen Begleiterscheinungen des lustigen Landlebens", stöhnte Ina auf. „Ich hör das ja zum Glück nicht so laut."

Sie hätte sich auf die Zunge beißen können, für diese unbedachte Äußerung, aber nun war es zu spät. Prompt fragte Hannes nach: „Wieso nicht?"

„Ach, ich hör im Moment auf dem linken Ohr nicht so besonders …"

„Und warum nicht?"

Der wollte es aber ganz genau wissen. Fieberhaft suchte Ina nach einer plausiblen Erklärung, doch ihr fiel keine passende Ausrede ein. Also entschied sie sich dafür, einfach die Wahrheit zu sagen. Warum auch nicht?

„Ich hatte vor Kurzem einen Hörsturz."

„Oh, das tut mir leid", sagte Hannes, ehrlich betroffen. „Damit ist nicht zu spaßen. Warst du beim Arzt?"

„Ja, ja, in Berlin."

„Und was hat er dir verordnet?"

„Ruhe, Ruhe, Ruhe …", stöhnte sie auf.

„Aber da gibt's doch auch Vitaminspritzen und Tabletten. Warst du auch bei einem Spezialisten? Ansonsten hör ich mich gern mal um und such dir einen."

„Nicht nötig, aber vielen Dank für das Angebot. Ich war bei einem sehr guten Arzt, und er hat mir alles gegeben und verschrieben, was ich benötige. Dann hat er mich krankgeschrieben und gesagt, ich brauche ein paar Wochen Pause. Und so bin ich nach Bienensee gekommen – zum Ausspannen. War wohl mal dringend nötig …", erklärte sie.

Hannes nickte verständnisvoll und schwieg einen Moment lang. Er schien zu überlegen, wie er auf ihre ehrliche Antwort zu ihrer Krankheit reagieren sollte. Schließlich sagte er leise: „Ich versteh schon …"

Ina hatte das Gefühl, dass er sie nicht ganz ernst nahm, und versuchte daher, sich zu rechtfertigen.

„Na ja, die meisten Leute halten Stresserkrankungen ja für eine Ausrede dafür, dass man mal eine Weile einfach gar nichts tun möchte. Aber so ist das nicht …"

„Ich weiß. Ich weiß genau, was du meinst …"

„Ach ja? Woher denn?" Sie sah ihn fragend an.

Hannes räusperte sich. Er schien sich endlich zu einer Entscheidung durchgerungen zu haben und blickte sie direkt an.

„Ja, weißt du … Ich bin in Bienensee, weil ich dringend Ruhe brauchte. Also nicht bloß mal so ein paar Tage ausspannen, sondern so richtig. Und lange."

„Aha?"

Er starrte auf seine Hände und murmelte:

„Also … Ich hab ein Burn-out-Syndrom …"

Ina fiel die Kinnlade herunter, angesichts dieses Geständnisses. Ihr stockte der Atem, als ihr bewusst wurde, dass dies das „Geheimnis" war, auf das sie die ganze Zeit so scharf gewesen war. Nun kannte sie es und grübelte, was sie mit dieser Information anfangen, wie sie darauf reagieren sollte.

Er hielt inne und sah ihr tief in die Augen, um sich zu vergewissern, dass er ihr anvertrauen konnte, was er bisher vor jedem verborgen hatte. Ina wurde heiß und kalt, als sie einerseits das Jagdfieber nach der kommenden Schlagzeile in sich spürte und gleichzeitig begriff, dass Hannes und sie ein gemeinsames Schicksal teilten und dass er gerade im Begriff war, ihr sein Herz zu öffnen. Das schlechte Gewissen, dass sie ihm seit Wochen den Grund für seinen Aufenthalt in Bienensee entlocken wollte, um diesen dann an die Öffentlichkeit zu zerren, plagte sie, doch sie schob den Gedanken beiseite und nickte nur verständnisvoll.

Als wäre endlich ein Knoten geplatzt, offenbarte er ihr in den nächsten Minuten sein gutgehütetes Geheimnis. Viel zu lange hatte er die Krankheit für sich behalten. Jetzt gab es kein Halten mehr, und die Sätze sprudelten nur so aus ihm heraus.

„Vor lauter Arbeit hab ich überhaupt nicht gemerkt, was da mit mir passierte. Irgendwann funktionierte ich nur noch, dann drehte mein Blutdruck durch … Und eines Tages … Es passierte vor ein paar Wochen.

Ich merkte, dass mit mir etwas ganz und gar nicht stimmte. Eines Morgens nach dem Aufstehen stand ich im Bad und blickte in den Spiegel. Ich hatte es eigentlich wahnsinnig eilig, war wieder mal spät dran und fing mechanisch an, mein Gesicht zu waschen, die Zähne zu putzen. Und plötzlich hatte ich das Gefühl, dass mich ein Fremder aus dem Spiegel ansieht. Das war nicht mehr der Hannes, den ich kannte. Ich muss ewig so dagestanden haben, konnte meinen Blick einfach nicht lösen. Der Wasserhahn lief weiter, aber das registrierte ich gar nicht. Ich tat nichts, und ich dachte nichts. Stand einfach nur so da und starrte mir selbst in die Augen. Keine Ahnung, wie lange. Schließlich hab ich das Wasser abgedreht und mich einfach wieder ins Bett gelegt.

Dass ich einen wichtigen Termin hatte, war mir mit einem Mal völlig egal. Denn ich hatte eigentlich immer einen wichtigen Termin. Jeden Tag, Woche für Woche und Jahr für Jahr. Ich steckte in der Tretmühle. Und an diesem Vormittag fragte ich mich plötzlich: ‚Was hat das alles für einen Sinn?'. ‚Wieso tue ich Dinge, die ich eigentlich gar nicht tun will, nur weil andere das von mir erwarten?'."

Einmal angefangen, redete er immer weiter.

„Ich fragte mich, ob das schon alles in meinem Leben gewesen sein soll. Würde das jetzt immer und immer so weitergehen? Und dann bekam ich Angst, weil ich das Gefühl hatte, dass meine Kreativität mehr und mehr verschwindet. Das ging schon eine ganze Weile so, aber bisher hatte ich das verdrängt. Ich konnte mich nicht mehr konzentrieren, reagierte sofort gereizt – schon bei der kleinsten Kritik. Ich musste mich immer mehr abrackern, auch für Dinge, die mir früher ohne große Anstrengung von der Hand gingen. Ich fühlte mich innerlich leer, ausgelaugt und erschöpft …"

Er hielt inne und starrte wieder auf seine Hände, die ineinander verkrallt auf seinen Oberschenkeln lagen.

Ina sah ihn stumm an und wartete.

Es war völlig still. Kein Vogelzwitschern, keine Kreissäge, nur Ruhe.

Schließlich atmete er tief ein und sagte leise: „Du bist der erste Mensch, dem ich davon erzähle."

Sie hielt die Luft an. Die Gedanken in ihrem Kopf purzelten wild durcheinander:

Hannes schenkte ausgerechnet ihr sein Vertrauen und ahnte dabei nicht, dass er sich damit in der klebrigsten Falle verheddert hatte, die man sich nur vorstellen kann – einer Klatschreporterin auf Geschichtenjagd. Was würde das für eine fette Schlagzeile abgeben:

„Popstar Patrick Holmes psychisch am Ende – Flucht in die Einsamkeit".

Sie sah die großen Lettern förmlich vor sich. Und darunter:

„Eine Exklusivreportage von V.I.P.-Chefreporterin Ina Frinks".

Damit wäre sie auf einen Schlag wieder die unangefochtene Königin des Boulevards.

Doch im selben Moment dachte sie an die Folgen. Sobald die Geschichte erschienen wäre, würde Hannes von Paparazzi und den anderen Pressekollegen von Print und Fernsehen verfolgt werden. Egal, wo er hinging, die Enthüllung seiner Krankheit würde ihn immer begleiten. Seine Karriere wäre danach vermutlich schnell am Ende. Wer würde ihm noch seine fröhlich-leichten Popsongs abnehmen? Sein Image als cooler Sonnyboy, das seine jungen, zumeist weiblichen Fans von ihm kannten und an ihm schätzten, wäre mit einem Schlag zerstört.

Aber hatte Ina nicht genau das geplant? Mit ihrer Rache für den unverschämten Rausschmiss bei der Pressekonferenz seinerzeit. Hatte sie nicht immer davon geträumt, es dem Kerl für die Schmach, die hämischen Blicke der anderen Journalisten, irgendwann heimzuzahlen? Ihn vor aller Welt bloßzustellen, damit er sich genauso fühlte, wie sie damals? Endlich wurde ihr die Gelegenheit dazu auf dem Silbertablett serviert. Und ausgerechnet jetzt plagten sie Skrupel?

In Ina tobten die widerstrebendsten Gefühle.

Einerseits war ihr ganzes journalistisches Sein darauf programmiert, nach spektakulären Enthüllungsgeschichten zu suchen, aber andererseits hatte sie Hannes in den letzten Tagen besser kennengelernt.

Verflucht noch mal ... Ja, sie mochte ihn inzwischen, gestand sie sich ein. Sehr sogar.

Und nun stellte sich auch noch heraus, dass sie beide ein ähnliches Schicksal verband. Beide hatte der Stress in ihren Jobs krank gemacht. Beide hatten sich heimlich zurückgezogen und darauf geachtet, dass bloß niemand von ihrer scheinbaren Schwäche erfuhr. Eine Krankheit der Seele. Das war nichts, womit man gerne öffentlich umging. Egal ob Burn-out oder Hörsturz – mit einem toughen Gewinnerimage, das beide in ihrem Job pflegten, passten diese Beschwerden einfach nicht zusammen.

Was sollte sie bloß tun?

In der anhaltenden Stille nahm Ina das unangenehme Dauerpfeifen in ihrem Kopf plötzlich wieder überdeutlich wahr. Verzweifelt seufzte sie auf. Hannes starrte sie verwirrt an.

„Du hältst mich nun wohl für reichlich durchgeknallt, was?", fragte er frustriert.

„Nein, ganz und gar nicht", beeilte sie sich, zu sagen. „Es ist nur … Also … Ich …"

„Was?"

„Ich muss dir was sagen …"

Sie blickte ihm jetzt direkt in die Augen und erkannte darin seine Angst vor ihrer Reaktion. In diesem Moment wusste sie, dass es nur eine einzig richtige Möglichkeit gab, mit der Situation umzugehen.

Ina holte tief Luft.

„Ich bin Journalistin", stieß sie endlich hervor. Seine angstgeweiteten Augen starrten sie schockiert an. „Chefreporterin beim V.I.P.-Magazin. Und ich weiß, wer du bist …"

Sein Gesicht wurde augenblicklich kalkweiß. Er schnappte nach Luft, als ihm die ganze Tragweite ihrer Worte blitzartig klar wurde.

„Oh, nein …", keuchte er und wischte sich mit dem Handrücken kraftlos über die Stirn. Dann schien er förmlich in sich zusammenzusacken.

Tröstend legte Ina ihm ihre Hand auf den Arm und stammelte: „Aber es ist nicht so, wie du denkst."

Sie spürte, wie sein Körper sich anspannte. Mit einer wütenden Bewegung schüttelte er ihre Finger ab und zischte: „Ach nein? Was denke ich denn? Dass du mich die ganze Zeit belogen hast? Dass du dir mein Vertrauen erschlichen hast? Dass du mich nur aushorchen wolltest? Und ich Idiot hab gedacht, dass ich dir vertrauen könnte. Ausgerechnet einer Klatschtante!"

Er spuckte das letzte Wort regelrecht aus.

„Ja … Du hast ja recht … Nicht jeder Artikel war fair, aber unsere Leserinnen wollen nun mal … Ich kann ja verstehen, dass du jetzt wütend bist, aber …", versuchte Ina, sich zu rechtfertigen.

„Kein ,Aber'! Ich gehe jetzt. Du hast ja, was du wolltest. Da kann ich ja meine Sachen wieder packen und mich irgendwo anders verkriechen. Wann erscheint denn deine große Enthüllungsstory? Druckt sie schon? Oh, ich Idiot!"

Wütend schlug er mit der Faust auf den Tisch. Ina zuckte zusammen, unternahm aber noch einen Versuch, sich zu verteidigen.

„Nein! Warte! Lass mich doch erklären …"

„Da gibt's nichts zu erklären!"

Er sprang auf, griff sich seine Jacke und stürmte Richtung Gartentor.

„Doch! Bitte, Hannes! Setz dich wieder hin, und lass mich erklären. Ich will dir nicht schaden", rief Ina ihm nach.

Mit der Hand am Zaun hielt er einen Moment lang inne und drehte sich zu ihr um. Mit zusammengekniffenen Augenbrauen starrte er sie wütend an, und seine Worte pfiffen wie scharfe Messer durch die Luft.

„Das behaupten die Journalisten doch immer, und dann hängen sie einem irgendwelche Geschichten an – weil ,die Öffentlichkeit ein Recht darauf hat, alles zu erfahren'. Damit lässt sich ja jede noch so schmutzige Story rechtfertigen." Er lachte verächtlich auf.

„Du hast ja recht. Meist läuft das so. Aber in diesem Falle nicht. Bitte glaub mir. Es wird keine Schlagzeile über dich und deine Krankheit geben. Und auch, dass du hier in Bienensee bist, wird niemand erfahren. Versprochen!" Verzweifelt rang sie die Hände. „Bitte setz dich wieder hin und lass uns reden."

Widerstrebend ließ er den Zaun los und stand mit hängenden Schultern unschlüssig am Gartentor. Seine Wut schien verpufft zu sein, und übrig geblieben war nur noch ein Häufchen Elend.

„Ich kann nicht mehr, Ina. Ich will auch nicht mehr."

Mit schleppenden Schritten kam er wieder zurück.

„Komm, setz dich", bat sie ihn.

Er ließ sich auf den Stuhl fallen, stützte die Ellenbogen auf den Tisch und vergrub sein Gesicht in den Händen. Das Krächzen einer Elster klang wie Hohngelächter.

„Hannes, es tut mir leid", sagte Ina leise. Er reagierte nicht. „Es stimmt, ich hatte die Absicht, herauszufinden, was dich nach Bienensee verschlagen hat. Ich suchte einen echten Skandal für die V.I.P.. Ich war sauer auf dich, weil du mich vor ein paar Jahren mal echt mies behandelt hast."

Jetzt blickte er auf und starrte sie ungläubig an. „Ich? *Dich*? Aber wir kannten uns doch gar nicht."

„Du mich nicht, aber ich dich schon ... Es war auf einer Pressekonferenz zur ‚St. Peter Ording'-Serie."

Und dann erzählte sie ihm die ganze Geschichte. Wie verletzt sie sich durch sein arrogantes Verhalten gefühlt hatte. Und wie sie Rache geschworen hatte.

Er erinnerte sich dunkel an die Szene. Einer von vielen lästigen Presseterminen mit penetrant fragenden Journalisten.

„Wenn ich geahnt hätte, was das bei dir ausgelöst hat. Tut mir leid, Ina, das wollte ich nicht. Ich war einfach nur genervt von der permanenten Fragerei. Und da hab ich wohl überreagiert."

„Ich vielleicht auch …", gab sie leise zu. „Aber als ich dich dann plötzlich hier entdeckt hab, schien das die Erhörung meiner Flüche zu sein. Ich musste nur noch rauskriegen, was mit dir los ist. Und ja, ich hatte auf eine fette Titelstory gehofft."

„Keine Schlagzeile, bitte!", stöhnte er auf.

„Nein, nein. Inzwischen kenne ich dich ja besser, und meine Wut hat sich mittlerweile in Wohlgefallen aufgelöst. Und jetzt, wo ich weiß, dass wir auch noch ein ähnliches Schicksal teilen, werde ich den Teufel tun, dir irgendwie zu schaden. "

Sie schwiegen eine Weile, und jeder hing seinen eigenen Gedanken nach.

Plötzlich fing Hannes an zu kichern, und Ina sah ihn irritiert an.

„Sorry, aber mir ist gerade wieder eingefallen, was nach dieser Pressekonferenz noch passiert ist. War wahrscheinlich die Strafe dafür, dass ich dich so unverschämt behandelt hatte."

„Ach ja?", schmunzelte Ina und forderte ihn auf, ihr die Geschichte zu erzählen.

„Danke Patrick! Du warst fantastisch! Mit dir wird die Serie jetzt garantiert ein Quotenkracher!", jubelte Conny Gehrken, die junge PR-Redakteurin des Senders, am Ende der Pressekonferenz.

„Ja, gut möglich", murmelte Patrick Holmes, als er sich von ihr in einen Nebenraum führen ließ, in dem schon die Pressefotografen an ihren Blitzanlagen ungeduldig auf den Star warteten.

„So, jetzt noch ein paar schöne Porträts und dann die Einzelinterviews", flötete Conny aufmunternd. Dabei ahnte sie bereits, was gleich passieren würde. Es war immer dasselbe Spiel – einerseits waren die Schauspieler, Moderatoren und in diesem Falle Musikstars sehr daran interessiert, möglichst positiv und möglichst groß in die Presse zu kommen.

Schließlich steigerten ein ganzseitiges Fotomotiv zu einem doppelseitigen Interview und womöglich noch ihr Abbild auf dem Titel eines Hochglanzmagazins ihren Marktwert. Andererseits hatte kaum einer Lust, sich wieder und wieder für die Fotografen in Pose zu werfen und die immer gleichen Fragen der Reporter zu beantworten.

Aber das gehörte nun mal zum Geschäft – ohne Presse keine Einschaltquote, ohne Quote kein Erfolg. Und es war Connys Job, nicht nur die Stars und Sternchen, sondern auch die Pressevertreter bei Laune zu halten. Eine gute Stimmung und ein paar leckere Häppchen für die Journalisten waren das A und O einer erfolgreichen Pressearbeit.

Also öffnete sie mit Schwung die Tür zu dem großen, stylischen Konferenzsaal, in dem gut vierzig Fotografen Aufstellung genommen hatten und auf ihre Bilder von dem Seriengaststar Patrick Holmes warteten.

„Oh Gott!", entfuhr es Patrick. „Wie viele sind das?"

„Ach, nur circa zwanzig Blitzanlagen", antwortete Conny ausweichend und unterschlug dabei wohlweislich, dass sich die meisten Kollegen die diversen kleinen Plätze, die sich über den Saal erstreckten, teilten, also mindestens doppelt so viele Fotoshootings wie Anlagen anstanden.

In jeder dieser kleinen Fotoboxen hingen, von starken Scheinwerfern beleuchtete, farbige Papierrollen an Gestellen, die als neutraler Hintergrund für die Fotos dienten.

Die erfahrene Pressefrau vertraute darauf, dass Patrick es schon professionell durchziehen würde, für jeden einzelnen Fotografen nach und nach zu posieren – auch wenn das Ewigkeiten dauern würde.

„Dann fangen wir am besten gleich hier an. Thomas, bist du bereit?", fragte sie einen Fotografen und schob ihren Star behutsam in Richtung der ersten Blitzanlage.

„Ja, klar. Tach, Herr Holmes. Ich bin Thomas Stachel. Stellen Sie sich bitte da auf die Markierung?" Er deutete auf ein kleines schwarzes Kreuz aus Gaffa-Tape, das auf dem Boden klebte. Patrick fiel ein Spruch ein, den er immer bei den Dreharbeiten von den Technikern und auch vor Konzerten von seinen Stagehands gehört hatte, die praktisch alles mit dem legendären Klebeband zusammenklebten und markierten: „If you can't fix it with Gaffa, you haven't used enough!"

Um die angespannte Situation beim Massenfotoshooting aufzulockern, versuchte es mit der deutschen Variante und sagte laut: „Ja, ich weiß schon: ‚Alles was mit Gaffa nicht hält, ist kaputt'."

Er amüsierte sich über seinen eigenen Scherz, Conny lachte pflichtbewusst, doch die versammelten Fotografen lächelten nur müde über den alten Spruch.

Patrick Holmes bemerkte das nicht, sondern stellte sich mit ungetrübtem Selbstbewusstsein lässig in Positur.

Schon blitzte der helle Scheinwerfer, mit dem kleinen Schirmchen über der grellen Birne, auf. Er verlagerte das Gewicht aufs andere Bein und sah diesmal cool in die Kameralinse. Klack – das nächste Bild war im Kasten. Der Musiker kam sich dabei vor wie ein Model und somit ziemlich albern. Er mochte diese Zurschaustellung eigentlich gar nicht, aber das gehörte nun mal zum Geschäft. Also veränderte er seine Position erneut und nahm auch klaglos die Pappe mit dem Serienlogo, die ihm Conny lächelnd reichte, in die Hand, damit der Fotograf noch ein weiteres Motiv zur Auswahl bekam.

„Ja, super. Und jetzt machen Sie doch noch was Lustiges mit den Händen", feuerte ihn Thomas Stachel an. Patrick hielt inne. Dieser Spruch war so dämlich. Man konnte lustige Grimassen schneiden, aber etwas Lustiges mit den Händen machen? Also wirklich! Verärgert starrte er den Fotografen an und ließ seine Arme hängen.

„Äh, wie wär's mit ‚Daumen hoch' in die Kamera?", schlug Conny schnell vor, als sie merkte, dass ihr Star nicht reagierte. „Das wirkt immer positiv ..."

„Nee, das ist albern", beschied Patrick ihren Vorschlag kurzangebunden.

„Ja, klar. Du hast recht", beeilte sich die Pressefrau, die Situation zu retten. „Dann mach doch vielleicht den Egner?" Sie hielt beide Hände in einer kleinen, auffordernden Geste in Hüfthöhe nach vorne, doch Patrick Holmes reagierte nicht.

„Oder den Pflaume?" Conny demonstrierte die gewünschte Bewegung, indem sie beide Arme mit gerade ausgestreckten Händen weit ausstreckte, als wenn sie ein imaginäres Studiopublikum begrüßen würde. Ihr gelang eine täuschend echte Darstellung der typischen Geste des beliebten Moderators.

Patrick schüttelte unwillig den Kopf, steckte seine Hände lässig in die Hosentaschen und beschied: „Nein, das ist nicht mein Stil. Los, noch eins und dann der Nächste." Er blickte wieder cool in die Kamera und wartete auf den Blitz.

Eine gute Stunde später war es fast geschafft. Die Maskenbildnerin tupfte zum x-ten Mal die kleinen Schweißperlen von Patrick Holmes' Gesicht, und Conny versorgte ihn mit einem weiteren Latte Macchiato und stillem Wasser. Der Musiker wirkte erschöpft und konnte seinen Unmut nur noch mühsam unterdrücken. Doch er war Profi genug, um das jetzt durchzuziehen. Auch wenn er die immer gleichen Sprüche der Fotografen längst nicht mehr ertragen konnte.

„Hallo, ich bin Jürgen Zeller", stellte sich der letzte Fotograf nuschelnd vor. Er trug ein verknittertes, kariertes

Flanellhemd, und ihn umgab ein unangenehmer Schweißgeruch. Conny rümpfte die Nase und hoffte, dass Patrick nichts bemerkte. Sie hatte diesen Fotografen ganz bewusst erst zum Schluss auf ihren Star losgelassen. Jürgen Zeller arbeitete für keine große Agentur, sondern wurde eher mit durchgeschleppt. Die anderen Kollegen konnten ihn nicht leiden, weil er mit seinem ungepflegten Äußeren und seinen kruden Ideen oft genug die Prominenten verärgerte und das dann auf alle Fotografen zurückfiel.

„Stellen Sie sich mal da auf die Markierung?"

Das Kreuz aus Gaffa-Tape, auf das Jürgen Zeller deutete, war diesmal rot. Wortlos stellte Patrick sich in Position, als ihm der Fotograf auch schon stumm das Papplogo mit dem Schriftzug der Serie „Die Sonne über St. Peter Ording", aufgezogen auf einer dreißig mal dreißig Zentimeter großen Forex-PVC-Platte, in die Hand drückte.

„Bisschen ankippen, damit es den Blitz nicht spiegelt", wies er Patrick an, ohne ihn direkt anzugucken.

Der Musiker hielt sich das Schild, wie gewünscht, vor die Brust und versuchte noch einmal lässig in die Kamera zu lächeln. Dabei kam er sich vor wie eins dieser armen Würstchen, die als lebendes Plakatsandwich mit riesigen Pappen vor dem Körper für Diskotheken und Pizzerien Werbung in Fußgängerzonen laufen. Und genau das tat er ja gerade hier, wurde ihm klar. Er war eine lebende Werbefläche für eine alberne Fernsehserie. Warum tat er sich das bloß an?

„So, und jetzt machen wir noch was anderes", riss die monotone Stimme des schwitzenden Fotografen ihn aus seinen Gedanken. „Setz dich hier mal eben rein."

Entgeistert starrte Patrick auf das, was der Mann jetzt neben ihn, vor den hellgelben Papierhintergrund, schob.

„Äh, aber das ist ein Einkaufswagen …", bemerkte der Star verdattert.

„Ja, witzig, oder?", nuschelte der Fotograf und drückte auf ein paar Knöpfe an seiner Blitzanlage.

„Was ist an einem Einkaufswagen denn bitte witzig?", schnaubte Patrick genervt.

„Na, wenn du dich da so locker reinsetzt. Das ist doch witzig ..."

Jetzt reichte es dem Seriengaststar. Nicht nur, dass er mit einer Werbepappe vor dem Bauch posieren musste. Jetzt sollte er auch noch als lebende Ware in einem Einkaufswagen sitzen.

„Ich glaub, ich spinne! Ich mach mich doch hier nicht zum Totaldepp, indem ich mich in das Ding hocke! Ihr habt sie doch nicht mehr alle!", schimpfte er laut los.

„Wieso? Nur weil einer mal eine bessere Idee als die anderen hat?", motzte der beleidigte Jürgen Zeller zurück.

„Ist ja okay, Patrick. Das mit dem Wagen machen wir natürlich nicht. Jürgen, tut mir leid, aber das ist wirklich kein passendes Motiv zu der Serie", versuchte Conny, ihren Star und den Fotografen zu beschwichtigen.

Leise kichernd drehten sich die anderen Kollegen, die gerade ihre Blitzanlagen wieder einpackten, nach ihnen um. „Ja, der Jürgen mit seinen originellen Ideen ...", lästerte einer.

„Warum bin *ich* da bloß nicht drauf gekommen – ein Schauspieler im Einkaufswagen. Total witzig, Jürgen", spottete ein anderer.

„Ach, ihr habt doch alle keine Ahnung", schnaubte Jürgen Zeller sauer und schaltete seine Blitzanlage aus.

„Okay, das war's dann", flötete Conny in die Runde. „Wir müssen los. Die Exklusivinterviews warten."

Ihre Fröhlichkeit war nur gespielt, denn sie ahnte, was nun kam.

„Interviews? Jetzt noch?", polterte Patrick Holmes los. „Ich bin jetzt seit gefühlten fünf Stunden hier. Muss das denn wirklich noch sein?"

„Aber darüber hatten wir doch gesprochen", widersprach Conny vorsichtig. „Erst die PK für alle, dann die Fotos und jetzt noch die angemeldeten Einzelinterviews für die großen Magazine. Das stand doch alles in der Dispo, die ich deinem Management geschickt hab. Die Journalisten warten schon oben vor der Interviewsuite. Geht ganz schnell. Sind alles nur Viertelstundengespräche. Wie abgesprochen. Hab ich genau durchgetaktet. In anderthalb Stunden sind wir fertig. Ehrlich."

Sie setzte ihr charmantestes Lächeln auf, obwohl Patrick Holmes sie wütend anstarrte.

„*Anderthalb Stunden*? Wie viele Interviews sind das denn?"

„Na, sechs Stück." Conny deutete auf die Liste auf einem Klemmbrett, mit den Namen der Journalisten, die das Privileg genossen, exklusiv ein paar Fragen extra für ihr Blatt stellen zu dürfen.

„Ach, nein, sind ja nur noch fünf", korrigierte sie sich, „Nachdem du vorhin die Kollegin von der V.I.P. zum Schweigen verdonnert hast …"

„Die blöde Kuh! Was erdreistet die sich, mich mit solch dämlichen Fragen nach meinem Privatleben zu löchern?", schimpfte er wieder los und imitierte eine gekünstelt hohe Frauenstimme. „Ob ich einen Werbevertrag mit dem Surfbretthersteller habe und Geld dafür kassiere, dass ich dauernd mit dem Brett am Strand rumlaufe. So ein Blödsinn, das gehört schließlich zur Rolle. Dann diese Unterstellung, ich würde meine Steuerflucht planen und hätte mich schon bei der Schreinemakers und Harald Schmidt nach günstigen Häusern in Belgien erkundigt. Und schließlich diese Unverschämtheit, mich zu fragen, ob ich privat auch so einen Verschleiß an knackigen, blonden Typen habe. Oder eher auf dunkelhaarige Männer stehe. Und warum ich mich nicht endlich öffentlich oute. Ob ich Angst hätte, dass das meinem Image als Mädchenschwarm bei ‚The Curiosity' schaden könnte. So ein Schwachsinn!", schnaubte er wütend.

„Ich konnte die Tante einfach nicht mehr ertragen. Die musste weg oder wenigstens Ruhe geben – sonst wäre *ich* gegangen", polterte er.

„Ja, klar, ist ja schon gut, Patrick. Das ist eigentlich 'ne ganz Nette, die Ina. Für die V.I.P. muss sie halt solche Fragen stellen. Das sind die Skandalstorys, die deren Leser an den Kiosk treibt. Und die Auflage ist einfach riesig ... Aber nun ist es mal gelaufen, wie es gelaufen ist. Machen wir das Beste draus und noch ein paar nette, harmlose Einzelinterviews mit den anderen fünf Redakteurinnen von den TV-Zeitschriften. Nach der Sache mit Ina werden die dich garantiert nicht nerven. Und um das sicherzustellen, steht in dem Papier, das alle unterschreiben mussten: ‚Keine Fragen zum Privatleben'", versicherte die PR-Frau. „Hinterher bekommst du sämtliche Zitate zum Gegenlesen. Da brauchst du dir gar keine Sorgen zu machen. Außerdem bin ich ja bei allen Interviews dabei. Und wenn dir da eine komisch kommt, dann schreite ich schon ein. Okay?", versuchte Conny ihren Künstler zu beschwichtigen. „Können wir dann? Der Zeitplan gerät sonst noch völlig durcheinander."

„Ja, ja ...", grummelte Patrick und trottete hinter ihr her zu den Fahrstühlen. „Ich hab Hunger."

„Kein Problem. In der Interviewsuite stehen Sandwiches und frisches Obst bereit. Und nachher gehen wir ja noch alle zusammen essen."

„Wer ist alle?"

„Na, der Unterhaltungschef, sein Stellvertreter, die Redakteurin der Serie, der Regisseur, du und ich. Der Tisch im ‚Borchardt' ist schon reserviert."

„Muss ich?", stöhnte er auf. „Ich mag diesen Promi-Laden nicht besonders."

„Es wäre sehr schön ..."

Eine gute Stunde später war es endlich geschafft. Patrick Holmes hatte wieder gute Laune, nachdem er auch die harmlosen Interviews überstanden hatte.

Keine der durchgehend weiblichen Journalistinnen hatte es nach dem Zwischenfall bei der PK gewagt, irgendwelche persönlichen Dinge anzusprechen, sondern sie hatten sich mit dem üblichen Smalltalk zu Serie und Musik zufriedengegeben.

„Haben wir noch Zeit für ein Glas Champagner hier an der Bar?", fragte Patrick in deutlich aufgeräumter Stimmung, als sie die Interviewsuite verließen.

„Klar, wenn du magst", antwortete Conny erleichtert.

Auch von ihr fiel die Spannung langsam ab. Der Tag war gut gelaufen und trotz der winzigen Pannen war sie sehr zufrieden mit sich und ihrer Arbeit. Ein Glas Champagner auf Senderkosten hatte sie sich nach der Anstrengung da allemal verdient.

Sie tranken noch ein zweites Glas. Schon leicht beschwipst fragte Conny schließlich: „Sag mal, mir ist aufgefallen, dass du in jedem Interview was anderes erzählt hast – auch wenn die Fragen fast identisch waren. Immer hatte die Geschichte eine neue Pointe oder es tauchten ganz andere Leute auf. War das Absicht?"

Patrick Holmes grinste sie breit an und ließ seinen legendären Charme spielen.

„Ach, ich wollte nicht, dass du dich langweilst, wenn ich immer die gleichen Geschichten abspule. So war es doch viel unterhaltsamer, oder?"

„Unbedingt!", sagte Conny lachend.

Als sie schließlich die Rechnung begleichen wollte, zückte er sein Portemonnaie.

„Nein, lass stecken. Dazu lade ich dich jetzt mal ein. Du hast dich wirklich toll um mich gekümmert. Sorry, ich hasse einfach solche Pressetage. Aber da kannst du ja nichts für. Und für den verrückten Fotografen am Ende schon gar nicht – Einkaufswagen ... Wirklich eine ausgesprochen originelle Idee ..."

Beide prusteten los.

Auch Ina lachte schallend auf, als Hannes ihr die Geschichte zu Ende erzählt hatte.

„Zu schade, dass du dich nicht in das rollende Drahtgestell gesetzt hast. Das Foto wäre sicher der Knaller gewesen! Und verdient hättest du es auf jeden Fall, nachdem du so gemein zu mir warst."

„Ja, ja ...", antwortete er leicht zerknirscht. „Damals war ich wohl das perfekte Beispiel für einen launischen Star. Aber das ist lange her. Inzwischen drehe ich keine Serien mehr, sondern konzentriere mich nur noch auf meine Musik. Und solche Pressetage hab ich danach auch nie wieder gemacht. Das ist einfach nicht mein Ding. Ich bin kein Schauspieler. Und ich mag diese Fragerei der Journalisten nach dem Sinn meiner Texte nicht. Meine Musik soll für sich sprechen. Ab und zu mal ein Fotoshooting für eine neue Platte und meinetwegen auch ein paar Interviews – das muss reichen. Und selbst das war mir in letzter Zeit zu viel. Aber eigentlich war mir alles zu viel. Sogar die Musik. Jedenfalls die, die ich mit ‚Curiosity' mache ..."

„Aber nehmt ihr nicht gerade ein neues Album auf?", fragte Ina interessiert nach.

„Ja ... Zumindest war das so geplant ...", sagte er zögernd.

„Deshalb wart ihr doch in L.A., hab ich gelesen. Aber jetzt bist du plötzlich in Bienensee. Ist die Platte schon fertig?"

„Nein, der größte Teil von meinem Gesang fehlt noch. Die anderen haben wohl inzwischen ihre Parts eingespielt, aber ich konnte nicht mehr. Das war der Morgen, von dem ich dir vorhin erzählt hab. Als ich aufstand, weil ich ins

Studio musste, den nächsten Song einsingen. Aber dann ging auf einmal gar nichts mehr. Ich hab den Produzenten angerufen und ihm gesagt, dass ich krank bin und die Platte nicht aufnehmen kann. Er war natürlich aufgebracht und hat versucht, mich umzustimmen. Er drohte mir mit den Verträgen, die wir mit der Plattenfirma haben. Der Vorschuss fürs neue Album war bereits ausgegeben für das Studio, die Techniker und die zusätzlichen Musiker. Er sagte, wenn wir nicht rechtzeitig liefern, würde uns die Plattenfirma fallen lassen, wie eine heiße Kartoffel. Alles würde jetzt von mir abhängen. Ich müsse einfach funktionieren … Da wusste ich, ich muss abtauchen. Ich hab ihn abgewimmelt, gesagt, dass ich nur einen Tag Auszeit bräuchte und morgen wieder am Mikro stehen würde, doch innerlich hatte ich beschlossen, mein Leben radikal zu ändern. Als Erstes hab ich meine langen Haare abgeschnitten und dann für den nächsten Morgen einen Flug zurück nach Berlin gebucht.

Einer unserer deutschen Tontechniker stammt ursprünglich aus der DDR und hat hier als Kind oft Urlaub bei irgendeiner Tante gemacht. Der hatte mir in L.A. mal davon vorgeschwärmt, wie schön es an diesem See sei, wie ruhig und weit weg von der Hektik der Showbusiness-Welt. Da hab ich Bienensee gegoogelt, den ‚Roten Adler' gefunden und per Telefon ein Zimmer bestellt. Vom Flughafen bin ich per Taxi direkt hierher gefahren."

Patrick lehnte sich zurück und ließ seinen Blick durch den Garten schweifen. Er atmete die frische Luft ein und schloss einen Moment lang die Augen. Dann sprach er weiter:

„Ich hab es genossen, dass mich hier niemand erkannt hat. Ich konnte einfach wieder Hannes sein, so wie früher bei mir zu Hause. Nicht der bekannte Bandleader Patrick Holmes. Hier ist es den Leuten völlig egal, ob ich berühmt bin oder nicht, ohne irgendwelche Hintergedanken. Die sind nett zu dem Menschen Hannes und nicht zu einem Promi. Das hab ich schon sehr lange nicht mehr erlebt. Ich fühlte mich hier sicher, nicht ahnend, dass ausgerechnet *du* die ganze Zeit darauf aus warst, meinen schönen Plan mit einer Story in der V.I.P. zu durchkreuzen …"

„Na ja, ich bin halt Journalistin … Es ist mein Job, nach Geschichten Ausschau zu halten. Das hab ich sozusagen in den Genen", versuchte Ina, zu erklären. „Und da kannte ich dich ja auch noch nicht so richtig. Für mich warst du nur der arrogante Star, der mich verletzt hatte und dem ich es mit einer saftigen Schlagzeile heimzahlen konnte. Außerdem hab ich verzweifelt nach einer Geschichte gesucht, mit der ich meine Position bei der V.I.P. wieder festigen kann. Da versucht nämlich gerade so eine Redaktionsassistentin mir das Wasser abzugraben, und wenn ich nicht aufpasse, sitzt die schon bald auf meinem Stuhl, und ich kann sehen, wo ich bleibe. Ist eine knallharte Branche, in der ich arbeite."

„Ach, da wird sich schon noch was anderes finden, oder?", fragte er vorsichtig nach.

„Ja, klar. Und wenn nicht, finde ich es inzwischen auch nicht mehr so dramatisch. Ist schließlich nur ein Job …", versuchte sie, sich selbst zu überzeugen.

„Hm, hm … So wie bei mir …", sagte er leise. „Ich glaub, ich könnte auch als Bauer in Bienensee leben."

„Und ich würde gerne mit Simonn tauschen. Sie hat immer gute Laune und scheint ihr Leben als Bäckereiverkäuferin zu lieben. Vielleicht sollte ich auch einfach so einen ganz normalen Job machen." Ina überlegte einen Moment. „Aber machen wir uns da nicht beide etwas vor? Du bist doch nicht Musiker, weil das für dich nur irgendein Job ist, den du heute kündigen und dir morgen was anderes suchen kannst. Und ich kann mir auch nicht vorstellen, ohne das Schreiben zu leben. Die eigentliche Frage ist doch, ob wir unsere Jobs nicht auf andere, weniger stressige Weise machen können. Dein Burn-out und mein Hörsturz waren doch reichlich deutliche Warnungen, dass es so wie bisher nicht weitergehen kann."

Und dass man auch ganz gut leben kann, wenn man einfach mal einen Gang runterschaltet, hab ich in den letzten Wochen in Bienensee ja festgestellt, dachte sie. Damit sollte ich weitermachen und Hannes auch. Mal innehalten und hinterfragen, was ich da gerade tue. Und es im Zweifel ruhiger angehen lassen.

Hannes sah Ina lächelnd an.

„Du hast recht. Ohne Musik könnte ich nicht leben. Aber in der Maschinerie wie bisher will ich nicht mehr einfach nur als gut geöltes Rädchen funktionieren. Ich möchte wieder mit Leidenschaft die Musik machen, die ich liebe. In den letzten Jahren haben wir uns mit ‚The Curiosity' eigentlich immer nur wiederholt. Ständig auf der Suche nach noch einem Hit und noch einem Hit. Es ging kaum noch darum, neue Sounds auszuprobieren, weil die Plattenfirma immer nur die gleiche Schiene von uns erwartet hat. Ich denke, der Frust darüber war der Hauptauslöser für meinen Zusammenbruch in L.A.. Mein Körper hat sich dem ganzen Spiel einfach verweigert. Und ich sollte wohl endlich auf ihn hören."

„Das war bei mir ganz ähnlich. Ich bin vor lauter Ehrgeiz und Gier nach der nächsten, noch größeren und noch spektakuläreren Geschichte auch wie eine Getriebene durch die Gegend gerannt. Für meinen Chef Klaus Berger war das natürlich perfekt. Er konnte sich immer darauf verlassen, dass ich die nächste Schlagzeile schon irgendwie an Land ziehen würde. Ohne Rücksicht auf Verluste. Weder auf die Promis, noch auf mich selbst und meine Gesundheit. Deshalb ist er jetzt ja auch so geschockt, dass ich tatsächlich ernst mache und mich hab krankschreiben lassen. Er glaubt einfach nicht, dass es mir wirklich so schlecht ging, dass ich eine Auszeit brauchte.

Darum setzt er mich unter Druck, indem er schon meine potentielle Nachfolgerin in Stellung bringt. Und ich bin anfangs voll darauf eingestiegen, hab dauernd in der Redaktion angerufen, war wie ferngesteuert auf der Pirsch nach einer Geschichte. Gerade heute hab ich noch einen Papparazzo aus dem Dorf getrieben, aus Angst, dass er mir meine Patrick-Holmes-Geschichte klauen könnte."

„Wie bitte?!" Hannes sah sie entgeistert an. „Papparazzi in Bienensee? Oh Gott, ich muss hier weg."

Er atmete plötzlich wieder schwer.

„Nein, nein, beruhig dich. Der war nicht deinetwegen hier, sondern wegen George Clooney."

Hannes stutzte und legte den Kopf schräg.

„George Clooney?", fragte er skeptisch.

Ina lachte laut auf. „Ja, klingt etwas abwegig, oder? Aber Simonn ist überzeugt davon, dass Schorsch Clooney, wie sie ihn nennt, gestern Abend gedeckten Apfelkuchen bei ihr gekauft hat."

„Apfelkuchen? Bei Simonn? *Der* Clooney? Ich versteh grad gar nichts mehr."

„Kein Wunder. Ich konnte es ja auch nicht glauben, als sie mir das heute Morgen erzählte. Aber als dann Hombre heute Mittag plötzlich in Bienensee auftauchte ..."

„Hombre? Wer ist das denn nun wieder? Ein Kumpel von Clooney?"

„Nein, ein altgedienter Fotograf, mit dem ich früher auf Promi-Jagd gegangen bin. Der war hier, weil er von irgendwo einen Tipp gekriegt hatte, dass er hier Clooney abschießen könnte. Da staunste, was?! Vielleicht hat Simonn ja doch recht gehabt."

„Ist ja unglaublich. Ich kann mir zwar nicht vorstellen, was den von Hollywood in die brandenburgische Provinz treiben sollte, aber wenn er mir damit irgendwelche neugierigen Pressefuzzis auf den Hals hetzt, finde ich das gar nicht toll ..."

Ina zog eine Augenbraue hoch.

„Also irgendwelche Journalisten, wollte ich sagen", verbesserte er sich grinsend. „Und überhaupt – ich versteh wirklich nicht, was ihr Frauen alle an dem Clooney findet."

„Na, hör mal. Der ist nicht nur äußerst attraktiv, sondern auch ausgesprochen witzig. Jedenfalls in seinen Filmen. Und er engagiert sich politisch. Also ich finde den auch toll. Weißt du eigentlich, dass *dein* Spitzname bei Simonn ,Schorsch' ist?"

Hannes sah sie fragend an.

„Na, weil du mit deinen kurzen Haaren und den Lachfältchen eine gewisse Ähnlichkeit mit ,Schorsch' Clooney hast", erklärte sie schmunzelnd.

„Bitte? Ich? Mit George Clooney? Also wirklich. Nee. Der Typ ist mir viel zu schön. Ich finde handfeste Männer wie Al Pacino, Robert De Niro oder Sean Connery sind doch viel attraktiver, oder nicht?"

Aha, dachte Ina. Jetzt kenne ich dein Beuteschema. Kernige, ältere Kerle.

„Doch, doch, die sind natürlich auch klasse. Obwohl … Sean Connery finde ich erst seit ,Der Name der Rose' toll. Als jungen Bond mochte ich den nicht so, zu viel Brusthaar", meinte sie lächelnd.

„Ist halt Geschmackssache. Apropos, was essen wir eigentlich heute Abend?", fragte er unvermittelt.

„Oh, heißt das, dass du heute wieder mit mir essen willst?", erwiderte Ina freudig überrascht.

„Ja, klar. Ist doch netter in Gesellschaft als alleine, oder?"

„Allerdings. Ich hab aber gar nichts Tolles mehr im Kühlschrank, nur noch ein paar Reste von gestern. Wollen wir noch schnell was einkaufen fahren? Der Supermarkt hat doch bis acht auf."

„Ja, gern, ich glaub, heute ist mir nach Pasta. Was meinst du?"

„Mir ist alles recht", stimmte Ina zu. „Solange *du* es zubereiten kannst …"

Die nächsten Tage verbrachten sie größtenteils gemeinsam. Sie gingen im Wald spazieren, schwammen im See, mieteten sich ein Ruderboot, unternahmen Radtouren oder lagen einfach nur still nebeneinander auf einer sonnigen Wiese und genossen den Duft der sommerlichen Blütenpracht um sie herum. Abends kochten sie meist zusammen bei Ina oder gingen im „Roten Adler" essen.

Die enger werdende Beziehung zwischen den beiden Berlinern entging den Dörflern natürlich nicht. Egal ob beim Einkaufen, am See, auf der Straße, beim Eierholen auf dem Hof von Bauer Herbert oder im Dorfgasthaus, überall wurden sie neugierig beäugt. Da recht wenig Neues und Aufregendes in Bienensee passierte und George Clooney sich nicht wieder hatte blicken lassen, blieben Hannes und Ina Thema Nummer eins im „Roten Adler", bei der Freiwilligen Feuerwehr und natürlich bei Simone Schmitz und ihrer Kundschaft in der Dorfbäckerei.

Die beiden amüsierten sich über die neugierigen Blicke und wohlwollenden Kommentare. Da Hannes jeden Abend zum Schlafen in sein Zimmer im Gasthof zurückkehrte, und dank Klara alle genauestens darüber Bescheid wussten, blieb die Art der Beziehung ein Rätsel. Aber irgendwann hatte selbst Simone es aufgegeben, zu fragen, was das da zwischen ihnen eigentlich genau sei.

Ina fühlte sich rundum wohl in der Gesellschaft von Hannes. Man konnte toll mit ihm reden und sehr viel lachen. Und da sie überzeugt war, dass er schwul sei, verschwendete sie auch keinen Gedanken auf eine mögliche Liebesgeschichte. Er war ein lieber Freund, mit dem sie offen und ehrlich umgehen konnte. Dadurch vermied sie die Komplikationen, die sich sonst meist einstellten, wenn sie sich mal wieder Hals über Kopf in einen Mann verguckt hatte.

Statt zu verkrampfen und sich zu verstellen, um den potentiellen Mann fürs Leben für sich einzunehmen, konnte sie sich Hannes gegenüber ganz ungezwungen geben. Er kannte sie ungeschminkt, in Jeans und Turnschuhen, fröhlich, albern und ungekünstelt.

Er war begeistert von ihrer Lockerheit, Offenheit und Frische. Da sich in den vielen Jahren als Musikstar ständig irgendwelche Groupies und andere Frauen an ihn herangeschmissen hatten, von denen er nie genau wusste, ob sie ihn oder nur sein Image wollten, war er dankbar, dass es mit Ina ganz anders lief.

Eine Frau, die nicht sofort versuchte, ihn mit allen Mitteln der weiblichen Kunst zu umgarnen und schließlich in ihrem Netz einzufangen, war ihm schon ewig nicht mehr begegnet.

Er genoss es, Zeit mit ihr zu verbringen, und Ina ließ sich offensichtlich ohne Hintergedanken, aus bloßer Freundschaft von ihm umarmen, drückte ihm ab und an ein liebevolles Küsschen auf die Wange, mehr nicht. Das irritierte ihn, weckte aber gleichzeitig sein Interesse und seine Neugierde.

Als er sie schließlich rundheraus fragte, ob es da einen Mann in ihrem Leben gäbe, antwortete sie ausweichend, dass sie sich vor einiger Zeit von jemandem getrennt habe. Dass es sich bei ihrem Verflossenen um ihren Chefredakteur Klaus Berger handelte, verschwieg Ina. Sie war nicht stolz darauf, eine heimliche Affäre am Arbeitsplatz gehabt zu haben.

„Das war keine große Liebe. Der Typ ist verheiratet, und irgendwann hab ich kapiert, dass er daran auch nichts ändern wollte. Da hab ich die Konsequenzen gezogen. Ich wollte lieber wieder frei sein, als auf Dauer nur die heimliche Geliebte. Und wenn ich ganz ehrlich bin, hab ich ihn eigentlich auch nicht wirklich geliebt. Er war halt da, wir hatten eine Zeitlang Spaß miteinander, aber eine ernsthafte Zukunftsplanung gab es nie. Vielleicht, wenn er sich zu mir bekannt hätte ... Jetzt, wo ich einen Schlussstrich gezogen hab, scheint er wieder mehr Interesse an mir zu haben. Versteh einer die Männer ..."

Auch Hannes hielt sich sehr bedeckt, was seine Liebesgeschichten anging. Er erzählte nur von den vielen Groupies und Bewunderern auf diversen Events und Partys, die ihn und seine Bandkollegen anschmachteten.

„Aber was soll ich mit irgendwelchen Teenies? Nee, danke. Das ist wirklich nicht mein Ding. Ein junger, knackiger Körper ist ja ganz reizvoll, aber unterhalten kann man sich doch besser mit erwachsenen Menschen."

Ob Hannes dabei von Frauen oder Männern sprach, erschloss sich Ina nicht. Sie nickte nur und akzeptierte, dass er scheinbar auf reifere Männer stand. Es war ihr auch völlig egal, solange sie mit ihm in Bienensee eine großartige, unbeschwerte Zeit verbringen konnte.

Nach und nach stellten sie fest, dass ihrer beider Genesung gute Fortschritte machte. Hannes hatte das Gefühl, dass seine alte Kraft langsam zurückkehrte, und Ina freute sich, als sie eines Nachmittags feststellte, dass das Pfeifen in ihrem Kopf verschwunden war ...

Das Krächzen der Krähen, die sich hoch oben in den Kiefern beschimpften, war das erste Geräusch, das sie wieder klar und deutlich wahrnahm. Mit einer Mischung aus Unbehagen und Genugtuung legte sie den Kopf in den Nacken und beobachtete in den Baumwipfeln drei der großen Rabenvögel, die mit heftig schlagenden Flügeln um den Vorrang auf einem armdicken, knorrigen Ast stritten und dabei einen ohrenbetäubenden Lärm veranstalteten. Das Gezeter drang mit einem Schlag in ihren Kopf. Es dauerte einen winzigen Moment lang, bis sie realisierte, was die unangenehmen Laute, die sie scharf und unverschleiert vernahm, zu bedeuten hatten – sie konnte mit dem linken Ohr wieder hören! Das großartige Gefühl, endlich keinen dämpfenden Wattepfropfen mehr im Gehörgang zu haben, wurde durch das Geräusch selber aber sofort wieder getrübt. Ausgerechnet zeternde Vögel. Hätte es nicht auch der melodische Gesang des schwarzen Amselmännchens, das gestern sein abendliches Lied auf der alten Antenne über ihrem Holzhäuschen geschmettert hatte, sein können? Das harmonische Geträller, das sie mehr erahnt, als tatsächlich gehört hatte? Natürlich war es nun dieses unangenehme Krächzen, das ihre Freude über die wiedererlangte Hörkraft trüben musste.

Sie rief sich zur Ordnung. Warum musste sie schon wiedermal zuerst das Haar in der Suppe suchen und finden, noch bevor sie sich richtig freuen konnte? Na, wahrscheinlich, weil es da war, das Haar, dachte sie trotzig. Aber damit sollte jetzt ein für alle Mal Schluss sein. Das hatte sie sich fest vorgenommen, für den Fall, dass die Symptome ihres Hörsturzes irgendwann wieder verschwinden sollten. Ina riss sich zusammen und versuchte zu lächeln, nur um im selben Moment genervt die Augen zu verdrehen, weil nun die unvermeidliche Kreissäge von Bauer Herbert nebenan einsetzte.

Nach dem ersten Schock über den plötzlichen Lärm, der jetzt wieder ungebremst von ihren Ohren aufgefangen wurde, rief sie sofort Hannes an, um ihm die frohe Botschaft mitzuteilen.

„Hannes, ich kann wieder hören!", jubelte sie in ihr Handy.

„Was? Ich kann dich kaum verstehen, was ist das denn für ein Lärm da im Hintergrund?", rief er ins Telefon.

„Das ist die Kreissäge von Herbert. Herrlich, nicht?!"

„Ja, ganz toll ... Und *die* kannst du gut hören? Kein Wunder, die höre ich ja sogar ohne Telefon bis zum ‚Adler'", sagte er lachend.

„Nein, nicht nur die Säge, auch die Vögel – also die Krähen ... Aber sobald eine Amsel zwitschert, werde ich auch das endlich wieder klar und deutlich hören können. Der Wattepfropfen aus meinem Ohr ist verschwunden. Plopp! Einfach weg. Ich kann wieder ganz normal hören. Ist das nicht großartig?", freute sie sich. „Das müssen wir feiern! Ich fahre gleich in den Supermarkt und kaufe Rotwein und ein paar Leckereien. Heute Abend bei mir?"

„Ja, gerne! So um acht? Vorher will ich noch ein bisschen komponieren."

„Komponieren? Du schreibst an einem neuen Song?", fragte sie begeistert nach.

„Ja, ich hab da seit ein paar Tagen so eine Melodie im Kopf, zu der ich jetzt noch die passenden Worte finden muss. Ich hab auch schon eine Idee ..."

„Das wird bestimmt ein neuer Hit!"

„Nee, das glaub ich nicht. Aber darum geht's mir auch gar nicht. Ist was ganz anderes, als der ‚Curiosity'-Popkram. Nur Gitarre und Gesang – auf Deutsch."

„Ach? Das klingt ja interessant. Vielleicht magst du mir ja heute Abend schon was vorspielen?"

„Also ... Ich weiß nicht ... Ist ja noch nicht fertig ... Also praktisch im Rohzustand ... Mal sehen."

„Los, sei kein Feigling", neckte sie ihn. „Mir kannst du es doch vorspielen. Ich bin doch keine Kritikerin, sondern deine Freundin!"

„Freundin?", horchte er auf. „Meinst du das ehrlich?"

„Ja, klar! Und einer guten Freundin kann man auch einen halbfertigen Song vorspielen", antwortete sie aufgekratzt.

„Ach so, klar, gute Freundin ... Na, mal sehen, wie weit ich bis heute Abend mit dem Song komme ...", sagte er unsicher.

„Ja, mach dir keinen Stress. Ansonsten kannst du mir den ja auch irgendwann später vorsingen. Ich fahr dann jetzt mal los zum Einkaufen. Wir sehen uns nachher. Und wenn irgendwas ist, ruf mich an. Okay?"

„Ja, okay …"

Sie verabschiedeten sich, und Ina fuhr als erstes zur Bäckerei, um noch frisches Brot zum Abendessen zu kaufen. Als sie mit Schwung um die Ecke bog, um zur Hauptstraße zu kommen, wäre sie fast mit einem großen, dunklen Wagen zusammengekracht, der viel zu schnell in die kleine Straße einbog.

„Ey, du Idiot!", fluchte sie erschreckt und stutzte im selben Moment. Was machte so eine Limousine hier mitten in Bienensee? Noch bevor sie einen Blick auf die Insassen werfen konnte, war der Wagen schon vorbei. Ina schüttelte empört den Kopf und parkte vor der Bäckerei.

„Hi Simonn!", begrüßte sie die Verkäuferin fröhlich. „Stell dir vor, ich kann wieder hören!"

„Echt? Das ist ja super. Aber ich wusste gar nicht, dass du vorher taub warst."

„Na ja, nicht richtig taub. Ich hatte nur immer so ein Pfeifen im Ohr, von einem Hörsturz. Aber das ist jetzt verschwunden, und ich höre wieder wie ein Luchs." Ina lachte glücklich. „Erzähl, wie geht's dir denn so? Heute Mittag wieder viel telefoniert? Schon das Geld für die Seychellen zusammen?" Sie zwinkerte Simone zu.

„Pssst", machte die pummelige Bäckersfrau mit einer Kopfbewegung Richtung Backstube. „Martin ist da." Sie beugte sich ein Stück über den Tresen und wisperte vertraulich: „Nur so viel – dit Jeschäft brummt. Ick hab da eenen Stammkunden, der praktisch jeden Tach anruft. Netter Kerl. Aus Berlin. Muss da irjendein hohet Tier sein. Und der hat sich scheinbar richtig in mich verliebt." Sie kicherte leise. „Inzwischen will der nich mehr nur 'ne schnelle Nummer, sondern richtig lange mit mir quatschen, über Jott und die Welt. Mir soll's recht sein, solange die Uhr tickt und ick dit bezahlt krieje."

„Aber der muss doch wissen, dass er für jede Minute extra zahlt."

„Ja, deshalb würde der mich, also Schantalle, ooch am liebsten mal persönlich zum Quatschen treffen, hatter jemeint."

„Hui, und wie hast du reagiert?"

„Hab jesacht, dass er sich dafür noch een Weilchen jedulden muss ...", flüsterte Simone und zog eine Augenbraue vielsagend nach oben.

„Und hat er das akzeptiert?", fragte Ina ungläubig nach.

Geräusche aus der Backstube ließen Simone innehalten. Sie legte beschwörend den rechten Zeigefinger auf die Lippen und schon meldete sich Martin von hinten zu Wort.

„Simonn-Schatz, ich muss denn mal los", rief ihr Mann. „Denk an die Äpfel. Die soll Herbert nachher vorbeibringen, hab ich mit ihm besprochen. Für den gedeckten Apfel. Okay?"

„Ja, allet klar. Ick erinnere ihn daran, falls er dit verjisst", brüllte sie zurück.

„Dann bis später, Kleene."

Sie hörten die Hoftür zufallen, und Simone grinste Ina an. „Isser nich süß, mein Dickerchen? Nach all die Jahre nennt er mir immer noch Kleene."

„Ja, ja, süß. Aber nun erzähl mal, was da mit diesem Typ läuft. Willst du dich wirklich mit dem treffen?", fragte Ina, endlich in normaler Lautstärke, nach.

Simone wand sich.

Ina sah ihr an, dass es ihr etwas peinlich war, die Wahrheit zu sagen, und dass sie nach den passenden Worten suchte.

„Na ja, um ihn bei der Stange zu halten ..." Sie kicherte wieder los. „Also, een bisscken entjejenkommen musste ick ihm natürlich schon."

„Was soll das heißen?"

„Na, er wollte wissen, wie und wo ick so lebe. Damit er sich dit allet besser vorstellen kann, wenn er mit mir am Telefon … Na, du weeßt schon wat …"

„Und was hast du ihm gesagt?", fragte Ina, nichts Gutes ahnend.

„Nur, dit ick in een' jroßet Haus in een' kleenen Dorf lebe …"

„Das ist alles?", hakte Ina gespannt nach.

„Na ja … Er hat denn anjefangen zu raten und wollte wissen, wie viele Kilometer von Berlin entfernt und so. Jestern hab ick mir denn wohl verplappert …"

Sie sah Ina bedröppelt an.

„Oh Gott. Was hast du diesem Typen gesagt?"

„Nur, dit ick in Bienensee wohne … Mehr nich!"

„Bist du verrückt? Du hast ihm verraten, wo du lebst?" Ina konnte es nicht fassen.

„Nein! Der weeß ja nich, *wo* in Bienensee!", stieß Simone triumphierend hervor.

„Aber das ist ein so winziger Ort. Hier kennt doch jeder jeden. Wenn der Typ nun hier auftaucht …"

„Ach wat. Dit war doch nur für seine Fantasie. Damit er weiter anruft. Warum sollte der denn hier ufftauchen? Außerdem sucht er ja denn nach Schantalle und nich nach Simonn. Nu mach dir nich verrückt. Und mir ooch nich", sagte sie leicht verunsichert.

„Mann, Mann, Mann … Wenn das mal gut geht, du verrücktes Huhn."

„Klar, is doch allet nur für'n juten Zweck – für den Urlaub mit mee'm Dickerchen uff die Süschelln. Wenn ick die Kohle dafür zusammen hab, denn is wieder Schluss mit Hotline und Schantalle. Obwohl dit ja ooch manchmal bisken Spaß macht", gestand sie Ginsend. „Aber nu' sach, wat kann ick denn Jutes für dich tun?"

„Ach ja, ich wollte ja eigentlich nur Brot kaufen. Gib mir doch bitte das da mit Dinkel."

„Aber jerne. Kuch'n?"

„Nö, obwohl ... So ein Stückchen Clooney-Cake kann ja nicht schaden, was?" Sie lachte amüsiert.

„Dit will ick wohl meinen. Ach, ick muss denn jleich ma' Herbert losscheuchen, wejen die Äppel."

Im selben Moment ertönte die Türglocke, und Bauer Herbert betrat mit schlurfenden Schritten den Laden.

„Daach! Hinten is zu. Wäjen d' Abb'l", grummelte er.

„Ach, guck an! Uffs Stichwort. Tach Herbert. Bringst du mir die Äppel?", begrüßte ihn Simone, und Ina nickte ihm lächelnd zu.

„Hm."

„Martin is schon los, aber ick mach dir jleich hinten die Türe uff."

„Hm."

Er nickte den beiden Frauen zu, drehte sich auf dem Absatz um und verließ das Geschäft wieder.

„Wie die Elsa dit mit dem Knieskopp aushält, is mir een Rätsel", bemerkte Simone und reichte Ina Brot und Kuchen. „Macht zweefuffzich."

Die zählte das Geld aus ihrem Portemonnaie ab, als die Glocke wieder ertönte. Herbert blieb in der offenen Tür stehen, sah Simone an und sprach plötzlich in ganzen Sätzen.

„Do wor so änne do bei mir auf'm Hof. De Memme hat gefroogt, ob'sch so eene scharfe Schantalle genn' tu."

Simone erbleichte.

„Wie sah der aus? Der hat sich nach mir ... Äh, also nach Schantalle jefracht?"

Sie schnappte nach Luft. Herbert nickte und erklärte stoisch:

„Hob'sch gesoogt: nee."

„Aha?"

„Ne Schibbe könnt er von mir hob'n, ober ne Schiggse die Schantalle heeßt kennsch nich." Er grinste breit über seinen eigenen Witz, aber Simone war nicht nach Scherzen zumute.

„Ja? Und denne? Muss man dir denn immer allet aus der Nase zieh'n? Isser wieda wegjefahr'n oder wie?"

Der Bauer schien intensiv über die vielen verschiedenen Fragen nachzudenken.

„Hob em jesocht, dat er ma im ‚Adler' oder bei dir frogen soll. Du weesch doch immer alles."

Ina verstand kein Wort von seinem Genuschel, und Simone stand vor Schreck der Mund offen. Herbert machte noch einmal „Hm" und schloss die Tür hinter sich.

„Oh Jott … Wenn dit nu …", stammelte Simone schließlich.

„Was ist denn los? Was hat Herbert da gesächselt?"

„Er hat jesacht, dit bei ihm auf'm Hof so'n Typ war, der nach Schantalle jefracht hat, und dit er den zu mir jeschickt hat …"

„Oh …"

„Verdammt, wat mach ick denn nu? Los, Ina, raus. Ick muss zumach'n hier."

„Ja, klar. Ich drück dir die Daumen, dass das gut geht. Du musst mir morgen alles ganz genau erzählen."

„Ja, ja, klar. Tschüssken."

Hektisch hantierte Simone mit dem großen Schlüsselbund und schloss direkt hinter Ina ab.

Die winkte ihr noch einmal zu und ging zu ihrem Auto. Gerade, als sie sich in den Wagen setzte, kam die dunkle Limousine, die sie vorhin fast angefahren hätte, aus der Gegenrichtung angebraust und bremste mit quietschenden Reifen auf der gegenüberliegenden Straßenseite.

„Was für ein Idiot", murmelte Ina – bis sie das Berliner Kennzeichen sah: B-KB 1007. Sie stutzte. „KB? Das ist doch … Wie kommt der denn ausgerechnet hierher?"

Geschockt beobachtete sie den Mann, der sich jetzt aus seinem tiefergelegten Wagen zwängte – ihr Chef und Ex-

Lover Klaus Berger. Ina blieb für einen Moment die Luft weg, und ihr Gehirn fing an zu rattern.

Wie hatte er sie gefunden, und woher wusste er, dass sie hier war? Und was wollte er von ihr? Hatte Hombre womöglich gequatscht? Wusste Klaus von der George-Clooney-Geschichte? Oder noch schlimmer: Wusste er, dass Patrick Holmes in Bienensee war?

Ihr Fluchtinstinkt ließ sie ihr Auto starten, doch bevor sie wegfahren konnte, trafen sich ihre Blicke.

Er schien über ihr plötzliches Auftauchen ebenso entsetzt zu sein wie umgekehrt. Aber um sich einfach zu verdrücken, war es jetzt zu spät. Wie hätte sie ihm das plausibel erklären können? Ina entschied, dass Angriff die beste Verteidigung war, stieg aus und ging über die Straße, direkt auf ihn zu.

„Hallo, Klaus, das ist ja eine Überraschung", begrüßte sie ihn so lässig wie möglich.

„Äh, hallo, Ina … Was machst du denn hier?"

Er starrte sie verwirrt an.

„Das wollte ich grad dich fragen. Woher weißt du, dass ich hier bin?"

„Wie? Was?" Es dauerte einen Moment, bis er die Zusammenhänge herstellen konnte. „Heißt das …? Hier hast du dich verkrochen? In diesem Kaff?", fragte er ungläubig. „Oder bist du hier vielleicht heimlich auf Recherche nach 'ner heißen Exklusivgeschichte?"

Er grinste sie erwartungsvoll an, und Ina schoss sofort die Röte ins Gesicht. Sie fühlte sich ertappt. Wollte er sie auf die Probe stellen? Wusste er tatsächlich von Clooney oder Patrick Holmes? Verdammt. Jetzt bloß keinen Fehler machen. Sie lachte gekünstelt auf.

„Recherche? Ich? Ach was! Was sollte es hier in der Provinz denn schon Interessantes geben? Außerdem bin ich ja noch krankgeschrieben. Nee, ich erhole mich hier auf dem Dorf nur."

„Ach?", fragte er ungläubig nach. „Hast du dich im ‚Roten Adler' einquartiert?"

„Woher kennst du den denn?", fragte sie aufgeschreckt.

„Na, da war ich grad."

„*Du* warst im ‚Adler'?"

Sie musste schlucken. Hoffentlich saß Hannes brav in seinem Zimmer und komponierte vor sich hin, betete sie.

„Was wolltest du denn in unserer Dorfkneipe?"

„Die haben da eine leckere Apfelschorle aus eigenem Most. Kriegt man ja in der Stadt gar nicht so was. Nun sag, wohnst du auch da?"

Auch? Was meinte er mit „auch"? Jetzt war sie sich sicher, dass er Bescheid wusste. Aber sie würde auf keinen Fall irgendetwas zugeben. Sie musste ihn irgendwie ablenken.

„Nein, nein, ich wohne in dem Sommerhäuschen einer Freundin, ein Stückchen weiter, mitten im Wald."

„Nicht schlecht. Sicher ganz relaxed hier, so jenseits des Promi-Trubels, was?"

„Unbedingt!", bestätigte sie schnell. „Kannst ja mal gucken."

Im selben Moment hätte sie sich auf die Zunge beißen mögen. Wie konnte sie ihn bloß freiwillig zu sich nach Hause bitten? Er zögerte, schien abzuwägen, ob er die halbherzige Einladung annehmen sollte, und sah sich unschlüssig um. „Suchst du eigentlich irgendwas Bestimmtes hier?", wollte sie schließlich wissen.

„Wer? Ich?", antwortete er ertappt. „Nee, reiner Zufall. Ich bin nur so ein bisschen im Grünen rumgegondelt. Aber wenn ich schon mal hier bin und dich hier treffe, dann würde ich mir natürlich auch gerne angucken, wo du dich in den letzten Wochen eingenistet hast." Er lächelte sie schief an.

„Du hast an einem Mittwoch Zeit, tagsüber einen Ausflug zu machen? Das sind ja ganz neue Töne."

„Ja …", sagte er gedehnt und suchte nach einer passenden Erklärung. „Also … Nach deinem Hörsturz hab ich mir eben so meine Gedanken gemacht. Ich hab ja auch immer viel Stress … Und da hab ich spontan beschlossen, mal den Schreibtisch Schreibtisch sein zu lassen und mir eine kleine Auszeit zu gönnen. Ist ja wirklich ganz pittoresk dieses Dörfchen. Und hier wohnst du jetzt also?" Er machte eine raumgreifende Armbewegung und sah die Hauptstraße auf und ab.

„Ja, sag ich doch. Um mal richtig runterzukommen, ist es schon perfekt – die Ruhe, die gute Luft, die Natur, die Menschen …"

„Apropos …", platzte er heraus, und Ina zuckte unmerklich zusammen. Bevor er nach Patrick, beziehungsweise Hannes fragen konnte, musste sie ihn zügig aus der Gefahrenzone lotsen. Also wiederholte sie schnell ihre Einladung.

„Tja, also wenn du nun schon mal da bist, kannst du es dir ja tatsächlich mal kurz anschauen. Fahr einfach hinter mir her, okay?"

„Aber wolltest du nicht gerade weg?", versuchte er einzuwenden.

„Nö, ich war nur beim Bäcker …"

„Da wollte ich eigentlich auch noch mal eben hin …"

„Zu spät, Simonn macht grad Mittagspause."

„Simonn? Ist das die Bäckersfrau?", fragte er neugierig.

„Äh, ja. Wieso?"

„Weil … Nun, die Bedienung im Restaurant meinte, ich soll hier mal fragen …"

„Was fragen?"

„Also, nicht direkt fragen …" Klaus Berger druckste herum und kriegte hektische rote Flecken im Gesicht. „Ich wollte nur mal … Ach, nicht so wichtig. Wo wohnst du denn nun?"

In diesem Moment klingelte Inas iPhone.

Hastig fingerte sie es aus ihrer Jeanstasche und erblickte auf dem Display die Nummer von Hannes. Oh, bitte nicht ausgerechnet jetzt, dachte sie angespannt und starrte das Handy an.

„Geh ruhig ran", ermunterte er sie, froh über die Ablenkung.

Sie nickte ihm entschuldigend zu, drehte sich ein bisschen zur Seite und meldete sich mit einem knappen: „Ja, hallo?"

„Hey, ich bin's", erklang seine fröhliche Stimme an ihrem Ohr. „Bist du schon unterwegs? Wollte nur fragen, ob du mir vom Supermarkt noch ein paar Flaschen Wasser mitbringen kannst."

„Hm, hm", murmelte sie.

„Äh, also nur, wenn's nicht zu viel Mühe macht." Er war irritiert darüber, dass sie so kurzangebunden reagierte.

„Ja, kein Problem", flüsterte Ina.

„Ich kann dann auch gleich schon rüberkommen und dir beim Ausladen helfen", bot er an.

„Nein, auf keinen Fall!", stieß sie heftig hervor.

„Oh, Entschuldigung … Wenn ich störe, musst du es nur sagen", antwortete er verwirrt über ihre harsche Abfuhr.

„Nein, nein … Sorry … Es ist nur …" Klaus Berger starrte sie neugierig an, und Ina überlegte angestrengt, wie sie Hannes möglichst schnell abwimmeln könnte. „Weißt du … Da ist gerade ein ehemaliger … Also, ein alter Freund aus Berlin … Vielmehr ein Bekannter …"

Genervt über ihr sinnloses Gestotter hielt sie inne, drehte sich noch ein Stückchen weiter von Klaus' neugierigen Blicken weg und sprach leise ins Telefon. „Also, ich hab da gerade spontan Besuch bekommen und weiß noch nicht, wie lange er bleibt."

„Besuch? Ach …"

Hannes klang enttäuscht.

„Ja, mein Ex ... Äh ... Also der ist hier aufgekreuzt. Und jetzt will er bei mir noch schnell einen Kaffee trinken."

Es blieb still auf der anderen Seite der Leitung.

„Bist du noch dran?", fragte sie nach.

„Ja, ja ... Und da soll ich natürlich nicht dazwischenfunken ...", zischte er.

Ina spürte, dass Hannes plötzlich sauer war, aber sie kapierte einfach nicht, was in ihn gefahren war.

„Quatsch! Das ist doch Blödsinn", widersprach sie, doch er hatte sich schon seinen eigenen Reim auf das Ganze gemacht.

Er schwieg und grübelte über das Wort „Ex", das sich augenblicklich in sein Gehirn gebrannt hatte. Ein Mann aus Inas Vergangenheit war unvermittelt in ihre kleine, heile Welt eingebrochen, und der war ihr scheinbar wichtiger.

Frustriert registrierte Hannes, dass er sich wohl nur eingebildet hatte, dass da mehr zwischen ihnen war als eine lockere Freundschaft. Sobald der Ex aus Berlin auftauchte, war er plötzlich abgemeldet. Er verstand selbst nicht, weshalb ihn die Situation so aufregte, doch das änderte nichts an der Tatsache, dass er jetzt sauer war.

„Nee, ist schon klar. Ich verstehe ...", murmelte er beleidigt.

„Hör mal ... Ich kann grad nicht so recht sprechen ... Aber ich melde mich später noch mal bei dir."

„Hm, hm."

Ina hätte Hannes gern erklärt, warum sie hier so merkwürdig herumdruckste, und dass sie sich viel lieber mit ihm treffen würde, als mit Klaus Kaffee zu trinken, aber ihr Chef schien schon nervös mit den Füßen scharren, als sich das Telefonat hinzog. Und das Risiko, dass er misstrauisch würde, war ihr einfach zu groß. Um Hannes zu schützen, musste sie dafür sorgen, dass er Klaus auf keinen Fall in die Arme lief. Also suchte sie nach einem neutralen Ende.

„Bis später dann, okay?"

„Ja, ja ... Ich hab ja eh zu tun. Nur keine Eile", antwortete Hannes spöttisch.

Ina verdrehte die Augen und verabschiedete sich schnell. Möglichst harmlos nickte sie dann Klaus zu und erklärte: „Nur eine Bekannte von hier. Ich soll ihr Wasser aus dem Supermarkt mitbringen. Fahren wir?" Ohne seine Antwort abzuwarten, setzte sie sich in ihren Wagen und schlug die Tür hinter sich zu. Schleunigst folgte er ihr zur Akazienallee, die zu ihrem Häuschen führte. Ina stopfte sich unterwegs noch ein Stückchen Apfelkuchen in den Mund, um ihren laut knurrenden Magen zu beruhigen.

Nach einer guten Stunde angestrengten Smalltalks, in der sie den neuesten Klatsch und Tratsch aus der Redaktion der V.I.P. erfuhr, wurde Ina langsam unruhig. Sie wollte endlich zum Supermarkt fahren und Hannes anrufen, doch Klaus Berger machte keine Anstalten zu gehen. Ganz im Gegenteil ... Je länger er Ina auf dem bequemen Sofa gegenüber saß, desto mehr gefiel ihm die Idee, seinen Ausflug nach Bienensee vielleicht noch mit einem Schäferstündchen zu krönen. Die Erinnerungen an die aufregenden, heimlichen Stunden mit seiner Ex-Geliebten wirkten recht anregend. Aber eine Sache brannte ihm vorher noch unter den Nägeln ...

„Sag mal, die Leute hier im Dorf ... Die musst du doch inzwischen alle recht gut kennen, oder?"

„Na ja, kommt drauf an", wich sie aus.

„Also wenn da eine Person wäre, die aus der langweiligen Masse heraussticht. Jemand, der anders ist. Irgendwie – besonders ... aufregend ... interessant ..."

„Ja?", sagte sie zögernd und dachte: Oh Mist, jetzt kommt er mir doch noch mit Patrick Holmes.

„Na, dann würdest du, als Klatschreporterin, diese Person doch sicherlich wahrgenommen haben. Und du hättest längst herausgefunden, wie sie hier so lebt, was sie macht, wo sie wohnt ..."

Er sah sie lauernd an, und Ina hoffte, dass ihr nicht wieder die verräterische Röte ins Gesicht schießen würde. So beiläufig wie möglich antwortete sie: „Ja, klar! Aber so jemanden gibt's hier nicht! In Bienensee leben nur stinknormale, langweilige Dörfler – keine Promis, keine Stars, keine Supermodels!"

„Na, gut. War ja nur 'ne Frage ..."

Enttäuscht sackte er in sich zusammen und ließ die Schultern hängen. Nein, Ina schien tatsächlich nichts von Chantal zu wissen. Auch wenn er sich nicht vorstellen konnte, wie eine so scharfe, blonde Vierundzwanzigjährige, zwischen all diesen grauen Mäusen nicht auffallen sollte, musste er sich wohl damit abfinden, dass er sie nicht so leicht finden würde. Wenn schon seine beste Journalistin in mehreren Wochen vor Ort die heiße Telefonsexbraut nicht aufgestöbert hatte, dann würde ihm das, innerhalb weniger Stunden, vermutlich auch nicht gelingen. Damit der Ausflug in die Provinz aber nicht ganz umsonst war, änderte er seine Strategie.

„Hast du vielleicht noch was anderes als Kaffee?", fragte er Ina lächelnd. „Brandy oder Cognac vielleicht?"

„Aber du musst doch noch fahren", erwiderte sie entgeistert.

„Ach, so ein kleiner Schluck schadet doch nicht. Hast du?"

Sie war froh, dass er das heikle Thema scheinbar wieder fallengelassen hatte und ihr abnahm, dass sie Patrick Holmes hier nicht entdeckt hatte.

„Ich guck mal, was meine Freundin so in ihrer Bar hat."

Als sie aufstand, um in die Küche zu gehen, heftete Klaus Berger seinen Blick auf ihren wohlgeformten, runden Po, der in der engen Jeans prächtig zur Geltung kam. Sofort war seine Begierde geweckt, diesen Körper, den er noch so gut kannte, wieder anzufassen.

„Also, ich hab nur einen Rest Gin, Grappa und eine halbe Flasche Wermut gefunden."

Ina baute die drei Flaschen auf dem niedrigen Wohnzimmertisch auf, und er nutzte die Gelegenheit, ihr ins Dekolleté zu blicken.

„Dann hätte ich gerne einen scharfen Grappa." Er grinste sie an, schälte sich mühsam aus seinem dunkelblauen Jackett und warf es scheinbar achtlos auf den Sessel gegenüber, auf dem Ina bisher gesessen hatte.

„Wenn du meinst, dass du danach noch fahren kannst." Sie zuckte gleichgültig mit den Schultern und holte noch zwei Gläser aus der Küche. „Sorry, aber hier gibt's nur Wein- oder Wassergläser."

„Kein Problem. Dann muss man nicht so oft nachschenken." Er lachte dröhnend und klopfte auffordernd auf den Platz neben sich auf dem Sofa. „Ist echt herrlich ruhig hier. Man ist so völlig ungestört. Keine direkten Nachbarn, die einen nerven, nur Natur pur. Nun setz dich doch endlich her zu mir. Ich tu dir doch nichts. Du kennst mich doch …"

„Eben …", antwortete sie skeptisch.

„Jetzt sei nicht albern." Er schenkte die beiden Wassergläser, die sie ihm hinhielt, großzügig voll Grappa. „Komm schon. Setz dich zu deinem alten Chef."

Zögernd ließ sie sich neben ihm nieder. Auf dem engen Zweisitzer berührten sich ihre Körper. Das kurzärmlige weiße Hemd klebte an seinem Oberkörper. Ina war der Kontakt unangenehm, doch Klaus schien sich wohlzufühlen. Entspannt streckte er seine Arme auf der Rückenlehne aus und drückte mit der Hand aufmunternd ihre Schulter. „Na, dann lass uns mal auf dieses unverhoffte, freudige Wiedersehen anstoßen."

Ihre Gläser klirrten, und er nahm einen kräftigen Schluck. Ina nippte nur an ihrem Grappa. „Was bist du denn so still, meine Kleene? Ist doch sonst nicht deine Art. Denkst du auch grad an die schöne Zeit, die wir zusammen hatten?"

„Hm, hm", machte Ina unbestimmt und musste dabei unwillkürlich an Bauer Herbert denken. Eigentlich eine ganz gute Taktik, immer nur „Hm" zu sagen. Da konnte man sich wenigstens nicht verplappern.

Klaus stieß mit seinem Glas wieder an das ihre und beide nahmen einen erneuten Schluck. Ina spürte den scharfen Branntwein heiß in ihrer Kehle, und ihr wurde langsam warm. Vielleicht war es aber auch nur die Hitze, die der Körper von Klaus abstrahlte.

Sie zuckte leicht zusammen, als sie seine rechte Hand in ihrem Nacken spürte. Rhythmisch kneteten seine Finger ihre angespannten Nackenmuskeln. Auch wenn sie sich innerlich dagegen wehrte, musste sie zugeben, dass es guttat. Seine Massagen hatte sie immer genossen. Unwillkürlich dachte sie tatsächlich an die schönen Stunden, die sie zusammen verbracht hatten.

Auch wenn man es ihm auf den ersten Blick nicht ansah – Klaus konnte sehr charmant und zärtlich sein. Und seine Begabung als Liebhaber war durchaus im oberen Bereich ihrer Qualitätsskala anzusiedeln gewesen. Sie nahm noch einen kräftigen Schluck, schloss die Augen und seufzte bei der Erinnerung leise auf.

Angespornt von ihrer Reaktion zog er Ina enger an sich und küsste sie. Erst vorsichtig tastend auf Nacken und Wange, dann spürte sie seine fordernde Zunge in ihrem Mund.

Ein wohliges Ziehen durchströmte ihren Bauch. Sie hatte sich schon lange nicht mehr von einem Mann begehrt gefühlt. Und seine Küsse schmeckten gut. Alles war irgendwie so vertraut, so selbstverständlich. Sie spürte, wie seine Hand unter ihr T-Shirt rutschte und im nächsten Moment streichelte er zärtlich ihre Brust. Das fühlte sich verdammt gut an.

Ina ließ sich in die wohligen Gefühle, die seine Berührungen in ihr auslösten, fallen und erwiderte sie schließlich ganz automatisch. Sie lehnte sich an ihn und presste ihren Busen seiner Hand entgegen. Er stöhnte erregt auf, als er das Einverständnis ihres Körpers spürte.

Ina gefiel es, sein kehliges Stöhnen zu hören, während er sic immer fordernder küsste und streichelte. In Gedanken war sie ganz weit weg …

Vor ihrem inneren Auge tauchte ihr Traummann auf und sie dachte: Oh, Schorsch … *Schorsch*? Simonn, geh aus meinem Kopf, das ist meine Fantasie!

Ina konzentrierte sich wieder auf ihre erotische Vorstellungskraft und stöhnte leise: „Oh, George … Ja, Hannes … So ist es gut …"

Im selben Moment spannte sich ihr Körper an.

George? Na, logisch! Aber Hannes? Wieso dachte sie ausgerechnet jetzt an Hannes?

Augenblicklich wurde ihr bewusst, dass sie jetzt viel lieber mit George Clooney oder wenigstens seinem Doppelgänger hier auf dem Sofa herumgeknutscht hätte als mit ihrem Ex. Allerdings dachte wohl weder der Hollywoodstar noch ein anderer schwuler Mann auch nur im Traum daran, sie stürmisch zu küssen und ihren Busen so ausgiebig zu liebkosen.

Ein bisschen enttäuscht drückte sie Klaus ein Stückchen von sich und befreite sich von seinen Händen, die sich scheinbar zu vermehren schienen.

Sie musste dringend auch noch die letzten Skrupel loswerden.

„Ich brauch noch einen Schluck Grappa. Ich hab plötzlich solchen Durst …", murmelte sie und schenkte sich ihr Glas randvoll.

Er sah sie skeptisch an, doch schon kippte sie den scharfen Schnaps auf ex in ihren Rachen, schüttelte sich, als der in ihrer Kehle brannte und grinste Klaus aus glasigen Augen an. „Jetzisallessuper, mein ssssüßer Klausibär – ich will Sex!", lallte sie mit schwerer Zunge und schob ihm selbige wieder mit Schwung in den Mund.

Wenn schon sonst kein Mann etwas von ihr zu wollen schien, dann würde sie eben einfach das Beste aus der Situation machen – ein letztes Mal Sex mit dem Ex und danach war endgültig Schluss. Vage Zweifel wischte der italienische Obstbrand gründlich zur Seite.

Schließlich war sie eine toughe, erwachsene Frau und frei zu entscheiden, ob und mit wem sie ein bisschen unverbindlichen Spaß haben wollte, sagte sie sich. Wäre doch gelacht!

Also gab sie sich wieder ihren erotischen Fantasien und dem dazugehörigen Traummann hin und genoss George Clooneys ausgesprochen angenehme Zärtlichkeiten. Recht bald verschwammen Realität und Fantasie in einem dichten Nebel – bis der aufregende Film plötzlich riss ...

Als Ina am nächsten Morgen um kurz vor elf mit schwerem Brummschädel erwachte, öffnete sie sehr vorsichtig ein Auge. Es war furchtbar hell in ihrem Schlafzimmer, die geöffneten Fensterläden ließen die Sonne ungebremst auf ihre Netzhaut los. Autsch, das tat weh. Sie zog sich die Decke über den Kopf und wollte sterben. Oder wenigstens schlafen. Doch ihr Gehirn fing langsam an zu arbeiten und löcherte sie mit Fragen, die sie einfach nicht beantworten konnte.

Was war gestern bloß losgewesen? Warum hatte sie solche Kopfschmerzen? Woher kam der pelzige Geschmack in ihrem Mund? Weshalb standen die Fensterläden offen, obwohl sie die doch jeden Abend zumachte?

Sie rollte sich zusammen und schlang die Arme um ihren Körper. Und bei dem, was ihre Finger fühlten, schoss bereits die nächste schwierige Frage durch ihren Kopf: Wieso lag sie angezogen im Bett?

Ina strampelte die Decke weg, blinzelte mühsam gegen die Helligkeit an und besah sich von oben bis unten … T-Shirt, Jeans – alles noch an seinem Platz. Aber warum?

Völlig zerschlagen schleppte sie sich ins Bad, vermied beim Zähneputzen den Blick in den Spiegel und schaffte es schließlich, die Kaffeemaschine in Gang zu bringen. Während das Wasser langsam durch den Filter tröpfelte und der frischgebrühte Kaffee seinen tröstlichen Duft verströmte, stellte Ina einen Becher und die Milch auf den Küchentisch. Dort lag ein Zettel.

Eher automatisch, als tatsächlich interessiert, griff sie danach und bemühte sich, die krakelige Handschrift zu entziffern.

> *Guten Morgen Ina,*
> *ich hoffe, Dir geht's inzwischen wieder besser.*
> *Der Nachmittag war ja sehr nett.*
> *Schade, dass Dir dann plötzlich schlecht wurde.*
> *Nachdem ich Dich ins Bett verfrachtet hab, bin ich zurück nach Berlin gefahren.*
> *Wir telefonieren,*
> *Klaus*
> *P.S. Danke für die spannenden Infos …*

Klaus! Angesichts des Namens schossen ihr sofort wirre Bilder durch den Kopf.

Oh Gott, er war gestern hier gewesen …

Und sie hatte wild mit ihm rumgeknutscht … Mit ihrem Ex … Oh nein …

Sie sackte auf dem Stuhl zusammen und hielt sich den schmerzenden Kopf. Was hatte sie da bloß geritten? Sie raffte sich wieder auf, schenkte sich Kaffee ein und ging mit dem Becher ins Wohnzimmer. Hier fand sie die untrüglichen Beweise – zwei Gläser, eins noch halbvoll, das andere restlos leer.

Angesichts des dumpfen Pochens hinter ihren Schläfen war es nicht schwer, herauszufinden, welches ihr Glas gewesen war ... Die leere Grappaflasche war halb unter den Tisch gerollt, neben die Kissen, die sonst auf dem Sofa lagen. Ina schloss die Augen und hatte sofort die dazugehörige Szene wieder vor ihrem inneren Auge. Angestrengt versuchte sie, sich an die Einzelheiten zu erinnern.

Ich hab mit Klaus geknutscht, so viel ist klar. Aber wie weit ist das gegangen?

Sie besah sich ihre Jeans und ihr hellgrünes T-Shirt. Was waren das für komische Flecken da über ihrem Bauch? Sie nahm noch einen Schluck heißen Kaffee und ging, nichts Gutes ahnend, ins Bad.

Als ihr Blick die aufgeklappte Toilettenbrille streifte, wusste sie es wieder ...

Ich hab mich übergeben müssen. Mein Magen hat angesichts der hochprozentigen Schnapsmengen rebelliert.

Bruchstückhaft fügten sich ihre Erinnerungen zusammen.

Klaus hat meinen Kopf gehalten, als ich über der Kloschüssel hing ... Oh Gott ... Wie peinlich!

Ihr wurde sofort wieder schlecht.

Danach muss er mich ins Bett verfrachtet haben, wo ich meinen Rausch ausgeschlafen hab – komplett angezogen ... Diese Tatsache deutete sie als positives Zeichen. Wäre es zu wildem, hemmungslosem Sex gekommen, hätte er ihr anschließend sicher nicht extra wieder die enge Hose übergestreift.

Da hat der Alkohol wenigstens auch sein Gutes gehabt, versuchte sie, sich zu trösten. Zumindest hat der

Vollrausch bewirkt, dass ich nicht mit meinem Chef geschlafen habe.

Sie atmete auf – nur um im nächsten Moment wieder zu verzweifeln … Was hatte er auf dem Zettel geschrieben? *„Danke für die Infos …"*

Welche Infos hab ich ihm gegeben? Worüber haben wir gesprochen – solange ich noch sprechen konnte? Hoffentlich hab ich mich in meinem benebelten Zustand nicht verquatscht und von Hannes erzählt. Wenn ich beschwipst bin, neige ich schließlich dazu, zu reden und zu reden …

Ina hoffte inständig, dass sie Hannes im Vollsuff nicht leichtsinnig ans V.I.P.-Messer geliefert hatte. Sie musste unbedingt mit Klaus telefonieren und rauskriegen, ob er irgendetwas wusste. Und falls nötig, eine Schlagzeile verhindern.

Welcher Tag war heute eigentlich? Mittwoch? Nein, schon Donnerstag. Redaktionsschluss!

Morgen würde die aktuelle Ausgabe des Magazins am Kiosk liegen. Und zwar ohne irgendwelche Enthüllungen über Patrick Holmes! Dafür musste sie sorgen, falls sie gestern irgendwelchen Mist gebaut und sich verquatscht hatte.

Ach, Hannes … Hannes? Hannes! Oh, verdammt! Wir waren doch gestern Abend verabredet. Bestimmt hat er sich Sorgen gemacht, weil ich mich nicht mehr gemeldet hab. Oh Mann, was für ein Chaos!

Ina suchte ihr iPhone. Normalerweise hing es über Nacht zum Aufladen an der Strippe. Sie versuchte, sich zu erinnern, wann sie es zuletzt benutzt hatte und wo es folglich sein müsste.

Die Tasche! Genau. Vor der Bäckerei hatte sie mit Hannes telefoniert und es dann wieder eingesteckt. Hektisch durchwühlte sie ihre beutelartige Handtasche und wurde schließlich fündig.

Als sie das Telefon anschaltete, zeigte es sechs vergebliche Anrufversuche und fünf SMS von Hannes an. Der Akku pfiff aus dem letzten Loch. Na, toll. Aber zum Aufladen hatte sie jetzt keine Zeit. Also wählte sie seine Nummer. Nach dem ersten Läuten ging er sofort ran.

„Ina?! Wo steckst du? Wie geht's dir? Hattest du einen Rückfall? Mit dem Hörsturz? Alles in Ordnung mit dir?", sprudelte er augenblicklich los.

Er klang sehr besorgt, und Ina schämte sich. Während sie sich mit ihrem Ex vergnügt und sich die Kante gegeben hatte, hatte ihr Freund sich Sorgen darüber gemacht, weshalb sie sich weder gemeldet hatte noch erreichbar gewesen war.

„Hallo Hannes ... Ja, alles okay bei mir. Sorry, aber das Handy lag stummgeschaltet in meiner Tasche. Da hab ich's nicht klingeln gehört."

„Du guckst doch sonst dauernd auf dein Smartphone, ob irgendwelche Neuigkeiten eingetrudelt sind. Womit warst du denn so beschäftigt, dass du unsere Verabredung gestern vergessen hast?", fragte er etwas genervt.

„Oh ... Äh ... Na ja, da war ja dieser Bekannte aus Berlin ..."

Sie wusste eigentlich selber nicht, weshalb sie Hannes nicht einfach erzählte, wer Klaus Berger war. Eigentlich gab es keinen Grund zu verschweigen, dass sie mal eine Affäre mit ihrem Chef gehabt hatte. Dennoch war es ihr ihm gegenüber irgendwie peinlich. Also wiegelte sie weiter ab.

„Also, der Typ ist dann noch ein bisschen geblieben. Irgendwie war ich dann plötzlich total müde und bin ins Bett gegangen." Sie merkte, dass sich das reichlich komisch anhörte, und setzte nach: „Also der Klaus, der war da natürlich schon weg. Verstehst du? Der musste ja noch nach Berlin ..."

„So, so ..."

Ina verdrehte die Augen über seine einsilbige Reaktion. Ihr Schädel brummte, aber sie versuchte, so logisch wie möglich zu argumentieren.

„Ja, genau. Wir haben Kaffee getrunken, uns ein bisschen verquatscht, und dann ist er auch schon wieder gefahren – am frühen Abend", betonte sie noch mal und hoffte, dass das glaubwürdig klang. „Und ich war irgendwie schlapp, vielleicht noch Auswirkungen des Hörsturzes ... Jedenfalls hab ich mich früh hingelegt. Dabei scheine ich leider vergessen zu haben, dir noch Bescheid zu sagen." Sie fand sich selbst nicht besonders überzeugend.

„Aha ... Aber absagen hättest du nun ja wirklich noch mal eben können. Ich hab mir Sorgen gemacht ..."

Er klang ein bisschen eingeschnappt.

Das fand Ina reichlich übertrieben, immerhin war er nur ein *guter* und nicht *ihr* Freund, bei dem sie sich abmelden musste, wenn sie ihre Pläne änderte. Es war zwar unhöflich, die Verabredung zum Abendessen zu vergessen, aber schließlich sahen sie sich fast jeden Tag. Also konnte man auch einmal ohne Entschuldigung ein Treffen schwänzen. Hannes tat ja gerade so, als wenn sie ein Date mit ihm gehabt und das wegen eines anderen Mannes abgesagt hätte.

Okay – da *war* ein anderer Mann, und sie *hatte nicht* abgesagt ... Das war ja der springende Punkt. Da kam sie nicht raus. Sie hatte Mist gebaut und musste daher jetzt ...

Apropos Mist ... Plötzlich fiel ihr wieder ein, welche Katastrophe sie vielleicht in ihrem betrunkenen Kopf angerichtet hatte ...

Sie musste sofort Klaus anrufen und herausfinden, ob er irgendwas von Patrick Holmes Aufenthalt in Bienensee und seinem Burn-out wusste.

Doch dazu musste Hannes erst mal wieder aus der Leitung.

„Also, noch mal: Es tut mir leid. Wir holen das Abendessen nach. Versprochen. Aber nicht heute, ich bin immer noch ein bisschen schlapp. Vielleicht hab ich ja zu viel geschlafen", lachte sie betont locker. „Also dann … Ich hab noch ein bisschen was zu tun, aber ich melde mich morgen bei dir. Okay?"

„Okay … Ich hab verstanden …", antwortete er und verbarg nur mühsam seine Enttäuschung.

Das hatte er sich ganz anders vorgestellt. Gestern war er den ganzen Tag über damit beschäftigt gewesen, an dem Text für seinen neuen Song zu schreiben, damit er ihn Ina am Abend vorspielen konnte. Das Lied war schließlich für sie …

Doch anstatt sich mit ihm zu treffen, hatte sie den Nachmittag, Abend und sicher auch die Nacht mit einem anderen Kerl verbracht. Und nun tischte sie ihm irgendwelche Märchen auf. Er glaubte ihr kein Wort.

Zu allem Überfluss wimmelte sie ihn schon wieder ab, wie einen x-beliebigen Bekannten.

Das war ihm ewig nicht mehr passiert. Seit er ein gefeierter Popstar war, lagen ihm die Frauen zu Füßen, und *er* war es gewesen, der sie abgewimmelt hatte, wenn er genug von ihnen hatte. Die Zurückweisung durch Ina kratzte schwer an seinem Ego. Eingeschnappt beendete er das Gespräch.

„Tja, ich muss dann auch noch ein paar Dinge regeln. Kannst dich ja melden, wenn du mal wieder Zeit hast. Tschüss."

Ina war in Gedanken bereits bei dem Telefonat mit Klaus, hörte nur noch mit halbem Ohr zu und antwortete zerstreut: „Ja, fein. Tschüss dann."

Kaum hatte sie das Gespräch beendet, drückte sie schon wieder auf die nächsten Tasten, um in der Redaktion der V.I.P. nachzuforschen, ob irgendwas in Sachen Patrick Holmes durchgedrungen war.

„V.I.P-Magazin, Sybille Sievering", meldete sich die neue Sekretärin.

„Ina Frinks. Stellen Sie mich bitte zu Klaus Berger durch", sagte sie kurz angebunden.

„Ach, hallo Frau Frinks. Lange nichts von Ihnen gehört. Wie geht's Ihnen denn? Wieder gesund?"

„Ja, ja … Geht schon … Aber jetzt muss ich dringend Klaus sprechen!"

Ina schwor sich, die geschwätzige Sekretärin nach ihrer Rückkehr so schnell wie möglich wieder loszuwerden.

„Der ist leider nicht zu sprechen. Wir haben heute ja Redaktionsschluss – Stress pur. Sie verstehen? Herr Berger ist gerade im Layout. Wir schmeißen ja den ganzen Titel noch mal um. Riesengeschichte!"

„Welche?", fragte Ina entgeistert nach.

„Tut mir leid, das darf ich leider nicht verraten. Ist exklusiv. Hat Frau Harms alles recherchiert – eine Hammergeschichte! Aber mehr darf ich nun wirklich nicht sagen."

„Na hören Sie mal!", rief Ina entrüstet ins Telefon. „Sie sprechen mit der Chefreporterin der V.I.P.! Stellen Sie mich mal zu Frauke Harms durch."

„Sorry, aber die ist in der Fotoredaktion, die passenden Fotos für die Geschichte aussuchen. Ist ja schließlich ein Titel! Tut mir wirklich leid, aber heute ist echt niemand zu sprechen. Versuchen Sie es doch morgen noch mal?", zwitscherte die Frau professionell.

Ina hatte das Gefühl, dass die Sekretärin es genoss, sie abzuwimmeln. Sie kochte vor Wut, wollte ihr aber nicht die Genugtuung gönnen, das zu spüren. Also atmete sie durch und antwortete lässig: „Ach, kein Problem, dann versuche ich es eben bei Klaus auf dem Handy."

„Ich glaube nicht, dass Sie …"

Aber da hatte Ina das Gespräch schon abrupt beendet. Wäre ja gelacht, wenn sie das nicht alleine geregelt kriegen würde. Doch sowohl bei Klaus als auch Frauke waren nur die Anrufbeantworter zu erreichen. Auf beiden hinterließ Ina die dringende Bitte um Rückruf. Dann schickte sie Klaus noch eine SMS und eine Mail desselben Inhalts:

Muss Dich dringend sprechen. LG, Ina

Gleichzeitig checkte sie auf dem Computer den dpa-Ticker, entdeckte jedoch weder dort noch bei den anderen Agenturen eine Vorabmeldung von der V.I.P.

Sie googelte „Patrick Holmes", doch es tauchten nur die üblichen Einträge über den Sänger und „The Curiosity" auf, keine brandheiße Klatschgeschichte.

Nervös kaute Ina an den Nägeln und überlegte angespannt, ob es sich bei der Titelstory tatsächlich um die Krankheit von Patrick Holmes handelte. So viel konnte sie Klaus in ihrem angeschlagenen Zustand gestern doch nicht verraten haben, dass der heute aus dem Burn-out eines Popstars gleich eine Schlagzeile machte.

Hoffte sie wenigstens.

Und wie hätte Frauke Harms das recherchieren sollen, ohne dass sie etwas davon mitgekriegt hätte? Es sei denn, ihre Urlaubsvertretung wäre heute Morgen in Bienensee im „Adler" oder in der Bäckerei gewesen, während Ina ihren Rausch ausgeschlafen hatte ... Unwahrscheinlich – aber um ihre Nerven zu beruhigen, wollte sie auf Nummer sicher gehen. Sie duschte zügig, zog sich an und fuhr zu Simone.

„Ina! Jut, det du kommst! Ick muss dir 'ne Hammerjeschichte erzähl'n!", begrüßte die Bäckersfrau sie aufgeregt, als sie kurz vor der Mittagspause den Laden betrat.

Sofort spürte Ina, zu dem Hämmern in ihrem Kopf, auch noch eine Faust in der Magengrube. Verdammt! Es war also wirklich passiert!

„Erzähl, was war los", forderte sie Simone ungeduldig auf.

„Du wirst et nich glooben, aber der Klausi hat mich tatsächlich gestern Abend noch hier erwischt …"

„Klausi? Welcher Klausi? Gestern Abend? Du meinst doch nicht etwa Klaus Berger?"

Ina war geschockt. Wenn ihr Chef gestern noch hier recherchiert hatte, dann war es durchaus im Bereich des Möglichen, dass die V.I.P. bis heute die Geschichte rund gekriegt hatte und Patrick Holmes auf den Titel bringen konnte.

„Den Nachnamen weeß ick nich, aber dit war der Klausi aus Berlin." Simone grinste sie an.

„Und, was wollte er wissen? Nun sag schon!"

Ina knetete nervös ihre Hände und wartete niedergeschlagen auf die Antwort.

„Na, ob ick 'ne Schantalle kenn' und wo die wohl wohnt."

Simone lachte amüsiert auf.

Völlig entgeistert starrte Ina sie an. Das war nicht das, was sie erwartet oder befürchtet hatte. Sie brauchte einen Moment, um das Gehörte zu verarbeiten.

„Is dit nich witzig?", fragte die Verkäuferin nach, als Ina nicht sofort reagierte.

„Moment Mal … Du sprichst von deinem Telefonkunden Klausi?"

„Ja, klar! Von wem denn sonst?"

„Wie sieht der aus?"

Ina wollte sichergehen.

„Na, jroß, kräftig, stattlicher Kerl, dunkle Haare mit grauen Schläfen – jar nich mal so übel. Verstehe jar nich, wieso der keene Freundin hat und stattdessen mittachs mit mir telefoniert", überlegte Simone.

„Dunkler Anzug, großes Auto?"

„Ja, jenau. Hast du den ooch jesehen?"

„Das ist mein Chef …"

„Was?"

Simone starrte sie entgeistert an.

„Ja, Klaus Berger. Der ist mir hier gestern Mittag vor deinem Laden über den Weg gelaufen. Und dann war er noch auf einen Kaffee mit bei mir."

„Ach … Na, dit is ja 'n Ding." Simone war ehrlich verblüfft. „Und um kurz vor sechse stand er denn bei mir im Laden. Ick wollte jrade zusperren. Kannst dir vorstellen, wie ick aus der Wäsche jekiekt hab, als der plötzlich nach Schantalle jefracht hat …"

„Au Mann, das ist aber echt ein Ding."

„Ick hab natürlich so jetan, als ob ick von nüscht wüsste." Simone grinste verschmitzt. „Hab in meener Uffrejung irjendwat vor mich hinjesabbelt. Und denn meinte er plötzlich, det er von 'ner Bekannten jehört hätte, dit der Schorsch Clooney in Bienensee jewesen wäre. Ob ick wenigstens davon wat wüsste. Da war ick wieda vablüfft. Und ehe ick mir verseh'n hab, hab ick ihm vom jedeckten Appel erzählt, den der Clooney jekooft hat, als der neulich hier war und so. Da war er janz aus'm Häuscken. Dit hat ihn abjelenkt, jloob ick. Trotzdem hat er mich die janze Zeit so komisch anjekiekt, als er meene Stimme jehört hat. Kam ihm wohl irjendwie bekannt vor." Sie kicherte. „Aber er hat nüscht jerafft. Hat ja 'ne junge, blonde Schnitte vor Oojen jehabt und nich so'n Vollweib wie mich." Sie lachte laut auf. „Der is denn mit 'nem Dinkelbrot janz zufrieden hier rausmarschiert, der kleene Klausi."

„Du hast ihm von George Clooney erzählt?" Ina konnte es nicht fassen, dass ihre Freundin diese heiße Exklusivstory ausgerechnet gegenüber Klaus Berger ausgeplaudert hatte.

„Ick war überrumpelt. Konnte ja nich ahnen, dit der vonner Presse is. Und mir is uff die Schnelle nüscht

Besseret einjefall'n", rechtfertigte sie sich. „Und irjendwer hat da ja wohl schon vor mir jequatscht, sonst hätte er dit doch nich jewusst mit dem Schorsch. Ick dachte, det die Klara vielleicht … Aber nu' warst du dit am Ende selba?"

„Ich? Nein!", antwortete Ina entrüstet und überlegte gleichzeitig, ob das womöglich die „Info" war, für die Klaus sich auf dem Zettel bei ihr bedankt hatte.

„Is ja ooch ejal. Ick war froh, dit der endlich een anderet Thema hatte als immer die Schantalle. Kannst dir ja wohl vorstell'n, wat ick für Ängste ausjestanden hab, dit der mich erkennt. Und Martin hinten inner Backstube … Wenn dit schief jejangen wär' …"

„Da haben wir wohl beide noch mal Glück gehabt …", überlegte Ina laut.

„Wieso du? Ihr kennt euch doch."

„Besser, als mir lieb ist …"

„Ach ja?", fragte Simone interessiert nach.

„Nicht so wichtig", wiegelte Ina schnell ab.

Inzwischen war ihr klar, dass die fette Schlagzeile, die die V.I.P. plante, vermutlich mit dem Hollywoodstar, der heimlich durch die Brandenburger Provinz reiste, zusammenhing. Zumindest hoffte sie das. Besser eine Promi-Geschichte geopfert, als ihren Freund Hannes ans Messer geliefert zu haben.

Sie kaufte sich ein saftiges, dunkles Räuberbrot für den Abend und verabschiedete sich erleichtert.

„Na, dann wünsche ich dir viel Glück beim Rausreden, wenn der Klausi sich später wieder bei Chantal meldet."

„Nee, nee, dit war mir 'ne Lehre. Ick hab jleich heute Morjen meine Nummer bei dieser Hotline abjemeldet. Mit Schantalle is jetzt Schluss. Ick hab jenuch Kohle für den Urlaub zusamm'. Man will ja nich gierich sein."

„Ja, das ist wohl besser so. Dann mach's mal gut und bis morgen."

„Tschüss, Kleene."

Zu Hause angekommen, legte Ina sich wieder ins Bett, zog die Decke über den Kopf und hoffte, die ganze Episode mit ihrem Ex möglichst schnell vergessen zu können. Sie schlief ein und erwachte durch ein heftiges Hämmern an der Haustür. Sie musste lange geschlafen haben, denn es dämmerte bereits. Die Kopfschmerzen hatten sich glücklicherweise in Luft aufgelöst, und so sprang sie augenblicklich aus dem Bett, schlüpfte in ihren Jogginganzug und öffnete die Tür. Draußen stand der aufgeregte Enkel von Bauer Herbert. Schweißperlen standen ihm auf der Stirn, sein Fahrrad hatte er achtlos ins Gras fallen lassen. Und er hatte es sehr eilig ...

„Na, endlich!", begrüßte er sie atemlos und stürmte, ohne auf eine Erwiderung zu warten, an ihr vorbei, direkt ins Wohnzimmer.

„Hallo Felix", stieß sie verblüfft aus und ging ihm nach. „Was ist denn los?"

„Ich muss dir was zeigen, Ina!" Mit Schwung ließ er sich aufs Sofa fallen. „Hammer! Das glaubst du nicht!" Er griff sich ihren Laptop vom Couchtisch, klappte ihn auf und schaltete ihn ein.

„Hey, was machst du denn da? Finger weg von meinem Computer!"

„Aber ich muss dir was zeigen. Das ist *der* Kracher!", plapperte er hektisch, während er darauf wartete, dass sich endlich der Browser öffnete. „Mann, das ist aber 'ne lahme Kiste", stöhnte er.

„Felix, das liegt nicht am Computer, sondern daran, dass ich hier draußen kein DSL hab", verteidigte sie ihr geliebtes MacBook. „Nun sag schon, was gibt's denn so Wichtiges? Füße runter!"

Sie schob seine Turnschuhe vom Sofa, setzte sich neben ihn und beobachtete, wie er mit schnellen Fingern etwas eintippte. Sie las mit.

„*PATRICK HOLMES*"

Sofort zuckte sie zusammen und ahnte nichts Gutes.

Während sich die Liste mit den News zu dem Namen aufbaute, erklärte Felix ihr: „Du weißt doch, dass ich Fan von ‚The Curiosity' bin."

„Ja?"

„Und der Sänger von denen ist Patrick Holmes."

„Ich weiß."

Verblüfft und ein bisschen anerkennend sah er kurz von der Tastatur auf.

„Also, vorhin hab ich mal wieder gegoogelt, ob es endlich neue Infos zur nächsten Platte gibt. Die Jungs produzieren nämlich gerade in Amerika. Und weißt du, was ich da gefunden hab?" Triumphierend blickte Felix sie an und klickte auf den obersten blauen Link.

„Nun sag schon", drängelte Ina gespannt.

„Das da!"

Felix tippte mit dem Finger aufs Display, auf dem sich gerade das Foto einer attraktiven jungen Frau mit langen blonden Haaren im sexy Bikini, die sich verführerisch an einem Strand rekelte, aufbaute.

„Wer ist das?", fragte Ina verwirrt.

„Na, Mirelle Rosenzweig! Die hat doch in ‚Die Sonne über St. Peter Ording' mitgespielt, als Surferin Jenny", erklärte Felix geduldig und schüttelte mitleidig den Kopf über so viel Unwissenheit. „Aber um die geht's ja gar nicht, also nicht nur. Nun guck doch endlich, was da steht!"

Ina drehte den Rechner ein Stückchen zu sich her und las:

MIRELLE ROSENZWEIG SCHWANGER => ER WAR'S!

Ein dicker roter Pfeil wies vom Foto der Bikinischönheit auf ein kleineres Bild mit einem schwarzhaarigen Mann.

Sie musste zweimal hinsehen, um ihn zu erkennen – Hannes ... Ein altes Foto, noch mit seinen langen Haaren.

Ina hielt die Luft an. Unter dem Foto stand klein:

Patrick Holmes – heimliche Affäre mit Folgen

Sie stieß die Luft geräuschvoll aus und stöhnte auf.

„Mann, das ist ja ein Ding!"

„Ja, oder?!", fragte Felix aufgeregt nach. „Aber der eigentliche Hammer kommt ja erst noch!"

Er machte eine Kunstpause und grinste sie an. Das musste er von seiner Tante Simone gelernt haben. Die wusste auch genau, wann sie eine Pause machen musste, um die Spannung zu steigern.

„Was denn noch?", drängelte Ina.

„Ich hab mir den Artikel mit dem Bild von Patrick vergrößert und dann ausgedruckt. Und als ich es die ganze Zeit anstarrte, hab ich ihn plötzlich erkannt! Guck, wenn man sich die langen Haare wegdenkt, sieht man es."

Er hielt zwei Finger rechts und links neben Patrick Holmes' Gesicht und blickte sie erwartungsvoll an. Ina nickte und murmelte tonlos:

„Hannes ..."

„Siehste, jetzt erkennst du ihn auch!"

„Ja, ich weiß es schon länger", flüsterte sie.

„Wie jetzt?", brauste Felix auf. „Und du hast mir keinen Ton gesagt?"

Er starrte sie entrüstet an. „Der Sänger meiner Lieblingsgruppe wohnt seit Wochen mit mir unter einem Dach, und ich weiß nichts davon?" Jetzt schien er ehrlich sauer zu sein. „Wenn ich das geahnt hätte, hätte ich ihn doch längst mal um ein Autogramm gebeten. Ich dachte, das ist nur irgend so ein alter Knacker aus Berlin. *Irgendein* Gast. Die interessieren mich doch alle nicht, die da sonst so bei uns absteigen. Verdammt!"

„Sorry, Felix, aber Hannes wollte lieber anonym bleiben. Er braucht dringend etwas Ruhe und keinen

Rummel. Den hat er ja sonst genug. Aber dir gibt er ganz sicher ein Autogramm."

„Meinst du?" Felix strahlte wieder. „Vielleicht signiert er mir auch meine ganzen ‚Curiosity'-Platten?"

„Bestimmt." Liebevoll wuschelte sie ihm durch seine lockigen roten Haare. „Aber jetzt zeig mir noch mal diese Meldung …"

Ina überflog den kurzen Artikel der Onlineausgabe einer großen Boulevardzeitung, in dem berichtet wurde, dass die beiden Schauspieler während der Dreharbeiten eine Affäre angefangen hätten und seitdem ein heimliches Paar seien.

Mirelle Rosenzweig wurde mit den Worten zitiert:

Dann hat er mich plötzlich ohne jeden Grund verlassen und ist mit seiner Band in die USA verschwunden. Er hat sich seit Wochen nicht gemeldet und weiß gar nicht, dass ich unser Baby unter dem Herzen trage.

Ina schüttelte ungläubig den Kopf. Patrick Holmes sollte mit diesem, zugegebenermaßen ausgesprochen knackigen, Seriensternchen ein Kind gezeugt haben? Der schwule Hannes Holl? Das konnte doch nicht wahr sein.

Sie griff nach ihrem Handy und rief seine Nummer an. Doch er ging nicht ans Telefon, und die Mailbox sprang auch nicht an.

Was war denn heute bloß los mit den Kerlen? Erst Klaus, dann Hannes. Niemand schien mit Ina sprechen zu wollen.

Dann musste das eben bis morgen warten, beschloss sie etwas eingeschnappt.

„Kann ich 'ne Cola haben?", schreckte der Junge sie aus ihren Gedanken auf.

„So was hab ich gar nicht. Nur Wein und stilles Wasser."

Er machte eine angewiderte Grimasse. „Igitt, Wasser. Da machen Fische Pipi rein. Nee, dann fahr ich lieber zum ‚Adler'. Vielleicht treffe ich ja Patrick Holmes da! Ich wollte dir das ja auch nur schnell zeigen. Also dann …"

Er sprang vom Sofa auf und sauste aus dem Haus.

„Mach's gut, Felix. Und bitte erzähl niemandem, wer Hannes wirklich ist!", rief sie ihm noch nach und nahm ihren Computer auf den Schoß.

Kopfschüttelnd betrachtete sie noch mal die Meldung über Patrick Holmes' Vaterschaft und tippte dann „*GEORGE CLOONEY*" in die Suchmaschine.

Prompt erschien als erste Meldung tatsächlich ein Link zur Onlineversion der V.I.P. – mit der fetten Überschrift:

++EILT+EILT+EILT+EILT+EILT+EILT+EILT+

„Ich aß Apfelkuchen mit George Clooney"
EXKLUSIV!
Von V.I.P.-Chefreporterin Frauke Harms

Ina schnappte nach Luft. Das durfte ja wohl nicht wahr sein.

Das war *ihre* Geschichte! Und *sie* war die Chefreporterin! Was bildete diese Frauke sich ein?

Stinkwütend klickte sie den Link an und erblickte die Miniaturausgabe der Titelseite des aktuellen Magazins mit einem charmant lächelnden George Clooney drauf.

Darunter stand:

> *Um Drehorte für seinen nächsten Film zu suchen, war Hollywoodstar George Clooney gerade eine Woche lang in Brandenburg und im Harz unterwegs. Inkognito reiste er in einer großen schwarzen Limousine durch die deutsche Provinz. Unerkannt schaute er sich in den idyllischen Städten und auf dem Lande nach passenden Schauplätzen*

für seinen nächsten Film um. In der Dorfbäckerei von Bienensee, einem Dorf rund 80 Kilometer südlich von Berlin, war das Erstaunen bei der ländlichen Bevölkerung groß, als Clooney höchstpersönlich in dem Geschäft auftauchte, um sich ein Stückchen Apfelstreuselkuchen zu kaufen. Dort traf er auf unsere Chefreporterin.

„Clooney war sehr charmant. Er flirtete mit der korpulenten Verkäuferin und bot mir etwas von seinem Kuchen an. Der schmeckte so süß wie das Lächeln von George", erinnert sich Frauke Harms.

Alle Details dieser sehr privaten Begegnung lesen Sie morgen in V.I.P.!

Ina stieß einen wütenden Schrei aus.

„Gedeckter Apfel! Du blöde Pute! Der Schorsch hat von Simonn gedeckten Apfelkuchen gekauft! Nicht Streusel! Das kommt davon, wenn man nicht selber recherchiert, sondern sich aufs Hörensagen verlässt. Da plappert Klaus dir irgendwas vor, und du erdreistest dich, das als deine eigene Geschichte auszugeben. Ich fass es nicht!", brüllte sie, kochend vor Wut. Aufgebracht klappte sie den Computer zu.

Um sich irgendwie abzulenken, schaltete sie den Fernseher an, und zappte wahllos durch die Programme, bis sie plötzlich an einem Magazinbeitrag mit Bildern von George Clooney hängen blieb. Ina drehte den Ton lauter und hörte die aufgeregte Moderatorin sagen:

„... und aß süßen Apfelstreuselkuchen mit V.I.P.-Chefreporterin Frauke Harms. Wir begrüßen die Kollegin exklusiv via Live-Schalte. Hallo Frauke!"

Auf dem Schirm erschien Inas stark geschminkte Urlaubsvertretung und lächelte selig in die Kamera.

„Hallo Mona! Ja, das war schon recht außergewöhnlich, dieses Zusammentreffen mit dem begehrenswertesten Mann der Welt." Frauke kicherte affektiert. „Also jedenfalls ist er das ja wohl für die meisten von uns Frauen."

„Ja, natürlich. Nun erzähl doch mal! Wie kam es denn dazu, dass du George Clooney in diesem kleinen Dörfchen in der Provinz getroffen hast?", forderte die Moderatorin Frauke auf.

Das würde mich allerdings auch interessieren, dachte Ina grimmig.

In ihrer Fantasie hatte sie gerade Frauke mit einer Schaufel aus ihrem Schuppen erschlagen, im Wald verscharrt und zum krönenden Abschluss das Grab mit Streuseln dekoriert.

„Oh, das war einer dieser glücklichen Zufälle", zwitscherte Frauke. „Du weißt schon: right time, right place. Ich hatte einen Tipp von einem Informanten bekommen, und dann habe ich vor Ort recherchiert. Tja, und dann kommt zum Können manchmal auch noch das nötige Quäntchen Glück dazu. Aber am Ende kommt es natürlich drauf an, dass man mit so einer Situation spontan umgehen kann."

„Ja, genau. Ich beneide dich sehr", seufzte Mona und drehte sich lächelnd zur Kamera. „Und das geht sicher allen unseren Zuschauerinnen ebenso. Alle Details zu den neuen Plänen von George Clooney und seinem Aufenthalt in Brandenburg lesen Sie natürlich ab morgen in der V.I.P.. Vielen Dank, Frauke, für den Vorgeschmack, der uns allen schon den Mund wässrig gemacht hat."

„Gerne, Mona. Es war mir ein Vergnügen."

In ihrer Fantasie bohrte Ina gerade mit großer Begeisterung noch eine Kuchengabel in Fraukes Herz, als ihr Handy klingelte – Klaus ... Na, der kam ihr gerade recht!

„Ja?", meldete sie sich kurz angebunden.

„Na, Süße, lebst du wieder?", erkundigte er sich aufgekratzt.

„Ja, klar. Und du scheinbar auch … Was ist das da mit der Clooney-Geschichte?", fragte sie ohne Umschweife.

„Ach, hast du das da bei dir in der Pampa auch schon mitgekriegt? Grad Frauke im Fernsehen gesehen? Großartig, was? Ne bessere Publicity kann man sich doch nicht wünschen. Das wird die Auflage kräftig nach oben treiben", jubelte er.

„Mit *meiner* Geschichte", antwortete sie trocken.

„Na, ja … Klar, ohne dich wären wir nicht auf die Spur gekommen. Du hast uns den Aufhänger für die Story geliefert. Deshalb steht dein Name ja auch mit drunter. Mitarbeit: Ina Frinks", rechtfertigte er sich.

„Spinnst du?!", fuhr sie ihn an. „Mitarbeit? Und Frauke Harms steht oben fett als Chefreporterin drüber? Gibt es irgendwas, dass du mir sagen möchtest, Klaus?"

„Na hör mal! Frauke vertritt dich doch die ganze Zeit. Und dein Name unter der Story ist doch ein Zeichen, dass wir dich nicht vergessen haben, auch wenn du seit Ewigkeiten nicht mehr im Verlag warst", verteidigte er sich mit einem beleidigten Unterton.

„Klaus! Ich bin krank! Du tust ja grad so, als ob ich schwänze und mir hier einen lauen Lenz mache. Einen Hörsturz darf man nicht auf die leichte Schulter nehmen. Dazu gab's neulich sogar eine Doppelseite im Ratgeberteil der V.I.P. Du solltest dein eigenes Blatt vielleicht mal genauer lesen", schnaubte Ina aufgebracht. „Und außerdem hab ich trotz Krankheit die Clooney-Geschichte angeschleppt – die du ohne mein Wissen an meine Vertretung weitergereicht hast." Sie holte Luft und polterte weiter. „Wie kommst du überhaupt dazu?"

„Na, ja …", stammelte er kleinlaut. „Gestern, kurz bevor dir plötzlich so schlecht wurde …" Er hielt kurz inne. „Also, bevor ich dich ins Bad geschleppt hab … Da hab ich dich gefragt, wann du zuletzt was gegessen hast. Und da hast du was von Apfelkuchen und George Clooney gefaselt. Den Kuchen hättest du noch im Auto gegessen, und Clooney würde den auch immer hier kaufen und so weiter. Da fiel mir ein, dass Hombre mir neulich ebenfalls was von dem Gerücht, dass Clooney inkognito in Brandenburg unterwegs sein soll, erzählt hatte, aber keine echten Infos an Land ziehen konnte. Und als du dann plötzlich damit anfingst, hab ich doch irgendwie dran geglaubt. Allerdings warst du zu dem Zeitpunkt längst nicht mehr in der Lage, irgendetwas für die V.I.P. zu schreiben", rechtfertigte er sich.

Ina schnaufte wütend.

„Jedenfalls, nachdem ich dich ins Bett verfrachtet hatte, bin ich noch bei dieser Bäckerei vorbeigefahren. Da hat mir diese reizende Verkäuferin mit diesem charmanten Akzent dann schließlich die ganze Geschichte erzählt."

Ja, der Chantal-Dialekt hat dich vermutlich ganz schön irritiert, dachte Ina grimmig lächelnd, schwieg aber und ließ ihn weitererklären.

„Als ich dann wieder in Berlin war, hat Frauke sich noch gestern Abend anhand der Infos bei Clooneys Filmfirma die Fakten bestätigen lassen und schließlich alles zusammengeschrieben. Zack – hatten wir die Schlagzeile."

Klaus Berger platzte beinahe vor Stolz.

Ina hatte sich zusammengerissen und sich alles sehr genau angehört, ohne ihn zu unterbrechen. Währenddessen hatte sie überlegt, wie sinnvoll es wäre, sich jetzt weiter darüber aufzuregen.

Die Geschichte war gelaufen. Frauke war im Fernsehen gewesen, und morgen würde das V.I.P.-Heft bundesweit am Kiosk liegen. Dann konnte jeder lesen, wer angeblich die Exklusivstory geliefert hatte – Frauke Harms. Schwarz auf weiß. Ina würde als neidische Zicke dastehen, wenn sie in der Branche oder in Facebook herumerzählte, dass das Ganze eine große Lüge war und eigentlich sie selbst die Schlagzeile geliefert hatte –, und dass die Bäckereifachverkäuferin Simone Schmitz aus Bienensee die einzige Frau war, die tatsächlich mit George Clooney persönlich gesprochen hatte. Weder Frauke und auch nicht Ina.

Außerdem musste sie sich zähneknirschend eingestehen, dass sie zwar die Geschichte aufgerissen, aber dann nichts daraus gemacht hatte. Warum hatte sie nicht gleich Klaus Berger angerufen und ihm davon erzählt? Was hatte sie daran gehindert, selbst bei der Filmfirma zu recherchieren? Dann wäre vermutlich alles anders gelaufen.

Hatte sie ihren Biss als Journalistin verloren? Oder war es einfach die Einsicht, dass es sich nicht lohnte, hinter jeder albernen Klatschgeschichte herzurennen? Was war denn schon groß geschehen?

Der Hollywoodstar George Clooney hatte in einem Dorf in Brandenburg ein paar Stückchen gedeckten Apfelkuchen für sich und seine Begleiter gekauft.

Mehr war nicht passiert.

Eigentlich albern, daraus eine Schlagzeile und den Titel eines Magazins zu machen. Aber so funktionierte die Medienwelt nun mal – eine winzige Meldung zu einer Riesenstory aufblasen. Plötzlich erschien Ina das alles nur noch lächerlich.

Der Hörsturz und seine Auswirkungen hatten sie wohl doch stärker verändert, als sie sich bisher eingestanden hatte. Und dann war da noch die Begegnung mit Hannes gewesen. Auch er hatte sich gegen den Stress und sein altes Leben im scheinheiligen Showbusiness entschieden, war einfach ausgestiegen aus der Tretmühle. Er hatte es früher kapiert als sie selber. Ina war plötzlich wieder sehr müde.

„Ina? Bist du noch dran?"

„Ja, Klaus."

„Tut mir leid das Ganze, und ich kann verstehen, wenn du jetzt sauer bist. Aber wenn du wieder gesund bist und zurückkommst, dann finden wir schon eine Lösung.

Versprochen. Bist doch meine Süße …", schmeichelte er ihr. „Und das da gestern … Zwischen uns …"

Er ließ die Worte einen Moment lang vielsagend stehen.

„Ja, ja, schon gut. Lass uns das nicht vertiefen", reagierte Ina sofort. „Ich war sternhagelvoll. Ist mir echt peinlich, dass du mich kotzend überm Klo erlebt hast."

„Nein, ich meinte das vorher. Du weißt schon. Das war plötzlich alles so vertraut. Dein Geruch, deine Haut … Einfach wunderbar. Vielleicht sollten wir da anknüpfen … War doch immer ganz aufregend mit uns, oder?!", säuselte er in ihr Ohr.

Ina bedauerte, dass sie kein dämpfender Pfropfen im Gehörgang vor seinen erneuten Annäherungsversuchen schützte und verzog angewidert das Gesicht.

„Also Klaus, hör mal. Das hatten wir doch alles schon. Es ist vorbei. Endgültig. Das gestern war dem Grappa geschuldet und sonst nichts. Bitte vergiss es einfach. Wir arbeiten demnächst wieder zusammen, und mehr läuft nicht zwischen uns. Können wir uns darauf einigen?"

„Am Anfang warst du gar nicht betrunken …", antwortete er trotzig.

„Klaus!", fuhr sie ihn an.

„Schon gut, schon gut. Wenn du meinst", gab er sich geschlagen und wechselte eilig das Thema. „Was denkst du denn, wann wir wieder mit dir rechnen können?"

„Ich schätze in den nächsten Tagen", meinte sie vage, verabschiedete sich und legte nachdenklich auf.

Ina wunderte sich über sich selbst. Anfangs hatte sie sich nicht vorstellen können, auch nur ein paar Tage, geschweige denn Wochen, ohne ihre geliebte Arbeit leben zu können. Und jetzt, wo sie eigentlich so gut wie gesund war, suchte sie nach Ausflüchten, um das Büro noch eine Weile meiden zu können. Sehr merkwürdig.

Am Abend hatte sie noch zweimal versucht, Hannes anzurufen, aber er reagierte nicht. Ina war nicht allzu böse, und machte es sich mit einem romantischen Schmöker, aus Anjas Bücherregal, im Bett gemütlich. Bereits nach wenigen Seiten fielen ihr die Augen immer wieder zu, und so löschte sie schließlich das Licht und versank in einen tiefen Schlaf.

Sie träumte, dass Hannes und George Clooney eine leidenschaftliche Affäre miteinander hatten und das Kind der Schauspielerin Mirelle Rosenzweig gemeinsam aufziehen wollten.

Um halb neun wachte Ina auf, reichlich durcheinander und geplagt von undefinierbaren Eifersuchtsgefühlen. Es dauerte eine Weile, bis sie zwischen Traum und Wirklichkeit unterscheiden konnte. Amüsiert stellte sie fest, dass sie eifersüchtig auf den Hollywoodstar war, weil der mit Hannes angebändelt hatte. Oder umgekehrt. Das wusste sie nicht mehr so genau. So oder so, völlig absurd, lachte sie, schüttelte den Kopf und stand auf.

Beim Zähneputzen überlegte sie, dass Hannes und George doch eigentlich tatsächlich ein hübsches Paar abgeben würden. Eigentlich sogar ein perfektes. Jedenfalls passender als sie selbst und Hannes. Oder George ...

Sie hatte sich entschieden, heute mal im „Roten Adler" zu frühstücken, wenn sie Glück hatte, gemeinsam mit Hannes. Ina holte eins von Anjas Trekkingbikes aus dem Schuppen und strampelte die Akazienallee hinunter.

Als sie das Rad beim Gasthof anschloss, kam gerade Felix aus dem Seiteneingang gestürmt, wie immer in großer Eile und voller Energie, zwei Stufen auf einmal nehmend. Die grün-schwarze Kuriertasche, die er quer über der Brust trug, schwang hin und her.

„Hey, Ina!", rief er ihr fröhlich zu.

„Hallo, Felix. Wo willst du denn so früh hin? Sind doch noch Ferien."

„Wieso, is doch schon neun durch? Ich fahr zu meinem Freund Christian. Muss ihm meine signierten ‚Curiosity'-CDs zeigen. Der fällt tot um, wenn ich ihm erzähle, dass ich Patrick Holmes persönlich kenne!", strahlte er, und sein sommersprossiges Gesicht glühte förmlich. Stolz deutete er auf seine Tasche. „Er hat sie *alle* unterschrieben! ‚Für Felix'!"

„Siehste", freute Ina sich. „Hab ich doch gesagt, dass er das macht."

„Ja, gestern Abend noch. Der ist voll nett."

„Finde ich auch ..."

„Also dann ... *Hannes* sitzt drinnen beim Frühstück." Er betonte den Vornamen seines Idols, um zu unterstreichen, dass sie ja nun quasi die dicksten Kumpel wären. „Ich muss jetzt los!"

„Dann mach's gut", rief sie ihm nach, während er ihr lässig zuwinkte, sich auf sein Rad schwang und davonsauste.

Ina sah ihm nach, fuhr sich nervös mit den Fingern durchs vom Radfahren zerzauste Haar und betrat den Gastraum. Hannes saß an seinem Stammplatz und sah bei ihrem Eintritt von dem Brötchen, das er gerade mit einer Scheibe Käse belegte, auf.

Er hielt einen Moment in der Bewegung inne, als würde er überlegen, wie er jetzt reagieren solle, bevor er sie kühl begrüßte: „Ach, hallo. Was machst du denn hier um diese Zeit?"

„Wieso? Ist doch schon neun durch", zitierte sie Felix und versuchte, möglichst locker zu wirken. „Ich dachte ... Darf ich mich zu dir setzen?"

Abwartend blieb sie stehen und lächelte ihn an, während ihr der Duft von frischgebrühtem Kaffee in die Nase stieg. Augenblicklich schüttelte Hannes seine aufgesetzte Coolness ab und deutete auf den Stuhl ihm gegenüber.

„Aber klar. Komm, setz dich. Klara!", rief er Richtung Küche, und wie aufs Stichwort erschien die Kellnerin.

„Juten Morjen, Ina. Ooch Frühstück?"

„Ja, Brötchen, Butter, Marmelade und Kaffee, bitte."

„Kommt sofort." Damit verschwand Klara wieder in der Küche.

Schweigend blieben Ina und Hannes allein im Gastraum zurück. Sie nahm ihm gegenüber Platz und lächelte ihn vorsichtig an. Beide suchten nach einem neutralen Gesprächsanfang, während seine Finger nervös gegen das halbe Käsebrötchen klopften, das, auf halbem Weg zwischen Teller und Mund, in seiner Hand schwebte.

„Also, ich …", stießen beide gleichzeitig hervor und mussten darüber lachen.

„Sorry, was wolltest du sagen?", fragte Ina.

„Nein, nein, du zuerst", antwortete er und sah sie erwartungsvoll an.

„Also … Den kleinen Felix hast du ja richtig glücklich gemacht …", war das Erste, was Ina einfiel. Fragend sah er sie an. „Na, ich hab ihn grad getroffen, als er stolz wie Bolle mit seinen signierten Platten zu seinem Freund fahren wollte", erklärte sie.

„Ja, das war ein kleiner Schock, als er mich gestern Abend anquatschte. Aber dann hat er mir erzählt, dass er bei dir war, und dass das natürlich unser Geheimnis bleiben würde und so. Er tat sehr verschwörerisch", amüsierte sich Hannes. „Dabei ist es mir eigentlich inzwischen egal. Wenn die Pressemeute mich bis jetzt nicht aufgespürt hat, wird das wohl auch nicht mehr passieren. Und selbst wenn … In ein paar Tagen bin ich hier eh verschwunden."

Ina sah ihn entgeistert an. „Wie, verschwunden? Wo willst du denn hin?" Augenblicklich musste sie an Mirelle Rosenzweig denken, wollte das heikle Thema aber nicht von sich aus ansprechen. Wenn er nichts davon erzählte, ging es sie wohl nichts an. Vielleicht hatte die ihn inzwischen ja erreicht, und er musste sich jetzt um die Folgen seiner Affäre kümmern? Oder wollte er einfach nur weg von ihr, Ina?

„Ich denke, ich hab mich jetzt lang genug versteckt und erholt. Es wird Zeit, dass ich mich langsam wieder dem echten Leben stelle", erklärte Hannes. „Meine Bandkumpel können schließlich nicht ewig auf mich warten, und die Plattenfirma besteht darauf, dass wir unser Album fristgerecht abliefern." Er zuckte resigniert mit den Schultern.

„Du willst zurück nach Amerika?" Ina konnte nicht glauben, was sie da hörte und sah ihn skeptisch an. „Aber hast du mir nicht gesagt, dass du ein paar grundlegende Sachen in deinem Leben ändern willst? Und jetzt gehst du freiwillig zurück? Und machst genau das, wovor du geflohen bist?"

„Man kann ja nicht ewig weglaufen", sagte er leise. Seine Finger spielten geistesabwesend mit ein paar Brötchenkrümeln, die auf die Tischdecke gefallen waren.

„Aber du wolltest doch nicht mehr so weitermachen, wie bisher. Ich verstehe dich nicht."

„Nun, gestern hat der kleine Felix mir von ‚Curiosity' vorgeschwärmt und mir gesagt, wie viel ihm die Musik bedeutet. Da hab ich plötzlich kapiert, dass ich auch den Fans gegenüber eine Verpflichtung habe. Ich *muss* zurück und die neue Platte einsingen."

„Na ja ..." Ina gab den Versuch auf, ihn vom Gegenteil zu überzeugen. Es war schließlich sein Leben. Ein Leben als Musiker, Künstler. Da galten wohl andere Regeln.

„Vielleicht hast du recht", stimmte sie ihm zögernd zu und nahm einen Bissen von ihrem Marmeladenbrötchen. Sie bemühte sich, möglichst locker zu sprechen, als sie fortfuhr: „Ich sollte mich wohl auch mal wieder in meiner Redaktion blicken lassen. Die drängeln schon. Und wenn ich noch länger hier auf dem Lande rumhocke, macht sich meine Vertretung noch breiter auf meinem Platz." Sie versuchte ein Lächeln.

„Tja, dann sollten wir uns wohl beide auf den Weg ins richtige Leben machen", seufzte Hannes. „Am besten so schnell wie möglich …"

„Wie schnell?", platzte Ina heraus.

„Na ja, wozu es noch länger hinauszögern? Am besten kündige ich gleich mein Zimmer und fahre morgen zurück nach Berlin. Von da aus buche ich mir dann den nächsten Flug nach L.A."

„Morgen schon?" Sie konnte es nicht fassen. Warum hatte er es denn auf einmal so schrecklich eilig?

„Ja, ich denke, das ist am besten so", sagte er entschlossen. „Wenn ich noch länger darüber nachdenke, krieg ich den Absprung sonst vielleicht doch nicht. Also, Augen zu und durch."

Ina kapierte, dass er sich bereits entschieden hatte. Schweren Herzens stimmte sie ihm zu.

„Wenn du meinst …"

Ihre Stimme klang wehmütig. Das überraschte ihn. Eigentlich hatte er nach ihrem Verhalten der letzten beiden Tage damit gerechnet, dass sie diejenige war, die genug von ihm und Bienensee hatte. Um ihr zuvorzukommen, hatte er beschlossen, die Initiative zu ergreifen. Und nun schien sie plötzlich das Ende ihrer gemeinsamen Zeit hier zu bedauern. Versteh einer die Frauen …

Egal. Er musste sich jetzt ins Notwendige, Unabänderliche fügen und endlich dieses Album einsingen. Und auch wenn ihm die Musik darauf nicht wirklich gefiel, war das eben der Sound, den ihre Fans hören wollten. Das hatte ihm die Begegnung mit Felix gestern noch mal bestätigt. Also würde er tun, was man von Patrick Holmes erwartete – erst die CD und dann die Tour, um das neue Album zu promoten.

Er spürte, wie sich seine Nackenmuskeln beim Gedanken daran unwillkürlich anspannten, und in seinem Magen verwandelte sich das Käsebrötchen in einen Kloß. Da waren sie wieder, die Burn-out-Symptome. Leichte Panik erfasste ihn. Er wusste, dass er sich beruhigen musste, sonst würde sein Kreislauf verrücktspielen.

Hannes atmete tief durch und lehnte sich auf der Eckbank zurück.

„Was ist denn los mit dir? Du wirkst auf einmal so blass", erkundigte Ina sich und sah ihn besorgt an.

„Ach, nichts. Ich hab nur nicht so gut geschlafen letzte Nacht. Ich glaub, ich brauch einfach nur ein bisschen frische Luft."

„Gute Idee! Lass uns einen Spaziergang zum See machen", schlug sie vor und stand auf, froh, der angespannten Situation zu entkommen.

Der strahlende Sonnenschein schien so gar nicht zu der melancholischen Stimmung zu passen, in der beide sich befanden. Obwohl sie sich um eine möglichst lockere Unterhaltung bemühten, fanden sie trotz der idyllischen Seekulisse nicht zu ihrem sonst üblichen, lockeren Umgang miteinander zurück. Nach einer Stunde verabschiedeten sie sich ein wenig steif. Für den Abend verabredeten sie sich zum Abschiedsessen bei Ina.

Sie fuhr zum Einkaufen, saß anschließend planlos auf ihrer Terrasse herum und überlegte hin und her, was den plötzlichen Sinneswandel bei Hannes bewirkt haben konnte. Er hatte ihr keine plausible Erklärung dafür geben können. Aber wahrscheinlich hatte er recht, und es war einfach Zeit, die Zelte abzubrechen und ins normale Leben zurückzukehren.

Sie nahm ihr Telefon und rief Anja an. Ihre Freundin freute sich über ihre baldige Rückkehr und machte sofort Pläne, welche Kinofilme und Ausstellungen Ina dringend nachholen musste.

„Und dann gibt's da diese äußerst schicke coole Bar in Mitte. Hat gerade erst aufgemacht, ist aber schon total angesagt der Laden. Da müssen wir unbedingt hin!"

Anja sprudelte über vor Ideen, aber Ina wurde eher mulmig bei dem Gedanken an das hektische, tosende Leben in der Hauptstadt. Sie stellte fest, dass sie nichts wirklich vermisste, was die Großstadt zu bieten hatte.

Okay, zu ihrem Lieblingsfriseur müsste sie dringend mal wieder, und das scharfe Essen in dem kleinen Thai-Restaurant in Charlottenburg war auch lecker. Ja, einiges gab's wohl doch, das es lohnte, sich zurück in ihr angestammtes Jagdrevier zu begeben. Und auf die neuesten Klatschgeschichten von Anja freute sie sich auch. Inas Laune besserte sich nach dem Telefonat.

Damit das auch so blieb, beschloss sie, die Redaktion erst morgen anzurufen, denn sie würde sowieso noch ein paar Tage brauchen, bis sie hier abgereist und wieder richtig in Berlin angekommen sein würde. Kein Grund zur Eile, fand sie und machte sich daran, ihre in dem ganzen Häuschen verteilten Habseligkeiten zusammenzusuchen, damit sie später alles zusammenpacken und in ihrem kleinen Auto verstauen könnte.

Ina stapelte ihre Spaghettivorräte zu zwei kleinen Haufen. Sie musste lächeln, als sie feststellte, dass sie kaum etwas davon gebraucht hatte. Wenn sie in den vergangenen Wochen mit Hannes in der kleinen Küche gebrutzelt hatte, gab es meist frische Zutaten. Dank seiner Kochkünste hatte sie im Laufe der Zeit nicht nur hervorragend gegessen, sondern sich auch ein paar seiner einfacheren Rezepte abgeguckt. Doch heute mussten wenigstens ein paar Nudeln noch aufgebraucht werden, bevor sie zurück nach Berlin fuhr. Statt die Filetsteaks vom Metzger in Mückendorf einfach nur in der Pfanne anzubraten, beschloss sie, mit ein paar Kräutern, Champignons und Zwiebeln eine leckere Sauce zu den Spaghetti zu kreieren.

Als Hannes um sechs Uhr abends kam, hatte sie auf der Terrasse gedeckt und beim Kochen schon zwei Gläser Rotwein getrunken.

Entsprechend gelöst war ihre Stimmung, als sie ihn mit Wangenküsschen begrüßte.

„Ich hab Spaghetti mit Filetspitzen in Sahnesauce für uns gekocht. Dazu gibt's Salat und hinterher Bienenstich!", erklärte sie stolz.

Hannes nickte anerkennend. „Wenn du so weitermachst, wird aus dir doch noch eine ganz passable Köchin", neckte er sie, und Ina knuffte ihn in die Seite.

„Setz dich und schenk dir ein Glas ein. Ich hab im Supermarkt noch zwei Flaschen von unserem leckeren Brunello ergattert."

Als sie mit einer großen Schüssel zurückkam blickte er mit wehmütigem Blick in den Garten.

„Echt idyllisch hier."

„Stimmt, aber der Rasen müsste mal wieder gemäht werden", überlegte sie. „Tja, das ist ab morgen wieder Anjas Problem. Ich werd mal versuchen, ob ich auf meinem Balkon in Charlottenburg wenigstens ein paar Blümchen zum Wachsen kriege."

Sie stellte die dampfende Schüssel auf den Tisch.

„Hui! Erwartest du noch mehr Gäste?", fragte er staunend.

„Ich hatte noch so viele Spaghetti, da scheint mir die Portion wohl etwas zu groß geraten zu sein", erklärte sie. „Greif zu – es ist genug da!"

Nach ein paar Gläsern Rotwein, zum recht gelungenen Essen, weihte Ina Hannes, unter dem Siegel der Verschwiegenheit, in den erotischen Nebenjob von Simone ein, und er verriet, dass er Klara am Abend zuvor bei einer wilden Knutscherei mit Carsten, einem der jüngeren Männer aus der wöchentlichen Skatrunde, in der Küche überrascht hatte.

„Ganz schön wild, das hiesige Landleben", amüsierte sich Ina und war froh, dass die gedrückte Stimmung endlich verflogen war.

Schließlich räumten sie gemeinsam den Tisch ab, und Ina brühte für beide Espresso, den sie zum Bienenstich aus der Bäckerei tranken.

„Das ist ein Geschenk von Simonn. Zum Abschied. Sie hat sehr bedauert, dass ihr Clooney-Cake schon aus war. Ich hatte das Gefühl, dass sie echt traurig war, als ich ihr sagte, dass wir morgen abreisen. Und ehrlich gesagt, fiel es mir auch ziemlich schwer, mich von ihr zu verabschieden. Sie will mich mal in Berlin besuchen, und ich musste versprechen, dass ich bald mal wieder hier vorbeischaue. Mal sehen …" Im Stillen ahnte Ina, dass es wohl nicht so schnell dazu kommen würde, wenn sie erst in ihrem Redaktionstrott wäre. Doch bevor die Melancholie sie wieder überkommen konnte, riss sie sich zusammen.

Sie lächelte Hannes an. „So einen Bienenstich kriegst du in L.A. sicher nicht."

„Stimmt!" Er nahm einen großen Happen und kaute genüsslich.

In diesem Moment nahm Ina ein leises Summen wahr. Sie freute sich, als ihr bewusst wurde, dass ihr Gehör inzwischen wieder uneingeschränkt funktionierte, und suchte nach der Quelle des Geräusches. Ein moppeliges, gelb-schwarz gestreiftes Insekt flog in rasantem Tempo auf den Tisch zu und landete zielgenau auf Inas Kuchenstückchen.

„Iiiiieeeehhh", schrie sie auf und fuchtelte reflexartig mit ihrer rechten Hand herum. „Hau ab, du blöde Wespe!"

„Ganz ruhig, das ist doch nur eine Biene", rief Hannes lachend. „Die will auch was von dem Bienenstich abhaben."

„Dann gib *du* ihr doch was von *deinem*. *Meinen* will ich nicht mit dem Viech teilen." Sie fuchtelte weiter, und die

Biene flog summend ein Stückchen hoch – nur um sich gleich darauf wieder auf Inas Kuchen niederzulassen. Der Honigduft, der von der knusprigen Glasur aufstieg, schien einfach zu verführerisch zu sein. „Nun tu doch bitte was!", forderte sie Hannes genervt auf.

„Was soll ich denn tun? Dich vor dem gefährlichen Killer retten? Sei nicht albern."

„Ich bin nicht albern!", empörte sich Ina. „So ein Bienenstich ist kein Spaß. Ich erinnere mich an sehr schmerzhafte Erfahrungen als Kind. Da bin ich auf eine draufgetreten und hatte einen total dicken Fuß und wahnsinnige Schmerzen."

„Okay, okay, aber solange du nicht nach ihr schlägst oder drauftrittst, wird schon nichts passieren", versuchte er, sie zu beruhigen. „Die ist sowieso spät dran und muss mal langsam zurück in ihren Bienenstock, bevor es dunkel wird."

„Dann erklär ihr das irgendwie." Ina starrte argwöhnisch auf das Insekt, das es sich direkt vor ihrer Nase schmecken ließ.

„Na gut ..."

Heimlich grinsend nahm Hannes seine Serviette und warf sie schnell über den Kuchen und die wild summende Biene. Dann lief er mit dem Teller ein paar Meter auf den Rasen hinaus und befreite das empörte Insekt. Torkelnd flog die Biene auf, orientierte sich kurz und war verschwunden. Stolz kam er zurück und stellte Inas Teller auf den Tisch. Sie strahlte ihn an.

„Mein Held! Danke! So viel Mut hätte ich dir gar nicht zugetraut", rief sie theatralisch aus.

„Na, was denkst du denn von mir?", sagte er lachend mit gespielter Empörung. „Ich bin ein Junge vom Land. Da hat man keine Angst vor ein paar kleinen Insekten."

„Entschuldige." Ina lächelte ihn an. „Ich fand's trotzdem sehr tapfer von dir. Du hast mich bewahrt vor einem Bienen-Stich auf meinem Bienenstich in Bienensee am Bienensee."

Beide gackerten albern los. Sie genossen ihren letzten Abend und verabschiedeten sich erst weit nach Mitternacht. Am nächsten Tag nahm Ina ihn in ihrem Wagen mit nach Berlin.

„Und dann hab ich ihn samt seinem Koffer in Friedrichshain vor einer Kneipe, in der er mit einem Freund verabredet war, abgesetzt. Wir haben uns umarmt, Küsschen links und rechts, und das war's dann …", seufzte sie, und Anja nickte verständnisvoll, als Ina ihr am nächsten Abend, am Tresen der Cocktailbar, die Einzelheiten erzählte. „Mir fiel ja schon der Abschied von Simonn und Felix schwer. Sogar Bauer Herbert hat ganz bedröppelt geguckt, als ich bei ihm den Schlüssel für dein Haus abgegeben hab. Komisch, wie schnell man sich an Menschen gewöhnt und sie ins Herz schließt." Ina wirkte sehr niedergeschlagen.

„Aber es ist doch kein Abschied für immer. Du kannst jederzeit nach Bienensee fahren. Das Haus steht dir immer zur Verfügung", versuchte Anja ihre Freundin zu trösten. „Und Hannes kannst du doch in Berlin treffen."

„Ach, der fliegt ja jetzt erst mal nach Amerika, seine Platte aufnehmen. Und dann geht er auf Tour …"

„Aber irgendwann kommt er zurück! So, Schluss mit der Jammerei! Jetzt genießen wir diese köstlichen Cocktails. So was gibt's nämlich in Bienensee nicht. Aber in Berlin! Prost, Ina!"

„Prost, Anja!" Lächelnd stießen sie an. „Stimmt, einen Cosmopolitan mixt Klara im ‚Roten Adler' wohl eher selten."

Sie ließen sich den pinkfarbenen Cocktail schmecken, und langsam stieg Inas Laune etwas. Sie sah sich um und fand die kleine Bar mit ihrer geschmackvollen Einrichtung mit viel edlem Holz und bequemen Ledersesseln tatsächlich recht gemütlich. Vielleicht würde es ja doch noch ein netter Abend werden. Inas gute Stimmung bekam allerdings einen Dämpfer, als Anja unvermittelt fragte:

„Und, wann willst du nun wieder arbeiten?"

Beim Gedanken an ihren Schreibtisch, die Redaktion, den garantiert bevorstehenden Zickenkrieg mit ihrer ehrgeizigen Vertretung und die schmachtenden Blicke ihres Chefredakteurs, wurde Ina augenblicklich nüchtern.

„Ab Montag", antwortete sie wenig begeistert. „Dies Wochenende gönne ich mir noch, aber dann muss ich wohl wieder ran. Als ich Klaus vorhin angerufen hab, hat er mich gleich mit tausend Themen zugetextet. Wer inzwischen angeblich was mit wem hat, wer schwanger ist, welche Promi-Scheidungen absehbar sind und so weiter. Ich scheine ja eine ganze Menge verpasst zu haben, während ich in der Provinz war. Aber soll ich dir mal was sagen? Ich hab *nichts* vermisst, rein gar nichts."

Ina verdrehte die Augen und klatschte mit der flachen Hand auf den Holztresen, um das Gesagte zu unterstreichen.

„Ach, das kommt schon wieder", versuchte Anja, sie zu beschwichtigen. „Sobald dich das Jagdfieber gepackt hat und du dich wieder an einer spannenden Story festgebissen hast, wird der Spaß sich schon wieder einstellen."

„Meinst du?" Ina blieb skeptisch.

„Na klar. Ich kenn dich doch. Aber mach dir nicht wieder so viel Stress. Du weißt ja jetzt, wozu das führt."

„Ja, ja ...", antwortete Ina einsilbig und verstummte.

Das Wiedersehen mit ihrer besten Freundin hatte Anja sich anders vorgestellt. Ina, die sonst keine Gelegenheit ausgelassen hatte, sich zu amüsieren, saß jetzt am Tresen dieser schicken neuen Bar und stopfte gedankenverloren Erdnüsse in sich hinein.

Nicht mal für den attraktiven Barkeeper schien sie sich zu interessieren. Die aufgedrehte, an allem Neuen brennend interessierte Chefreporterin der V.I.P. hatte sich in den letzten Wochen scheinbar doch sehr verändert. Anja grübelte, womit sie ihre Freundin aufmuntern und ablenken konnte.

„Als ich vorhin draußen vor der Bar auf dich gewartet hab, musste ich an diese unglaubliche Nummer vor dieser anderen Hipster-Bar denken. Erinnerst du dich? Damals mit Siggi?", fragte Anja.

„Meinst du die Sache mit dem ‚Hunderttausend'? Gibt's das überhaupt noch?"

„Keine Ahnung. Nach der Geschichte an der Tür bin ich nie wieder da gewesen", lachte Anja.

„Würde mich nicht wundern, wenn die pleite wären. Wer solche Türsteher beschäftigt, kann einfach nicht zur In-Bar werden", grinste Ina, als sie sich daran erinnerte.

Tosender Applaus, Blumen für die Damen, Verbeugung, Abspann – aus! Die große TV-Show im Fernsehstudio in Adlershof war um dreiundzwanzig Uhr, nach über drei Stunden, endlich im Kasten. Während sich Regisseur, Moderator, Stargäste, Kamera- und Tontechniker, Aufnahmeleiter und Gästebetreuer erleichtert in den Armen lagen, sich gegenseitig zu der gelungenen Showaufzeichnung gratulierten, und wie nach jeder Show feststellten, dass das ja wohl eindeutig die beste Sendung war, die man jemals produziert habe, begann für die PR-Frau Ina Frinks erst jetzt der anstrengendste Teil ihrer Arbeit:

Fünfundzwanzig drängelnde und schubsende Fotografen im Schlepptau, bahnte sie sich, zwischen dem nach draußen strömenden Publikum, den Weg Richtung Bühne. Sie wies die Pressemeute an, davor stehen zu bleiben, damit alle eine gute Sicht hätten, während sie eilig die Bühne erklomm, um in dem Gewusel Prominente und Mitarbeiter voneinander zu trennen. Denn für den Moderator und die Stargäste stand jetzt noch das obligatorische Fotoshooting an.

Obwohl dieser Termin nach jeder großen Show stattfand, sogar extra in der Dispo notiert war und eigentlich jeder Bescheid wusste, war es dennoch jedes Mal wieder ein Kampf um diese zehn Minuten Pressetermin. Alle wollten jetzt schnellstens ihr Feierabendbierchen zischen, und niemand hatte Lust, nun auch noch für die Fotografen zu posieren. Aber das gehörte nun mal zu Inas Job, und sie hatte sich daran gewöhnt, jedes Mal erneut mit Engelszungen auf die Stars einzureden, zu bitten und zu betteln, sie im Zweifelsfalle an der Hand zu nehmen und auf der Bühne zu platzieren, damit sie günstig ausgeleuchtet wurden, wenn das Blitzlichtgewitter losbrach.

Und wie so oft, wurde es plötzlich dunkel im Studio, um direkt danach gleißend hell zu werden – irgendjemand hatte eigenmächtig das angenehme Showlicht aus- und das grelle Arbeitslicht angeschaltet.

Genervt schimpften die Fotografen los, und Ina rief laut in die Weiten des fast leeren Studios: „Licht an! Hallo! Hört mich jemand? Bitte schaltet die Scheinwerfer wieder ein! Wir haben hier noch einen Fototermin!" Doch nichts geschah.

Sie sah sich hektisch um und entdeckte eine Aufnahmeleiterin mit Headset am Ohr. Damit hielt sie Funkkontakt zwischen Studio und der Regie, von der aus auch das Licht gesteuert wurde.

„Sag bitte schnell Bescheid, dass die das verdammte Licht wieder anmachen", bat sie die junge Frau. Als diese sie nur fragend ansah, setzte Ina scharf nach: „*Sofort!*" Erschreckt über den ungewohnt strengen Tonfall sprach die Aufnahmeleiterin augenblicklich in ihr kleines Mikrophon – mit Erfolg. Kurz darauf wechselte die

Beleuchtung wieder und tauchte die Bühne in ein sanftes Licht. Die Fotografen und Ina atmeten auf.

In der Zwischenzeit hatte sie die sechs prominenten Stargäste im Halbkreis am Bühnenrand aufgestellt – fehlte nur noch der Moderator …

Der bekannte und äußerst beliebte Moderator Siggi Petersen wurde schon seit vielen Jahren von Ina in der PR-Agentur, bei der sie beschäftigt war, betreut. Sie mochten sich und arbeiteten gerne zusammen. Das änderte allerdings nichts an der Tatsache, dass Siggi solche Pressetermine hasste wie die Pest und jedes Mal versuchte, sich darum herumzudrücken. Auch heute suchte Ina vergeblich nach ihrem Star, um ihn in der Mitte seiner Showgäste für ein hübsches Gruppenfoto platzieren zu können.

Die Fotografen murrten zunehmend lauter, und die Prominenten standen wie bestellt und nicht abgeholt auf der Bühne herum.

Ina überlegte schnell, wie sie die Situation retten könnte. Sie musste sowohl Promis als auch Presse bei Laune halten und beschäftigen, aber gleichzeitig ihren Moderator suchen, der wahrscheinlich schon heimlich in seiner Garderobe das erste Feierabendbierchen zischte und hoffte, er käme vielleicht dieses eine Mal um den ungeliebten Fototermin herum.

Doch gegen Ina hatte er keine Chance. Auch wenn sie nicht wusste, wie sie sich zweiteilen sollte, um alles im Griff zu behalten. Da entdeckte sie ihre Freundin und Kollegin Anja, die in der ersten Reihe gelangweilt herumsaß und darauf wartete, dass ihre Freundin endlich Feierabend hätte. Eigentlich war Anja nur privat hier, als Zuschauerin. Doch jetzt war sie Inas Rettung.

Von der Bühne aus machte sie Anja aufgeregt Zeichen, schnell zu ihr zu kommen. Die sprang sofort auf und eilte herbei.

„Siggi ist mal wieder verschwunden. Kannst du mal kurz die Promis einzeln durchfotografieren lassen, während ich ihn suche?", bat Ina ihre Kollegin.

„Ja, klar. Kein Problem."

Ohne Diskussion stieg Anja auf die Bühne, griff sich als erstes den attraktiven Stargeiger, und lächelte in die Runde der wartenden Fotografen. „So, Jungs! Dann fangen wir mal mit den Einzelfotos an, was?!"

Ina dankte ihr mit einem kurzen Nicken und lief los, während hinter ihr das Blitzlichtgewitter losbrach.

Genau wie sie es geahnt hatte, saß Siggi Petersen, gemeinsam mit seinem Freund, entspannt in der Garderobe beim Feierabendbier, als sie, ohne anzuklopfen, hereinstürmte.

„Hey, Ina! Lass dich umarmen! Wie hat's dir gefallen? War ganz okay, oder?", rief er ihr fröhlich entgegen.

„Ja, Siggi, war echt 'ne tolle Show, aber jetzt müssen wir noch den Fototermin machen, das weißt du doch. Hallo, Lukas", begrüßte sie Siggis Freund.

„Ach, das hab ich ja ganz vergessen", erwiderte der Moderator mit Unschuldsmiene. „Muss das wirklich sein? Ich bin total erledigt, völlig verschwitzt, und die Jacke hab ich auch schon ausgezogen …"

„Ja, Schätzelein, das muss sein! Ohne die Fotos gibt's keine Programmankündigung und ohne Presse keine Einschaltquote. Eine einfache Rechnung …", antwortete Ina geduldig. „Ich hol mal eben Ilse, damit sie dich noch ein bisschen abpudert. Zieh du doch schon mal deine Jacke wieder über. Hilfst du ihm bitte, Lukas?", spannte sie Siggis Begleiter ein und sauste in den Maskenraum nebenan.

Auf dem Weg zurück ins Studio puderte Ilse den Moderator frisch ab, sprühte noch einen Hauch Spray auf sein Haar, zupfte seine Jacke zurecht und schon betraten sie die Bühne.

„Hey, Siggi! Guck mal hier her! Siggi hier!", riefen die Fotografen sofort aufgeregt durcheinander.

„Sekunde, Jungs. Ich stelle euch das Motiv mal eben."

Ina rückte die anderen Promis schnell wieder in den Halbkreis – diesmal samt strahlendem Moderator in ihrer Mitte. Siggi schaffte es, so zu wirken, als wenn er sich den ganzen Abend lang auf nichts anderes so gefreut hätte wie auf diesen Fototermin.

Sie zwinkerte ihm wissend zu, stellte sich hinter die Fotografen und sorgte mit Rufen und dem Wedeln mit ihrer zusammengerollten Showdispo hinter deren Köpfen dafür, dass jeder der fünfundzwanzig Pressevertreter seinen exklusiven Blick der Star-Gruppe in seine Kamera bekam. Alle Fotografen kannten die einstudierte PR-Choreografie und warteten mehr oder weniger geduldig, bis sie an der Reihe waren. Nur einer brauchte, wie immer, einen kurzen Anpfiff. Ina bekam den hektisch knipsenden Kollegen grad noch am Revers seines Sakkos zu fassen, bevor er sich bis auf die Treppenstufen zur Bühne vordrängeln konnte.

„Jerry! Hiergeblieben! Nicht auf die Bühne! Das weißt du doch. Bleib locker, du bist ja auch gleich dran."

Sie kam sich vor wie die Erzieherin in einem Kindergarten mit lauter hyperaktiven ADHS-Kids. Dabei ging es doch nur um ein Fotomotiv. Aber der Konkurrenzdruck war groß, da schlug der eine oder andere schon mal über die Stränge. Doch Ina kannte ihre Pappenheimer, und nach gut fünf Minuten waren alle versorgt, und Ina rief erleichtert: „Danke! Wir sind fertig."

Augenblicklich löste sich der professionell lächelnde Halbkreis auf, und die Prominenten marschierten samt Moderator, aufgekratzt plaudernd, aus dem Studio. Die Fotografen murrten noch kurz, weil sie, wie immer, vergeblich auf weitere, spektakulärere Motive gehofft hatten, atmeten aber schließlich durch und bedankten sich bei Ina, die es mal wieder geschafft hatte, ihren Moderator doch noch zu einem Fototermin zu überreden.

Das Bühnenlicht erlosch, und Ina verabschiedete sich von ihnen. Dann schnappte sie sich Anja und umarmte ihre Kollegin herzlich.

„Danke, meine Süße! Du hast mich gerettet!"

„Dafür schuldest du mir aber ein Bierchen", lachte Anja, hakte sich bei Ina unter und ging mit ihr hinter die Bühne. „Und zwar mit Siggi! Ich find den so toll. Meinst du, der geht mit uns noch was trinken?"

„Keine Ahnung, aber ich frag ihn mal." Eine halbe Stunde später saßen Siggi, Lukas, Anja und Ina gemeinsam in der großen Produktionslimousine mit den abgedunkelten Scheiben und fuhren in die Stadt. Ina hatte in einem schicken Steakhaus in Mitte noch schnell einen Tisch reserviert. Der Name des Moderators sorgte dafür, dass sie dort auch um diese Zeit einen Platz bekamen.

Am Eingang wurden Siggi und seine Begleiter freudestrahlend begrüßt und zu einem halbwegs ruhigen Tisch in der Ecke geleitet. Das Lokal war zwar als Promi-Restaurant bekannt, aber ein Siggi Petersen war selbst hier ein besonderer Gast. Jeder kannte und mochte ihn. Der Service war entsprechend hervorragend, die Steaks allerdings überschätzt, fand Ina.

Nach dem Essen beschlossen sie, noch in eine schicke Bar ganz in der Nähe zu gehen, von der Anja gehört hatte.

„Das ‚Hunderttausend' ist extrem cool, und für Normalsterbliche ist es so schwierig da reinzukommen, wie ins ‚Berghain'", erklärte sie auf dem Weg dorthin.

Weil sie nach dem späten opulenten Essen alle ein wenig Bewegung brauchten, gingen sie zu Fuß, obwohl es eiskalt war. Es hatte inzwischen geschneit, und alle hatten sich dick eingemummelt und hatten dicke Schals. Siggi trug zu seinem Schal um Hals und Mund noch sein übliches Basecap, das sein prominentes Gesicht verbergen sollte.

Dass das nichts nützte, merkten sie, als ihnen eine Gruppe junger Männer auf der dunklen Straße entgegenkamen, miteinander tuschelten und dann begeistert „Siggi! Siggi Petersen! Ich fass es nicht! Das ist ja der Hammer!" jubelten. Ina war jedes Mal aufs Neue erstaunt, dass der Moderator trotz seiner Maskerade erkannt wurde.

Die Jungs blieben freudestrahlend vor dem Mann, den sie nur aus dem Fernsehen kannten, stehen. Siggi hatte, wie immer, seine Autogrammkarten im Studio vergessen, also signierte er geduldig irgendwelche Parkscheine und Visitenkarten, die sie hervorkramten und ihm hinhielten.

Als sie endlich die Bar erreichten, stand die frierende Gruppe unschlüssig vor einer unscheinbaren Eisentür, an der auf einem winzigen Klingelschild „Hunderttausend" stand – keine Menschen davor und keine Leuchtreklame darüber.

„Sind wir hier auch wirklich richtig?", fragte Ina und sah sich skeptisch auf der menschenleeren Straße um.

„Ja, klar. Das ist der Laden. Genauso hat Cyrill Mountain das beschrieben", antwortete Anja entschieden.

„*Der* Cyrill Mountain? Der Rockstar?", fragte Lukas staunend.

„Ja, also nicht direkt mir. Aber unser Kollege Lars aus der Agentur, der ihn betreut hat, hat's mir erzählt. Der war nämlich mit Cyrill im ‚Hunderttausend'", beharrte sie.

„Lars? Echt? Na, wenn *der* hier reinkommt, dann schaffen wir das ja wohl auch. Los, Siggi, du gehst vor und klingelst", forderte Ina ihn mit einer Handbewegung Richtung Eisentür auf.

„Ich? Wieso denn ich?", sträubte sich der Moderator.

„Na, weil du hier weit und breit der einzige Promi bist", erwiderte Ina lachend.

„Aber ich bin schon früher als Teenie nie in die angesagten Discos reingekommen."

„Ach, Quatsch! Das war damals. Jetzt bist du ein Star!",
machte sie ihm Mut.

„Mich hat schon mal ein Pförtner nicht aufs Studiogelände lassen wollen, weil ich keinen Produktionsausweis dabeihatte – zu meiner *eigenen* Show. Ohne roten Teppich davor komm ich nirgends rein", versuchte Siggi es noch einmal, doch Ina blieb eisern.

„Nun los, mach schon. Klingel endlich, mir ist kalt."

„Na, gut ... Ihr werdet schon sehen ..."

Siggi Petersen reckte sich, machte drei Schritte auf die große Tür zu und drückte lange auf die Klingel. Es war kein Geräusch zu hören. Gespannt lauschten die anderen in die Stille und beobachteten die Tür. Nach scheinbar endlos langen Minuten öffnete sie sich einen Spalt breit.

Ein junger Mann um die Zwanzig, mit trendigem grauen Trilby Hut auf dem kurzrasierten Kopf, blondem Ziegenbärtchen, Nerdbrille und enggeschnittenem Anzug blinzelte ins Licht der gegenüberstehenden Straßenlaterne. Dann sah er kurz den Mann vor sich an, ließ seinen gelangweilten Blick über die kleine Gruppe schweifen und bedachte Siggi erneut mit einem abschätzigen Blick.

Schweigend betrachtete der Türsteher das dunkelgrüne Basecap, den buntgestreiften Wollschal, die dicke dunkelblaue Daunenjacke, die ihm die Eleganz eines Michelin-Männchens verlieh, dazu Jeans und klobige braune Boots. Nach einer gefühlten Ewigkeit sah er Siggi ins Gesicht, und Ina hoffte, dass er ihn jetzt endlich erkennen würde.

„Heute nur für geladene Gäste ...", presste er zwischen zusammengekniffenen Lippen abschätzig hervor, nickte dem frierenden Grüppchen kurz zu, und noch bevor der Moderator zu einer Erwiderung ansetzen konnte, verschwand der Türsteher wieder drinnen und zog die schwere Eisentür hinter sich zu.

„Ja, aber ...", stammelte Siggi Petersen hilflos.

„Das gibt's doch nicht!", stieß Anja schockiert hervor.

Alle standen da, wie anwurzelt – bis Ina plötzlich brüllend laut auflachte. „Doch, haste ja gesehen, dass es tatsächlich Menschen gibt, die Siggi nicht erkennen", prustete sie los.

Grinsend drehte er sich zu ihr um und zuckte mit den Schultern. „Sag ich ja … Vielleicht sollten wir es erst mal mit den oberen Zehntausend probieren, bevor wir noch mal versuchen, ins ‚Hunderttausend' zu kommen", stieß er lachend hervor. Bester Laune hakte er sich bei Lukas ein. „Wisst ihr was? Ich lade euch ins Kempi am Ku'damm ein. Da weiß man, wer ich bin und gibt uns garantiert noch was zu trinken. Okay?!"

Begeistert stimmten die anderen zu und machten sich auf den Weg, der in eine lange, feucht-fröhliche Nacht an der gemütlichen, alten Hotelbar führte.

Kichernd stießen Anja und ihre Freundin mit ihrem mittlerweile dritten Cocktail an. Inas Laune hatte sich deutlich gebessert.

„Es geht doch nichts über einen gut gemixten ‚Godfather'", strahlte sie und nahm noch einen Schluck. „Auch wenn ich vom Amaretto darin immer so fiese kleine Pickelchen auf der Zunge bekomme. Kennste? Von der Blausäure in den Mandeln. Aber der ist so verflucht lecker. Und vielleicht lindert der Whisky ja die Symptome."

„Garantiert …", stimmte ihre Freundin zu. „Und wenn nicht, ist es dir mit dem Alkohol im Kopf zumindest egal."

Ina nickte grinsend und bestellte sich noch einen.

Das Wochenende verbrachte sie damit, sämtliche Yellows und People-Magazine, mit denen sie sich am Bahnhof eingedeckt hatte, nach Promi-Geschichten zu durchforsten, die sie vielleicht weiterrecherchieren könnte. Sie bemühte sich, die nötige Begeisterung für all die

Klatschgeschichten aufzubringen, stellte aber schnell fest, dass sie nichts davon wirklich ernst und wichtig nehmen konnte. Keine gute Voraussetzung für ein fulminantes Comeback.

Aber vielleicht hatte Anja ja recht, dass der Appetit beim Essen kam und sie in der vertrauten Redaktionsluft ihr berühmtes Näschen für spannende Geschichten reaktivieren könnte.

Wie es Hannes wohl ging? Ob er die gleichen Anlaufschwierigkeiten in der realen Welt hatte, wie sie, überlegte Ina. In seiner knappen Mail von gestern hatte er nur berichtet, dass er gleich heute rüber nach Amerika fliegen würde. Seine Plattenfirma hatte alles für ihn organisiert, froh darüber, dass ihr Sänger endlich wiederaufgetaucht und bereit war, das Album einzusingen. In diesem Moment saß er sicher gerade in einem Flieger über dem Atlantik.

Wie gerne hätte sie jetzt mit ihm gesprochen. Er hätte bestimmt Verständnis für ihr derzeitiges Gefühlschaos. Anders als die meisten ihrer Freunde und Bekannten, zu denen sie in erster Linie per Mail oder via Facebook Kontakt hielt, weil sie entweder inzwischen am anderen Ende der Welt lebten oder durch ihre Jobs selbst ständig unterwegs waren. Ein persönliches Treffen zum Essen und Plaudern, wie sie es mit Hannes im Dorf fast täglich genossen hatte, war in Berlin, und zumal in der Medienbranche, die große Ausnahme. Sie vermisste mittlerweile auch den harmlosen, aber persönlichen Plausch mit den Menschen in Bienensee – allen voran ihre neue Freundin Simone mit ihrer rustikalen, liebevollen Art.

Ina überlegte, mit wem sie sonst sprechen könnte, aber ihr fiel nur Anja ein. Und die hatte sie gestern bis in die frühen Morgenstunden zugetextet. Da konnte sie nicht schon wieder anrufen. Nein, es wurde Zeit, dass sie sich auf sich selbst verließ.

Es würde schon alles gut werden und die alte Routine sich sicher schnell wieder einstellen. Hoffentlich ...

Sie guckte ein paar DVDs, hörte Musik, las ein bisschen, konnte sich aber nicht wirklich auf ihr Buch konzentrieren. Immer wieder schweiften ihre Gedanken ab nach Bienensee, zu den Gesprächen mit Hannes.

Um sich endlich zu entspannen, legte sie sich am Sonntagabend mit einem selbstgemixten „Godfather" und den bisher ungelesenen Seiten ihrer Zeitungen in ein Schaumbad. Der Drink schmeckte so süß, wie die Badeessenz roch, weil sie es mit dem Amaretto wohl etwas übertrieben hatte.

Nach fast einer Stunde kuschelte sie ihren verschrumpelten aber herrlich duftenden Körper ins Bett und schlief schnell ein.

Als der Radiowecker um kurz nach acht loslärmte, dauerte es eine ganze Weile, bis sie kapierte, wo sie war, und dass sie jetzt aufstehen musste. Verschlafen schlurfte sie ins Bad, um die Zähne zu putzen. Doch kaum breitete sich der scharfe Zahnpastaschaum in ihrem Mund aus, ließ ein schmerzhaftes Brennen sie aufstöhnen. Sie schaltete augenblicklich die elektrische Zahnbürste ab, spuckte aus und streckte ihrem Spiegel die Zunge heraus – lauter kleine weiße Bläschen glitzerten sie auf der rosigen Zunge an. Die Blausäure im Amaretto hatte über Nacht ihre volle Wirkung entfaltet.

Mist, fluchte Ina laut und stöhnte gleich wieder auf, als ihre Zungenspitze bei dem scharfen „S" die Zähne berührte. Na, das ging ja gut los ... Jetzt, wo sie endlich wieder perfekt *hören* konnte, bereitete ihr das *Sprechen* Probleme. Schlecht gelaunt fuhr sie ins Büro.

Mit großem Hallo wurde sie von ihren Kollegen begrüßt, als sie die Redaktion betrat. Nachdem sie allen versichert hatte, dass sie vom Hörsturz wieder vollständig genesen sei – wobei sie sich bemühte, möglichst wenige

Worte mit scharfem „S" zu benutzen – schaltete sie ihren Computer ein, um sich den Plan für die nächste Ausgabe der V.I.P. anzusehen. Doch der PC verkündete, dass sie das falsche Passwort eingegeben habe. Ina versuchte es erneut – mit gleichem Ergebnis.

„*Frauke!*", rief sie laut durch das Großraumbüro.

„Ja, was gibt's denn?", flötete es ein paar Plätze weiter, hinter einer Stellwand und einem Blumenkübel mit einem vertrockneten Benjamin-Bäumchen.

„Hast du an meinem Rechner ein neues Passwort eingerichtet?"

„Ach, sorry, ja …", antwortete die vormalige Redaktionsassistentin, die zwar inzwischen ihren Interimsposten als Chefreporterin wieder los, dafür aber zur Redakteurin aufgestiegen war. „Ich hab ein paar Mal an deinem Platz gearbeitet, als du weg warst. War praktischer, weil ich dann näher an der Chefredaktion war", erklärte sie, als sie hinter Ina trat und sich zur Tastatur hinab beugte. „Warte, ich tippe es eben ein."

Unwirsch schob Ina Fraukes Hand beiseite.

„Tippen kann ich selber. Sag mir einfach das Passwort." Als Frauke schwieg, setzte Ina nach: „Na, was ist?"

„Ja, also … Na, gut … Kläuschen …", nuschelte Frauke Harms leise.

Inas Hände verharrten über den Tasten. Ungläubig drehte sie sich um und sah ihrer Kollegin ins Gesicht.

„Kläuschen? Das ist nicht dein Ernst." Ina lachte amüsiert auf.

„Ja, mit ‚ae', also ‚K,L,A,E,U,S,C,H,E,N'", buchstabierte Frauke schnell, mit hochrotem Kopf, und verzog sich ohne ein weiteres Wort.

Ina grinste vor sich hin und überlegte, ob Klaus Berger wohl wusste, dass er einen neuen Fan hatte.

Die nächsten Wochen vergingen wie im Fluge. Wie erwartet, hatte Ina sich nach nur zwei Tagen wieder Hals über Kopf in den V.I.P.-Alltag gestürzt, recherchierte Klatsch- und Skandalgeschichten, besuchte Filmpremieren und Galas. Schnell hatte sie wieder ihr altes Arbeitstempo erreicht.

Die guten Vorsätze, die sie in Bienensee gefasst hatte, schienen einfach nicht vereinbar mit ihrem Job.

Ein paar Mal hatte sie noch E-Mails mit Hannes ausgetauscht. Auch er berichtete von anstrengenden Tagen im Tonstudio in Los Angeles. Die Arbeit ging bestens voran, aber besonders glücklich schien er nicht darüber zu sein. Die Songs, die seine Band vor Wochen eingespielt hatte, waren zwar perfekt arrangiert und produziert, und die Musik entsprach exakt dem erfolgreichen „Curiosity"-Sound. Aber eben das nervte Hannes.

Er hatte damit innerlich längst abgeschlossen, wollte eigentlich etwas ganz anderes mit seiner Musik und den Texten ausdrücken, als das mit den ewiggleichen Pop-Liebesschnulzen und gefühlvoll-kitschigen Rockballaden möglich war. Doch, genau wie Ina, fügte auch er sich in das Unabänderliche und sang einen Song nach dem anderen ein.

Langsam wurden die Mails seltener, sie berichteten einander nur noch sporadisch vom täglichen Stress, der beide wieder fest im Griff hatte. Ina war mittlerweile wieder so tief in die Welt der Stars und Sternchen eingetaucht, dass sie nicht wirklich böse darüber war, wenn Hannes sich mit seinem Gejammer nicht ständig bei ihr ausheulte.

Sie lief bald zu alten Hochtouren auf und schrieb einen V.I.P.-Aufmacher nach dem anderen. Los ging's mit der Geschichte über die beliebte Serienschauspielerin Mimi Wilde. Von Frauke Harms war die gerade zur neuen Comedy-Queen hochgeschrieben worden, und ihre freche

Show hatte nach der dritten Staffel endlich auch tolle Einschaltquoten.

Dann warf sie ihren Sketch-Partner Guido Sommer plötzlich raus. Die Presse rätselte, was der Grund dafür war.

Da Ina Guido seit seinen Anfängen an kleinen Berliner Impro-Bühnen kannte, rief sie ihn an und hatte ihn bald überredet, exklusiv in der V.I.P. auszupacken und seiner Wut auf Mimi Wilde freien Lauf zu lassen.

Heraus kam eine haarsträubende Geschichte mit vielen pikanten Details: Nicht nur, dass Mimi, trotz Ehemann und zwei kleinen Töchtern, laut Guido, eine notorische Fremdgängerin war. Die fanatische Vegetarierin, die ihr ganzes Team dazu verdonnert hatte, beim Dreh komplett auf Fleischprodukte zu verzichten, weil sie nicht arbeiten könne, wenn sie den Geruch nach totem Tier im Atem ihrer Mitarbeiter roch, genehmigte sich gerne mal heimlich einen Hamburger. Getarnt mit Perücke und Sonnenbrille schlich sie sich in einschlägige Fastfoodketten – es tauchten sogar unscharfe Beweisfotos auf.

Richtig heikel war jedoch, dass Guido ausplauderte, dass Mimi in ihrer eigenen Produktionsfirma jede Menge unterbezahlte Praktikanten beschäftigte, und auch die Autoren, die ihr ihre lustigen Gags auf den Leib schneiderten, wurden mies bezahlt und mit Knebelverträgen zu absolutem Stillschweigen über ihren Job verdonnert. Nach außen hin behauptete die Schauspielerin nämlich, dass sie in ihrer Show nur eigene Texte verwenden würde.

Guido Sommer musste gehen, weil er an der Seite von Mimi Wilde irgendwann zu groß geworden war. Mimi duldete keinen anderen Star neben sich. So hatte sie es schon immer praktiziert, doch Guido war der Erste, der sich öffentlich darüber beschwerte.

Es kam, wie es kommen musste: Mimi Wilde verklagte ihren Expartner noch am Erscheinungstag der V.I.P.

wegen Verleumdung, gab allen Konkurrenzmagazinen ausführliche Interviews zu ihrer Sicht der Dinge und zwang ihren Sender, Guido Sommer die bereits zugesagte eigene Show sofort wieder wegzunehmen.

Ina schämte sich ein bisschen, dass sie den Schauspieler dazu ermuntert hatte, in ihrem People-Magazin derartig vom Leder zu ziehen. Aber so lief das Geschäft nun mal. Da konnte man auf eventuelle Kollateralschäden keine Rücksicht nehmen.

Außerdem hatte sie keine Zeit, sich noch lange Gedanken um die Aufmachergeschichte der letzten Woche zu machen, denn schon forderte Klaus Berger die nächste, verkaufsfördernde Skandalgeschichte. Und Ina lieferte …

Sie schrieb über den Absturz des ehemals beliebten Showmasters Theo Teufel, der seine in Jahrzehnten aufgebaute Reputation durch Selbstüberschätzung, falsche Berater und Geldgier innerhalb weniger Monate zerstört hatte. Nachdem er die Nase von der großen Musikshow, die er viele Jahre lang äußerst erfolgreich präsentiert hatte, voll hatte, stieg er nach einer tränenreichen Abschiedsshow aus. Er wollte endlich etwas anderes machen, zeigen, welches Potential noch in ihm steckte. Er traute sich zu, etwas ganz Neues bei einem anderen Sender zu versuchen: eine tägliche Kochshow am Mittag. Dort wollte er mit all seinen alten Buddys entspannt ein halbes Stündchen in irgendwelchen Töpfen herumrühren und dabei gut gelaunt über Gott und die Welt plaudern.

So zumindest war sein Plan. Sender, Produzenten und Zuschauer waren begeistert von der Idee. Jedenfalls solange es nur eine Idee war … Bereits nach den ersten missglückten Ausgaben der Sendung bemerkten alle Beteiligten, und vor allem die Zuschauer, dass Theo Teufel weder kochen konnte, noch genügend Interesse an seinen Gesprächspartnern hatte.

Zwar kamen die Reichen und Schönen, die Musiker und Hollywoodstars tatsächlich in Theos kleines Kochstudio, bewunderten die gemütliche Atmosphäre in der bis aufs Detail liebevoll eingerichteten Küchenkulisse, doch danach passierte nicht mehr viel. Aus der erwarteten fröhlichen Plauderstunde wurde nur ein krampfiges Geplapper über Nichtigkeiten, das niemanden interessierte.

Die Zuschauer schalteten einfach ab, und die Presse startete ein wahres Sperrfeuer auf die kleine Show. Anfangs hielt der Sender noch wacker zu seinem teuren Neueinkauf Theo Teufel, um dann, noch während Ina ohne Fernseher in Bienensee gelebt hatte, die Sendung schnell wieder abzusetzen.

Doch statt sich jetzt ein bisschen Ruhe zu gönnen und Gras über den Misserfolg wachsen zu lassen, verkündete, nur wenige Tage nach dem Aus, bereits der nächste Sender lauthals, dass Theo Teufel jetzt bei ihm mit einer neuen Quizshow brillieren würde.

Ina konnte es nicht fassen. Was trieb diesen Mann bloß, sich erneut der Häme von Presse und Zuschauern auszusetzen, fragte sie sich und fing an zu recherchieren. Das Material, das sie zusammentrug – angereichert mit einigen wilden Spekulationen sogenannter „guter Freunde", über eine drohende Insolvenz und eine baldige Scheidung – reichte für einen erneuten Aufmacher in der V.I.P.

Zwischendurch versuchte Ina, all die schmutzigen Storys, die die Verkaufszahlen ihres Magazins und somit die Laune ihres Chefredakteurs steigerten, bei ihr jedoch einen schalen Geschmack hinterließen, mit ein paar harmlosen Interviews zu kompensieren. Bei verschiedenen Filmpremieren führte sie Gespräche mit den Superstars der Branche, die dann, aufgepeppt mit Hochglanzfotos, in der V.I.P. erschienen.

Doch von Mal zu Mal interessierte es Ina weniger, wenn die Hollywoodstars ihr versicherten, dass der aktuelle Film nun wirklich der spannendste, die Rolle darin die wandelbarste, das Team fantastisch und der Regisseur der größte Könner seines Fachs gewesen sei. Sie wusste, dass sie genau das Gleiche beim nächsten Blockbuster wieder erzählen würden. Ina fühlte sich ausgepumpt und stellte sich immer öfter die Frage, warum und wie lange sie diesen Job eigentlich noch machen wolle.

Mitten in der großen Planungskonferenz zur nächsten Ausgabe der V.I.P. erreichte sie eine E-Mail von Anja. Das Vibrieren ihres iPhones war eine willkommene Ablenkung, denn Ina hörte sowieso nur mit halbem Ohr zu, wie die Kollegen ihre Themen anpriesen, immer in der Hoffnung, damit zumindest als Anriss auf dem Titel des Heftes zu landen.

Das Ratgeberressort hatte mal wieder eine schockierende Studie amerikanischer Wissenschaftler über die Gefahr von Haarfärbemitteln im Programm. Die Mode- & Beauty-Redaktion konstatierte „Dschungel"-Grün sei im nächsten Herbst das neue Schwarz, und die kleine, durchtrainierte Lifestyle-Redakteurin pries Yoga für Katzen und deren Frauchen als kommenden Fitnesstrend an. Ina hatte nur eine Musikgala im Angebot, nichts Exklusives, aber Madonna und Robbie Williams hatten ihr Erscheinen avisiert.

Da sie noch längst nicht dran war, überflog sie heimlich Anjas Mail:

> *Hey, Süße, das musst Du lesen! Die erste Kritik zum neuen Album von Hannes, also Curiosity!*
> *LG, Anja*

Neugierig öffnete Ina den Anhang und las:

Wenn die wiedererstarkte Band 'The Curiosity' im nächsten Sommer auf große Europatournee geht, wird sie neue Songs brauchen, die die hohen Erwartungen ihrer Fans erfüllen können. Die modern inszenierten Titel auf der nächste Woche erscheinenden CD 'Go On' sollten diesen Ansprüchen genügen. Davon konnte sich die Redaktion von 'The Rolling Rock' bereits vor Veröffentlichung des Albums überzeugen. Die Fans müssen sich noch bis zur Vorabpremiere bei dem mit Spannung erwarteten Kurzauftritt von 'The Curiosity', im Rahmen des 'Haldern Pop-Festivals' in zwei Wochen, gedulden. Dort muss 'Go On' die Livefeuerprobe bestehen. Produzent Marc Reeder griff bei der Produktion des in Los Angeles eingespielten Albums erkennbar ein. Er inszeniert die frühere reine Popband als starkes Team – irgendwo zwischen fettem Dance-Pop und Glam-Rock. Bedeutet: Synthies geben den Ton an, der Beat kommt meistens nicht vom Schlagzeug, sondern aus dem Drumcomputer.

Die Stimme von Leadsänger Patrick Holmes wirkt in dem doch recht deftigen Modern-Pop-Mix teilweise etwas fremd, was den Stücken manchmal ihre Prägnanz nimmt.

Nun gewöhnt man sich an das neue Klangbild rasch. Weil es mehr Spaß macht als die ewigen Ohrenschmeichler, die 'The Curiosity' in den letzten Jahren ablieferten. Weil es dem Stört-nicht-beim-Bügeln-Pop von Holmes und Co. eine Portion Räudigkeit, ein Stück Club-Appeal verleiht. Dass gegen Ende doch der Kitsch durchbricht, sei der Vollständigkeit halber erwähnt. Der einzige deutschsprachige Song – wollten 'The Curiosity' da nun auch noch mit auf den Deutsch-Pop-Zug aufspringen? – kratzt zwar ein bisschen, ist in letzter Konsequenz aber eine recht infantile Schmachtballade, die verblüffend an die schlimmsten Momente von Cliff Richard erinnert. Warum Produzent Reeder das alberne Machwerk mit dem Titel 'Hör mir zu' als geheime Zugabe mit aufs Album geschmuggelt hat, bleibt ein Rätsel. Festzustellen ist dennoch: ‚Go On' ist ein Album, das ansonsten alle Erwartungen erfüllt."

Ina schluckte. Die abfälligen Bemerkungen über Patrick Holmes ärgerten sie. Wenn der Schreiberling wüsste, unter welch schwierigen Umständen das Album entstanden war, würde er vielleicht nicht so hart über den Gesang von Hannes urteilen. Und was war das mit dem deutschen Titel? War das womöglich der Song, den er in Bienensee komponiert hatte, die neue Art Musik, die er gerne machen wollte? Falls ja, war das bei dem Kritiker vom wichtigen Musikmagazin „The Rolling Rock" leider gar nicht gut angekommen.

Schnell tippte sie eine kurze Mailantwort an ihre Freundin:

Das ist ja nicht so berauschend ... Blöde Kritiker!
LG, Ina

„Ina! Wärst du so nett, uns deine volle Aufmerksamkeit zu schenken, oder recherchierst du da grad den nächsten Aufmacher?" Die laute Stimme von Klaus Berger riss sie aus ihren Gedanken.

„Oh, sorry. War 'ne wichtige Mail. Da musste ich grad mal schnell antworten", beeilte sie sich zu sagen und ratterte dann professionell ihr Themenangebot herunter.

„Okay, aufgemotzt mit ein paar Fotos sollte die Musikshow eine Doppelseite füllen, oder?! Sonst noch was?", fragte der Chefredakteur in die Runde. Als niemand antwortete, nickte er kurz und stand auf. „Na, dann ran ans Werk!"

Alle erhoben sich und eilten zurück an ihre Schreibtische. Ina setzte sich gleich an ihren Computer und tippte eine E-Mail an Hannes:

Hallo, mein Lieber,
lange nichts voneinander gehört.
Sorry, dass ich Dir auf Deine letzte Mail nicht geantwortet hatte, aber hier ging's drunter und drüber. Und ich hatte das Gefühl, dass Du auch sehr beschäftigt warst.
Wie ich gerade zufällig online mitbekommen habe, wird Euer neues Album ja nun bald erscheinen. Warum hast Du mir nichts gesagt?
Die Vorabkritik im ‚Rolling Rock' ist ja gar nicht mal so schlecht. Vor allem, wenn man bedenkt, wie gnadenlos die mit Populärmusik sonst immer umgehen …

Sie hoffte, dass sie ihn damit aufmuntern konnte, und unterschlug geflissentlich die deutlichen Worte zum Leadsänger, die neben dem Lob auch in dem Artikel standen. Dann fragte sie, ob man sich nicht endlich mal wieder treffen wolle, drückte auf „Senden" und begann mit der Planung ihrer nächsten Termine.

Wenige Minuten später kündigte ein „Ping" eine neue Mail an. Ob Hannes so schnell geantwortet hatte? Doch die Nachricht trug den Absender „Mailer Daemon" und beinhaltete die Info, dass ihre E-Mail nicht an Hannes gesendet werden konnte, weil die angegebene Adresse leider nicht existieren würde.

Verwirrt checkte Ina die Adresse. Sie entdeckte keinen Tippfehler. Das konnte nur bedeuten, dass Hannes seine Mailadresse geändert hatte. Aber warum? Beunruhigt versuchte sie, ihn auf dem Handy anzurufen. Doch auch seine Telefonnummer existierte angeblich nicht, wie ihr eine anonyme Computerstimme mitteilte.

Was war da los? Wann und weshalb hatte Hannes alle alten Kontaktdaten gelöscht, beziehungsweise geändert? Wie sollte sie ihn denn jetzt erreichen?

Nachdem Ina in den letzten Wochen kaum noch einen Gedanken an ihren Leidensgefährten aus Bienensee verschwendet hatte, machte sie sich plötzlich große Sorgen um ihn. Hatte er einen Rückfall erlitten und sich wieder abgeschottet? Ein sehr schlechtes Gewissen plagte sie und ihre Gedanken rasten, als sie nach einer Lösung suchte.

Wenn einer wusste, was mit Patrick Holmes los war, dann doch sicher die Plattenfirma, bei der „The Curiosity" unter Vertrag war. Ina googelte die Nummer und rief in deren Hamburger Zentrale an. Doch die freundliche Angestellte, zu der sie durchgestellt wurde, konnte oder wollte ihr nicht weiterhelfen.

„Es tut mir leid, Frau Frinks, aber wir dürfen keine privaten Auskünfte zu unseren Künstlern herausgeben. Das verstehen Sie doch sicher. Und am Telefon geht das schon mal gar nicht. Da könnte ja jeder anrufen und sich als Chefreporterin der V.I.P. ausgeben."

„Aber wir sind auch privat befreundet", insistierte Ina.

„Patrick Holmes soll mit der Mitarbeiterin dieses Klatschblatts, äh, Verzeihung, eines People-Magazins befreundet sein? Tut mir leid, aber das kann ich mir nun wirklich nicht vorstellen." Die Frau lachte amüsiert auf.

„Ja, klingt komisch, ist aber so", sagte Ina knapp.

Als sie merkte, dass ihre Stimme ein wenig beleidigt klang, gab sie sich Mühe, professionell rüberzukommen. „Aber ich kann Sie natürlich verstehen. Dann muss ich es eben irgendwie anders versuchen."

„Fahren Sie doch zu dem Gig am Niederrhein", schlug die Lady am anderen Ende vor.

„Wo?", fragte Ina verständnislos nach.

„Na, beim ‚Haldern Pop'-Festival tritt ‚The Curiosity' in gut einer Woche auf. Vielleicht klappt es da mit einem Treffen? Ich könnte Ihnen noch eine Pressekarte organisieren und in die Redaktion schicken."

„Ja, danke, das ist nett", antwortete Ina.

Sie hatte zwar nicht vor, zu irgendeinem Musikfestival in der niederrheinischen Provinz zu fahren, aber vielleicht hätte Anja, als alter Fan, ja Lust. Wenn die Frau von der Plattenfirma ihr das so freigiebig anbot, konnte sie ja schlecht Nein sagen.

Also gab sie ihr ihre V.I.P.-Adresse und verabschiedete sich.

Als nächstes schickte sie eine E-Mail an Anja:

> *Ich erreiche Hannes nicht. Mail und Tel. funktionieren nicht mehr. Die Plattenfirma gibt mir keine Auskunft. Mache mir echt Sorgen. Hast Du evtl. eine Idee, wie ich ihn erreichen könnte? LG, Ina*

Zehn Minuten später rief ihre Freundin an.

„Das ist ja echt komisch", bestätigte sie Ina.

„Ja, oder?! Er ist wie vom Erdboden verschluckt. Ich hab ja nicht mal seine genaue Adresse. Nach Bienensee hab ich ihn damals einfach nur vor irgendeinem Restaurant in Friedrichshain abgesetzt, wo er sich mit einem seiner Bandkollegen getroffen hat. Keine Ahnung mit wem …", murmelte Ina.

„Und irgendwelche Freunde oder Bekannten? Habt ihr euch in Bienensee denn nie darüber unterhalten? Hat er keine Namen genannt? Irgendjemand, der vielleicht im Telefonbuch steht?"

„Nein … Der einzige Name, an ich mich erinnern kann, ist der von seinem alten Freund Sven aus dem Dorf, wo er ursprünglich herkam. Aber ich weiß auch nicht, wie das Kaff heißt", seufzte Ina frustriert.

„Das ist ja echt blöd. Ich kapiere nicht, weshalb er dich nicht mit der neuen Nummer und Mailadresse versorgt hat, bevor er beides geändert hat."

„Ich auch nicht …"

„Wann hattet ihr denn das letzte Mal Kontakt?"

„Och, das ist schon eine ganze Weile her. Da war er noch in L.A.. Irgendwie ist das dann eingeschlafen. Ich dachte, er wird sich schon melden, wenn er zurück in Berlin ist. Stattdessen hat er sich virtuell aus dem Staub gemacht. Vielleicht hätte ich doch etwas mehr Interesse an seinen Problemen im Tonstudio zeigen sollen ...", überlegte Ina zerknirscht.

„Ja, allerdings! Du weißt doch, wie sensibel Künstler sind. Und noch dazu Musiker!", schalt Anja sie. „Wer von euch hat denn zuletzt geschrieben?"

„Hannes ..."

„Und du hast nicht geantwortet? Tja, dann hat er das wohl als Desinteresse interpretiert. Was es ja scheinbar auch war. Also echt, Ina!"

„Nun schimpf doch nicht so mit mir, Anja. Ich mache mir doch schon selbst genügend Vorwürfe. Verdammt! Was mach ich denn jetzt? Ich möchte ihn wirklich gerne wiedertreffen und erklären, warum ich mich nicht gemeldet habe. Aber das wird schwierig, jetzt wo er bei diesem Popfestival im tiefsten Westdeutschland auftritt und danach wohl auf Europatournee geht und gar nicht mehr greifbar ist ..."

„Mensch, genau! Das ist es doch!", jubelte Anja.

„Was?" Ina konnte den Gedankensprüngen ihrer Freundin nicht ganz folgen.

„Na, du fährst zu diesem Popfestival! Und dort marschierst du einfach backstage – Überraschung! Da wird er aber Augen machen!", freute sie sich, endlich eine Lösung für Inas Problem gefunden zu haben.

„Du spinnst! Erstens kann ich nicht einfach mal eben nächste Woche quer durch die Republik fahren. Ich weiß nicht mal, wo dieses Haldern liegt. Und zweitens komme ich bei einem derartigen Riesenfestival doch nicht so locker hinter eine Bühne, die von Bodyguards bewacht wird", widersprach Ina.

„Also bisher hast du es doch noch durch jede Absperrung geschafft, wenn du irgendeinen Star unbedingt treffen wolltest. Das wirst du auch da hinkriegen. Ganz sicher. Und deinem Chefredakteur machst du die Sache einfach schmackhaft, indem du ihm eine tolle Exklusivstory über einen der internationalen Musiker, die dort auftreten, ankündigst", schlug Anja kichernd vor.

Verschwörerisch ergänzte sie: „Er wird dir schon nicht den Kopf abreißen, wenn's dann leider nichts mit einem Interview geworden ist."

„Aber ... Ich weiß nicht ...", zögerte Ina. „Würdest du denn vielleicht mitkommen?"

Mit ihrer Freundin als moralische Unterstützung an der Seite würde sie sicher etwas mutiger sein. Doch Anja musste absagen.

„Zu gerne, aber wir drehen ab Mittwoch doch diese Herz-Schmerz-Serie in der Karibik. Das ist alles schon gebucht – zwei Wochen Curaçao! Das opfere ich nun echt nicht für ein Musikfestival. Selbst wenn ‚The Curiosity' auftreten. Sorry, Ina, aber da musst du alleine durch. Nun los, gib dir einen Ruck und organisier dir ein Ticket."

„Das hab ich schon ...", erwiderte Ina leise.

„Was? Du *hast* längst eine Karte?", fragte Anja fassungslos.

„Ja, die Frau von der Plattenfirma hat sie mir quasi aufgedrängt."

„Na, du hast ein Glück! Ist doch super! Dann check mal schnell, welcher der Künstler, die da auftreten, deinen Boss überzeugen könnten, dich auf V.I.P.-Kosten hinzuschicken. Aber mach es gleich, bevor du es dir noch mal anders überlegst. Versprochen?"

„Ja ... Na gut ... Ich mach's. Vielleicht klappt's ja tatsächlich", stimmte sie, nicht restlos überzeugt, zu.

Nachdem sie sich verabschiedet hatte, saß Ina unschlüssig vor ihrem Computer und wartete auf irgendein Zeichen, das sie deuten könnte.

Irgendeinen Hinweis darauf, was sie jetzt tun sollte. Sie selber wusste weder ein noch aus.

Als wenn er ihre Gedanken lesen könnte und wüsste, dass sie in diesem Moment dringend etwas Zuspruch gebrauchen konnte, traf eine E-Mail von einem ihrer besten und ältesten Freunde aus der Showbranche ein. Er war gerade in Amerika und wollte sich endlich mal wieder bei ihr melden und erfahren, ob sie von ihrem Hörsturz genesen war.

Im Betreff stand in Versalien „*ACHTUNG! ACHTUNG!*" – ein Insider Gag aus der Zeit, als Ina den bekannten TV-Star noch als PR-Agentin betreut hatte.

Inzwischen hatte sich Jan-Dirk Schmelzer, oder „Jadi", wie er von allen genannt wurde, auf dem Bildschirm rar gemacht. Ihm war der Stress als Moderator irgendwann zu viel geworden, und er hatte sich lieber eine neue Karriere als erfolgreicher Drehbuchautor außerhalb des Rampenlichts aufgebaut.

Auch wenn sie schon lange nicht mehr zusammenarbeiteten, waren sie privat seit vielen Jahren befreundet, sahen sich aber nur selten, weil beide ständig unterwegs waren und viel um die Ohren hatten. Umso mehr freute sich Ina über eine seiner seltenen Nachrichten. Sie antwortete ihm, dass es ihr gesundheitlich viel besser gehen würde, sie allerdings den Spaß, die sie damals gemeinsam im Medienzirkus hatten, sehr vermissen würde. So wie die Pressereise, die zu dem „ACHTUNG! ACHTUNG!"-Insider Gag geführt hatte.

Inas Flug hatte Verspätung, was umso ärgerlicher war, als sie nur für knapp zwei Tage zu einem aufwendigen Fotoshooting mit Jadi Schmelzer in Rom sein konnte. Schwitzend erreichte sie das kleine, schicke Hotel mitten in der Ewigen Stadt, in dem Jadi und sie eingebucht worden waren. Das People-Magazin, das mit ihm eine

Exklusivstory machen wollte, hatte keine Kosten und Mühen gescheut und extra seine Chefreporterin samt Topfotografin nach Rom geschickt.

Ina warf ihren kleinen Trolley aufs Bett und rief sofort den Moderator, der einen Tag früher angereist war, auf seinem Zimmer an.

„Ich bin da! Hast du Lust, einen Cappuccino mit mir trinken zu gehen?"

„Na, endlich! Ich warte schon seit Stunden auf dich", beschwerte sich Jadi. „Ich will dir doch noch ein bisschen was von der Stadt zeigen, bevor wir morgen arbeiten müssen. In zehn Minuten in der Lobby!"

Sie traten in die warme Maisonne hinaus, und Jadi übernahm die Führung. „Da lang geht's zur Spanischen Treppe."

Er kannte sich bestens in Rom aus, seit er als siebzehnjähriger Austauschschüler ein Jahr lang hier gelebt hatte. Dementsprechend perfekt war auch sein Italienisch. Nachdem Ina ausgiebig die wunderschöne Treppe bewundert und fotografiert hatte, führte er sie zielstrebig in das berühmte „Caffè Greco".

„Da muss man hin, wenn man das erste Mal in Rom ist!" In dem berühmten Café aus dem 18. Jahrhundert hatte schon Goethe gesessen – und das ließen sich die heutigen Besitzer entsprechend vergüten.

„Hier gibt es den wohl teuersten Cappuccino der Stadt, aber dafür ist das Ambiente einmalig", erklärte Jadi, und Ina bewunderte die vielen kleinen, prunkvoll ausgeschmückten Säle, die labyrinthartig durch einen engen Flur miteinander verbunden waren. Kein Raum glich dem anderen. Nach dem Kaffee aus den orangeweißen Porzellantässchen mit dem Schriftzug „Caffè Greco – Roma A.D. 1760" drauf, war zwar bereits ein Großteil ihres Spesenbudgets aufgebraucht, aber Ina fand, dass es sich gelohnt hatte.

Nachdem sie in der Via Condotti die Auslagen der luxuriösen Geschäfte aller großen internationalen Modedesigner bewundert hatten, marschierten sie rüber zum Trevi-Brunnen. Die „Fontana di Trevi" kannte Ina nur aus dem Film „La Dolce Vita". Doch das Bild von der berühmten Szene, in der Anita Ekberg und Marcello Mastroianni hier ein nächtliches Bad nahmen, ließ sich angesichts der unglaublichen Vollheit nur schwer heraufbeschwören. Zighundert Touristen aus aller Welt, Skandinavier, Japaner, Amerikaner und jede Menge Italiener und Deutsche, drängelten sich vor dem fünfzig Meter breiten Brunnen mit grünem Wasser und riesigen Pferden und Meeresfabelwesen, die vor der imposanten Triumphbogenkulisse aus Travertin und weißem Carrara-Marmor erstrahlten. Staunend stand Ina vor dem Meisterwerk klassizistischer Baukunst.

„Pass auf deine Handtasche auf", riss Jadi sie aus ihren Gedanken. „Der Platz ist nicht nur bei Touristen, sondern auch bei Taschendieben äußerst beliebt."

Ina drückte ihre Tasche, die sie quer über der Schulter trug, noch etwas enger an ihren Körper.

„Hier hast du einen Euro." Als sie ihn fragend ansah, erklärte er: „Du musst die Münze mit der linken Hand über die rechte Schulter in den Brunnen werfen – das bringt Glück."

„Erst mal brauche ich Glück, um überhaupt direkt an den Rand zu kommen." Zweifelnd sah sich Ina nach einer Lücke zwischen den vielen Menschen um.

„Das kriegen wir schon hin. Moment mal …"

Jadi drehte sich zu einer Gruppe laut parlierender italienischer Touristen um, die zwischen ihnen und dem Brunnen stand und redete in schnellem Italienisch gestenreich auf sie ein. Sofort rückten sie ein Stück zur Seite, winkten Ina lächelnd näher und riefen ihr „Tanti auguri", also „Herzliche Glückwünsche", zu.

Sie hatte zwar kein Wort, von dem, was Jadi ihnen erzählt hatte, verstanden, nickte aber freundlich zurück und trat ganz nach vorne, ans Wasser.

„Was hast du denen denn gesagt?", erkundigte sie sich leise bei ihm.

„Na, dass wir gerade geheiratet hätten und unser Glück nur perfekt sei, wenn wir jetzt noch Münzen in den Trevi werfen können. Da haben sie uns alle gratuliert", schmunzelte er.

„Na, dann ..." Sie grinste zurück und drückte ihm einen dicken Schmatzer auf die Wange, was mit begeistertem Gejohle und Klatschen der Umstehenden quittiert wurde.

„So, mein Hase, dann mal rein da mit dem Euro", wies er sie grinsend an. „Die Caritas wird sich freuen – die kriegen nämlich all das Geld. Wie man so hört, sind das jährlich rund sechshunderttausend Euro."

Ina schnalzte beeindruckt mit der Zunge und machte sich daran, ihren Beitrag zur italienischen Wohlfahrt zu leisten.

„Bravo", lobte Jadi, als der Euro über Inas Schulter flog und mit einem leisen Platsch im Wasser landete. „Damit hast du gerade deine nächste Reise gebucht. Laut Legende sorgt nämlich eine Münze für eine sichere Rückkehr nach Rom. Dabei sollten wir es auch belassen, denn bei zwei Münzen verliebt man sich angeblich in einen Römer oder eine Römerin, und drei Münzen führen dann zwangsläufig zur Heirat mit dem oder der Betreffenden ... Ursprünglich gab es auch den Brauch, einen Schluck aus dem Brunnen zu trinken, um garantiert wieder nach Rom zurückzukehren. Möchtest Du mal probieren?", fragte er ernst und schöpfte etwas Wasser mit den Händen.

Als er Inas skeptischen Blick sah, wollte er sich schier kaputtlachen. „Keine Sorge, du musst das weder trinken noch irgendeinen Römer heiraten."

„Na, da bin ich aber beruhigt", stimmte sie in sein Gelächter ein. „Und was kommt als nächstes?"

„Vielleicht die Bocca della Verità, der Mund der Wahrheit?", schlug er vor.

„Das ist doch dieses unheimliche Relief, in dem jeder, der seine Hand in den Mund steckt und dabei nicht die Wahrheit sagt, seine Hand verliert – hab ich in dem Film ‚Ein Herz und eine Krone' mit Gregory Peck und Audrey Hepburn gesehen", grinste Ina.

„Ja, das ist eine mittelalterliche Legende. Und seit dem Film pilgern die Touristen da in Scharen hin."

„Ach, nö, nicht schon wieder Gedrängel. Könnten wir nicht zum Kolosseum gehen?"

„Das ist noch weiter in der anderen Richtung. Aber wie wär's nach all dem Aberglauben jetzt mit etwas Glauben? Den Petersdom würde ich dir gerne noch zeigen. Echt beeindruckend."

„Ich soll in die Kirche? Aber ich bin doch gar nicht katholisch."

„Das ist egal. Rein lassen die uns da jetzt wahrscheinlich sowieso nicht mehr, aber allein der Petersplatz ist imposant. Na, komm!"

„Nur wenn ich unterwegs irgendwas zu essen bekomme … Ich hab heute nämlich nur gefrühstückt."

„Kein Problem. Verhungern muss man in Rom nun echt nicht. Wie wär's mit einem Tramezzino? Und nachher gehen wir dann richtig essen. Ich kenne da ein hübsches Lokal abseits der Touristenströme", schlug er vor.

„Das klingt nach einem Plan!", stimmte sie zu. „Dann lass uns mal den Papst besuchen gehen." Ein Thunfisch-Tramezzino und eine halbe Stunde Fußmarsch später, öffnete sich vor den beiden der riesige, trapezförmige Petersplatz mit dem imposanten Petersdom.

„Wow, das ist ja echt groß hier", staunte Ina.

„Über zwölftausend Quadratmeter!", bestätigte Jadi.

„Was du alles weißt. Wenn's mit dem Moderieren mal nicht mehr so klappt, kannst du Fremdenführer in Rom werden", neckte sie ihn.

„Ach, meine Gasteltern haben mir damals mit siebzehn jeden Winkel gezeigt und mir alles erklärt. Ein bisschen was scheint hängen geblieben zu sein", antwortete er bescheiden.

„Nicht schlecht. Und wo ist hier jetzt der Vatikan?", erkundigte sie sich.

„Du stehst quasi mitten drin. Die Kolonnaden da ringsum bilden die Grenze zu Italien. Aber in das Allerheiligste kommen wir nicht rein."

„Ach, das muss auch nicht sein. Mich interessiert vor allem die Architektur."

„Von da oben hält der Papst dann übrigens immer seine Ansprachen." Er deutete auf ein kleines Fenster auf der rechten Seite.

„Das hab ich schon im Fernsehen gesehen. Aber so in natura ist das alles noch viel beeindruckender. Ich würde ja gerne mal wissen ..."

In diesem Moment unterbrach sie eine durchdringende Stimme, die aus den Lautsprechern rings um den Platz schallte:

„Signore e signori, al sei il Santo Padre vi invita di una devozione a Piazza San Pietro."

Während Ina lauschte, ohne etwas zu verstehen, übersetzte Jadi: „Ach, um sechs lädt uns der Papst zu einer Andacht ein. Das erklärt auch die vielen Stühle, die hier überall aufgestellt sind."

„Stehen die nicht immer hier?"

„Nein, sonst ist der Platz ..."

Dieselbe melodische Männerstimme säuselte nun auf Französisch aus den Boxen:

„Mesdames et Messieurs, à six heures, le Saint-Père vous invite à une dévotion à la place Saint-Pierre."

Jadi und Ina bewunderten gerade die Säulen und Statuen am Rande des Platzes, vor den Absperrungen, die sich rund um tausende Klappstühle erstreckten, die in reih und Glied auf die Gläubigen warteten, als die Stimme in elegantem Oxford-Englisch verkündete:

„Ladies and gentlemen, at six o'clock the Holy Father invites you to a devotion at Saint Peter's square."

„Wir müssen uns aber nicht wirklich anhören, wenn der Papst spricht, oder? Das ist ja noch eine Stunde hin", bemerkte Ina und zog skeptisch eine Augenbraue hoch.

„Nein, nein", beruhigte Jadi sie. „Wir fahren gleich ins Hotel und machen uns fürs Abendessen fertig. Außerdem müssen wir ja noch mit der Journalistin und der Fotografin besprechen, was wir alles fotografieren wollen."

„Auf jeden Fall sollten wir morgen ein Bild von dir am Kolosseum machen – das will ich nämlich unbedingt noch sehen", schlug Ina vor.

„Gute Idee! Dann lass uns jetzt mal gucken, ob wir hier irgendwo ein Taxi …"

„ACHTUNG! ACHTUNG!"

Der strenge Tonfall, der sie da aus den Lautsprechern eindringlich um unbedingte Aufmerksamkeit ersuchte, ließ Ina und Jadi erschrocken zusammenzucken.

„Was ist *das* denn?", fragte sie ungläubig, als die Stimme in akzent- und komplett charmefreiem Deutsch verkündete: „Meine Damen und Herren, heute um sechs Uhr wird der Heilige Vater eine Andacht auf dem Petersplatz abhalten! Sie sind dazu eingeladen!"

Einen Moment lang sahen sie sich fassungslos an, bevor beide lauthals losprusteten.

„Das darf ja wohl nicht wahr sein!", regte sich Ina auf, nachdem sie sich halbwegs wieder eingekriegt hatte. „Warum werden alle anderen Nationen höflich informiert, und die Deutschen fordert man quasi zum Strammstehen auf, mit diesem ‚Achtung, Achtung'. Ich fass es nicht."

„Tja", amüsierte sich Jadi. „Vermutlich glauben die Italiener, dass wir sogar zum Beten klare Anweisungen brauchen."

„Denen werden wir zeigen, dass sie damit nicht weit kommen. Los, lass uns gehen. Ich will lieber duschen, als mich hier noch mal anbrüllen zu lassen", sagte Ina lachend.

Sie erinnerte sich noch heute gerne an die lustige Rom-Reise, vor allem, wenn sie an den späteren Abend dachte, als sie und der Moderator, zurück von einem hervorragenden Essen in einem schnuckeligen Ristorante, die inzwischen völlig betrunkene Chefreporterin des People-Magazins heimlich dabei beobachtet hatten, wie sie sich in einem roten Minikleid auf dem Flügel des Pianisten in der Hotelbar geräkelt und ihn à la Michelle Pfeiffer in den „Fabelhaften Baker Boys" angebaggert hatte. Von der kühlen Professionalität, die sie beim ersten Kennenlernen am frühen Abend zur Schau getragen hatte, war nichts mehr übriggeblieben. Es war zum Schreien komisch und peinlich, wie der arme Musiker versuchte, ihren leidenschaftlichen Umarmungen auszuweichen und dabei trotzdem weiterzuspielen.

Am nächsten Tag hatte die Journalistin mit einem mächtigen Kater flachgelegen und die Durchführung der aufwendigen Fototour mit Jadi Schmelzer, zu nahezu sämtlichen Sehenswürdigkeiten der Stadt, komplett ihrer Fotografin und Ina als seiner Agentin überlassen. Immerhin hatten die drei daraus einen produktiven, lustigen Tag gemacht und waren in einem knallroten, alten VW-Käfer-Cabrio offen durchs sonnige Rom gebraust. Die Fotoausbeute war ausgesprochen umfangreich gewesen, und Ina hatte tatsächlich das Kolosseum gesehen.

Immerhin hatte die Chefreporterin in der nächsten Ausgabe ihres Magazins eine unterhaltsame „Reisereportage" zu den tollen Fotos mit Jadi geschrieben. Im Stillen bewunderte Ina die Kollegin, die inzwischen längst im Ruhestand war, dafür, dass beim Lesen niemand auf die Idee gekommen wäre, dass sie bei dem gesamten Shooting überhaupt nicht mit dabei war ...

Inas Laune besserte sich bei der Erinnerung an die lustige Geschichte deutlich. Frisch motiviert öffnete sie die Homepage von „Haldern Pop" und entdeckte, dass das Festival bereits seit Monaten ausverkauft war. Da hatte sie ja wirklich Glück gehabt, dank der netten Lady von der Plattenfirma noch ein Ticket zu bekommen.

Die Namen der Bands und Musiker, die für die zwei Festivaltage angekündigt waren, sagten ihr allerdings herzlich wenig. Doch irgendwie würde sie ihren Chefredakteur schon überreden, sie fahren zu lassen. Hoffte sie jedenfalls ...

„Wie heißt das?" Nicht sonderlich interessiert sah Klaus von seinem Computermonitor auf, als Ina ihm am nächsten Tag von ihren Plänen berichtete.

„Haldern Pop", antwortete sie geduldig.

„Noch nie gehört. Was soll das sein?"

„Ein großes Popfestival. Sowas, wie die Rockfestivals", erklärte Ina. „Du weißt schon."

„Nun ja, von Roskilde, Wacken und Scheeßel hab ich schon gehört. Bei ‚Rock am Ring' war ich vor Jahren sogar mal selber. Aber was ist das für ein Popfestival? Und wo liegt überhaupt dieses Haldern?", antwortete er wenig begeistert.

„Na, das Festival findet am Niederrhein statt – in der Nähe von Rees, ums genauer zu sagen."

„Rees? Hab ich auch noch nie gehört."

„Das liegt an der holländischen Grenze. Ist ja auch egal. Da treten jedenfalls tolle Künstler auf ...", versuchte sie, ihn von der Geografiedebatte abzulenken. Doch das ging nach hinten los ...

„Wer tritt denn da so auf, der für die V.I.P. interessant wäre?", wollte er sofort wissen.

Aber genau das war das Problem – das Line-Up der diesjährigen Bands, die Ina im Internet gefunden hatte, sagten ihr nichts. Und Klaus schon gar nicht. Doch sie bemühte sich trotzdem, ihm das musikalische Angebot schmackhaft zu machen – möglichst ohne „The Curiosity' erwähnen zu müssen.

„Na ja … Du sagst doch immer, wir müssen neue Leserschaften für uns gewinnen. Mit den ewiggleichen Promis können wir doch in Zukunft nicht immer dieselben Geschichten und Interviews machen. Da muss man auch mal mutig andere Künstler ins Blatt hieven. Junge, frische Musiker zum Beispiel …"

„Und an wen genau denkst du da? Wer tritt da denn nun auf bei diesem Popdings, der unsere Leser interessieren könnte?", hakte er nach.

Verzweifelt überflog Ina noch mal die Liste der Musiker, in der Hoffnung vielleicht einen großen Namen übersehen zu haben. Vergeblich. Also versuchte sie es anders.

„Da sind schon Kaliber wie Emiliana Torrini, ‚Mando Diao', ‚Element Of Crime', Jan Delay, ‚Fettes Brot', Kate Nash, ‚Wir sind Helden' und Sophie Hunger aufgetreten", ratterte sie die Namen der vergangenen Jahre herunter. „Und dann auch dieser Thees Uhlmann. Inzwischen kennt den auch die V.I.P.-Leserin."

„Uhlmann? Thees? War das nicht der mit diesem ewiglangen Songtitel?"

Ina war froh, dass Klaus den Namen wenigstens schon mal gehört zu haben schien.

„Ja, ‚Zum Laichen und Sterben ziehen die Lachse den Fluss hinauf' hieß der Hit. Cooler Titel. Fand ich super", heuchelte Ina Begeisterung.

„Na, schön. Und wer tritt denn nun dieses Jahr auf?"

„Ach, die Namen sagen dir vermutlich nicht viel, aber ich hab schon mit verschiedenen Plattenfirmen gesprochen, die mir versichert haben, dass da ein paar ganz fette Fische mit Chartpotential dabei sind. Vertrau mir."

„Ina, wenn du mir nicht wenigstens einen bekannten Künstler nennen kannst, der es wert wäre, dass ich dich sechshundert Kilometer von Berlin quer durch die Republik bis an die holländische Grenze schicken soll, um dort in der Provinz eine Story aufzureißen, die für unsere Leser auch jetzt schon, und nicht erst in ein paar Jahren, interessant ist, kann ich dich nicht ziehen lassen. Auch, wenn ich mich auf dein Näschen für Geschichten ja eigentlich immer verlassen kann, erscheint mir diese Sache mit dem Popfestival eine echte Schnapsidee zu sein. Tut mir leid."

„Ja, aber ..."

„Nein, sorry. Wie kommst du bloß auf so was?"

Klaus sah sie skeptisch an, und Ina knete nervös ihre Hände. Sie schien nicht recht weiter zu wissen.

„Kümmer dich doch lieber mal um diese Schnulzenserie, die da demnächst in der Karibik gedreht wird. Da spielt doch dieses Vollweib mit. Die ist immer für eine Skandalgeschichte gut. Vielleicht bringt sie ihren jugendlichen Liebhaber mit zum Dreh. Wenn du da was machen könntest? Das wäre spannend. Vielleicht über deine Freundin? Die kann da doch bestimmt was organisieren. V.I.P. exklusiv am Set, oder so. Dann lass ich dich auch gerne auf die Bahamas fliegen."

„Curaçao ..."

„Egal. Da darfst du auch gern hin. Wie wär's?"

Klaus grinste sie aufmunternd an, doch Ina schüttelte unwirsch den Kopf. „Nein, das ist ein Closed Set. Da kommt keiner rein. Hab Anja schon gefragt. Aber sobald der Mist im Kasten ist, krieg ich was Exklusives vorab. Das dauert aber noch. Inzwischen könnte ich dir doch was aus diesem Musikfestival stricken", ließ sie nicht locker. „Da ist nämlich auch …"

Sie rang mit sich, ob sie tatsächlich mit der Information rausrücken sollte. Aber es schien ihr der einzige Ausweg zu sein. Klaus sah sie leicht genervt an und zog die Augenbrauen hoch. Seine Geduld war inzwischen offensichtlich überstrapaziert.

Um ihn in dieser Stimmung doch noch überzeugen zu können, musste sie ihm schon einen fetten Köder vorwerfen. Also atmete Ina tief durch, verdrängte ihre Bedenken und ließ die Bombe platzen.

„Also gut … Auf dem Popfestival haben ‚The Curiosity' ihren ersten Auftritt mit den Songs vom neuen Album, das bisher noch niemand gehört hat. Die Plattenfirma macht daraus ein großes Geheimnis."

„Ja, schön, dann sollte ich vielleicht unseren Musikredakteur hinschicken", antwortete der V.I.P.-Chef ungerührt. Demonstrativ wandte er sich wieder seinem Computer zu.

„Nein!", entfuhr es Ina etwas zu heftig. Irritiert sah er sie an. Ina lächelte entschuldigend und erklärte: „Also, der Sänger von denen ist doch dieser Patrick Holmes …"

Bei dem Namen schien sich in Klaus' Kopf ein Schalter umzulegen. Er überlegte nur einen kurzen Moment und entgegnete dann: „Der Schwule, der in dieser Surfserie mitgespielt hat? Aber ich denke, den kannst du nicht leiden. Was war eigentlich an der Geschichte mit dem Zoff um das neue Album dran? Wolltest du da nicht was recherchiert haben?"

„Ja, genau. Hab ich auch", behauptete sie schnell. „Da war aber nichts. Doch inzwischen gibt es ja das Gerücht, dass er ein Kind mit dieser Schauspielerin, die die Jenny in der Serie gespielt hat, kriegen soll …"

Plötzlich fingen Klaus' Augen an zu leuchten. „Stimmt, da war was. Aber ich dachte, das hätte die Tussi sich bloß ausgedacht, um mal wieder eine Schlagzeile zu kriegen. Schließlich steht der Typ doch auf Kerle. Oder etwa nicht?"

„Doch, ich bin mir auch sicher, dass Patrick Holmes schwul ist, aber diese Mirelle Rosenzweig kennt ihn vielleicht besser …" Sie spürte einen kleinen Eifersuchtsstich in der Brust. „Also, ich hab mir gedacht, dass ich die Gelegenheit nutze und mich bei dem Festival mal backstage umsehe. Ist schließlich sein erstes Erscheinen in der Öffentlichkeit nach Ewigkeiten. Bestimmt ist diese Mirelle auch da, und dann hätten wir eine super Geschichte. Meinst du nicht?"

Zufrieden mit ihrer Strategie sah sie Klaus an, denn der hatte tatsächlich Blut geleckt.

„Warum sagst du das denn nicht gleich?", antwortete er aufgeregt. Ina stellte befriedigt fest, dass er wie erwartet reagierte. „Welchen Fotografen willst du mitnehmen?"

Sie winkte desinteressiert ab.

„Ach, das macht es nur schwieriger. Da kann ich besser ein paar Schnappschüsse mit meinem iPhone machen, bevor ich unnötiges Aufsehen errege. Die werden ja vermutlich nicht freiwillig als glückliches Liebespaar für die Presse posieren wollen. Lass mich nur machen. Das krieg ich schon hin." Selbstbewusst nickte sie ihm zu.

Im Stillen hoffte sie, dass es nie und nimmer zu einer Begegnung zwischen Hannes und der Mutter seines angeblichen Kindes kommen möge – jedenfalls nicht in ihrer Gegenwart. Aber im Moment brauchte sie dringend einen Grund für diese „Dienstreise".

Sie musste unbedingt mit Hannes sprechen. Ihm erklären, warum sie sich nicht gemeldet hatte, und dass ihr sehr viel an seiner Freundschaft und dem Kontakt zu ihm lag. Und sie wollte erfahren, warum er ohne Vorankündigung alle virtuellen Brücken zu ihr abgebrochen hatte. Hoffentlich war er nur sauer, dann hätte sie eine Chance, alles wieder geradezurücken. Aber wenn nun etwas anderes dahintersteckte … Ihr Chef riss sie aus ihren Gedanken.

„Na, gut. Wenn du meinst, du schaffst das allein … Meinetwegen. Ich verlass mich auf dich. Bring mir eine saftige Geschichte vom Niederrhein mit." Für ihn schien das Thema damit abgehakt zu sein. „Fliegt da überhaupt 'ne Airline hin?"

„Ach, ich fahre lieber mit meinem Wagen. Bevor ich nach Düsseldorf fliege und von da mit dem Leihwagen, bin ich per Auto fast genauso schnell. Ich organisiere mir einfach nur ein Hotelzimmer und fertig. Okay?"

„Ja, ja, mach mal", murmelte Klaus, mit den Gedanken schon ganz woanders. Er hatte sich wieder seinem Monitor zugewandt und auf dem Bildschirm wohl etwas Interessanteres entdeckt. Mit einem leisen „Okay" verschwand Ina aus seinem Büro – bevor er es sich noch einmal anders überlegen konnte.

Das Ticket samt Backstage-Pass traf rechtzeitig ein. Inzwischen freute sie sich sogar auf ihren Trip. Ina hatte nach langer Suche noch ein freies Zimmer in einem Gasthof, einige Kilometer weiter weg, gefunden. Während des Popfestivals waren die Hotels direkt in Haldern oder Rees natürlich längst ausgebucht, aber mit dem Auto war sie ja flexibel. Es machte ihr nichts aus, eine Nacht irgendwo mitten auf dem Lande zu verbringen. Wichtig war ihr nur, Hannes irgendwie zu treffen, bevor er monatelang auf Europatournee gehen würde.

Nachdem Anja sie noch einmal bestärkt hatte, dass sie das Richtige tat, machte Ina sich an einem sonnigen Spätsommertag morgens um zehn auf den Weg. Bester Laune winkte sie dem Berliner Bären zu, als sie die kleine Bronzestatue am ehemaligen Grenzkontrollpunkt Dreilinden passierte.

Wie jedes Mal musste sie daran denken, wie es hier vor mehr als zwanzig Jahren ausgesehen hatte. Die langen Autoschlangen, die für die Weiterreise über die Transitstrecke an dieser grässlichen Grenze zwischen Ost und West angestanden hatten. Und wie immer freute sie sich, dass sie inzwischen ungehindert gen Westen brausen konnte.

In der Nähe von Bielefeld machte sie eine kurze Mittagspause, bevor ihr Navi sie zielstrebig nach Hummelburg führte. Als sie die alte Kopfsteinpflasterstraße entlang rumpelte und auf der linken Seite der Gasthof „Zur alten Post" auftauchte, hatte Ina das Gefühl, ein Déjà-vu zu erleben.

Alles hier kam ihr plötzlich seltsam bekannt vor. Die mächtigen Eichen, die die Dorfstraße säumten, die niedrigen Häuser rechts und links und nicht zuletzt das alte Ziegelsteingebäude mit dem ausgeblichenen Gaststättenschild über der Tür – hier sah es beinahe so aus wie in Bienensee.

Ina wertete das als gutes Omen, parkte und betrat den Gasthof. Im Stillen erwartete sie, dass gleich ein Junge wie Felix aus der Tür gestürmt käme und drinnen Klara gerade die Tische decken würde, doch hinter dem Tresen im Gastraum begrüßte sie ein älterer Herr mit grauem Haarkranz um die spiegelblanke Glatze. Er machte nicht viele Worte, nahm nur die Daten auf und reichte ihr den Zimmerschlüssel.

„Die Treppe hoch, dritte Tür links, Frühstück jibbet von sieben bis neun."

Ina verstaute ihre Reisetasche auf einem Klapphocker neben dem schmalen Bett und sah sich um. Kein Luxus, aber das Zimmer wirkte mit der blütenweißen Bettwäsche, den roten Vorhängen und dem Blumenaquarell an der hellgelben Wand freundlich und sauber. Das Bad war winzig, aber für eine Nacht würde es schon gehen.

Sie duschte, zog sich ein T-Shirt, Jeans und Turnschuhe an, steckte das Ticket und den bunten, laminierten Backstage-Pass ein und machte sich auf den Weg zum Festivalgelände am Rande von Haldern. Je näher sie kam, desto größer wurde ihre Aufregung.

Wie würde Hannes reagieren, wenn sie dort plötzlich unangemeldet auftauchte? Würde er sich über ihr Wiedersehen freuen oder womöglich eher verfolgt fühlen? Sie kam sich vor wie ein Groupie, das seinen Star stalkt. Jetzt, so kurz vor ihrem Ziel, erschien ihr die ganze Idee plötzlich völliger Blödsinn zu sein. Am liebsten wäre sie sofort wieder umgekehrt, doch da sie schon mal hier war, könnte sie sich auch genauso gut ein bisschen Musik anhören. Sie musste ja nicht versuchen, zu Hannes hinter die Bühne zu kommen. Sie wollte einfach nur Musik hören. Nicht mehr. Als ganz normale Konzertbesucherin.

Es wurde langsam dunkel, als sie das Festivalgelände betrat. Dröhnend laute Musik und tausende junger Menschen, die sicher schon seit Stunden hier waren, empfingen sie. Sie sah sich um, besorgte sich erst mal eine Cola im Plastikbecher und schlängelte sich gemächlich Richtung Bühne vor. Die Musik der ihr unbekannten Band, die da gerade performte, gefiel ihr, und sie wippte im Takt mit.

Direkt vor der Bühne jubelten rund hundert Fans den Musikern zu. Doch die meisten Festivalbesucher standen noch in kleineren Gruppen zusammen, tranken Bier und unterhielten sich miteinander – soweit das bei der Lautstärke, die aus den Boxen schepperte, möglich war. Ina stellte fest, dass sie hier eine der Ältesten war. Die meisten Besucher waren in den Zwanzigern und Dreißigern, doch es gab auch viele Teenies. Einige von ihnen trugen „Curiosity"-T-Shirts. Ina sah an sich herunter und stellte erleichtert fest, dass sie in Jeans und dunkelblauem T-Shirt nicht weiter auffiel.

Bis zum Beginn des großangekündigten Hauptacts würde es laut Programm, das die Plattenfirma dem Ticket beigelegt hatte, noch eine gute halbe Stunde dauern. Der langerwartete Auftritt von „The Curiosity" war überall plakatiert. Von den riesigen Postern lächelte die Band auf die Konzertbesucher herab. Nur der Frontmann schaute grimmig in die Kamera. Er wirkte dabei allerdings sehr cool, stellte Ina fest.

Es war ein merkwürdiges Gefühl, ihren Freund Hannes in schwarzer Ledermontur auf einem so gewaltigen Plakat zu sehen. Bisher war es ihr nie so bewusst gewesen, dass tausende Fans in Patrick Holmes etwas anders sahen als einen sympathischen Mann, mit dem man lange Waldspaziergänge machen, sich großartig unterhalten und der fantastisch kochen konnte. Seine Teenie-Anhänger hätten vermutlich ihre rechte Hand dafür gegeben, wenn sie ihm nur einmal so nah hätten kommen können, wie Ina ihn erlebt hatte.

In der Umbaupause holte sie sich ein Bier und suchte sich einen Stehplatz mit guter Sicht auf die Bühne, aber weit genug am Rand, sodass sie nicht zu sehr zwischen den jetzt nach und nach zusammenrückenden Fans eingequetscht würde. Die Anspannung stieg merklich, die Sprechchöre wurden lauter.

„Anfangen, anfangen!", riefen die Fans. Zum rhythmischen Klatschen skandierten sie „Cu-ri-o-si-ty!" und „Pa-trick, Pa-trick!"

Ina ließ sich von der aufgeheizten Stimmung anstecken. Die Aussicht darauf, Hannes endlich mal live singen zu hören, war aufregend. Wie alle anderen starrte sie gebannt auf die schwarze Bühne, als das Konzert mit einem sich langsam steigernden Wummern aus den Boxen, das wie ein Herzschlag klang, endlich begann.

Das Dröhnen wurde immer lauter, und Ina konnte die Vibrationen in ihrem Bauch spüren. Die jungen Laute um sie herum rasteten schier aus, als die Bandmitglieder, einer nach dem anderen, die immer noch dunkle Bühne betraten und ihre Plätze einnahmen. Das Schlagzeug nahm den Herzschlagrhythmus auf und gab einen monotonen Beat vor, Bass, Keyboard und E-Gitarre stiegen ein, und plötzlich blitzten alle Lichter gleichzeitig auf. Ina war geblendet und musste blinzeln. Ein Aufschrei ging durch die Menge, als ein einzelner Mann von rechts langsam in das gleißende Licht in die Mitte der Bühne trat und dort einige Sekunden still vor dem Standmikrophon verharrte. Die Schreie der Fans wurden hysterischer:

„Pa-trick, Pa-trick, Pa-trick!"

Auch Ina konnte sich der Faszination der Inszenierung nicht entziehen. Gebannt starrte sie auf den schweigenden Mann, der die Huldigungen seiner Fans gar nicht wahrzunehmen schien. Dann löste sich seine Starre und er rief ins Mikro:

„Hello Haldern! How are you? Are you ready for Rock'n'Roll?"

„Yeah!", brüllte es aus tausenden Kehlen zurück.

„Great! Let's party!", rief Patrick Holmes ihnen zu und gab seiner Band das Startzeichen.

Einen Moment lang fragte Ina sich irritiert, weshalb er hier in der deutschen Provinz Englisch zu seinen Fans sprach, aber der Gedanke ging im allgemeinen Kreischen unter, als die ersten Takte ihres letzten großen Hits erklangen und Patrick anfing zu singen. Der treibende Discobeat ließ die hochgereckten Arme der Fans im Takt schwingen.

Ina hatte sich gleich nach ihrer Rückkehr aus Bienensee einige Songs von „The Curiosity" bei iTunes heruntergeladen und auf YouTube ein paar Videos angesehen. Auch wenn die seichte Popmusik nicht ganz ihrem Geschmack entsprach, war sie doch fasziniert von Hannes tiefer Stimme, die durch Mark und Bein ging. Der sonore

Bass des Sängers schien auch einer der Gründe für die Ekstase seiner Fans zu sein.

Eine Gruppe Teenies, ein paar Meter vor Ina, rastete jetzt völlig aus. Die Mädchen rauften sich die Haare und schrien immer wieder:

„Patrick! I love you! Patrick!"

Der Song, den „The Curiosity" auf der Bühne performten, schien für die Mädels zweitrangig zu sein. Sie wollten ihrem Star hier und heute ihre Liebe in voller Lautstärke entgegenschreien. Und damit waren sie nicht alleine.

Überall gab es kreischende Fans – die anderen sangen den Song Wort für Wort lauthals mit. Ina hatte Mühe, die Stimme des Sängers auf der Bühne überhaupt herauszuhören.

Ohrenbetäubender Jubel setzte ein, als die letzte Note des Liedes verklungen war und Patrick wieder zu seinen Fans sprach.

„Thanks! Now we're going to give you a few songs from our latest album. Hope, you'll like them!"

„Yeah!", schrien die Fans zurück.

Ina kam es ziemlich albern vor, dass Hannes weiterhin Englisch sprach, aber das gehörte wohl zum Konzept. Und dem blieben sie auch mit ihren neuen Songs treu. Sie konnte keinen großen Unterschied zu den ihr bekannten Liedern feststellen, als „The Curiosity" die Titel des aktuellen Albums jetzt zum ersten Mal live spielten.

Im gleichen Maß, in dem die Fans auch dazu hysterisch aufkreischten und die Refrains schon beim zweiten Mal mitsingen konnten, wurde es Ina langsam immer enger ums Herz.

Sie erinnerte sich daran, wie Hannes ihr in Bienensee gestanden hatte, dass er in Zukunft etwas Anderes, Neues machen wollte. Auf keinen Fall immer weiter die gleiche Popschiene fahren, wie in den vergangenen Jahren mit seiner Band. Und nun musste sie feststellen, dass er weiterhin im altbekannten „Curiosity"-Stil gefangen war.

Sie wusste, dass genau dieser Zwang, den Wünschen der Plattenfirma nachzugeben und auf die sichere Tour Jahr um Jahr genauso weiterzumachen, ihn schließlich zerbrochen und in den Burn-out getrieben hatte. Und jetzt stand er auf dieser Bühne und sang die neuen Songs, die genauso klangen, wie die auf den Alben davor.

Ina sah sich um und wurde sich plötzlich bewusst, dass sie hier völlig fehl am Platze war. Die kreischenden Teenies waren nicht ihre Welt. Sie wirkten wie Raubtiere, die sich um ihre Beute balgten. Und die Beute war die Band, die da auf der Bühne stand. Sie wusste nicht, ob es nur Schauspielerei war oder ob die Musiker und ihr Frontmann tatsächlich genauso viel Spaß an dieser Musik hatten, wie die fordernde Masse davor.

So oder so, Ina wollte nicht hier stehen und dazugehören. Ihr Freund Hannes hatte sich wieder in Patrick Holmes verwandelt und mit seiner lukrativen Popwelt arrangiert. Entgegen seiner guten Vorsätze aus Bienensee, hatte er sich am Ende doch wieder von der Musikindustrie vereinnahmen lassen. Er hatte sicher geahnt, dass sie ihn daran erinnern würde und stattdessen Ina lieber kurzerhand aus seinem Leben entfernt.

Langsam drehte sie sich um und schob sich durch die lachenden, hüpfenden, im Takt wippenden Fans. Sie konnte es nicht länger ertragen. Als das Kreischen am Ende des letzten Songs wieder ohrenbetäubend wurde, strebte sie schon in Richtung Ausgang. Patrick Holmes tiefe Stimme dröhnte aus den Boxen: „Thank you very much! This was our last song."

Ein empörter Aufschrei, und sofort setzten die Sprechchöre ein: „Zugabe, Zugabe, Zugabe!"

Ina war inzwischen auf der Hälfte des Festivalgeländes angekommen.

„Okay. Einen Song habe ich noch …"

Wie elektrisiert sah Ina sich zur Bühne um. Er hatte Deutsch gesprochen. Sie blieb stehen und hörte ihn sagen:

„Also, dieser Song hat es leider nur als ‚hidden track' aufs Album geschafft, aber vielleicht mögt ihr ihn ja trotzdem. Er ist einer ganz speziellen Frau gewidmet und der Titel ist ‚Hör mir zu' …"

Die Bühne wurde abgedunkelt, und ein einzelnes Spotlight richtete sich auf den Frontmann, der jetzt, begleitet von einem sanften Schlagzeugrhythmus, auf seiner Akustikgitarre spielte und anfing zu singen – auf Deutsch.

Ina hielt den Atem an. Die sanfte Ballade klang völlig anders als das, was sie zuvor gehört hatte. Und auch die Fans gaben es irgendwann irritiert auf, zu kreischen. Endlich war es nur Patricks tiefe Stimme, die über den Köpfen der Zuschauer zu schweben schien. Und das Publikum hörte zum ersten Mal an diesem Abend einfach nur zu.

Auf der Bühne stand zwar nach wie vor „The Curiosity", aber aus den Boxen erklang eine völlig andere Musik. Auch Ina blickte gebannt nach vorne.

Leise setzten E-Gitarre, Bass und Keyboard ein, unterstützten die Melodie, die Patrick auf seiner Gitarre spielte. Im Text ging es um eine heimliche Liebe. Hannes besang eine Frau, beschwor sie, ihm endlich zuzuhören, wenn er von Liebe sprach. Doch die Frau schien ihn nicht zu verstehen. Seine Worte waren ganz schlicht, die Melodie eingängig, und die sonore Stimme schmeichelte sich in Inas Ohr. Sie hatte das Gefühl, als sänge Hannes dieses Lied nur für sie.

Sie starrte den Mann auf der Bühne an, der seinen Blick ziellos über die Menschenmenge schweifen ließ – und plötzlich schienen sich ihre Blicke zu treffen. Für einen winzigen Augenblick nur.

Ina spürte ein angenehmes Ziehen im Bauch und ihr stockte der Atem. Hatte er wirklich sie angeschaut? Das konnte nicht sein. Doch sein Blick schien jetzt wieder nach ihr zu suchen. Hatte er sie tatsächlich angesehen? Unsinn, schalt sich Ina. Sie stand schließlich eingekeilt zwischen tausenden Menschen, die alle zur Bühne guckten. Und wenn es doch so war?

Sie war völlig durcheinander und lauschte dem Song, den er mit so viel Hingabe sang. Ja, das schien die Musik zu sein, von der er gesprochen hatte. Etwas völlig anderes als das, was er mit seiner Band bisher gemacht hatte.

Die letzten Töne der Akustikgitarre verklangen – und es blieb still.

Kein tosender Applaus, kein Kreischen, keine „Zugabe"-Rufe. Die Fans, die wegen der Musik von „The Curiosity" gekommen waren, schienen irritiert zu sein. Ein paar fingen zögerlich an zu klatschen, doch dazwischen mischten sich Buhrufe und Pfiffe. Und schließlich überwogen die negativen Reaktionen.

Schnell stimmte die Band einen ihrer alten Hits an, und die Stimmung beruhigte sich sofort wieder. Die ersten Arme reckten sich nach oben und wiegten sich im gewohnten Takt. Doch das hysterische Gekreische war deutlich weniger geworden.

Wie mochte Hannes sich fühlen? Er hatte in den letzten fünf Minuten sein Innerstes nach außen gekehrt und ein ganz persönliches Lied gesungen. Und die niederschmetternde Reaktion spiegelte ihm mehr als deutlich, dass seine Fans so etwas nicht von ihm hören wollten. So cool wie möglich sang er den altbekannten Text des Discohits runter.

Dann verabschiedete er sich mit einem kurzen Winken vom Publikum und ging während der letzten Takte von der Bühne ab. Seine Bandkollegen spielten die Nummer professionell zu Ende und verbeugten sich eine Weile unter dem Jubel der jetzt wieder versöhnten Fans, bevor auch sie verschwanden. Dann erklang Musik aus der Konserve aus den Boxen und das Arbeitslicht beleuchtete die leere Bühne.

Das Konzert war aus.

Ina stand wie versteinert zwischen den tobenden Teenies und überlegte verzweifelt, was sie jetzt tun sollte. Es tat ihr weh, dass Hannes eine solche Abfuhr erlebt hatte.

Sie wollte ihn gerne trösten und ihm versichern, dass das Lied großartig war. Vielleicht nicht der richtige Song für die Fans seiner Band, aber es gab garantiert jede Menge Menschen, die genau wie sie selbst, solche Musik viel lieber mochten als das eintönige Pop-Gewummer.

Wie ferngesteuert kämpfte sie sich gegen die Fanmassen, die ihr entgegenkamen, wieder Richtung Bühne vor. Sie musste in den Backstagebereich zu Hannes. Jetzt gleich.

Aber der Strom der Menschen machte es schwer, schneller voranzukommen. Schließlich stand sie neben den riesigen Boxen rechts von der Bühne. Doch sie war nicht die Einzige.

Eine Horde von rund zwanzig Teenie-Mädchen schrie lautstark „Patrick! Patrick!" und redete aufgeregt auf die beiden Bodyguards ein, die hinter einem Absperrgitter standen und die Schreierei einfach ignorierten.

Ina versuchte, auf sich aufmerksam zu machen, doch in der kreischenden Masse ging sie unter. Mit Körpereinsatz schlängelte sie sich unnachgiebig zwischen zwei blonden Mädchen durch und stand endlich direkt an der Absperrung.

„Hallo! Entschuldigung! Ich bin von der *Presse*!", rief sie energisch über das Gitter. „Ich muss ganz schnell backstage, weil ich ein Interview mit ‚The Curiosity' hab", behauptete sie selbstbewusst und fasste nach dem, mit einem grinsenden Totenkopf tätowierten, Unterarm des Zweizentnerhünen, der ihr am nächsten stand, um seine Aufmerksamkeit zu erheischen.

„Ey, fass mich nich an!", knurrte er und schüttelte wütend ihre Hand ab. „Mit der Nummer kommste hier auch nicht rein, Mädel."

„Na hören Sie mal!", empörte sich Ina. „Ich bin doch kein Autogrammjäger. Ich muss hier *arbeiten*!"

„Erzähl mir keine Märchen. Es gibt keine Interviews nach dem Konzert. Sonst hätte mir das Management das vorher gesagt. Oder sie hätten dir einen Backstage-Pass gegeben. Und nun zieh Leine."

Sie konnte es nicht leiden, so abgefertigt zu werden, und redete weiter auf den Koloss, der zwischen ihr und Hannes stand, ein.

„Ich bin die Chefreporterin der V.I.P. – das wichtigste People-Magazin in Deutschland. Wenn das mit dem Interview Ihretwegen schiefgeht, kriegen Sie mächtig Ärger! Und ich *habe* einen Backstage-Pass. Moment ..." Hektisch fingerte sie in ihrer riesigen Beuteltasche herum, konnte aber den laminierten Türöffner nirgends finden. Womöglich war er ihr im Auto aus der Tasche gefallen.

Sie regte sich über ihre eigene Dummheit auf und ließ die Wut an dem begriffsstutzigen Rowdy aus.

„Der alberne Pass liegt wohl noch in meinem Wagen. Konnte ja nicht ahnen, dass Sie hier so eine Nummer abziehen. Holen Sie mir mal sofort jemanden von der Plattenfirma. Die wissen Bescheid!", pfiff sie ihn so cool wie möglich an. Doch er bedachte sie nur mit einem herablassenden Lächeln.

„Ohne Pass kein Zutritt – leider. Madame ..."

Sein gespieltes Mitleid und die Arroganz trieben Ina Wuttränen in die Augen, denn ihr war klar, dass dies ihre letzte Chance war, Hannes noch einmal zu sprechen, bevor er gleich ab morgen auf Tournee ging. Verdammt.

Verzweifelt suchte sie nach einer Möglichkeit, die beiden Securities doch noch umzustimmen, als drei schwarze Limousinen mit abgedunkelten Scheiben, die hinter der Absperrung vorbeirasten, ihre Aufmerksamkeit erregten.

Die Bodyguards tippten bei deren Anblick lässig grüßend an ihre Basecaps. Dann drehte sich der tumbe Riese wieder ausdruckslos zu Ina um und erklärte hämisch: „Tja, jetzt sind sie weg. Kein Interview. Sag ich ja."

„Was? Das war die Band?", fragte Ina geschockt.

„Allerdings. Und nun verzieh dich, Mädel, hier gibt's nicht mehr zu sehen." Er blickte sie triumphierend an. „Und ihr geht jetzt auch nach Hause. Ich will endlich Feierabend machen", wies er die hysterischen Teenies an, die augenblicklich mit ihrer Schreierei aufhörten und bedröppelt abzogen. Ina marschierte ebenso frustriert hinter ihnen her zum Ausgang.

Viel Schlaf hatte sie nicht gekriegt, als sie am nächsten Morgen um acht Uhr aufstand. Den größten Teil der Nacht hatte sie darüber nachgedacht, dass Hannes es am Ende doch gewagt hatte, sich wenigstens bei dem Live-Gig gegen seine Plattenfirma aufzulehnen. Er hatte die Musik gespielt, die ihm am Herzen lag. Wenn auch nicht sonderlich erfolgreich, so hatte er dennoch etwas von dem in die Tat umgesetzt, was er sich in Bienensee vorgenommen hatte.

Und wie sah es bei ihr selbst aus? Sie war, entgegen aller guten Vorsätze, wieder in derselben Tretmühle gelandet, wie vor ihrem Hörsturz. Nichts hatte sich in ihrem Leben geändert. Sie hastete wieder von Termin zu Termin, ließ sich ihr Leben von Promi-Events und Andruckterminen diktieren. Ina ahnte, dass es so nur eine Frage der Zeit war, bis sie den nächsten Hörsturz oder auch einen Burn-out riskierte.

Und wozu das alles? Damit sie sich ihre schicke Wohnung in Charlottenburg leisten konnte, in der sie sowieso nur ein paar Stunden zum Schlafen verbrachte? Um Geld für teure Klamotten und Schuhe zu verdienen, die sie nur für Galas und Premieren brauchte?

Was für ein idiotischer Teufelskreis, in dem sie sich da verrannt hatte.

Ina fragte sich ganz nüchtern, wie ihr Leben als Chefreporterin aussah. War sie glücklich oder wenigstens zufrieden mit ihrem Job? Eigentlich gingen ihr die ewiggleichen Events mit den ewiggleichen Promis und den ewiggleichen, belanglosen Gesprächen doch schon seit Langem auf die Nerven. Der Spaß, den sie in den ersten Jahren in ihrem Job gehabt hatte, war inzwischen eintöniger Routine gewichen.

Ihr wurde auch bewusst, dass sie außer Anja kaum echte Freunde hatte. Und auch mit ihr unterhielt sie sich meist über Dinge, die irgendwie mit ihrer beider Jobs zu tun hatten. Was blieb da eigentlich noch an echtem Privatleben übrig?

Sie fand keine Antwort.

Als sie in dem rustikalen Gastraum beim Frühstück saß, kamen die Erinnerungen an die Wochen in Bienensee wieder hoch. Sie dachte an Simone, Felix und Bauer Herbert. Im Leben der drei gab es keinen aufregenden Glamour, und trotzdem machten sie einen glücklicheren und zufriedeneren Eindruck als Ina, in ihrem scheinbar aufregenden Luxusleben.

Ihr wurde klar, dass sie dringend etwas ändern musste. Wollte sie wirklich heute wieder zurück nach Berlin fahren, ihrem Chefredakteur eingestehen, dass sie keine Geschichte mitgebracht, und die ganze Dienstreise ein einziges Desaster gewesen war? Klaus würde ihr zwar nicht den Kopf abreißen, aber er wäre zu recht sicher eine ganze Weile mächtig sauer auf sie.

Um ihn zu beschwichtigen, würde sie noch ein paar Aufmacher extra anschleppen müssen. Das würde noch mehr Arbeit und noch weniger Privatleben bedeuten. Wollte sie sich das wirklich antun? Warum eigentlich?

Ina schenkte sich Kaffee nach und fasste einen Entschluss. Sie würde Klaus anrufen und ihm reinen Wein einschenken. Ihm sagen, dass sie keine Lust mehr auf den Job habe, und dass er lieber Frauke Harms als Chefreporterin einsetzen solle. Die hatte noch den nötigen Ehrgeiz, für eine fette Klatschgeschichte über Leichen zu gehen. Ina war das inzwischen zuwider. Sie wollte und konnte einfach nicht mehr.

Zurück auf ihrem Zimmer wählte sie mit klopfendem Herzen die Nummer ihres Chefredakteurs.

„V.I.P.-Magazin, Sybille Sievering", meldete sich seine Sekretärin.

„Ina hier." Inzwischen war sie mit Sybille per Du. „Ist Klaus da?"

„Nein, der hat sich heute freigenommen."

„Was? Einfach so?", fragte Ina verblüfft nach. Das war doch sonst nicht seine Art. Mitten in der Woche.

„Ja, er meinte gestern, dass er mehr Freizeit bräuchte. Dann hat er noch irgendwas vom aufregenden Landleben und einer Chantal gefaselt. Hat er 'ne neue Freundin? Weißt du da was?", fragte sie neugierig.

Ina musste grinsen. Ihren Chef hatte es ja scheinbar schwer erwischt. Hoffentlich war Simone auf der Hut.

„Keine Ahnung. Vielleicht irgendeine Schauspielerin oder Sängerin, die er im Blatt haben will?", antwortete sie vage.

„Möglich, aber irgendwie auch komisch", meinte Sybille Sievering. „Was wolltest du denn von ihm? Kann ich irgendwie helfen?"

„Nein, ich wollte ihm nur sagen, dass sich das hier noch etwas hinzieht und ich noch nicht nach Berlin zurückkomme. Ich melde mich dann morgen wieder. Tschüss."

Schnell legte sie auf, froh darüber, dass sie das Gespräch mit Klaus noch ein bisschen aufschieben konnte.

Ina verlängerte ihr Zimmer um eine weitere Nacht und beschloss, einen langen Spaziergang zu unternehmen. Das hatte sie seit Bienensee nicht mehr getan. Sie brauchte dringend Bewegung und eine frische Brise um die Nase. Schon nach wenigen Minuten war sie raus aus Hummelburg und streifte durch die angrenzenden Wiesen und Felder.

Sie genoss die warme Luft, die Sonne auf ihrer Haut und atmete tief durch. Je länger sie unterwegs war, desto klarer wurden ihre Gedanken. Das Durcheinander in ihrem Kopf schien sich langsam zu entwirren.

Noch erschien ihr die Idee, die sich nach und nach verfestigte, etwas konfus und beängstigend, doch als sie nach fast zwei Stunden zurück in den Gasthof „Zur alten Post" zurückkam, stand ihr Entschluss fest: Sie würde ihren Job kündigen!

Was sie danach mit ihrem Leben anfangen wollte, war ihr noch nicht ganz klar, aber wenn sie ihre Wohnung in Berlin verkaufte, würde sie genügend Geld haben, um sich erst mal eine Weile über Wasser halten zu können. Vielleicht würde sie sich ein Häuschen in Bienensee mieten oder ins Ausland gehen. Sie könnte als freie Journalistin arbeiten, Reisereportagen schreiben und dabei die Welt entdecken. Oder bei Simone in der Bäckerei jobben.

Die Möglichkeiten waren unendlich, und ihr würde garantiert etwas einfallen, was sie machen könnte, um Geld zu verdienen. In jedem Falle hatte sie beschlossen, zukünftig nicht mehr zu leben, um zu arbeiten, sondern sie wollte arbeiten, um zu leben. Jeden Tag bewusst genießen, das war ihr Ziel.

Ina spürte, wie sich langsam ein wohliges Glücksgefühl in ihrem Bauch ausbreitete. Zu gerne hätte sie ihren gerade gefassten Entschluss mit Hannes geteilt. Er würde sie sicher darin bestärken.

Aber Hannes war bestimmt längst auf Tournee. Vielleicht sollte sie es doch noch mal über seine Plattenfirma versuchen. Wenn die ihm eine Nachricht von ihr weitergaben, meldete er sich vielleicht. Ja, das würde sie machen, wenn sie morgen zurück in Berlin war.

Besserer Laune holte sie sich ihr Buch aus dem Zimmer und machte es sich den restlichen Nachmittag über auf der alten, quietschenden Hollywoodschaukel im Garten des Gasthofes gemütlich.

Als sie am Abend über der Speisekarte mit regionalen Spezialitäten wie Rheinischer Sauerbraten und „Hemmel on Ähd" brütete, beobachtete Ina im Gastraum ein paar ältere Männer, die am Stammtisch nebenan Skat kloppten.

Sie musste schmunzeln. Es war bemerkenswert, wie sehr das ganze Ambiente und die Menschen darin dem „Roten Adler" in Bienensee ähnelten. Sie fühlte sich hier wohl und auf eine seltsame Art heimisch.

Während sie auf ihr Essen wartete, hing sie ihren Erinnerungen nach. An die Menschen, die sie in Bienensee kennengelernt hatte. Was Simone wohl gerade machte? Auch bei ihr hatte sie sich seit ihrer Abfahrt nicht mehr gemeldet.

Kurzentschlossen suchte Ina im iPhone die Handynummer ihrer Freundin. Nach zweimaligem Klingeln meldete sich deren atemlose Stimme: „Simonn Schmitz hier! Ina, bist dit tatsächlich du?"

„Ja, hallo!", antwortete Ina fröhlich.

„Ick konnte es jrade nich fassen, als ick deinen Namen uff dit Display jesehen hab. Erzähl! Wat treibste? Wie jeht et dir? Wann kommste mal wieda vorbei?", ratterte die Bäckersfrau los.

„Ach, mir geht's eigentlich ganz gut …"

„Eijentlich?", hakte Simone sofort nach.

„Na ja … Ich hatte viel zu tun in letzter Zeit. Das alte Lied. Jede Menge Stress im Job", gestand Ina zaghaft.

„Dit kenn ick. Bei uns is ja ooch imma jede Menge los. Martin steht jrade inner Backstube und schuftet. Neben dem Standardprogramm muss er ooch noch 'ne Hochzeitstorte backen. Klara heiratet doch ihren Carsten – nach nur zwee Monate! Dit muss denn wohl die jroße Liebe sein, wa? Und denn ausjerechnet den Carsten. Weeßte? Der Spillerige aus der Skatrunde. Haste bestimmt ma jesehen. Da wird am Wochenende im ‚Adler' jroß jefeiert. Komm doch ooch. Die würden sich bestimmt freu'n!"

„Echt? Klara, die Kellnerin? Freut mich für die beiden. Grüß sie auf jeden Fall von mir. Ob ich kommen kann, kann ich noch nicht sagen. Im Moment bin ich nämlich gar nicht in Berlin und weiß auch nicht so genau, wann ich zurückkomme …"

„Ach, wat treibste denn? Irjend 'ne schicke Promi-Sause in Köln oder München?", fragte Simone interessiert.

„Nee, ich hocke in der tiefsten Provinz am Niederrhein."

„Wat machste *da* denn?"

„Ich war auf einem Musikfestival, wo Hannes mit seiner Band gespielt hat."

„Oh, schick! Mit diese ‚Kuriosität'? Dit hat Felix mir allet haarklein erzählt. Der Junge war ja janz hin und wech von Hannes. Und, wie jeht's ihm?", erkundigte sie sich neugierig.

„Keine Ahnung …", murmelte Ina.

„Aber ihr habt euch doch jerade jesehen?"

„Nein, nur auf der Bühne … Das hat leider nicht geklappt nach dem Konzert."

„Na, dit is ja schade. Aber sonst habt ihr doch Kontakt?" Simone ließ nicht locker.

„Leider schon seit einer ganzen Weile nicht mehr. Er war ja in Amerika wegen der neuen Platte, und ich hatte auch ständig was anderes um die Ohren. Da haben wir uns irgendwie aus den Augen verloren. Und inzwischen hat er scheinbar seine Telefonnummer und die Mailadresse geändert. Und weil ich ihn nicht mehr erreichen konnte, bin ich einfach auf gut Glück zu dem Konzert gefahren. Hat aber nicht so hingehauen, wie ich mir das vorgestellt hatte. Und dann ist er jetzt auch noch auf Europatournee", antwortete sie traurig.

„Och, dit is ja 'n Ding! Und ick dachte, da jeht noch wat mit euch zwee beede in Berlin. Ick hatte dit Jefühl, dit der een Ooje uff dich jeworfen hatte. Ihr wart so een schicket Pärchen – ham se alle jesacht. Du und dit Schorsch-Double. Apropos ..."

„Ach was, ich hab dir doch immer gesagt, dass der nicht auf Frauen steht", unterbrach Ina Simone. „Und inzwischen sind seine Haare auch wieder ein Stückchen nachgewachsen. Jetzt sieht er kaum noch aus wie George Clooney, sondern hat sich wieder in Patrick Holmes, den Sänger von ‚The Curiosity', verwandelt", erklärte Ina wenig begeistert.

„Tja, schade eijentlich. Aber wat ick dir jrade erzählen wollte, schlägt dit eh um Längen. Halt dir fest!"

Simone machte eine ihrer berühmten Kunstpausen, und prompt war Inas Neugier geweckt.

„Ach ja? Was gibt's denn noch, außer der großen Hochzeit? Hat sich dein Telefonlover etwa wieder gemeldet? Hab gehört, der Klaus hat die Schantalle noch immer nicht ganz aufgegeben", neckte Ina Simone.

„Nee! Um Jottes Will'n! Der soll hier bloß nich wieda ufftauch'n. Aber dafür war een anderer wieder da ..."

„Wer?"

„Der Schorsch!"

„Wie jetzt? Welcher Schorsch?"

„Na, der Echte, der Clooney!", stieß Simone triumphierend hervor.

„Du meinst, *der* George Clooney war *noch mal* in Bienensee?", fragte Ina fassungslos.

„Na ja, nich er persönlich, aber so'n Typ von seiner Filmfirma. Der schneite letzte Woche bei mir in' Laden rinn. Hat sich allet jenau anjekiekt, bissken rumjedruckst und dann isser damit rausjerückt ..."

„Womit? Nun sag schon!"

Ina war gespannt wie ein Flitzebogen.

„Die woll'n hier drehn. Den Film! Also nich den janzen natürlich, aber eene Szene mit Schorsch Clooney soll in meener Bäckerei spielen, weil die noch fast jenauso aussieht, wie in den dreißijer, vierzijer Jahren, wo der Film spielt. Wat sachste nu? Da biste platt, wa?"

Ina sah Simone vor ihrem geistigen Auge mit stolzgeschwellter Brust hinterm Tresen stehen. „Wow! Das ist ja großartig! Dann kannst du den Clooney ja noch mal sehen", freute sich Ina für ihre Freundin.

„Nich nur sehen ... Dit Dollste is nämlich, dit icke hinterm Tresen als Komparse stehen soll. Vastehste? Ick bin denn mit in dem Film. So richtig wie 'ne Schauspielerin! An der Seite von Schorsch Clooney!" Simone platzte fast vor Stolz.

„Das ist ja echt der Hammer! Toll, Simonn, da machst du ja noch richtig Karriere im Showbusiness. Dann musst du dir bis dahin nur noch abgewöhnen, den George Schorsch zu nennen", flachste Ina.

„Ach, dit weeß ick doch. Aber Schorsch klingt so nett", lachte Simone. „Und im Film heeßt der ooch Schorsch. Und denn spielt da noch dieser andere mit ... Irjendwat mit Fleisch oder Jehacktet ... Nee, jetzt weeß ick wieda: ‚Mett' heeßt der! Kennste?"

„Meinst du vielleicht Matt Damon?" Ina kicherte. „Was spielt der denn?"

„Dit weeß ick nich, aber is mir ooch Wurscht. Ick nehm lieber den *George*."

Diesmal sprach sie den Namen mit englischem Akzent aus.

„Hör ma, dit darfste aber noch nich in dei'm V.I.P.-Blatt vabreiten. Dit is topßiekrät!"

„Keine Sorge. Da werd ich wohl sowieso nicht mehr viel veröffentlichen …" Die Fröhlichkeit war plötzlich aus Inas Stimme gewichen.

„Wieso?", fragte Simone besorgt nach. „Ham se dir jekündicht?"

„Nee … Ach, weißt du … Ich kann doch nicht immer nur über das Leben anderer berichten. Deshalb hab *ich* beschlossen, zu kündigen und was Neues anzufangen."

Jetzt, wo sie es zum ersten Mal laut aussprach, klang die Idee gar nicht mehr so utopisch. Ganz im Gegenteil – Ina hatte das Gefühl, dass sie die richtige Entscheidung getroffen hatte. Doch Simone reagierte geschockt.

„Wat? Du schmeißt hin? Die janze schicke Promi-Blase? Aber warum denn?"

„Weil ich das so viele Jahre lang gemacht und einfach keine Lust mehr darauf hab. Ich möchte herausfinden, was noch in mir steckt."

„Na, wenn du meenst … Kannst ja bei uns inner Bäckerei anfangen, hier wird immer 'ne Hand jebraucht", schlug Simone lachend vor.

„Ja, da hab ich auch schon drüber nachgedacht. Und jetzt, wo die Promis bei dir demnächst ein- und ausgehen, brauchst du vielleicht noch eine VIP-Fachkraft", stimmte Ina ihr amüsiert zu. „Aber im Ernst. Ich weiß noch nicht, was ich machen werde."

„Na, dir wird schon wat einfallen, bist doch 'ne patente Frau. Vielleicht kommste ja doch am Wochenende zur Hochzeit, dann könnten wir dit allet ma' in Ruhe beschnacken. Würd mich freuen!"

„Ja, mal sehen. Ich melde mich auf jeden Fall vorher noch mal bei dir, wenn ich wieder in Berlin bin. Also dann, grüß alle ganz lieb von mir. Vor allem Felix."

„Mach ick! Denn mach's ma' jut, Süße."

„Du auch!"

Ina legte auf und bemerkte, dass die Skatrunde sie interessiert anstarrte. Und auch ein Pärchen, das in der Zwischenzeit hereingekommen war und sich zwei Tische weiter hingesetzt hatte, musterte sie ungläubig.

Wahrscheinlich war ihr Telefonat ein bisschen zu laut gewesen, und als dann noch die Namen von George Clooney und Matt Damon fielen, waren die Dörfler wohl neugierig geworden.

Ina lächelte dem Paar am Nebentisch zu, und sie lächelten zurück. Beide waren in Inas Alter und wirkten ein bisschen wie Späthippies.

Der Mann hatte blonde kurze Locken und trug einen Vollbart. Seine Begleiterin trug ihre mehr als schulterlangen braunen Haare offen und prostete ihr freundlich mit ihrem Bier zu. Ina revanchierte sich mit erhobenem Weinglas.

„Auf der Durchreise?", fragte die Frau in der karierten Hemdbluse, einem bestickten braunen Wollrock und orangefarbenen Crocs quer durch den Raum.

„Mehr oder weniger", antwortete Ina freundlich. „Ich war gestern auf dem Popfestival und hab einfach noch einen Tag drangehängt. Mir gefällt's hier."

„Vermutlich finden Sie es ein wenig provinziell bei uns?", sagte der Mann, der ein rotes Che-Guevara-T-Shirt zu Jeans und Cowboystiefeln trug. „Wenn man so in Berlin lebt ... Entschuldigung, aber ich hab ein bisschen von dem aufgeschnappt, was Sie am Handy sagten. Hoffentlich sind Sie mir nicht böse."

„Aber nein. *Ich* muss mich wohl entschuldigen, dass ich hier so laut telefoniert habe", entgegnete Ina. „Und ich mag die Provinz. In diesem Sommer hab ich ein paar Wochen lang in einem kleinen Dorf in Brandenburg gewohnt, und es hat mir echt gut gefallen da. Berlin ist toll, aber auch sehr anstrengend auf die Dauer."

„Was machen Sie denn so in Berlin?", fragte die Frau und schüttelte im selben Moment über sich selbst den Kopf. „Oh, ich hoffe, das klingt jetzt nicht zu neugierig, aber man trifft hier so selten jemanden von außerhalb …"

„Schon gut, schon gut", beschwichtigte Ina sie. „Ich bin ja selbst froh, dass ich mich mal wieder ein bisschen unterhalten kann."

„Dann setzen Sie sich doch zu uns rüber", bot der Mann an und deutete auf einen freien Stuhl am Tisch. „Ich bin übrigens Sven, und das ist Svenja", stellte er sich und seine Begleiterin vor.

„Sehr gern", freute sich Ina und stand auf. Während sie sich zu dem Pärchen gesellte, schlug sie vor: „Und von mir aus können wir uns auch gerne duzen. Ich bin Ina."

„*Ina*? Ina aus Berlin?", fragte Svenja irritiert und sah sie groß an.

„Ja, warum? Was ist daran so besonderes?"

„Ach nichts …"

Svenja tauschte fragende Blicke mit Sven aus. Der zuckte mit den Schultern und meinte lapidar: „Na, wahrscheinlich gibt es jede Menge Inas in so 'ner großen Stadt."

„Wahrscheinlich. Ich kenne allerdings niemanden, der auch so heißt. Aber jetzt erzählt ihr doch mal. Was macht ihr in Hummelburg? Lebt ihr hier?"

„Ja, Sven ist hier geboren, und ich bin vor über zwanzig Jahren zu ihm gezogen. Wir haben einen Biobauernhof etwas außerhalb vom Dorf. Ganz klein, ein paar Tiere und Landwirtschaft. Und nebenbei machen wir noch Musik. Aber mehr so für den Hausgebrauch, als Hobby. Früher sind wir mit unserer Band durch die Republik getingelt, aber als dann die Kinder kamen, war Schluss damit."

„Kinder hab ich leider keine", sagte Ina und beneidete die beiden ein bisschen.

„Wir haben zwei. Hannes und Susanne." Ina zuckte zusammen, als sie den Namen des Jungen hörte, doch Svenja sprach schon weiter. „Die beiden sind inzwischen fast erwachsen und gehen ihre eigenen Wege. Die wollen nicht auf dem Lande bleiben, sondern lieber möglichst bald nach Köln ziehen. Kann man verstehen, für Teenies ist das hier doch etwas langweilig. Und wenn sie aus dem Haus sind, wollen wir wieder mehr Musik machen. Vielleicht den Bauernhof verkaufen und die alte Band zusammentrommeln."

„Klingt nach einem spannenden Plan. Ich bin auch gerade dabei, mein Leben umzukrempeln. Scheint am Alter zu liegen", lachte sie Svenja an.

„Ja, irgendwann fragt man sich, ob das denn schon alles gewesen ist und ob es da nicht noch mehr gibt im Leben. Gerade gestern Nacht haben wir lange mit einem alten Freund zusammengesessen und genau über dieses Thema geredet. Und wir waren uns nach ein paar Flaschen Rotwein einig, dass es nie zu spät ist, noch mal ganz von vorne anzufangen", erklärte Sven mit einem Schmunzeln.

„Das sehe ich genauso", stimmte Ina begeistert zu. Sie war froh, dass sie scheinbar nicht die Einzige war, die noch einmal etwas wagen wollte. Es erschien ihr als gutes Omen, dass sie ausgerechnet zu diesem Zeitpunkt hier gelandet war und diese beiden sympathischen Menschen kennengelernt hatte.

„Na, dann erzähl doch mal, was du bisher gemacht hast und unbedingt ändern willst", forderte Svenja sie auf.

„Ach, ich arbeite als Journalistin – Klatsch, Tratsch, Promis. Für ein großes Magazin", antwortete Ina so beiläufig wie möglich. Sie kannte die übliche Reaktion auf ihren Job. Entweder waren die Leute neugierig auf Promi-Geschichten, oder sie lehnten ihre Arbeit kategorisch ab.

Svenja blickte sie jedoch bestürzt an und tauschte erneut verstohlene Blicke mit ihrem Mann, der ebenfalls schwieg. Ina war leicht irritiert, erklärte aber weiter: „Also, ich bin da Chefreporterin. Aber das mach ich jetzt schon zu lange, so dass ich keine Lust mehr hab."

Svenja schwieg beharrlich, sah hinunter auf ihre Hände, die sie nervös ineinander verknotete, und fragte schließlich leise: „Bist du vielleicht bei der V.I.P.?"

„Ja, genau", antwortete Ina überrascht. „Wie kommst du darauf?"

Sie war inzwischen reichlich verwirrt über die Reaktion der beiden. Sven und Svenja druckssten herum, als wenn Ina ihnen erzählt hätte, dass sie ihr Geld als Drogendealerin verdiene. Sie schienen irgendwie beunruhigt zu sein. Merkwürdig.

Zum Glück wurde in diesem Moment das Essen serviert, und alle waren froh darüber, dass sie sich jetzt mit etwas anderem beschäftigen konnten. Sie wünschten sich guten Appetit und aßen.

Nach und nach fühlte Ina sich unwohl mit diesem schweigenden Pärchen und ärgerte sich, dass sie sich überhaupt zu ihnen an den Tisch gesetzt hatte. Wenn die Biobauern Probleme mit ihrem Job hatten, dann könnten sie ihr das doch sagen, statt einfach nur vor sich hinzuschweigen. Da hätte sie besser doch alleine gegessen. Sie sah sich nach dem Kellner um, um noch ein Glas Rotwein nachzubestellen.

In diesem Moment ging die Tür auf …

Ina schluckte trocken.

Mit offenem Mund starrte sie den Mann an, der die Gaststube betrat – Hannes!

Das leere Weinglas, mit dem sie nach dem Ober gewinkt hatte, glitt ihr aus der Hand und zersprang mit einem lauten Klirren in tausend Scherben.

„Oh …", entfuhr es ihr.

Und „oh ...", machte auch Hannes, der wie versteinert an der Tür stand und sie anstarrte, als würde er ebenfalls einen Geist erblicken.

Svenja reagierte als erste auf die heikle Situation. Sie sprang auf und eilte auf ihn zu. „Hallo Hannes, da bist du ja endlich. Wir haben da vorhin jemanden an unseren Tisch gebeten. Wir wussten ja nicht ... Kann es sein, dass ...", stotterte sie herum, doch ein Blick in Hannes Gesicht genügte. „Das ist also tatsächlich *die* Ina?"

„Ja", krächzte er, räusperte sich und blickte Ina entgeistert an. „Wie kommst *du* denn hierher?"

Sie musste erst mal durchatmen, bevor sie antworten konnte. Weshalb war er so geschockt und scheinbar alles andere als erfreut, ihr zu begegnen?

„Ich war auf dem Festival und hab hier ein Zimmer gekriegt. Das war Zufall", versuchte sie zu erklären. „Aber was machst du hier?"

„*Ich* wohne hier. Also, vorübergehend. Hummelburg ist doch mein Heimatdorf...", murmelte Hannes, während er noch immer wie angewurzelt dastand.

Jetzt hatte Sven genug von dem Gestammel.

„Los, nun setz dich endlich zu uns. Das können wir doch alles am Tisch besprechen."

Hannes nickte mechanisch und rief Richtung Tresen: „Ein großes Bier für mich."

„Und einen Wein für mich – mit neuem Glas, bitte ...", schloss sich Ina an und versuchte vergeblich, die Scherben mit dem Fuß zusammenzuschieben.

Hannes setzte sich steif auf den freien Stuhl zwischen Ina und Sven, und Svenja ergriff die Initiative.

„So, dann erzählt doch mal ..." Schweigend musterten sich die beiden. Scheinbar wusste keiner von ihnen, wie er auf die Situation reagieren sollte.

„Ich dachte, du bist schon auf Tournee", stieß Ina schließlich hervor.

„Meine Pläne haben sich kurzfristig geändert", antwortete Hannes kurz angebunden.

„Ja, das kenn ich …", murmelte Ina.

Wieder schwiegen beide.

„Und du warst wirklich gestern bei dem Konzert?", fragte Hannes endlich ungläubig.

„Ja, bis zum Schluss. Und dann hab ich sogar noch versucht, backstage zu kommen, aber die blöden Security-Heinis haben mich nicht durchgelassen."

„Oh … Echt? Es klingt vielleicht verrückt, aber ich hatte gestern einen Moment lang tatsächlich das Gefühl, dass ich dich in der Menge entdeckt hätte."

„Aber das stimmt!", erwiderte Ina aufgeregt. „Ich konnte es auch nicht glauben, aber unsere Blicke haben sich wirklich kurz getroffen – bei dem tollen Song."

„Da warst du wohl die Einzige, die das Lied toll fand", antwortete er resigniert.

„Nein, es ist wirklich großartig!", widersprach sie.

„Die ‚Curiosity'-Fans sehen das naturgemäß anders … Aber nun sag mir doch mal, was dich eigentlich hierher verschlagen hat. Warum warst du überhaupt bei dem Festival?", fragte Hannes.

„Na, weil ich gehofft hatte, dich da zu treffen."

„Aha, und wieso? Ich dachte, du willst nichts mehr von mir wissen?"

„*Ich*?", fragte Ina entrüstet. „Aber *du* hast doch deine Nummer und Mailadresse geändert, sodass ich *dich* nicht mehr erreichen konnte."

„Aber doch erst vor Kurzem", rechtfertigte Hannes sich. „Ich musste dringend virtuell abtauchen, weil diese verrückte Mirelle Rosenzweig mich mit Mails bombardiert hat und Tag und Nacht auf meinem Handy angerufen hat. Die ist völlig durchgeknallt, behauptet, ich sei der Vater ihres Kindes."

„Ja, hab ich gelesen …", murmelte Ina.

„Genau, sie wollte mich erpressen mit dieser Pressegeschichte. Der Anwalt von meiner Plattenfirma hat ihr mit einer Unterlassungsklage gedroht, wenn sie weiterhin so einen Bullshit verbreitet, aber dann fing sie an, mich privat zu stalken. Und da blieb mir nichts anderes übrig, als mir eine neue Telefonnummer zuzulegen."

„Und du bist nicht der Vater des Kindes?", fragte Ina vorsichtig nach.

„Blödsinn!", schnaubte er. „Die hat sich damals bei den Dreharbeiten an mich rangeschmissen. Ich hab versucht, ihr freundlich klarzumachen, dass da nichts läuft zwischen uns, aber das hat sie scheinbar nicht wahrhaben wollen. Die ist einfach verrückt, die Frau."

„Okay, dann verstehe ich, dass du sie loswerden wolltest. Aber warum hast du *mir* denn nicht deine neuen Kontaktdaten mitgeteilt und bist stattdessen einfach komplett von der Bildfläche verschwunden? Ich hatte keine Chance, dich zu erreichen", beschwerte sich Ina.

„Ich dachte, dass du darauf keinen Wert mehr legst", erwiderte Hannes leise.

„Nur, weil ich mich ein paar Tage lang mal nicht gemeldet hatte?", entrüstete sich Ina.

„Es waren sechs Wochen. Und ich hatte dir zuletzt geschrieben, dass es mir nicht gut geht. Und du hast mir nicht geantwortet", erklärte er angesäuert.

„Ja, stimmt. Das tut mir echt leid. Aber ich hatte so viel um die Ohren, jede Menge Termine. Da bin ich einfach drüber weggekommen", rechtfertigte sie sich. „Waren das echt sechs Wochen?"

„Und drei Tage …"

„Dass du das so genau weißt …", staunte Ina und fühlte sich ein wenig geschmeichelt. „Tut mir echt leid, dass ich dich hab hängen lassen. Und ich hab's auch gebüßt. Ich musste extra bis zum Niederrhein reisen, um dich zu treffen. Und dann am Ende noch per Zufall, weil alle meine schönen Pläne, dich nach dem Konzert zu überraschen, geplatzt waren. Ich dachte, ich sehe dich ewig nicht mehr, wenn du erst mal auf Europatournee bist. Apropos, sollte die nicht direkt im Anschluss an Haldern losgehen? Was machst du noch hier?"

„Ich gehe nicht auf Tournee …" murmelte er.

„Wie jetzt? Ich verstehe nicht …"

„Ich hab hingeschmissen. Gestern Abend nach dem Desaster beim Konzert hab ich den Jungs und den Heinis von der Plattenfirma gesagt, dass ich nicht mehr will. Ich bin raus aus der Nummer. ‚The Curiosity' muss sich einen neuen Frontmann suchen oder die Tournee absagen. Mir egal. Ich bin jedenfalls nicht mehr dabei."

Ina sah ihn entgeistert an und traute ihren Ohren nicht.

„Das ist ja ein Hammer. Ganz im Ernst, du steigst aus? Geht das denn so einfach?"

„Nee, einfach wird das nicht. Aber das sollen jetzt die Anwälte klären. Es wird sich schon irgendeine Lösung finden. Unser Bassist Steve kann alle Titel genauso gut singen wie ich. Der wollte schon immer gerne ans Mikro. Jeder ist ersetzbar, und die waren eh schon reichlich genervt von meiner Krankheit und meinen neuen Ideen. Und scheinbar hatten sie recht – das hat die Reaktion des Publikums gestern ja gezeigt. Die konnten auch nichts mit meiner neuen Art Musik anfangen. Die Fans wollen Pop, und ich möchte lieber bluesige Balladen singen – auf Deutsch, damit man versteht, was ich sagen will. Aber dafür ist ‚The Curiosity' nicht die richtige Band."

„Aber das Lied ist großartig. Der Song war der einzige, den ich richtig toll fand", erwiderte Ina. „Im Gegensatz zu deinen jungen Fans kann ich mit dem langweiligen Disco-Gewummer nichts anfangen. Zum Glück sind die Geschmäcker verschieden."

„Ganz genau", bestärkte Sven seinen alten Freund. „Und wenn wir erst mal die alte Band wieder zusammen haben, dann machen wir genau die Musik, die wir lieben. Kein Kommerz, sondern mit Herz."

„Auch ein schöner Songtitel", sagte Svenja lachend, und die anderen stimmten mit ein. „Kommt, darauf stoßen wir an!"

Endlich hatte sich die Stimmung gelöst, und Hannes und Ina konnten sich wieder anlachen.

Er erzählte ihr, dass er gestern Nacht, direkt nach dem Konzert, nach Hummelburg gefahren war, und sich spontan in der kleinen Gästewohnung auf dem Bauernhof von Sven und Svenja eingemietet hatte.

„In der Remise hab ich vor meiner Karriere ein paar Jahre mit Sven zusammengewohnt, als wir noch gemeinsam Musik gemacht haben", erklärte er ihr. „Es fühlte sich gut und richtig an, dorthin zurückzugehen. Hier hab ich meine Ruhe und kann überlegen, wie es weitergehen soll."

Die ganze Nacht hindurch hatte Hannes seinen alten Freunden von seiner Zeit in Bienensee und der Begegnung mit Ina erzählt. Und sie hatten gemeinsam über eine musikalische Zukunft nachgedacht.

Ina berichtete ihm, warum auch sie gerade plante, ihr Leben grundlegend zu ändern und ihren Job hinzuschmeißen. Unter großem Gelächter beichtete sie Hannes schließlich, wie sie sich mit vollem Körpereinsatz bemüht hatte, seine Identität vor Klaus Berger geheim zu halten – und dabei wohl mindestens ein Glas Grappa zu viel erwischt hatte.

„Und du hast wirklich keine neue Affäre mit deinem Chef angefangen?", fragte er, plötzlich wieder skeptisch.

„Was? Quatsch! Mit dem Kerl bin ich durch! Das war schon vorher ein Fehler. Und den wollte ich nun echt nicht zum zweiten Mal machen! Der Typ steht auf Telefonsex!", platzte sie grinsend heraus.

„Woher weißt du das denn?", wollte Hannes wissen.

„Na, der war Kunde bei Simone alias Chantal."
„Welche Simone?"
„Na, unsere Simonn Schmitz aus Bienensee. Du weißt doch, dass die sich heimlich ein bisschen was dazuverdient hat – als tabulose Schantalle per Telefon." Ina kicherte. „Und ausgerechnet Klaus hat sich in die angeblich so scharfe Braut verguckt. Deshalb tauchte er damals auch plötzlich in Bienensee auf – auf der Suche nach seiner Traumfrau. Aber ich dachte natürlich, er wäre hinter dir her."

„Ach so … Jetzt verstehe ich …", antwortete Hannes schmunzelnd.

„Aber das Beste weißt du ja noch gar nicht …"

Ina berichtete begeistert von den bevorstehenden Dreharbeiten mit George Clooney, und alle waren mächtig beeindruckt.

„Hannes hat Simonn ja auch immer mit Schorsch Clooney, wie sie ihn nennt, verglichen", verriet Ina seinen Freunden.

„Echt?", amüsierte sich Svenja. „Vielleicht sollte er sich die Haare wieder kurz schneiden lassen."

„Warum nicht …? Hat mir gut gefallen …" Ina lächelte Hannes an. Sie genoss das flirtende Geplänkel mit ihm.

„Ach ja? Wusste gar nicht, dass du überhaupt danach geguckt hast, wie ich aussehe", flachste er zurück.

„Na, hör mal. Wenn du nicht auf Kerle stehen würdest, hätte ich mich längst in dich verliebt", platzte sie heraus und hielt sich im selben Moment die Hand vor den Mund. „Oh, sorry …"

Alle drei starrten sie an.

„Entschuldigung, ich hab nur gescherzt …"

Sie hätte sich in den Hintern beißen können, aber die alte Vertrautheit zwischen Hannes und ihr hatte sie dazu verleitet, einfach ehrlich auszusprechen, was ihr in diesem Moment durch den Kopf gegangen war.

„Wie kommst du darauf, dass Hannes auf Männer steht?", fragte Svenja verwirrt.

„Na, das weiß man doch", versuchte Ina, die Situation zu erklären. „Ist auch völlig in Ordnung. Ich hab da überhaupt kein Problem mit. Ehrlich", versicherte sie eilig.

Hannes blickte sie immer noch ungläubig an.

„Du glaubst also tatsächlich, dass ich schwul bin? Nur weil ich einen schwulen Surfer in dieser unseligen Serie gespielt hab? Das fass ich ja nicht."

Jetzt war es an Ina, die anderen verwirrt anzublicken. „Ja, aber ...", stotterte sie. „Ich dachte ..."

„Blödsinn! Ich steh auf Frauen. Also nicht unbedingt im Plural, aber auf eine Spezielle schon. Die scheint allerdings auf einem ganz anderen Trip zu sein und wirklich nie richtig zuzuhören ..."

Hannes sah ihr jetzt direkt in die Augen, und Ina verspürte plötzlich das gleiche Ziehen im Bauch wie beim Konzert, als sich ihre Blicke getroffen hatten. Und im selben Augenblick wurde ihr klar, von welcher Frau Hannes in seinem Lied gesungen hatte. Die, die ihm nie zuhörte, wenn er von Liebe sprechen wollte. Das war sie.

Die unerwartete Erkenntnis verschlug ihr die Sprache. Stumm erwiderte sie Hannes' Blick.

„Tja, jetzt wird mir so einiges klar", sagte er leise.

„Oh ...", war alles, was Ina herausbrachte.

„Na, da habt ihr beiden euch ja scheinbar noch eine ganze Menge zu erzählen", stellte Svenja fest und lächelte Sven wissend an. „Wir beide gehen dann schon mal nach Hause. Vielleicht bis später, Hannes ... Komm Sven, lassen wir das junge Glück mal lieber alleine."

„Okay", stimmte er ihr zu. „Ina, wir sehen uns doch morgen?"

„Los, Schatz, wir gehen jetzt!"

Svenja schob ihren Mann rigoros vor sich her Richtung Tür, als er sich noch mal umdrehte und über die Schulter rief: „Du musst doch noch nicht gleich wieder zurück nach Berlin, oder?!"

„Äh, nein …", antwortete Ina leise, während die Kneipentür ins Schloss fiel.

„Heißt das, nein, wir sehen uns nicht mehr oder nein, du musst nicht fahren?", fragte Hannes, ohne den Blick von ihr zu wenden.

„Ja, also, nein. Also ja, ich bleibe noch … Wenn es dir recht ist?", stammelte sie und verlor sich in Hannes' Augen.

„Ich wünsche mir nichts sehnlicher. Schon lange, Ina", sagte er ernst.

Sie strahlte ihn an, wusste aber nicht so recht, wie es jetzt weitergehen sollte.

„Im Ernst? Du magst mich? Also so als Frau … Oder Freundin … Oder", stotterte sie herum. „Das würde ja bedeuten, dass ich die ganze Zeit … Und du eigentlich ganz anders …"

„Ina, hast du mir nicht zugehört? Ich möchte, dass du hier bei mir bleibst. Als meine Freundin oder Frau – ganz wie du willst. Hauptsache, du sagst ja", bat Hannes sie.

„Okay, dann bleib ich einfach noch eine Weile. Oder auch länger … Ja!"

Sie beugte sich vorsichtig zu Hannes rüber und gab ihm einen kleinen Kuss auf die Lippen.

„Gut", erwiderte er und lächelte glücklich. „Dann haben wir ja Zeit, das noch ein bisschen zu üben."

„Was denn?", fragte Ina verwirrt.

Statt einer Antwort gab er ihr einen langen Kuss und drückte sie fest an sich.

„Entschuldigung …!"

Der Mann hinter dem Tresen räusperte sich vernehmlich, als das knutschende Pärchen nicht gleich reagierte. „Wir machen dann auch bald mal Schluss. Wollt ihr noch was?" Es klang nicht so, als wenn er sehr erpicht darauf wäre, tatsächlich noch eine weitere Runde zu servieren.

Ina und Hannes lösten sich langsam aus ihrer Umarmung. Sie sahen sich weiter in die Augen, als Hannes Richtung Theke erwiderte: „Nein, danke. Wir wollten sowieso gerade gehen ..."

„Ach, wollten wir das?", fragte Ina schmunzelnd.

„Etwa nicht?"

„Doch, klar. Ich hab zwar eigentlich hier ein Zimmer, aber ich möchte auch gerne wissen, wie es auf dem Hof von deinen Freunden aussieht."

„Gut, dann komm."

Hannes zahlte, nahm die bereitwillig folgende Ina bei der Hand, und gemeinsam verließen sie den Gasthof. Draußen sah sie sich nach seinem Auto um, doch da stand nur ein klappriges, altes Herrenrad, auf das er zusteuerte.

„Ich hab ja nicht geahnt, dass ich heute nicht alleine nach Hause fahre, deshalb hab ich mein altes Rad aufgepumpt", erklärte er und stand unschlüssig vor dem Drahtesel. „Da werde ich jetzt wohl schieben ... Ist aber ein ganzes Stückchen ... Schaffst du das? Oder sollen wir deinen Wagen nehmen?"

„Nein, nach dem Wein brause ich besser nicht mehr hier, wo ich mich nicht auskenne, durch die Gegend. Aber ich könnte doch vielleicht auf deinem Gepäckträger mitfahren", erwiderte Ina aufgekratzt.

„Echt? So hab ich das früher immer mit Sven gemacht. Aber meine Freundin sitzt natürlich auf der Stange! Okay?", fragte er lächelnd.

„Oh, toll, wie die Teenies. Los geht's!"

„Spring auf!"

Lachend radelten sie etwas wacklig eine Viertelstunde lang durch die laue Sommernacht, vorbei an duftenden Wiesen und Feldern, bis sie das einsam gelegene, alte Gehöft erreichten. Zum Glück hatten Svenja und Sven die

Außenbeleuchtung angelassen. Ina sprang vom Rad und lief hinter Hannes her über den Hof.

„Das da drüben ist die umgebaute Remise, in der ich wohne."

Er zeigte auf ein schmales, langgezogenes, niedriges Häuschen aus Ziegelsteinen, das etwas abseits vom Haupthaus stand. Von außen machte es einen recht vernachlässigten Eindruck. Doch als er die unverschlossene Haustür öffnete und das Licht einschaltete, staunte Ina nicht schlecht. Ein heller Holzboden aus rohen Dielen strahlte gleich auf den ersten Blick Gemütlichkeit aus. Die spärliche Einrichtung aus einigen wenigen Designermöbeln und aufgearbeiteten, alten Holzschränkchen und Kommoden sowie die groben, weißvergipsten Wände, an denen große, bunte, abstrakte Gemälde hingen, sorgten dafür, dass nicht zu viel ländliche Idylle aufkam. Alles wirkte modern und frisch.

„Das ist aber schick hier. Hätte ich gar nicht erwartet", stieß sie hervor.

„Na, was hast *du* denn gedacht? Dass ich wie Bauer Herbert lebe? Komm rein und sieh dich um."

Das große Wohnzimmer ging über in eine schicke offene Küche.

„Hier geht's ins Bad, und da vorne hab ich mir ein komplettes Studio eingerichtet, in dem ich ganz professionell Musik produzieren kann", erklärte er stolz.

„Und wo ist das Schlafzimmer?", rutschte es Ina heraus.

Er sah sie leicht irritiert an, musste dann aber lächeln. „Das ist dahinten, ganz am Ende. Da steht allerdings nicht viel drin – nur ein Bett, aber dafür ein besonderes. Das hatte ich mir gerade erst angeschafft, von meiner ersten Gage damals. Aber dann bin ich ja ziemlich schnell nach Berlin gezogen. In die kleine Zweitwohnung dort passte es nicht rein. Ist also praktisch noch jungfräulich ... Also, ich meine, da hab bisher nur ich ein paar Wochen drin geschlafen. Ist aber echt ganz bequem, also …" Er schüttelte den Kopf über sein eigenes Gestammel. „Sieh's dir einfach selber an, ob es dir gefällt."

Damit öffnete er die Holztür und ließ ihr den Vortritt.

Ina staunte beim Anblick des überdimensionalen, schmiedeeisernen Bettgestells. Auf der breiten Matratze lag ein sonnengelber Überwurf, der zu den langen Vorhängen an den Fenstern passte.

„Das ist ja gigantisch", platzte sie begeistert heraus.

„Ja, eine Spezialanfertigung, zweifünfzig mal zweifünfzig", verkündete er stolz. „War gar nicht so einfach, das hier reinzukriegen, aber ich musste es einfach haben – so als angehender Rockstar." Er grinste sie entschuldigend an.

Fasziniert betrachtete sie das große Möbelstück, das fast die Hälfte des Raumes ausfüllte. Sie trat näher und drückte mit der Hand prüfend auf die Matratze.

„Oh, schön weich. Ist bestimmt sehr bequem." Sie lächelte Hannes schelmisch an.

„Setz dich sich ruhig mal drauf", schlug er vor.

Ohne zu zögern, ließ sie sich mit Schwung aufs Bett plumpsen. Es federte angenehm unter ihr nach.

„Los, komm her, und setz dich neben mich!"

Es hätte der Aufforderung nicht bedurft, denn schon ließ er sich neben ihr nieder, legte den Arm um sie und zog sie nach hinten.

Inas Herz klopfte wie verrückt, als sie zum ersten Mal so eng nebeneinanderlagen, ihre Gesichter nur wenige Zentimeter voneinander entfernt.

Plötzlich veränderte sich der Ausdruck in seinen dunklen Augen. Sie erkannte das Begehren in seinem Blick. Einen Moment lang war sie verwirrt und lachte unsicher auf. Doch er hielt ihre Augen mit seinem durchdringenden Blick fest.

Langsam näherte sich sein Mund ihrem Gesicht. Sie kam ihm entgegen, und als sich ihre Lippen berührten, hatte Ina das Gefühl, dass sie einen leichten elektrischen Schlag bekam. Aber einen äußerst angenehmen.

Sie öffnete ihre Lippen und suchte seine Zunge mit ihrer. Fordernd erwiderte Hannes ihre Liebkosung, und als er sie ganz nah an sich zog, stöhnte sie wohlig auf. Sie drängte ihren Körper an seinen und spürte seine Erregung.

„Gefällt es dir?", murmelte er leise in ihr Ohr und bedeckte ihr Gesicht und den Hals mit zarten Küssen.

„Ja …", seufzte sie. „Es fühlt sich richtig an, findest du nicht?"

Statt einer Antwort ließ er sich geschmeidig zwischen ihre Schenkel gleiten, küsste sie leidenschaftlich und murmelte mit einem spitzbübischen Lächeln: „Das hättest du alles schon damals in Bienensee haben können …"

Sie umklammerten einander, als wenn sie sich nie wieder loslassen wollten. Zärtlich strich er über ihre Lippen, öffnete die Augen und strahlte sie an.

„Oh, Mann, ist das schön, dich endlich ganz nah bei mir zu haben. Ich hab dich so vermisst in den letzten Wochen. Und wenn man bedenkt, dass ich die Hoffnung eigentlich schon aufgegeben hatte, dass du auch etwas für mich empfinden könntest."

„Dabei hab ich das!", widersprach Ina. „Ich dachte nur, du seist unerreichbar für mich …"

Er schüttelte, noch immer ungläubig, den Kopf.

„Versprichst du mir, dass du mich nicht so schnell wieder alleine lässt?"

Sie starrte ihn perplex an.

„Warum sollte ich das tun?"

„Na ja …", murmelte er. „Ich lebe hier in der tiefsten Provinz und weiß noch überhaupt nicht, wie es jetzt weitergeht – mit mir und der Musik. Du willst doch sicher bald wieder zurück nach Berlin."

„Müssen wir das jetzt entscheiden?", fragte Ina lächelnd zurück.

„Du hast *wir* gesagt …"

„Und das hab ich auch so gemeint. Lass uns einfach abwarten, was das Leben noch so alles mit uns vorhat. Okay?"

„Okay!", stimmte er ihr freudestrahlend zu, und Ina konnte spüren, wie ihm ein großer Stein vom Herzen fiel.

Sie hatte sich fest vorgenommen, es diesmal entspannt angehen zu lassen. Mit Hannes an ihrer Seite sah sie die Dinge, die vor ihnen lagen, mit einem Mal hell und positiv. Egal, was auch passieren würde – sie war nicht mehr allein.

Alles andere würde sich finden.

Epilog

„The Monuments Men, scene five, take three", brüllte der Assistent und schlug die schwarz-weiße Filmklappe mit Schwung zusammen. Augenblicklich rief eine laute Stimme:

„Lights … camera … Weeee're rolling! And – action!"

Drehbuchgerecht faltete Simone Schmitz, bekleidet mit Kopftuch und Kittelschürze im Stil der vierziger Jahre, ein kleines Papierpäckchen vor sich sorgfältig zusammen und reichte es mit großer Geste über den Tresen. Sie lächelte den Mann mit Schnauzbart, der davorstand, schmachtend an und sprach in ihrem unverkennbaren Brandenburger Englisch:

„Hier is auer fämos Äpplecake, ssät ju leik so matsch, Schorsch. Häff ä gut trip änd gut lack wiss jur sörch for se lost wörks of art. Ssie ju next teim."

„Thanks, sweetheart. I'd drive from anywhere for your lovely apple pie. See you soon", erklang die charmante Antwort, bei der Simone augenblicklich Lust auf einen starken Espresso bekam.

Dann herrschte einen Moment lang Stille.

„Cut and copy! Thanks!", erscholl es aus der Regie.

Dann zwinkerte George Clooney Simone freundlich zu, nickte zum Abschied und verließ die Bäckerei – mitsamt seinem Kuchenpäckchen. Sie sah ihm mit einem verklärten Lächeln nach.

„Das war sehr schön", unterbrach die deutsche Aufnahmeleiterin Simones Gedanken, während die Techniker ihr Equipment aus dem Laden schleppten. „Der Text war perfekt. Vielen Dank. Sie sind ein echtes Naturtalent vor der Kamera", lobte sie die Komparsin, obwohl sie bereits ahnte, dass die Szene vermutlich am Ende sowieso aus dem Film herausgeschnitten werden würde, wenn er zu lang war.

Simone Schmitz lächelte geschmeichelt.

„Wir sind dann hier fertig und melden uns bei Ihnen, sobald der Termin für die Premiere in Berlin feststeht. Schließlich hatten Sie eine Sprechrolle – mit dem Hauptdarsteller! Kann aber noch 'ne Weile dauern, bis der Film fertig ist."

„Ja klar, der muss ja ooch noch jeschnitten werden", erwiderte Simone, die sich in den letzten Tagen zum Filmprofi entwickelt hatte.

„Genau", schmunzelte die junge Frau mit dem Headset am Kopf. „Haben Sie für mich vielleicht auch noch so ein leckeres Stückchen Apfelkuchen übrig?"

„Aber klar. Dit ist der jedeckte Appel. Die Äppel komm' von Bauer Herbert, wissen Se? Und wir nenn'n den hier ja immer Clooney-Cake."

Lächelnd reichte sie ein Stückchen rüber.

„Na, da werden Sie in Zukunft wohl noch eine ganze Menge von verkaufen. Bald sind Sie berühmt!", lachte die Aufnahmeleiterin.

„Ach, der jing schon imma jut. Ooch ohne den Schorsch. Aber nu muss ick hier ma weitermachen, Kleene, wa?! War nett, mit die Filmerei, aber dit Jeschäft jeht vor. Vastehn' Se?"

„Natürlich, danke."

Während die Aufnahmeleiterin sich verabschiedete, drehte Simone sich nach hinten und rief Richtung Backstube: „Martin, wie weit biste mit die Torte für Ina und Hannes?"

„Die wird rechtzeitig zur Feier nachher fertig, mein Schnuckelchen."

„Jut!" Simone grinste zufrieden und schloss die Bäckerei für heute zu.

Foto © Susie Knoll Fotos

Autorin

bibo Loebnau ist gelernte Journalistin, verheiratet und lebt abwechselnd in Berlin und einem kleinen Haus am See in der Mark Brandenburg. Dort, mit Blick in die Natur, entstehen die meisten ihrer Bücher. Vor ihrer schriftstellerischen Karriere arbeitete sie als Journalistin für verschiedene Zeitungen und betreute als PR-Redakteurin die TV-Shows von Hape Kerkeling, Anke Engelke, Kai Pflaume, Christoph Maria Herbst, Harald Schmidt, Thomas Gottschalk u.v.a.

bibo Loebnau veröffentlichte 2009 ihren Roman „Zoe" (Eichborn Verlag), 2010 ihre Erzählung „Tief-Blau" (Wurdack Verlag, in der Anthologie „Hinterland") und 2014 den Roman „Schorsch Clooney, die Landluft und ich". 2016 erschien ihr Roman „Sonne, Meer und Wolkenbruch" und 2017 die ungekürzte Neuauflage von „Zoe" mit neuem Untertitel – „Damals ist noch nicht heute". 2019 veröffentlichte sie ihren Roman „Gut in Schuss, mit leichten Macken" im Heyne Verlag. 2020 erschien „Der Klang von Heimat – Eine Dialektreise von Nord nach Süd" im Duden-Verlag.

www.facebook.com/autorinbiboloebnau
www.bibo-loebnau.de

Mehr von bibo Loebnau lesen:

Kann man sich zweimal in
denselben Mann verlieben?
Diese Frage wirbelt das Leben
von Lea gehörig durcheinander.
„Sonne, Meer und Wolkenbruch"
ISBN 978-3741250668

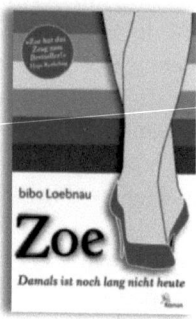

Sind denn alle netten
Männer schwul?
Zoes Trip durchs wilde
Berlin der Achtziger Jahre
„Zoe – Damals ist noch lang nicht heute"
ISBN 978-3744867412

Kann man mit Mitte Vierzig
noch mal ganz neu durchstarten?
Ja, denn Mia erkennt:
Glücklich sein geht anders!
„Gut in Schuss, mit leichten Macken"
ISBN 978-3453423237